萧殷全集

第五卷
书信 I

名誉主编 王蒙
主编 夏和顺 赖金凤

花城出版社
中国·广州

图书在版编目（CIP）数据

萧殷全集．第五卷，书信．一 / 萧殷著；夏和顺，赖金凤主编．-- 广州：花城出版社，2023.8
ISBN 978-7-5360-9078-1

Ⅰ．①萧… Ⅱ．①萧… ②夏… ③赖… Ⅲ．①萧殷（1915-1983）－全集②书信集－中国－当代 Ⅳ．①I217.2

中国国家版本馆CIP数据核字(2023)第142347号

出 版 人：张 懿
责任编辑：黎 萍　秦翊珊
责任校对：李道学
技术编辑：凌春梅
装帧设计：黄龙明　张绮华

书　　名	萧殷全集．第五卷，书信．一
	XIAO YIN QUANJI DI WU JUAN SHUXIN YI
出版发行	花城出版社
	（广州市环市东路水荫路11号）
经　　销	全国新华书店
印　　刷	佛山市浩文彩色印刷有限公司
	（广东省佛山市南海区狮山科技工业园A区）
开　　本	787毫米×1092毫米　16开
印　　张	25.25　2插页
字　　数	452,000字
版　　次	2023年8月第1版　2023年8月第1次印刷
定　　价	800.00元（全十卷）

如发现印装质量问题，请直接与印刷厂联系调换。
购书热线：020－37604658　37602954
花城出版社网站：http://www.fcph.com.cn

编辑整理说明

《萧殷全集·书信集》共收录萧殷先生信函574通,附录来函537通(含附件及机构来函)。萧殷往函始于1934年9月6日致鲁迅,止于1983年8月弥留之际口述由助手代笔致作者及友朋函,时间跨度达半个世纪。

本书信集所收往来书信大体分为三个部分:以萧殷先生书信(包括已刊书信和陆续发现的书信手稿)为主体;受信者来函、致第三方函及相关资料附录于后;单独附录部分来函,旨在较全面地反映萧殷生前文学活动和社会交往,保存珍贵史料。整理编辑时以保存原貌、尊重原作、尊重历史为原则,特作说明如下:

一、所有书信按受信者姓名汉语拼音顺序编排,姓氏相同者,按名第一字拼音顺序排列,以此类推,不知名者以××代替;附录则按作者姓名拼音顺序排列。同一作者或受信者往、来书信,均按时间顺序排列,日期以阿拉伯数字标于信前。时间不确定者列后,标明××年,日月不确定者则标×月×日;缺页或不完整者以(残)字标注;确定为底稿而无抬头或落款者以(底稿)标注。

二、每一受信者(作者)另起页,往函与来函先后分列,以"附来函"间隔。书信原稿抬头及落款格式各异,编辑时尽量统一体例。

三、受信者(作者)生平简介,内容包括生卒年、籍贯、学习及工作经历、职务及主要成就等。生平未详者,标注为"业余作者""读者"或"生平待考"。

四、为方便阅读,对信中内容作简单注释,包括人物、事件、会议、历史背景、书刊物名称等。同一受信者(作者)不重复注释。

五、信中人名有原名、笔名及曾用名之别(如萧殷、肖殷、肖英等),整理时统一为萧殷。信中内容涉及个人隐私或其他缘故需要删节的,以"……"表示。

六、书信中洇漶或不可辨认之字以□代替;标注( )括号者为原信说明。

七、书信中繁体字、简体字、异体字等均改为规范简化汉字。原稿中存在的《第二次汉字简化方案（草案）》（1977年试行，1986年废止）中公布的简化汉字，如付—副、付—傅、付—腐、邦—帮、拤—播、歺—餐、旦—蛋、咀—嘴，等等，根据现行汉字标准直接改正，不一一标注。

八、标点符号以书信原作为基础，同时尊重现代汉语标准和习惯，但不强求统一。其中书名、报刊名等，尽量以《》统一标点。

编者

2023年8月

致白拓方47通（附来函4通，另函1通）/ 001

1971年3月13日 / 001
1974年7月10日 / 002
1974年8月×日 / 003
1974年10月15日 / 004
1974年11月1日 / 005
1974年11月11日 / 006
1974年11月29日 / 007
1975年1月26日 / 007
1975年4月29日 / 008
1975年5月1日 / 009
1975年6月21日 / 011
1975年7月16日 / 011
1975年10月14日 / 012
1975年10月15日 / 013
1975年12月12日 / 014
1976年1月23日 / 014
1976年2月24日 / 015
1976年4月23日 / 016
1976年6月2日 / 017
1976年7月29日 / 017
1976年9月25日 / 018
1976年11月20日 / 019
1976年12月13日 / 020
1977年2月21日 / 020
1977年3月20日 / 021
1977年4月1日 / 022
1977年5月4日 / 023
1977年8月3日 / 025
1977年10月4日 / 026
1977年11月3日 / 028
1977年12月22日 / 029
1978年1月14日 / 030
1978年3月30日 / 032

1978年5月27日 / 032
1978年6月13日 / 033
1978年10月7日 / 034
1979年2月22日 / 035
1979年3月9日 / 036
1979年11月11日 / 037
1980年2月27日 / 038
1980年6月27日 / 039
1980年9月20日 / 039
1981年1月23日 / 040
1981年9月14日 / 041
1982年1月28日 / 042
1982年4月21日 / 043
1982年12月12日 / 044
附来函
1978年10月11日 / 045
1978年12月6日 / 046
1981年9月20日 / 047
1982年6月15日 / 048
附白拓方致陶萍陶萌萌（1983年9月7日） / 049

致蔡运桂4通（附来函1通） / 050

1978年7月7日 / 050
1980年8月26日 / 051
1981年2月4日 / 051
1982年2月2日 / 052
附来函
1978年7月28日 / 052

致陈国凯7通（附来函19通，另函1通） / 054

1978年7月8日 / 054
1979年7月23日 / 055
1979年9月28日 / 056
1979年10月14日 / 056
1980年4月18日 / 057

1981
1981年5月4日 / 058
1981年10月27日 / 059
附来函
1978
1978年6月18日 / 060
1978年7月20日 / 062
1978年8月3日 / 064
1978年10月8日 / 065
1978年10月11日 / 066
1978年10月13日 / 066
1978年11月17日 / 067
1979
1979年4月7日 / 068
1979年5月17日 / 069
1979年12月15日 / 071
1980
1980年7月24日 / 074
1980年8月22日 / 074
1980年9月28日 / 075
1980年10月16日 / 076
1980年12月30日 / 078
1981
1981年10月23日 / 078
1981年11月9日 / 079
1982
1982年12月12日 / 080
1982年12月29日 / 081
附陈国凯致陶萍（1983年11月7日）/ 082

致陈貌1通 / 083

1979
1979年6月18日 / 083

致陈谦26通（附来函4通）/ 084

1976
1976年12月25日 / 084
1977
1977年1月20日 / 085
1977年2月11日 / 086
1977年6月3日 / 087
1977年6月12日 / 087
1977年9月3日 / 088

1978
1977年12月22日 / 089
1978年1月4日 / 090
1978年1月15日 / 091
1978年5月3日 / 092
1978年7月25日 / 093
1978年10月6日 / 094

1979
1979年3月11日 / 095
1979年5月22日 / 096
1979年6月27日 / 097
1979年9月1日 / 098
1979年11月28日 / 099

1980
1980年1月6日 / 100
1980年2月19日 / 101
1980年2月19日（另函）/ 101
1980年4月9日 / 102
1980年7月26日 / 103

1981 1981年9月7日 / 103
1982 1982年5月28日 / 104
1982年12月5日 / 106
1983 1983年8月19日（助手代）/ 106

附来函
1977 1977年12月26日 / 107
1981 1981年9月12日 / 108
××年6月15日 / 109
1983 1983年8月24日 / 109

致陈绍伟1通 / 111

1982 1982年12月8日 / 111

致戴木胜1通（另函1通）/ 112

1978 1978年4月2日 / 112
附戴木胜致陶萍（1987年8月23日）/ 113

致邓良球1通（附来函1通） / 114

1977年5月26日 / 114
附来函
1977年6月2日 / 115

致丁国成1通（附来函3通） / 116

1980年7月24日 / 116
附来函
1977年12月26日 / 118
1978年3月1日 / 118
1978年5月29日 / 119

致丁力1通（附来函1通） / 120

1981年8月10日 / 120
附来函
1980年7月28日 / 121

致丁玲、陈明4通（附来函1通，另函1通） / 122

1979年9月18日 / 122
1979年10月5日 / 123
1979年12月21日 / 124
1982年1月4日（陶萍往函，萧殷附函） / 125
附来函
1979年9月×日 / 126
附丁玲、陈明致陶萍（1984年1月10日） / 127

致丁元昌10通（附来函6通） / 129

1978年4月19日 / 129
1978年10月8日 / 130
1978年10月18日 / 131
1978年10月29日 / 132
1979年1月17日 / 133

	1979年5月3日 / 134
	1979年7月26日 / 135
	1979年7月29日 / 136
1981	1981年5月20日 / 137
	1981年10月13日 / 137
	附来函
1978	1978年4月9日 / 138
	1978年5月13日 / 141
	1978年7月6日 / 141
	1978年10月23日 / 142
	1978年11月20日 / 143
1979	1979年1月17日 / 144

致梵杨2通（附来函1通）/ 145

1976	1976年4月15日 / 145
	1976年4月15日夜 / 146
	附来函
1977	1977年9月15日 / 147

致高桂清1通（附来信摘要）/ 149

1980	1980年8月×日 / 149
	来信摘要 / 151

致葛南照1通（附来函1通，另函1通）/ 153

1981	1981年2月12日 / 153
	附来函
1977	1977年6月27日 / 155
	附葛南照致陶萍（1994年3月2日）/ 156

致归秀文1通 / 157

1981	1981年11月17日 / 157

致郭景春1通（附来函2通） / 159

1980年2月25日 / 159
附来函
1980年1月10日 / 161
1980年3月11日 / 162

致郭沫若1通（附来函1通） / 163

1962年1月17日 / 163
附来函
1962年2月5日 / 164

致郭瑞三8通（附来函6通） / 167

1981年4月14日 / 167
1981年5月16日 / 168
1982年2月15日 / 168
1982年4月30日 / 169
1982年5月18日 / 170
1982年7月5日 / 172
1982年10月26日 / 172
1982年12月5日 / 173
附来函
1981年4月22日 / 174
1981年5月4日 / 175
1982年2月8日 / 175
1982年5月10日 / 176
1982年9月8日 / 177
1982年11月5日 / 177

致何洛1通（附来函1通） / 179

1980年6月16日 / 179
附来函
1980年6月9日 / 180

致弘征47通（附来函16通，另函2通）/ 182

1978
- 1978年11月13日 / 182
- 1978年12月17日 / 183

1979
- 1979年5月9日 / 183
- 1979年7月6日 / 184
- 1979年10月9日 / 185

1980
- 1980年1月6日 / 185
- 1980年1月23日 / 186
- 1980年3月17日 / 187
- 1980年3月24日 / 188
- 1980年3月29日 / 189
- 1980年4月8日 / 190
- 1980年5月4日 / 190
- 1980年5月12日 / 191
- 1980年5月25日 / 192
- 1980年8月19日 / 193
- 1980年9月19日 / 194
- 1980年11月11日 / 195
- 1980年11月22日 / 196
- 1980年11月30日 / 197

1981
- 1981年2月13日 / 198
- 1981年2月27日 / 198
- 1981年2月27日下午 / 199
- 1981年3月6日 / 200
- 1981年3月14日 / 201
- 1981年3月19日 / 201
- 1981年4月14日 / 202
- 1981年5月19日 / 202
- 1981年6月3日 / 203
- 1981年6月11日 / 204
- 1981年8月31日 / 204
- 1981年9月26日 / 205
- 1981年10月12日 / 206
- 1981年10月16日 / 207
- 1981年11月8日 / 207

1982

1982年1月1日 / 209

1982年1月14日 / 210

1982年1月21日 / 211

1982年1月29日 / 211

1982年2月6日 / 212

1982年2月25日致罗凌翩 / 213

1982年4月7日 / 214

1982年4月18日 / 215

1982年5月9日 / 215

1982年6月7日 / 216

1982年7月16日 / 217

1982年8月26日 / 218

1982年10月19日 / 219

附来函

1978

1978年10月24日 / 220

1978年11月10日 / 221

1978年11月24日 / 221

1978年12月20日 / 222

1979
1979年1月4日 / 222

1980
1980年11月6日 / 223

1980年11月25日 / 224

1981
1981年2月19日 / 225

1981年2月21日 / 226

1981年5月11日 / 226

1981年5月23日 / 227

1982
1982年10月25日 / 228

1982年12月7日 / 229

1983
1983年1月2日 / 230

1983年1月8日 / 231

1983年4月18日 / 232

附弘征致陶萍（1984年8月31日）/ 233

附陶萍致弘征（1984年9月27日）/ 234

致胡真1通（附来函2通）/ 235

1983
1983年6月7日 / 235

附来函
1981 1981年5月20日 / 236
1981年11月18日 / 237

致黄钢1通 / 238

1978 1978年9月27日 / 238

致黄计钧4通（附来函3通，附录1件）/ 239

1976 1976年2月21日 / 239
1976年6月2日 / 240
1976年11月8日 / 241
1976年12月22日 / 241
附来函
1978 1978年8月8日 / 243
1978年9月2日 / 244
1980 1980年1月24日 / 245
附：黄计钧回忆萧殷 / 246

致黄梅3通（附来函1通）/ 248

1976 1976年4月×日 / 248
1980 1980年12月19日 / 248
1982 1982年4月22日 / 250
附来函
1981 1981年1月21日 / 251

致黄谋远1通 / 253

1962 1962年7月×日 / 253

致黄培亮2通 / 257

1978 1978年11月27日 / 257
1979 1979年7月27日 / 258

致黄起衰1通（附来函5通）/ 259

1980年5月29日 / 259
附来函
1979年9月27日 / 260
1979年10月6日 / 260
1980年4月7日 / 261
1980年6月14日 / 261
1982年11月25日 / 262

致黄升民1通（附来函3通）/ 263

1976年12月×日 / 263
附来函
1978年3月18日 / 264
1978年10月21日 / 265
1979年2月8日 / 266

致黄廷杰12通 / 267

1975年7月5日 / 267
1975年7月28日 / 268
1975年9月28日 / 268
1975年12月21日 / 269
1976年7月7日 / 271
1976年10月30日 / 272
1976年12月22日 / 273
1977年4月14日 / 273
1977年5月27日 / 274
1977年6月13日 / 274
1977年7月26日 / 275
1982年1月22日 / 276

致黄伟宗6通（另函2通）/ 277

1977年5月30日 / 277
1978年12月19日 / 278

1979年1月17日 / 278
1979年3月16日 / 279
1980年5月10日 / 279
××年×月×日往函 / 280
附黄伟宗致陶萌萌（1983年9月18日）/ 280
附黄伟宗致陶萍（1990年4月29日）/ 280

致黄展人、饶芃子1通（另函1通）/ 282

1980年3月15日 / 282
附黄展人致陶萌萌（1985年1月23日）/ 283

致季涤尘2通 / 284

1978年8月13日 / 284
1979年7月22日 / 285

致康濯1通 / 286

1961年7月6日 / 286

附录
安天士来函1通 / 288

1980年1月5日 / 288

艾青来函3通 / 290

1978年5月9日 / 290
1978年5月26日 / 291
1978年7月13日 / 292

巴金来函2通 / 294

1977年8月29日 / 294
1978年10月30日 / 295

白洛来函1通，另函1通 / 296

1983年8月26日 / 296
白洛、陈倩致陶萍（1983年9月19日） / 297

白原来函1通（致萧殷、陶萍） / 298

1978年10月5日 / 298

贝兴亚来函1通 / 299

1982年12月5日 / 299

碧野来函2通，另函1通 / 300

1980年10月13日 / 300
1980年11月9日 / 300
碧野致广东作协唁函 / 301

蔡其矫来函3通 / 303

1978年4月21日 / 303
1978年6月17日 / 304
1978年12月4日 / 305

蔡天心来函2通 / 307

1978年11月9日 / 307
1979年4月24日 / 308

陈民生来函1通 / 310

1980年10月19日 / 310

陈念根来函1通 / *314*

1979　1979年12月2日 / 314

陈业驯来函1通 / *318*

1978　1978年2月2日 / 318

陈沂、马楠来函1通 / *319*

1979　1979年10月11日 / 319

陈玉刚来函1通 / *320*

1978　1978年7月31日 / 320

陈雨田来函1通 / *322*

1978　1978年2月9日 / 322

陈云清来函1通 / *323*

1981　1981年7月1日 / 323

程建汉致陶萍2通 / *324*

1989　1989年3月4日 / 324
　　　1989年3月21日 / 325

程堃来函2通 / *326*

　　　××年5月12日 / 326
1982　1982年11月4日 / 327

程贤章来函3通 / 328

1977年7月29日 / 328
1978年11月13日 / 329
1979年1月17日 / 330

戴长松来函1通 / 332

1981年6月24日 / 332

丁浪来函6通 / 335

1980年7月26日 / 335
1980年9月7日 / 336
1981年4月16日 / 336
1981年5月5日 / 337
1981年7月5日 / 337
××年10月12日 / 338

丁励松来函1通 / 339

1980年10月13日 / 339

东瑞来函5通 / 340

1979年4月5日 / 340
1979年4月17日 / 341
1979年5月1日 / 342
1979年7月20日 / 343
1981年4月7日 / 345

董德芳来函1通 / 347

1979年11月26日 / 347

董秀玉来函1通 / *349*

1980 1980年6月17日 / 349

杜君慧来函1通 / *350*

1981 1981年1月24日 / 350

方冰来函1通 / *351*

1980 1980年9月20日 / 351

高戈来函1通 / *352*

1980 1980年8月26日 / 352

关礼彬来函1通 / *354*

1977 1977年5月21日 / 354

关山月来函1通 / *356*

1979 1979年8月11日 / 356

郭风来函2通 / *357*

1980 1980年11月12日 / 357
       1980年12月14日 / 357

郭琼鸣来函1通 / *359*

1980 1980年3月19日 / 359

韩念龙来函1通 / *361*

1972 1972年12月5日 / 361

郝铭鉴来函1通 / *362*

1978年11月3日 / 362

何锡洪来函1通 / *363*

1979年3月31日 / 363

侯安全来函2通 / *364*

1981年4月18日 / 364
1982年2月18日 / 365

黄居松来函1通 / *368*

××年5月13日 / 368

黄树森致陶萍1通 / *369*

1987年4月15日 / 369

黄淮来函3通 / *370*

1977年9月24日 / 370
1980年6月10日 / 371
1981年2月18日 / 371

卉春来函1通 / *373*

1981年10月4日 / 373

江俊绪来函1通 / *374*

1979年10月5日 / 374

1977

江晓天来函1通 / 375
1977年8月12日 / 375

1978

蒋策超来函1通 / 377
1978年9月10日 / 377

1980

蒋荣贵来函1通 / 379
1980年8月6日 / 379

1979

柯蓝来函1通 / 380
1979年5月20日 / 380

致白拓方47通（附来函4通，另函1通）

白拓方（1917—1988），原名于明仁，祖籍山东文登，出生于黑龙江省绥化市。经济学家，日本京都帝国大学经济学学士。1946年5月赴晋察冀解放区参加革命工作，与萧殷在华北联大文学系是同事。后曾任东北人民大学、吉林大学、南开大学教授，1978年8月调任北京经济学院（现首都经济贸易大学）教授兼经济研究所所长。

1971年3月13日

拓方同志：

前后两函均已收阅。这段时间因气候不佳，病痛反反复复，有时还是好好的，忽然感到全身发冷，心抖索得厉害。一量体温，原来是发高烧，每次都三十九点五摄氏度以上，睡一夜，服些发汗退烧药，第二天似乎一切都恢复正常，可是吃不下饭，也闹不清是什么原因。既不是感冒，也不是炎症，连医生也说不出是什么引起高烧。现在遵医生嘱咐，继续服药，其实也不过是些胰蛋白酶、维生素C、复方降压素之类而已。另外，我服用中药，你抄来的药方，我近来又泡酒服用，为防止血管爆裂，尽量减少酒的成分，多加冰糖和水，疗效不显著，但如果不服用，体质也许会更虚弱。前一阵，还注射了三针"丙种球蛋白"，是一种强壮剂，但也看不出什么效果。

本来打算今年改变生活方式，先在近郊几处游览区走走，可是因为阴雨霏霏，气压很低，也总不能外出。今年来，广州天气很反常，自春节以来几乎很少晴天，街边虽然已经是一片春色：红棉、紫荆盛开，但空气潮湿，而且早晚还寒意逼人。——这种天气对于肺气肿病人，无疑是严重的威胁。

严辰、逯斐夫妇①最近来广东疗养，曾来过一次，已半月不见，不知是否已到疗养院去？

你是否有机会来广州走走？南方大城确有它的特色，不过，这里的市面供应远不如上海、北京。并非生产不好，而是来人太多，供应任务太重，加上每日向港、澳出口大量肉、鱼、鲜菜、水果，所以市场有时就难免有点供不应求。你的工作问题如能解决，趁未到新岗位之时来广州看看，大概有可能吧？

我的大女儿萌萌②，今年第一次回来过春节，住了约三周又回建设兵团去了，至于调动，现在还没有一点头绪，熟人不多，门路太窄，奈何！

自去年离开疗养院之后，一次也没有回机关去过，他们都知道我体质虚弱，行动困难，劝我安心休息。关于文艺创作，我已很少过问，除有时在家里看看电视，差不多有两年多没有到戏院去看过戏和电影了。

陶萍③也在家休息，她不好不坏，时好时坏，慢性疾病大概就是如此折磨人！

你近况如何？望保重健康！

萧殷　三月十三日

1974年7月10日

拓方同志：

收到你第二封信，不觉又过去了一个月。这使我深切地感到：自己做事和行动远不似前两年那样利索了。每天虽未做多少事，但总觉得自己终日没有闲过。一来被一些琐碎的杂事所纠缠，二来是遇到一些应处理的事，却不像以前那样果断和明快，做起来也不像以前那样快捷。如果遇上几件事要处理就更加困难了，心一分散，对任何一事也

---

① 严辰（1914—2003），原名严汉民，江苏武进人，《人民文学》副主编，《新观察》主编，《诗刊》主编，黑龙江省文联副主席；逯斐（1914—1994），原名王松黛，江苏无锡人，黑龙江省作协理事、专业作家。

② 陶萌萌（1949—　），萧殷女儿。《作品》编辑，香港《大公报》编辑、记者，《明报月刊》编辑，香港亚洲电视文化专题节目高级编剧。

③ 陶萍（1917—1997），萧殷妻子。原名吴宗瑞，笔名吴倩，天津人。1946年毕业于华北联大政法专业。《文艺学习》创作组组长，《人民文学》评论组副组长，《作品》编辑，中国作协广东分会理事。

不可能集中考虑，结果过了几天，发现自己对任何一桩事也未做出判断，思想像一团乱麻，有的甚至在这过程中被遗忘了。像你现在还能谈些本行以外的书的情况，在精力上，我是办不到了。去年我还有余兴去翻阅《西方美学史》①一类的书，但在今天，不但"力所不逮"，在兴致方面也淡多了。

来温泉②不觉快三月，按一般规定，住满了三个月就该出院了，但是听医生的口气，我大概不能出院。因疗效太差，特别是肺气肿与哮喘症，几乎看不出一点减轻。特别是最近气候反常，哮喘症显得十分严重。从化温泉确是岭南疗养胜地，尤其是冬天，这里的气候非常理想，但是在夏天，尤其是七、八月，这里却是难受的地方。半月之前，这里下了几场暴雨，雨过后，气压很低，空气极潮湿，室内似蒸笼，户外却到处是小咬、小蚊子一类的东西，在这种气候下，各种病人都经受着不同的折磨，风湿病者骨节疼痛；冠心病患者胸部感到难忍的闷塞；患肺气肿的喘得更猛烈。平常夏天无人来这里疗养，而今年不知由什么人决定，却叫大批病人在这里与潮湿、炎热"相处"，实在使人莫名其妙！

过几天，我打算回广州去住几日，等低气压过去再回来。

我的女儿萌萌，现在仍在建设兵团教书，那里不放人走，毫无办法。陶萍常为此事犯愁。祝你健康！

萧殷　七月十日夜

1974年8月×日③

拓方同志：

我决定八月廿五日出院。这个月算是比较平稳，没有完全好转，也没有变坏，饮食与睡眠都较正常。自入院四个月来，没有一天不服中药，"肾气丸"也整整服了三个月，可能是这些中药起作用，现在才出现这种"平稳"现象。

回广州后，估计也不会每日去上班，因为我从来就没有每日去上班过。一方面身体

---

① 《西方美学史》，朱光潜著，自1963年出版后，一直作为高等院校文科教材。

② 指从化温泉疗养院，位于广州北部约75公里处，是闻名海内外的风景区与疗养胜地。温泉疗养院创始于20世纪50年代，建有滴翠亭、留春亭、清音亭、碧浪桥、温泉湖、观瀑亭等人文景观。

③ 此函缺页，无落款。

顶不住，同时工作也不需要这样，看稿是一定的，但可以在家里进行。

萌萌今年已廿五岁了，仍在兵团教书，每年群众推荐她上大学，团部都不肯放她走。这孩子读的书不少，写文艺作品也有些基础，钢琴与手风琴都弹得不错，有几个文艺单位想调她，但因团里不放，至今没有解决。葵葵①今年他机关推荐他上大学，据说是轻工业学院，在太原，将来还派回他原机关工作，据说体格已检查过多次，但现在还无最后消息。事情是多变的，由于这几年的事实教训，凡是未最后确定下来的事，我都不敢肯定它。

1974年10月15日

拓方同志：

九月廿二日信悉。我于八月廿四日离开温泉，不觉已五十多天，但健康情况还是老样子，不见好转，也没有变坏，但体质却日见衰弱，这是使大家深感不安的。我自己却泰然置之，早在抗战初期，就体弱多病，真未料到我能把生命拖到今天，而且还多少为党做了一点工作，到了油尽就该熄灭，这是自然法则，用不着悲伤，也无什么遗憾。当然也有同志对我的看法持异议，他们认为有不少同志拖了很久依然健在，虽然体力差了，但思维的能力依然盛旺，但愿如此，并愿以此自勉。

知道你正忙于写批判的论文，而且得悉于十月底就要完稿上交，为避免打扰你的工作，我有意拖迟复信的时间。现在大约已接近完成了吧？这种滋味我是经常领受的。记得于一九六四年与一九六五年，常因长期为一篇文章呕心沥血，而出现脸肿脚肿现象，这原因是什么，即到如今我也未弄清楚。你比我健康，这种现象大概不会在你身上出现，但希望在写作过程中注意劳逸适度，努力做到有张有弛。

葵葵上大学的事，因最后发现他有慢性肝炎而没有去成。现仍在设计院继续工作，同时注意治病。萌萌仍在兵团教书，曾想各种办法，但至今仍无调回的希望。还有老三权权，一九七〇年冬参加人民海军，已近四年，估计本年底或明年初可能复员回家，这问题不大，我们用不着去操心，最令人操心的是萌萌，是女儿，又已经廿五岁。只因我门路太窄，一些人对文艺界干部又另眼看待，奈何！

陶萍于上月底去茂名油城看望她妹妹，至今仍未归来，据来信她在那里住得比较安

---

① 葵葵，萧殷长子，毕业于广东化工学院。

静,而且有老人关照,所以打算多住些日子。大约再过十天便会回来了。

我不能多运动,只有早晚在梅花村内散散步,或在自己的楼顶——大阳台做些简单的保健操。已经有七八个月没有到广州的市中心去了。九月这里还炎热如盛夏,可是到寒露那天气候才开始转凉。今年炎热逼人,是多年少有的。现在虽说转凉,但一件短袖衬衣足以对付,比起北国真有天壤之别。

匆匆祝你健康!

萧殷 十月十五日

1974年11月1日

拓方同志:

来信已收到一星期,本来想即刻写信给你,但不知为什么总坐不下来。有时因来人多,可是有时一个人坐在家里很寂寞,却也无心情坐下来写信,精神很不好,我也说不清我自己的心境。

据说茂名能买到枣仁及柏子仁,这类中药在广州也是无法买到的。杜仲,我自己还存着一点,以后约人到海南去搞点"土杜仲",可能还有希望。你的药方不妨寄来试试。我的体质太虚弱,太热或太寒的药都不合适。前一阵医生叫我服用蛤蚧,主要是医治肺气肿,只服了十余日,血压竟高到可怕的程度,低压也到达140毫米汞柱,超过危险线,随时都有脑溢血的可能,只有停服,改服"复方降压素",这星期算是把血压压下去了,但药一停却又会上升,这已经是规律。这说明血压极不正常,只有靠药物去"压"才可能接近正常,而且是暂时的。

陶萍在茂名看病服药都比在广州方便,所以决定多住些日子,至迟十一月中旬可能会回来。

有时想看点闲书,但不易找到。我的藏书几乎全部没有了,现在四壁皆空,不仅没有一架架的书,连一幅画也没有。前年曾到旧书店内部购买了几部《诗话》《词话》之类的东西,可是现在看来,这类东西大都谈形式,谈抽象的"空灵""神韵"之类,偶尔看看尚可,多翻几遍,味同嚼蜡。从前出的《中国诗史》,我最近翻阅了一下,原来这是一套空洞无物、什么也未说清的东西,材料既不丰富,也无多少见解,只是从形式上简单地接触了一下各家的诗,也看不出一个"所以然"来。这也叫"史",真是天晓得!

你那里有无值得看的书籍？我现在每到找不到什么可读的时候，就爱找出马、恩和列宁的著作来读，这确是百读不厌，越读使人头脑越清醒的经典作品！

最后，介绍你一个方子：山楂（北京叫山里红）半斤，桑葚三两，蜜枣三两，加水五六斤，煎成三斤，每早晚服一勺，据说对降低胆固醇、软化血管很有效。做一次，起码可服半月。不算麻烦，想这几味药不难买到吧？

想你现在正忙，不多耽搁你的时间。

祝健康！

萧殷　十一月一日

1974年11月11日

拓方同志：

昨天收到你五日夜来信，今天又收到七日来信，知道你已弄到一点枣仁。但陶萍还未回穗，不知她是否能买到枣仁带回来。昨日收到你抄来的药方后，今天就叫保姆去买药，恰好她与一间药材铺的店员认识，而且又是月初，除枣仁外，其他廿一味药全买到了。今晚，已叫保姆将药蒸熟，然后泡上米酒。按照广州浸酒习惯，都须先将药蒸软，否则泡不透，也泡不出药味，这里一般浸药酒，至少须泡十天，愈久愈好。千万不能生泡，更不能只泡三天三夜。杜仲，只能买到海南岛的杜仲，广州人称为"土杜仲"，我家中所存的一些，也就是这种土杜仲。将来你如需要可买些寄去。据说药酒最好用冰糖，不知天津能买到否？

这种药估计不会太热，我因血压高忌服用太热的药物，前一阵因服用了十多天"蛤蚧散"，就导致血压猛烈上升，只好马上停服。这次浸的药酒，我打算服用一段时间，如无异常现象，决定继续服用一个冬天。如有疗效，体质能有所恢复，那就太好了。给病折磨得太久的人，才懂得健康之可贵，现在对许多事都有心无力，实在可悲。

恕我这次写得短而且枯燥无味，因为太疲乏了。

祝健康！

萧殷　十一月十一日夜

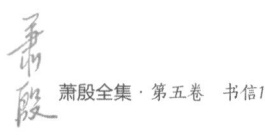

1974年11月29日

拓方同志：

十八日信读悉。

前周，温泉疗养院有个老中医来看我，我将你抄来的药方给他看，他说，我患过冠状动脉硬化症不宜饮药酒，否则脑部出血，四肢便瘫痪。这一来，我打算改为水煎服。可能疗效差些，也只能如此。

枣仁还是没有买到。陶萍在茂名时，据说配药时有枣仁、柏仁等，可是不能零售。当她快离开茂名，却连配药也配不到了。在广州长期缺货，茂名当然不可能有充裕的枣仁。

前几天叫保姆寄去两斤冰糖，不知收到未？寄时是整块的，收到时不会被"摔"成粉末吧？以后需要什么望来信。广东原来是富饶地区，近年来因林贼①捣乱破坏，有些名产在市上已敛迹。且这里出口任务很繁重，所以市面有时不免显得有些紧张。比北京、上海似乎相差甚远。估计明年可能会好些。

我的血压很不稳定，时高时低，实在是伤脑筋的事。你的动脉无硬化症候吧？如果有，对酒也应提高警惕。

陶萍已回来，她嘱笔问候！岭南仍旧遍地翠绿，繁花似锦。早晚虽有点凉意，但中午的阳光却很炙人。

文章已完稿了吧？祝你一切顺利！

萧殷　十一月廿九日

1975年1月26日

拓方同志：

年底因忽患肺气肿被送进医院住了二十多天，如果不是因同房病人鼾声如雷，我大约现在还住在医院里，因他们不调整房间，我只好坚决要求出院，病并没有痊愈，但与其躺在医院里听那种讨厌的鼾声，还不如在家里安静了。体质一年不如一年，人越来越瘦，这是自然法则，大约难以用人们的意志来转移吧？

---

① 林贼，指林彪。

你介绍的药方，在入院前曾服过两三次，但不见什么效果，你服用后如何？疾病总不见减轻，反而愈来愈深重，弄得我几乎对什么药物都失去信心。很希望外出去走动走动，去年就曾计划到汕头或海南去走走，但因体弱，且交通只能依靠长途汽车或飞机，怕经不起颠簸，医生也不太同意，所以总是待在一个地方。至于去北方的打算，现在则完全取消了。

　　陶萍仍如旧，现在家里许多事都落她身上了，大女萌萌现在仍在建设兵团未归，这类事，我已无力去管，结果都落到陶萍肩上，她衰老得也快，心脏病也时好时坏。

　　怕你惦念，胡乱写了一些情况，我的心情也许会加深你的忧虑，但我还是心胸坦然。

　　祝你健康！

萧殷　一月廿六日

1975年4月29日

拓方同志：

　　信已收到一个多月，这段时间倒不是病痛，而是由于孩子的调动问题大伤脑筋。我的女儿下放已六年多，已经廿五岁多了，按常规早就该调回来了，可是由于门路狭窄，竟直至现在还找不到一点头绪。下放锻炼我们一向极力支持，可是下去之后，因无"后门"却无法再回来。要说一辈子落户于农村吧，但为什么一些有权势者却都早把自己子女调回来？而且安排了很令人羡慕的工作。这种情况，深思起来使人痛心。绝不是因为调不回自己的女儿，而是从这现象所显示出来的"风气"——只讲个人关系，完全抛开了原则的情况，不能不令人浩叹。

　　我近来稍好些，因为前两月我几乎无力外出，比较起来，算是有好转，现在我可以在附近的深巷散步，有时也可以到附近的商店去买点零用品。一个多月来，我和陶萍都坚持服用维生素C，同时也服用一些中药，更主要的是天气转暖了。湿度降低对肺气肿患者无疑是一种"良药"，呼吸不这么急促，哮喘也减轻了。很想到郊区走走，但现在还无气力。只要保持现状，能在近处走动走动，就心满意足了。

　　你的工作调动问题[①]，希望今年能顺利解决！他们愿放你走吗？你估计有几分可

---

① 指白拓方欲从南开大学调往北京经济学院。

能？现在什么事都在拖，无论大事小事都拖，实在令人莫名其妙。

　　我的最小的孩子荃荃①已从海军复员归来，顺利地分配到广州汽车制造厂当安装钳工，我们对这工作很满意，因为可以学到不少技术。只是离得太远，他早上五点钟起床，五点半出发，要晚上七时半才能回来。好在年轻力壮，顶得住。

　　我有时也给青年作者看些稿件，提点意见，其他事我就无能力去管了。外面的事情知道得不多，连戏和电影已多年没去看过，现在只在家里看看电视，省得为上戏院而奔波。

　　我这里近东郊，东面就是一片田野，夜晚蛙鼓咽咽，鸣虫喧闹。匆匆祝好！

萧殷　四月廿九日夜

1975年5月1日

拓方同志：

　　三月下旬读了你的信，知道你下厂搞社会调查；因当时健康情况不好：血压一三〇到一八〇毫米汞柱，心律不齐，最快时跳到每分钟一百〇五次。遵医嘱，卧床半月，到四月中我即来从化疗养院休养。就这样，一直拖到现在才给你写信，实在抱歉！

　　从化县温泉，是岭南的疗养胜地，每年从北京及各省都有不少干部来这里疗养，特别是冬天，这里和暖如春，北京的几位革命老人及外宾（如西哈努克和宾努②等）几乎都在这里过冬的。不仅景色如画，且有无色无味的温泉（非硫黄性的），有极高的医疗价值，据说对心血病的疗效特别显著。有一条流溪河穿过山谷，河西是宾馆区，河东是疗养区，中间横跨着一条一百多米长的拱形大桥。两边建筑物很多，青墙绿瓦，古式的、现代的全有，但均被苍松翠竹掩映着，从对岸看，几乎看不见屋宇，只在树丛隙缝处露出一些瓦面或屋角。而疗养区则完全被几千株荔枝树覆盖着，从对岸也看不见建筑物。但这里并不"阴"暗，每座建筑都间隔十多咪③远，屋宇周围都有画墙，墙内是草坪和花园，平日阳光灿烂，鸟语花香。第三疗区的房屋，都是平房，都是琉璃屋顶，但内部则全是西式结构，每栋除客厅外，只有四间房间，每个房间都有温泉浴室。每房住

---

①　荃荃，又名权权，萧殷次子。

②　诺罗敦·西哈努克，柬埔寨前国王。宾努亲王，柬埔寨前首相。

③　长度计量单位米，萧殷信函中多作"咪"。以下均改作"米"，不再说明。

一人，确是疗养的理想环境。

前年我在这里住过半年，这一次，大约至少也要住三个月，最早也得到七月中旬才能出院。初来的第一周，每日都忙于病情检查：心电图、超声波、验大小便、验血、X光透视、量血压、查心律。现在除服用中药和西药外，还进行超短波及按摩治疗。

饮食已比前稍正常，体重也略有增加。因每个疗区都有中西医合诊，所以疗效比较显著。平日，除治疗外，散步的时间很多，有时还在溪边钓鱼，有时则到山间采药，尽可能争取多活动，努力增强体质。

我来疗养院时，陶萍送我来，当天她就回广州了。这里离广州七十多公里，一个多小时的汽车就可到达。

广东的批林批孔运动①，现正进入深批狠揭黄永胜②及其同伙的阶段，据初步揭出的事实，已令人怵目惊心，说明这批反革命分子在"九一三"③前已做了种种布置。这不仅仅是开始，盖子还没有完全揭开。省委抓得很紧，也抓得很稳，所以运动发展得很健康，广州市的一切都十分正常。

陶萍的心绞痛，最近服了中山医学院一位中医的药，已有好转。她有时胸闷，有压迫感，有时心脏一阵阵刺痛，但还不算太严重。现在她在家中休息；只是不能多看书，也不能多劳作。

估计你已从工厂回来，大约有不小的收获吧？

你近来忙些什么？健康情况如何？有空时望来信！

来信寄："广东省，从化县，温泉疗养院，三疗区"我收。

夜已很深，护士来催休息了！

祝你健康并工作顺利！

握手。

萧殷　五月一日夜

---

① 1974年1月18日，毛泽东批准中共中央转发江青主持选编的《林彪与孔孟之道》，"批林批孔"运动遂在全国开展起来。

② 黄永胜（1910—1983），原名黄叙全，湖北咸宁人，上将军衔。曾任中共中央政治局委员、解放军总参谋长。

③ 1971年9月13日，林彪乘飞机坠落在蒙古温都尔汗，机毁人亡，史称"九一三事件"，又称"林彪叛逃事件"。

1975年6月21日

拓方同志：

　　今日收到的第二期《南开学报》①题目都很新颖，因为头痛还来不及阅读。第一期的能否也设法寄一册来？

　　这一个多月没有写信给你，主要是由于病痛。这一次不是老病复发，而是新出现的脑血管痉挛。半月前，出版社送来一部长篇小说原稿，一定要我提点意见，由于作者也是熟人，不便拒绝，便答应了。后来因作者急于回农村，要提前读完。白天来人多，只有夜间才有可能阅读，而且时间太短，迫得在三个夜晚读完。接着右脑胀痛，在室内走动时，左肩膀常碰门框，有时是左膝碰门框或左脚碰桌脚，这表明左上下肢有点失灵。初疑右脑轻微出血，后经检查，断定系右脑血管痉挛。幸好我存有二三两天麻，用天麻、川芎服用三四天后，脑胀痛现象略轻减，但现在不敢看书，否则，右太阳穴就隐隐作痛。不得已，只好静心休息。

　　你近况如何？

　　广州今年雨季特长，早稻可能大受影响。花生、黄豆肯定失收，其他作物还很难说。已入仲夏，但气候还十分风凉，每日几乎总有一阵急雨，这大概也是一种反常吧？

　　陶萍问你好！

握手。

　　　　　　　　　　　　　　　　　　　　　　　　萧殷　六月廿一日晚

1975年7月16日

拓方同志：

　　一期《南大学报》已收到，谢谢！

　　关于天麻的用法：天麻三钱、川芎三钱、钩藤三钱，水煎服（三碗水煎成八分）；可复渣（即再煎一次）。空腹时服饮，或临睡前饮用。一剂可饮两次：头煎于三四点钟（下午）服，复渣的（二煎）于临睡前服。这是一种。另一种服法，用瘦猪肉（或鸡肉、牛肉）二三两与天麻炖汤（用有盖的炖盅，盛天麻、猪肉片，加适量清水，置锅中

---

① 指《南开大学学报（哲学社会科学版）》。

蒸两三小时），据说这种服法更有效。服时，连天麻嚼碎吞服。

自我服用天麻后，至今右脑未痛过。可是，天麻不易买到。还是在前年，一位老朋友从四川给我寄来了一些，他只知天麻医头痛、头晕很灵，便顺便买了点寄来，想不到它成了我的"对症"之药。你如有头晕现象，服天麻只有好处，绝无副作用。天麻如果是生的，须用姜汁泡透，再蒸热。据说要"泡—蒸"七八次，然后才能保证不腐烂生虫。经过这样"制"过的天麻，有点像红薯干，但极坚硬，表皮有皱纹。你可在药店去探问一下，看能否买到。

广东最近又发现了几处石油矿①，其油量据说比大庆还大。连广州市区竟也发现了石油，而且油源丰富，真是大好消息，这样，到一九八〇年后，中国将成为又富又强的国家了。

我最近找到一位中医，他的药主要是治我的体质虚弱，已服用一星期，开始看见疗效。我又可以下楼，在梅花村散步了。广州的深巷与北京不同，我指的是东山区②，这里是住宅区，比较安静，马路两边是画墙，从墙头探出花枝，路不很宽，离闹市较远，乡村味较浓，虽然有时也驰过一辆汽车，但很少，所以在这里散步是舒适的，也是宁静的。

调孩子的事仍无头绪，只能耐心等待了。

陶萍依然如前，她问候你，祝你

健康！

萧殷　七月十六日

1975年10月14日

拓方同志：

上月初收到你的来信，不觉已过了一个多月，这中间我又病了一阵，躺在床上四肢无力，不仅不能外出，连应酬来客也感到吃力。主要是体质太差了，像一架破机器，发条脆了，螺丝钉裂了，润滑油干了……于是运转迟缓，常常发生故障，有时虽及时修

---

① 1971年，南海石油公司勘察队和广东地质局735地质队在三水盆地发现石油，1974年在樟山村打出第一口油井，同年成立广东省珠江三角洲石油地质勘探指挥部。

② 东山区位于广州城东，1917年设区。是广州著名老城区之一，昔有"有钱有势住东山"之说。2005年撤销并入越秀区。

理，也觉得难以恢复原有的性能。身体已衰弱到一天不如一天，每病痛一次，体质就受一次损伤，要完全恢复到五年前那样的体质，似已不可能了。在五年前，我在连山山区，每日跋涉于高山深涧之间，健步于峭壁悬崖之上，那时虽不能说十分健康，但能顶得住而不以为苦，而现在却连散步也不能坚持下去。真是江河日下，不堪回首了。

现在是十月十四日下午一点，十四号台风傍晚要袭击珠江口，广州自然也在它肆虐的影响之下，据说将有十级阵风并伴有暴雨。此刻窗外已风声隆隆，树枝猛烈摆动，疾风横卷着雨点一阵阵扫过。恰恰一星期之前，十三号台风路经广州，虽然时间很短，但当时的情景，却好像一个狂怒的巨兽起劲揪住地上的一切，狂暴地乱揪乱撕，结果，仅梅花村就有十一棵百年大树被摧折，有的连根拔起。市区，处处倒树纵横，碎玻璃飞得满街满巷。幸而广州建筑牢固，尚无房屋倒塌现象，但已经损失不小，今日下午风力将逐步增强，其摧毁力可能在十三号台风之上。这种现象天津可能较少吧？

我现在每日服用一点党参之类的补药，因为别的药品不易买到，从前广州市面可买到鹿茸片，现在也看不见了。中药极缺货，常常连极普通的杏仁等药也无法买到。

你好罢？甚念！陶萍最近则较好，我不能外出，许多事只靠她去奔波。年老病多，可谓悲矣！匆匆搁笔。

握手。

萧殷　十月十四日下午一点

1975年10月15日

昨日写完信，但无法外出投邮，因风雨越来越大。我的四邻都冒雨忙于防台准备，有的把阳台上的盆花搬入室内，有的把竹篱笆加固……到五点钟，电台传来风讯："台风已到珠江口，中心风力十二级以上，有沿海边向西移动趋势……"傍晚不见烈风来袭，大家估计台风已转向湛江地区。一直等到十点钟，人们才安心休息，知道十四号台风已向西移。但今天细细绵绵，气候转冷了。

三期《南开》学报上，仍称周扬[①]为"特务、叛徒"，但据说周已解放了。你还听到其他消息吗？

---

① 周扬（1908—1989），原名周运宜，字起应，湖南益阳人。中宣部副部长、文化部副部长。"文革"中受批判并被监禁，1975年从秦城监狱获释。

匆匆祝好！

十月十五日上午

1975年12月12日

拓方同志：

两封来信都收阅。

我最近已从中山大学生物系买到两三盒"细胞色素丙"，你不必再去分心了。这里有几家药厂出产这种注射液，以中山生物系出产的最纯正。每盒十九元，大概各地的价格都差不多。每个疗程至少四十针，但因我静脉太细，注射时麻烦很多，只打了二十针就停止了，而陶萍还继续注射。虽然只二十针，但其疗效却很显著。现胸部不闷，头脑轻松，食欲好转，四肢也有点力气了。此药既然不能续用，医生拟改用"辅霉A"和"ATP"（即"三磷酸腺苷"）联合注射。这里有不少患心血病的老同志，用这几种药剂治疗后，有的恢复了健康，有的病情大大减轻了。你不妨也试试看。

这里的基本路线教育运动，在农村、工厂、企业单位及大学都开始了，以大学的势头最猛，据说大字报不少，但据说这次运动是有领导的，所以大家比较镇静。有些单位，据说在大字报中揭出不少骇人听闻的事实，如走后门，集体偷窃国家财产，用公家巨款大吃大喝，等等，确是一些群众和广大干部无法容忍的大问题，下一步如何发展，还不知道。据说，上海的文艺界已进入运动，但这里还不见有什么动静，上层建筑的问题不少，我看一次认真的批判与整顿是十分必要的。

每天，我都上医院医病，看书、看稿的时间相对地减少了，季节虽入初冬，但这里还暖烘烘的，太阳的威力还有时使人冒汗。大地仍照常苍翠，有些花也照样盛开。

匆匆祝你健康！

萧殷　十二月十二日

1976年1月23日

拓方同志：

三封信都收到了，十一月上旬读到你离津去北京的信，以为你不久会来信的，等了近一个月，还不见来信，未免有点心焦，一来怕出了什么事故，二来怕你病倒，十二月十五日才读到你的来信，知道你还到大连转了一圈，调工作这样困难，是我意想到的，现在，一点本来极小的事，办起来却会出现意料不到的困难。如南大①还可以待下去，我劝你暂时不动算了，待有机会时再说吧。

我去年在医院过元旦，但没料到今日元旦又在医院度过。十二月廿七日忽然气促难受，被送进医院急救，一住二十多日，现在医生还不同意出院。今年广东出现了百多年来所没有的奇寒，室外冷到二摄氏度，室内五六摄氏度，广州无防寒设备，弄得动弹不得，除烤木炭外，什么事也不能做。待天稍暖，我却病了，因此！这么久未写信，怕你惦念，现虽然执笔仍困难，也只有下决心写信了。

记得你前信问到台风的事，十二级台风是极可怕的，连万吨巨轮都能翻倒，在广州遇到十级台风，许多老树都会被连根拔起。这种风登陆后因山拦阻不断减弱。

据说天津几个高等院校合编了一本马恩列斯文艺论述，有人向我反映说编得较好，书名留在家里，一时无法想得起来，你打听一下李何林②同志就会知道的，能否给我弄两本来？匆匆。

萧殷　一月廿三日

1976年2月24日

拓方同志：

春节期间收到你一月廿九日来信，最近又收到你寄来的《马恩列文艺论著选读》③一本。我还未离开医院，虽然比刚入院时好得多了，但不时还有反复，肺气肿仍然不时折磨着我。住院快两个月，经过各种现代化设备的检查，查明除肺气肿、肺功能较弱外，未查出其他大病。原来医生最担心我已发展成为"肺心病"（这病很麻烦），经检查结果没有。证明我的内部各脏无大严重的问题，这是值得告慰的。最近我打算出院转到从化温泉疗养院去，已获初步同意。估计下月初旬或中旬可能到从化去。

---

① 南大，指南开大学，白拓方时任经济系教授。
② 李何林（1904—1988），原名李延寿，安徽霍邱人。中国作协理事，鲁迅博物馆馆长。时任南开大学中文系主任。著有《鲁迅论》等。
③ 或指《马克思、恩格斯、列宁、斯大林文艺论著选读》，辽宁大学中文系，1972年10月。

春节，我于初一那天回家去玩了半日，晚上就回医院来。两个孩子及萌萌都在家里过春节！这是难得的团聚。可惜我住在医院，不能与他们畅度新春。萌萌是暂时回来，她还继续在农场教书，春节一过，又回农场去了。

去年广州特别冷，在我入院前半个月，这里的气温每天在五六摄氏度，虽然未到结冰的程度，但在广东既是罕有的奇寒了。我的病复发就是由这次寒冷所引起的，现在"雨水"已过，照往年该是初春天气，但这两天都还很冷，于是，我极少外出。

怕你惦念，草草写上几个字。祝你一切都顺利！

握手。

萧殷　二月廿四日

1976年4月23日

拓方同志：

我于四月初来温泉疗养院，仍然住在三疗区。这是我所喜欢的疗区，建筑是一幢幢独立的小型庄院，四周都是翠绿的树林，尤其是荔枝树，已成为郁郁苍苍的林海。在林间纵横着平坦的柏油路，可散步，不许汽车进入。人行其间，花香鸟语，空气极其清新。其他两个疗区都是"办公大楼"式的四层楼大厦，间对间，房对房，很不清净。相比之下，三疗区幽静得多了。

来疗养院，又重新进行各种检查，虽然在两月前我于省人民医院已检查过，而且都有检查说明，可是来到这里却又需要再来一次，似觉多余，然而他们却说非常需要。就这样，我整整一个星期没有闲散过。

肺气肿仍然是主要问题，但这里三位医生经反复检查，却发现我的心率极度混乱，跳几下，停一下，一阵快，又一阵慢，这叫作"期前收缩"。人民医院未查出这个毛病，这里却检查出来了。在治疗上，又多了一件事。

你近来健康情况如何？一切如常吧？有空望来信，通信地址按信封上那样写就行。
祝你一切都好！

握手。

萧殷　四月廿三日

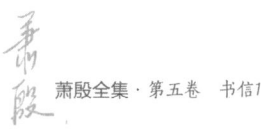

1976年6月2日

拓方同志：

　　来信已收到一个月，近来我不知为什么变得懒于提笔了，上午忙于理疗及打针，下午又得准时去游水，这是医生规定的项目，到了夜晚便躺在床上懒得动弹了。来温泉已两月，医生、护士及病友们都说我的身体比刚来时好得多了。虽然仍旧很瘦（四十三公斤），但精神很好，走路也有点力了。顺便告诉你，我已半年多不吸烟了，吸了三四十年，成为条件反射，所以曾多次戒烟都未戒成，这次在医生严重警告之下，护士严格监督再加上陶萍及女儿的压力，总算彻底戒绝了。拿起笔来这种条件反射已消失，因此旁人吸烟对我已不起刺激作用，可以说，这次戒烟是成功了。但烟虽戒了，痰喘却未减轻，近来情况确有好转，只是痰反而增多了，不知是什么道理，医生只说我肺部仍有炎症，我也怀疑，为什么长期注射消炎剂，炎症总不消失？所谓"期前收缩"，就是脉搏混乱，跳一阵，停一下，一阵快，又一阵慢，这是动脉硬化的一种现象。

　　寄来的小册子也收到，只看了一半，尚未读完。读来信，你的心境我很了解，大家都一样，不说也明白。先写至此，匆祝健康！

萧殷　六月二日

1976年7月29日

拓方同志：

　　又一个多月未写信了，近况如何？昨晚得悉唐山地区地震①，彻夜不眠，京、津亲友面影一张张在脑际闪过，不胜悬念！据说是里氏七级半，摇震程度显然十分猛烈，猜想损失不轻，愿你平安无恙！望即来信，以释远虑！

　　我在温泉住了四个月，体重增加两市斤（共八十九斤），精神尚好，但肺功能却反而虚弱，伸缩性小，呼与吸都短促，储藏在肺内的空气不多，因此每次上坡、上楼或走得稍快时，就上气不接下气，非常难受。医生似乎也束手无策，我打算八月中旬出院回家。

　　杜牧两句诗颇能说明历史变化情况，精辟隽永，耐人寻味。但我现在连这类唐诗

---

① 1976年7月28日凌晨，河北唐山发生里氏7.8级大地震，共造成24.2万人死亡。

也没有一本，在天津旧书店中还能买到否？匆匆祝

平安！

萧殷　七月廿九日晨

1976年9月25日

拓方同志：

八月初收到你的信，知道你在地震时无恙，稍释念。据说北京已搬回室内住居，谅天津也已解除警报？

我于八月底离开温泉，现在广州梅花村休息。因肺功能更衰弱了，稍一活动就气促难受，只好每周到广州市郊一家军医院①去看一次病，因这家医院有一位专治肺气肿和哮喘病的医生，由一位被医愈的病友的介绍，在不得已的情况下，只好抱着去试试的态度去就医。只服药半月，还很难判断，只要病势能抑制住，我就准备继续看下去。

八月十二日，广州也有地震预报，后来听说震中在海南及雷州半岛，才逐渐松弛下来。现在这里一切如常，但震中及其附近地区都搭起席棚，在室外住宿。我的女儿萌萌所在的农场恰在雷州南端，据说一个月来，他们一直在席棚中过夜。现在警报尚未解除。冬天快来了，虽在广东，户外露宿也不好受。

伟大领袖毛主席的逝世②，广州人民与全国各地人民一样，沉入极端悲恸的气氛中，到处是啜泣声，人人脸上都流着泪水。回想我们过去追随毛主席闹革命的岁月，只要一触及毛主席的报道，就禁不住热泪纵横。决心化悲痛为力量，继承毛主席的遗志，把无产阶级革命进行到底！

我有位堂弟郑真③明日要出差到北京天津一带，他在佛山一家工厂工作，如果有可能，他准备去看看你。郑真过去是志愿军，曾在朝鲜作战。

有空望来信！匆匆祝好！

萧殷　九月廿五日

---

① 指解放军一五七医院，在广州市沙河梅花园。
② 1976年9月9日，毛泽东逝世。
③ 郑真，萧殷堂弟，广东龙川人。

1976年11月20日

拓方同志：

　　回津后写来的信已收到。前月寄来的书及寄自济南旅次的短信均收到。不过以后来信希望写明"三十五号二楼"①，因为二楼与楼下各有各的门，如不写明二楼，邮递员就可能把信投入楼下的信箱中，有时可能托保姆送上来，有时也可能置之不理的，你的第二封来信，在楼下搁一个多星期，后来还是一个小孩子看见才拿过来的。

　　书很好，美国小说与苏修剧本的艺术水平都极低，尤其是《四滴水》②结构低劣，近于无聊，其他各书（尤其是《欧洲各国哲学》③）均好。

　　你居然能爬上泰山，令人羡慕！我因肺气肿，连上三层楼都困难。在干校时我还能爬上高山去打野火，近年来肺功能越来越衰弱，虽服用各种药物，但毫不见好转。现在冬天来了，处处得特别小心，万一感冒起来，肺部的毛病马上就要复发。过去两个元旦都是在医院中过的，希望今年能摆脱这种不幸。

　　四人帮④揪出之后，人心大快！这批家伙真是败类之集大成，从生活到政治像这批家伙这样坏的，在历史上不容易找到先例。

　　"四人帮"在天津也有据点，不知现在揭得怎么样。"四人帮"对广东早想插手，但插得不深，他们在这里的嫡系爪牙不算多（明显的有个把子），但他们的影响都不能低估，想为他们抬轿子以便为自己向上爬捞点资本的人，却不算少，因而清算他们反动派路线的影响，还是艰巨复杂的。每日来人很多，本来前天就提笔，想不到今天才写成。

　　陶萍问你好！　祝你健康！

萧殷　十一月廿日下午

---

　　① 1973年年初，萧殷住宅门牌由梅花村31号改为"梅花村35号二楼"。

　　② 《四滴水》，苏联作家B.罗佐夫著，北京师范大学外国问题研究所苏联文学研究室译，人民文学出版社1976年版。

　　③ 《欧洲各国哲学》，当指《欧洲哲学简史》，辽宁人民出版社，1976年6月。

　　④ "四人帮"，指王洪文、张春桥、江青、姚文元，1976年10月6日被抓捕，定性为反革命集团。

1976年12月13日

拓方同志：

接你旅行回津后的来信，曾复你一信，未见回复，天津地震①后也不见你来信，不能不使人悬念！

据传闻，天津此次地震烈度不下于上次，倒塌房屋甚多。有从天津来广州避震的，我曾打听南大情况，但对方对南大情况茫然，很是失望。

但愿你无恙！我多么盼望你能完成《资本论》解说的著作！

接信后，望即来信，哪怕是两个字也好！

祝平安！

萧殷　十二月十三日

1977年2月21日

拓方同志：

春节前接读来信，你可能因久未收到我的信有点悬念，我也猜想到这一层了。可惜这段时间又因气候变幻无常，我的肺气肿多次受到威胁，这一次差点又被送入医院，后在室内增高气温，感染情况才没有恶化。你以前的两封信都收到了，由于病没有及时写信，害得你惦着，实在过意不去。

这两年来，世界的气候都似乎有点反常，记得一九五九年十二月，我带了最小的孩子从北京来广州，一到车站就忙着替孩子脱毛衣，以后住在暨大，每日还带孩子到天台上冲凉水浴。可现在，却一年比一年冷，据说粤北地区下了雪，雪封了路，吓得一些未见过雪的司机不敢开过去，他们摸不透那一片白皑皑的东西到底会出现什么情况，就倒转车头回来了。广州虽未下雪，但到深夜据说曾下降到零摄氏度，我们早晨在天台上看见冰凌就是证据。这种情况在广州的历史上恐怕没有过，所以广州人冷得连所有商店里的毛衣、棉衣、棉被、毛毯都几乎买光了。上海朋友来信探问："广州气温下降至零下十摄氏度，确否？"这倒不是事实。平常的冬天，广东如果下降到十摄氏度就算是隆冬了，今年常在四五摄氏度，深夜到零摄氏度，是很不平常的严冬了。

---

①　1976年11月15日夜，天津宁河县发生6.9级地震。

萌萌还未回来，春节前本打算回广州来度春节，后来据说可能叫她去考中专，现在接来信已考过试，是二轻局的中专，但不知结果如何。萌萌的两个弟弟葵葵和荃荃都已上大学（荃荃决定上广东工学院机械系汽车专业，下月初入校），当姐姐的倒入中专。她自己于一九六八年已高中毕业，而两个弟弟连初中也没读完，这种现象实在不知叫人说什么好。

陶萍问候你！祝你健康！

萧殷　二月廿一日

买不到像样的毛笔，只有用钢笔。现在的毛笔买到不到一个月就秃毛了。天津是否能买到像样的"狼毫中楷"？如好买，请帮我买三几支寄来，如没有就算了，值不得去劳神。

1977年3月20日

拓方同志：

前十天，赶着给《人民文学》写了一篇《英雄形象乎？"内奸典型"乎？》①的短文，三千五六百字，算是纪念《讲话》②的文章，更着重的是痛斥"四人帮"关于"无产阶级英雄形象"的歪曲，已寄去，说是四月号刊出，不知符合他们标准乎？现在我正在为《广东文艺》赶写纪念文章，我想在思想改造上谈谈感想，已考虑得差不多，只是来人如鲫，白天极少时间动笔。前四篇文章都是在夜晚写的，不过已不似从前，十点钟以后既不能睡眠也无法继续工作。所谓夜晚，只是晚饭后到睡觉这段时间。梅花村是高干相当集中的住宅区，即在夜晚来串门的人仍然不少，特别是揪出"四人帮"之后，想发泄的话就更多了，"夜谈"似更适宜。

我深知自己的体质，经不起过分紧张的精神活动，所以抱着"能写多少就写多少"，同时因体力差，每次提笔绝不超过一小时，这中间，或与客人闲聊天，或到阳台上去料理花草，或洗洗衣服，等等。时断时续，毫无紧迫之虑，是我近日写文章的状态。

你的文章没有被采用，说明今天的社会风气还不够正常，他们也不一定赞成他的论点，但令人奇怪的，他们竟不敢发你的文章。以后希望你多写文章，戒律已除，那就更

---

① 改题为《是"革命英雄"，还是内奸典型？》，刊发于《人民文学》1977年第4期。
② 指1942年5月毛泽东《在延安文艺座谈会上的讲话》。

应多写了。

萌萌可能回来，据说可能入师范学校学习，令人啼笑皆非。萌萌一九六七年高中毕业，过了九年多，才叫进师范学习，而她的两个弟弟，实际只在小学毕业，现在都进了大学。陶萍问你好！祝

健康！

萧殷　三月二十日

1977年4月1日

拓方同志：

廿五、廿七日两函均收到，"小楷狼毫"不能用，不要买了。以后再托人到北京去看看，如买不到好的狼毫，准备买"五紫五羊"①（半硬软的），但估计较好的"五紫五羊"也不一定能买到。现在的毛笔似乎都是粗制滥造的，我曾在广州买过几支狼毫，只写了一星期就报废了，实在令人哭笑不得。

《刘禹锡集》②能买到，这太好了！我从前有过很好版本的《刘宾客集》，于八九年前被人拿走了。此人诗风富有民歌色彩，尤其"竹枝词""柳枝词"等，都是别开生面之作。如果这本《刘禹锡集》真包括他的全部诗作，那就太好了！前两年，我看见一些所谓诗文选谈之类，如《王安石诗文选注》③，用所谓法家观点选的，结果连许多代表作也被扔掉了。说理诗留了一些，抒情诗都抛到一边，我很奇怪：难道法家连抒情也忌讳吗？

我现在正在起写第六篇短文。给《人民文学》寄稿后，又给《广东文艺》赶了一篇《一定要把立足点移过来》④，算是纪念《讲话》发表35周年，这篇竟超过五千字，是我执笔之初未料到的。现在身体尚平稳，继续找寻猫肺，准备继续服用。《创作论》也打算继续往下写。

---

① 五紫五羊毛笔属羊狼兼毫毛笔，刚柔较适中。

② 《刘禹锡集》，上海人民出版社，1975年11月。《刘宾客集》四卷，中华书局曾出版线装本。

③ 《王安石诗文选注》，广州铁路局广州分局、广州工具厂、广东省军区、中山大学王安石诗文注释组，广东人民出版社，1975年5月。

④ 萧殷：《一定要把立足点移过来》，《广东文艺》1977年第5期。

萌萌已调回来,是到广州第一师范(中专)学习,一九六八年高中毕业,在农村锻炼近九年,回来才上师范,令人莫名其妙。能回来就好!管他!

陶萍问你好!匆匆祝健康!

萧殷 四月一日夜

1977年5月4日

拓方同志:

四月七日信早收到,下旬收到你寄来的三本诗集,比较起来,我还是更喜欢刘禹锡的诗,当然他的深度似乎又没有超出李商隐和杜牧,尤其是论史的诗更是如此。

春节以前我服用了五次猫肺炖罗汉果(每次一个猫肺、半个罗汉果,罗汉果是广西特产,甜极润肺),疗效显著,周钢鸣[1]服了七个,哮喘大有好转,最近杜大姐(杜君慧)[2]服了两次,病减去大半,一身轻松,她高兴极了。唯这里不易找到猫肺,因服用的人渐多,僧多粥就少了。最近我又设法弄来十几个,每日炖服,去痰似不如初服之时那样灵验,但对加强体质,却日益见效。

四月的《人民文学》可能最近要出来,那篇文章[3]如果被刊出来,也是一篇被砍削得残缺不全、不三不四的东西了。我原是以毛主席的一段话为武器来反击"四人帮"的所谓"塑造无产阶级英雄典型"的,拆穿其假面具,指出他们挂羊头卖狗肉。不幸《人民文学》编辑部竟不理解毛主席那段话,那段话是:"革命的政治家们,懂得革命的政治科学或政治艺术的政治专门家们,他们只是千千万万的群众政治家的领袖,他们的任务在于把群众政治家的意见集中起来,加以提炼,再使之回到群众中去,为群众所接受,所实践,而不是闭门造车,自作聪明,只此一家,别无分店的那种贵族式的所谓'政治家'——这是无产阶级政治家同腐朽了的资产阶级政治的原则区别。"(见《毛选》横排袖珍本八二三页),我以为我们写的英雄,首先应当是无产阶级政治家——即依靠群众,代表群众利益,为群众说话,来自群众,走向群众的政治家。因此,我在驳斥"四人帮"的同时,也阐述了我们心目中的无产阶级英雄形象是什么、如何塑造。因

---

[1] 周钢鸣(1909—1981),原名周刚明,广西罗城人。早年参加左联。中国作协理事,广东省文联副主席,作协广东分会副主席。

[2] 杜君慧(1904—1981),笔名卢兰,广州人,左翼作家、教育家。

[3] 即指《是"革命英雄",还是内奸典型?》一文。

而，破中有立，把毛主席这段话具体化了，发挥了。真未想到，四月初，该编辑部一位编辑给我来了一封信，并附一分条样，说我把这种"政治家"当"艺术形象"来理解是"误解"，他们认为应当把这种政治家理解为"文艺作者"。

于是他们把毛主席这段话删去了，在文章中凡是我发挥这段的段落也被删去，纪念讲话发表的副题也被去掉了，变成了一篇非常蹩脚的杂文。来信说可以修改，但不要增多或减少字数，这就等于不准修改。这样，连最后一段本应删去的一段，我也不动它了。就这样，杂文不像杂文，论文不像论文，本来有破有立，可现在只留下臭骂"四人帮"的文字。我本来想发个电报，不想发表了，后来一想，还是留点情面，由它去罢！以后坚决不写第二篇了。匆匆写了一封短信，其中说："毛主席这段话中的政治家，既不是指'艺术形象'，也不是指'文艺作者'，而是指干部……"这种乱砍乱劈的作风，令人瞠目结舌，也使人莫名其妙！

《广东文艺》全国各地都发行，并且还出口到外国。香港我们办的报纸还转载其中一些文章。四月有我一篇《人物、情节、主题》，与"四人帮"从概念出发唱对台戏。五月份有我一篇《一定要把立足点移过来》，是为《讲话》发表35周年而作。六月份不准备投稿，现正在为七月的《广东文艺》写稿，题目可能是《人物先还是情节先》[①]，不准备写长，约二千字。八月准备写环境与性格的关系问题。你在天津如找不到《广东文艺》，我可设法寄去。三月号的刚出售不到一星期！竟卖光了。四月号的一定设法寄上。

广东已很热，最高温度达三十摄氏度左右，最低温度也在二十摄氏度以上。但很旱，至今还未下过大雨，稻田缺水，每县都还有三分之一以上的田还未插上秧。插秧季节已过，所以夏季收成肯定将成问题。

陶萍问你好！

广州一年比一年地高了，不是地面高，而是屋顶越来越高。因地皮少，房子见缝插针，而且只能向高处发展，六楼八楼是普遍的，六楼以下的越来越少了，最高的达到三十三层。我住宅旁边，突然起了六层大楼，把西照的太阳遮住了。匆匆

祝好！

手越来越抖，字愈来愈不像样了。

萧殷　五月四日

---

① 应指《人物和故事——〈创作论〉片断》，《广东文艺》1977年第8期。

1977年8月3日

拓方同志：

很久未写信了，你好吧？我近来虽然一切依旧，杂务也不少，但却疏懒得多了。一方面感到精力衰萎，很难应付各种各样的"任务"，抱着"尽力而为"的心情，凡感到力所难及的就不勉强去做。另一方面，因年老体衰，行动迟缓，工效低微，过去两小时做完的事，现在竟要做两天还完不了，而且做得很辛苦。于是不仅文章写得少了，连信也写得不多。

六月底—七月初，广东省开了一次创作会议，算是第一阶段，据说八月间还要续开第二阶段。照第一阶段的情况看来，只是限于原则问题上，实际问题多得很，而且最麻烦的是这些实际问题，但似乎还未引起注意。什么事都不能操之过急，只能与大家一样，静静等待，到了一定时期，这些实际问题也许都会解决吧？

这两个月，我一篇东西都没有写。虽然，上海、北京、西安等地的刊物都来信要我写《创作论》，但忽然情绪下降，不似前两月那样感兴趣了。连我自己也说不出理由来，什么都觉得很淡泊。

三中全会①公报传到广州，这里全城欢腾，这种兴高采烈的景象，大概只有解放军进城时才能相比，爆竹齐鸣，鼓锣喧天，比什么春节都欢乐。人们的心情都变了，这里常去菜市买菜，买肉的保姆在这若干年来，几乎每日对菜市场的服务员都要骂一阵，每日都对那种极其恶劣的服务态度咒骂一阵，可是近来据说，这些服务员的态度好得多了。其实也不奇怪，大家认为邓小平同志复职，说明中央的决心，大家觉得国家有希望了，革命前途也有希望了，于是从前那股闷气消散了，那种一碰就冒火的脾气消失了，代之以平心静气。……这种现象很能说明民心。现在基层情况都很好，很正常。但不是各层都这样。

广东对"四人帮"的批斗，到目前，已揪出了几股"势力"，全是一些在一九六八年以后坐直升机爬上来的头头们为首的，有的是中央委员，有的是省委常委，有的是省委……但都是未闻过民主革命炮声的一些政治扒手，而他们在这几年来的所作所为，其恶劣的程度，都不在王洪文②之下。他们的目标是篡党夺权，连将来的职务都内定好

---

① 指中共十届三中全会，1977年7月16日至21日在北京召开。

② 王洪文（1935—1992），吉林长春人，"四人帮"之一。原为上海十七棉纺厂工人，"文革"中平步青云，中共十大当选中共政治局委员、中央副主席。

了。全省人民对这些败类的批斗，当然万众一心，无不叫好。但"四人帮"的余孽是否算已肃清，恐怕还很难说。

广东今年热得特别早，也热得很出奇，平日达三十五摄氏度，但却使人汗流不止，是我在广东从未碰到过的炎热。我从一九六〇年冬调回广州，没有一年像今年那样热，过去，我住在梅花村，在夏天就用不着风扇，可是今年却非风扇不能度日。有风时还可以过得去，无风时就像火烤一样。而无风的日子却特多，这是与往年不同的。同时，因我近边建高楼（已达八层），储水池繁殖了大量的蚊子，把幽静的梅花村弄得污秽不堪，夜间蚊虫猖獗，连静坐都不可能，哪里还能写什么呢？近一星期来，却又来了台风，虽不是台风中心，但暴雨侵袭，空气的湿度极高，而患肺气肿的人是最怕空气潮湿，因此，虽是夏天，我还是气喘不已，非常难受。

从这些，你可猜出我的心境。

家中一切如常，陶萍的病似比去年稍微好转，殊堪告慰。她嘱笔问候你，祝你健康！

握手。

萧殷　八月三日

1977年10月4日

拓方同志：

九月二十日收到你的来信，当晚就要搬到东方宾馆去参加广东省文艺创作会议①，曾将你的信带到宾馆，准备在会议空隙时给你写信，但未料到，日程排得非常紧，白天开会，晚上看节目。来参加的千余人，其中熟人不少，但竟无谈天的时间和机会，因此，给你写信的打算，自然也给破坏了。

大会开了八天，我发了言，题为《狠批"三突出"，努力创造高大的英雄形象》，大会印发了，现在《南方日报》要发表，但我还无时间来修改它，共九千多字，很想删短些，但很难下手。

《人物和故事》②中的"手记"，在"文化大革命"之前，我是常爱记这些富有特

---

① 1977年9月23日，广东省文艺创作会议在东方宾馆召开，标志着广东省文联正式恢复活动。
② 萧殷：《人物和故事——〈创作论〉片段》，《广东文艺》1977年8月"创作谈"。

征的细节或场景的,可是在一九六六年被抄走了,以后再没有心情去记录。这里用的三节是临时想起来的。在脑子里这类印象积累了不少,可是我没有把它们记录下来。

陈残云①、周钢鸣等在抗战时间就写东西,一九三六年周在上海左联参加活动,写过《怎样写报告文学》,一九三八年出版,此后似乎再没有写过什么书。陈在抗战时期在香港,新中国成立后曾写过几部电影剧本,如《南海潮》《羊城暗哨》等,有长篇小说《香飘四季》,在广州,算是能写的作家了,已六十三岁。周已六十七岁,都比我年纪大。

八月六日来信,早已收到,因忙于琐事,每天来人不少,要花费不少时间去应付,因而读书与写东西(包括写信)的时间,就被挤掉了。

"按劳分配能产生资产阶级",是一种荒唐可笑的谬论。只要有一点实际经验的人,大概都能认清它的荒谬。除了别有用心,谁会承认它是真理?最近在广东人民出版社出版了一本《评"四人帮"对"唯生产力论"的"批判"》②,他没有用真名,却署名为"林子力""有林",是"征求意见稿",我还来不及读,但据读过的人说:"写得很精辟,很有说服力",你可能已经读过。马克思主义不怕"围剿",越剿越有生命力!

我近来精神尚好,南方秋高气爽,是一年中最舒适的季节。前两月气候炎热,但到大寒时候,又容易感冒了,这是难关。每一感冒,肺气肿就受感染,到这时候就非进医院不可了。所以天气一冷,陶萍就为我担心。从去年开始,一入冬就加强防寒设备,甚至根本不外出,以防感冒。这是体弱的表现,在过去,我一点也不怕寒冬,可是现在体质衰弱,抵抗力大大降低了,不能不格外注意。

这次创作会议决定,恢复省文联(各协会以后逐步恢复);一九六六年以前的书,准备选一批重新出版,戏剧、电影也如此;业余作者的稿费决定恢复,专业作家等中央规定后才恢复。

匆匆祝好!

握手!

萧殷 十月四日晚

---

① 陈残云(1914—2002),广州人,新加坡归侨。小说家、戏剧家,著有《香飘四季》《羊城暗哨》等。广东省文联副主席,作协广东分会副主席。

② 林子力、有林:《评"四人帮"对"唯生产力论"的"批判"》,广东人民出版社,1977年6月。

偶而读到今年第三期《南开大学学报》，水平比从前提高了，有关文艺的几篇，都写得不错。顺告！

1977年11月3日

拓方同志：

十一月二日收到你十月廿八日来信，很欣慰，久不接信，以为你出了什么事，读了来信，知道你闹头痛。我前年七月一连三晚读了十七万字的长篇小说原稿，待读完"读后感"后，左脑竟剧痛起来，痛得坐卧不安，第二天，右臂右腿有点麻痹，走路脚碰椅脚、床脚，右臂碰门框，我怀疑左脑出血，即去医院门诊，据诊断，是脑血管痉挛，需要"天麻"，但医院当时没有天麻，幸好一九七三年一位在四川工作的老同学曾寄来几两天麻，一直存着没有用，我回家后即找出天麻（处方为：天麻三钱，钩藤三钱，川芎三钱）用炖盅炖服，三天炖三剂，每剂煎两次，服完三剂，头痛及右肢麻痹现象即停止。天麻是血管痉挛的对症药，是医治头痛的著名的中药，是四川、云南、贵州产品，所以药房不易买到。我看你的情况很像血管痉挛，如能找到天麻，不妨试试，反正服天麻也没有什么副作用。如天津中药铺买不到，可设法找在四川的友人想想办法。如四川无熟人，望即给我来信，我在广州大约可以找到的。因不少人都珍藏有这类良药。

李克异①已十多年不听消息了，一九六四年我在中南局时，知道他因哮喘，不宜长住岭南，让他到洛阳拖拉机厂去生活，同时还保留珠影编剧的名义，我那年到洛阳时曾看见他，他的哮喘症却大有好转。可是自"文化大革命"后，再未听到有关他的消息，你说他还在珠影，我倒有点奇怪，我一直还以为他仍在洛阳。昨日我本想到珠影去，因临时有事没有去，以后有机会准备打听打听。他的小说如果写得好，不愁无出版的地方。

今天接医院来信，我决心后日入院治痔疮，是中医疗法，据说能根治，不知要住多少时间，我估计，最多半个月大约足够了。

《习艺录》②已编出来，八万多字，年底可出版。这是"文革"后我的第一本文艺

---

① 李克异（1919—1979），原名赫维廉，辽宁沈阳人。小说家。时任珠江电影制片厂编剧，有作品《归心似箭》等。

② 萧殷：《习艺录》，广东人民出版社，1978年3月。

短论集,届时一定寄你一本。陶萍问你好!匆匆

祝健康!

萧殷　十一月三日

郑真昨日刚从北京归来,我尚未看见他,准备托他买再造丸,勿念!

1977年12月22日

拓方同志:

两封信都收到。半月前恢复了文联①与作家协会之后,又到政协会②去参加了十天会议,这种会议,形式多于内容,都把人弄得十分疲倦。

你在理论上的胜利,我也十分高兴!对这个反动观点(所谓:执行按劳分配原则会产生资本主义),我也极力反对。在所谓的"朋友"中间,也有"党内存在着一个资产阶级"论者,我曾多次反驳他的谬论。这类人大都抱有不可告人的政治野心,水平极低,但却有时表现出"不可一世"的派头。这类人现在虽然不敢公开发谬论,但背后的活动并不能低估。这表明斗争将是长期的、曲折的、复杂的。

我们这里是全国第一个恢复文联及各协会(作协、美协、音协、剧协、舞协)的省份。在抵制"四人帮"方面,广东的作家和艺术家是极其齐心,态度也是极其鲜明的。因此,我们在这方面,不像其他省份那样复杂。原来安徽省是应该最先恢复文联的,因原省委书记宋佩璋③在"四人帮"被粉碎后还捂了八个月的盖子,蒙蔽了不少人,文艺界也大受其害,因而现在需要清理队伍,待队伍整顿完毕之后,才能恢复文联。这一来,广东倒走到前头了。现在,各种活动也正在恢复。我除任文联副主席及作协副主席外,还被推举担任《广东文艺》主编及理论工作委员会主任,刊物可能恢复过去的刊名《作品》④,但现在尚未最后确定。我本来不想担任这么多工作,但大家极力推举,众情难却,只好勉强担负起来,我要求有几个助手,不知结果如何。

---

① 1977年12月5日至11日,广东省文联召开第一届第二次全体委员(扩大)会议,"文革"后恢复活动。

② 指政协广东省第四届委员会第一次会议。

③ 宋佩璋(1919—1989),河北临城人,曾任安徽省军区党委第一书记、安徽省委第一书记。

④ 《作品》杂志创刊于1955年4月,中国作协广州分会主办,其后两次停刊并更名。1972年1月复刊,改名《广东文艺》,1978年7月起恢复原名《作品》。

我的书已交出版社，定名为《习艺录》，八万余字，已付印，待书出后，一定寄你一本。

我住院期间，李克异同志曾来信，我的女儿已复了信，可能说我住医院，不能看稿子。后来不见他来信。我这里的确来稿太多，会议也多起来了。待过了这一阵，稍有空暇时，再写信约他来坐坐。陶萍问你好！祝

健康！

萧殷　十二月廿二日

我看书、写信都要戴老花眼镜，否则什么也看不清。

1978年1月14日

拓方同志：

　　昨日收到你十日来信，知你要来广州，我和陶萍都很高兴！十多年不晤面，又获重逢，真是难得，特别是在此有限余年，更觉意义深长。希望你下决心！一定来走一趟，祖国的南方，另有一番风光，不能不看看。

　　狼毫笔已收到，很理想，我要买的，正是这种比较刚硬的毛笔。

　　《南开大学学报》的质量，比其他许多大学的学报好得多，特别是《湘潭大学学报》[①]（也许因为是初办），简直不像学报，已无研究成果，也无像样的学术文章，可是它的篇幅比任何一种学报都大。

　　《习艺录》可能这几天会送条样来，准备尽可能再做些修饰。因时间不多，再大的修改是不可能了。

　　上星期日，分别给《南方日报》《广州日报》各写了一篇谈"形象思维"的短文，来逼稿的不局限于广州，几乎全国各文艺刊物都来信（有的还来人）索稿，力量有限，我只能量力而为。

　　现在广州仍然很暖和，今日摄氏十九度，只穿件毛衣就行了。十天前曾经下降到摄氏十四度，算是很冷的了。往年最冷时，广州的温度下达摄氏七八度，已经是广州的严寒天气。因今年广州还未冷过，估计一月中下旬到二月中可能气温下降，所以你来时，要带毛衣和棉衣。那时正是立春季节，照理有雨，所以雨衣也需要带来。

---

① 《湘潭大学学报（哲学社会科学版）》创刊于1977年。

作协没有招待所,在"四人帮"(也可以说是林贼)猖狂时期,省"文艺办"(省委单位负责人及工作人员,几乎全是当兵的)竟将文联会址(四层楼的一座建筑)占去办招待所,可是我们文艺创作室却连开大会的地方也没有。最近我们的文联及各协会已恢复活动,于是我们通过省委,把那座楼也收回来了,马上让三个协会(美协、剧协、音协)搬进去。你所听说的招待所,就是这一个。我看这一层,你不必担心了,就住到我家里来好了。除了广州副食品供应较紧张之外,别的都没有问题的,你来时,如果方便,就买几个猪肉罐头带来吧!广州除吃肉较困难外,其他方面还可以勉强对付的。

我准备请郑真出来陪陪你到市内逛逛,因我自己行动困难,陶萍也不行,所以你一到长沙时,希望马上写封信来。买好来广州的火车,望即刻发个电报来。这样接到你来信(自长沙发的)我即刻写信叫郑真来广州,接到电报后,他便可到火车站去接你。

在广州火车站出站后,乘三十路汽车到铁路局站下车。车费一角一分。下了站再走一段路,梅花村在六十二中学东面。进了梅花村大门,有个广场,广场边有新建的两座高楼,紧靠高楼边上的,就是三十五号,由旁边的台阶上二楼。

李克异同志的长篇[1],出版社同志来告诉我,说作品质量很高,现正要他做修改,是克异直接写信给省委文教书记吴南生[2]同志,吴即派人去取作品,并即交出版社。这种事,只有吴南生同志能办到,信就写到这里吧!

祝好!

(你到长沙时,希望同时给郑真写封信,这样可能更及时。)

萧殷 一月十四日

---

[1] 李克异:《历史的回声》,广东人民出版社,1981年2月。

[2] 吴南生(1922—2018),广东潮阳人。曾任中共广东省委书记(那时设第一书记)、广东省政协主席,兼任深圳市委第一书记。

1978年3月30日

拓方同志：

　　你在广州期间，逢我患病，未能陪你外出，实在感到心疚！现在我又住在中医院，这次是我们单位的秘书长一定要去看看病，我不愿到西医院，她只好陪我到中医院诊病，谁知医生一摸脉就将我"扣留"下来——要住医院，已住院一月余，痰虽有一些减少，但食欲极坏，每顿只能吃一两粮食，体质既无法改善，肺功能怎能好转？

　　长沙来信，早收到。

　　……最近我们省委文教书记吴南生同志亲自抓落实知识分子政策，我的工资问题，在大会、小会都被提出，也可能有解决的希望。等着瞧吧！

　　我的工作仍未减轻，在医院也不断审阅稿件。

　　祝你调动工作顺利！陶萍问你好！

　　握手。

萧殷　三月三十日

1978年5月27日

拓方同志：

　　来信收到，我近日忙乱不堪，主要是来人多和审阅稿件没完没了，因此，自己写稿、读书时间，几乎全被挤掉了。整天忙忙碌碌，到晚间回头一想，都空空洞洞！这样过下去，真可怕！现在已想出一个办法，在梅花村后面，找到一个朋友的一间空房间，准备每日上午到那里去，"躲"半日，集中力量写点什么或思考些问题。最近准备为人民文学出版社编一本《论生活·艺术和真实》，约廿万字，都是旧稿，看编时，有些地方总难免要作些修改。另外，要给广东人民出版社重编一本《谈写作》，约廿余万字，也是旧稿。两本都是下半年交稿。人民文学出版社要求六月底交稿，恐怕太急促，我努力去做，看看能不能完成。

　　《文艺报》准备七月复刊，要求我六月中交一篇论生活和创作关系的文章。现在也在准备中。

　　《习艺录》于五月初只印了一万五千册，一下子抢购一空，连样书也还未送来。现在据说加印一万册,准备送到北京、上海发售的,六月初可送样书来。届时一定奉寄一册,勿念!

你的工作调动如何?能到北京当然最好,但南大是否肯放人?我在前一阵闻说北京要调我去,广东可能不肯放,后来就无消息了。我对此很冷淡,调不调都无所谓。

陶萍问你好!祝健康!

萧殷　五月廿七日

1978年6月13日

拓方同志:

收到你的信,不觉已一个月。这段时间,我虽然一走动(或上楼梯)就气促,但体质上似乎已有好转,所以上班的时间增加了。近来,大家一致要我抓《广东文艺》评论栏,要阅读的稿件也增多了。稿子倒没有写,因杂务已多起来。当然,我基本上还是在家的时间多,一星期去机关三四次。欧阳山①也搬来梅花村,与我算是邻居,他这半年来在精神上也好多了。五月廿三日大型座谈会上他还做了发言,有谈有笑,人也显得年轻些了。这一切,都证明情况在好转。据说巴金②在《文汇报》发了一篇文章,人们注意到他提出"四人帮的余党尚在"(大意),很准确,也很尖锐,可惜我还未读到。我与他很熟,已十余年未见面了,打算不久给他写封信去。

广东情况总是那么平稳,是好?是不好?难以判别。上海由于表演得充分,矛盾彻底暴露了,所以来一个干干脆脆的"大换班",是坏事变好事的典型事例,令人欢欣鼓舞!广东文艺界经这些年的大考验,证明是不错的,一些较闻名的作家、艺术家都经得起考验:"威武不屈,富贵不淫。"现在大家都准备上阵,只等中央具体指示下达。多少年来都是这样,中央不下达具体指示,大家都茫然不知所向。其实文艺路线、方向、方针,毛主席在三十五年前就已确定,而且十分明确;可是这若干年来,被东搅西拌,头脑给搅乱了。不来具体指示就不敢动。

---

① 欧阳山(1908—2000),原名杨凤岐,湖北荆州人。著名作家,著有《三家巷》等。作协广东分会主席,广东省文联主席,中国作协副主席。

② 巴金(1904—2005),原名李尧棠,四川成都人。著名作家,著有长篇小说《家》《春》《秋》等。全国政协副主席,中国文联副主席,中国作家协会主席。

五月中旬是个旱涝的分界线，今年入春以来，直至五月中旬未下过一场像样的雨，干旱现象严重，许多稻田未插秧。自五月中旬开始一直到最近，却又天天下雨，据说粤东地区已有数十万亩泡在水里，插下的秧也给淹烂，冲走。幸好这两天已放晴，愿老天从此晴朗下去，否则，连许多家伙也被沤得快发霉了。

据说现在正在开教育工作会议，有什么新精神？望来信谈谈！又听说七月将召开文化工作会议，按照我在前面所说的"等待具体指示"的心情，你便可想到大家对文化会议的期待之殷切，真不下于雪天望炭。

我和陶萍近来都还平稳：不患大病，就算健康了。郑真已回来，他简单谈到会见你的情况。所传我六月赴京并非事实。按我现在的体力，我实在不宜走动，也无力走动。

胡乱写了一通，目的是向你报平安，免得悬念！匆匆

祝愉快！

萧殷　六月十三日

1978年10月7日

拓方同志：

好久未写信了，你大概已经搬到北京了吧？近况如何？念念！

我除了患病之外，就是忙乱。来人不断，读者来信来稿没完没了，加上《作品》月刊的编务，文联党组的会议……就够了；何况还有许许多多意外的、琐碎的杂务。因为主要时间被这些琐事占去，结果《创作论》中断了；几个大文艺刊物的催稿只能以"病和忙"推诿掉；最糟的，连整理自己旧作的时间也抽不出来。本来人民文学出版社约定我六月底把《论生活·艺术和真实》编完，下半年出书，不料六月初病入医院，出院后又被一大堆事务纠缠着，计划被彻底破坏了，我决定十月初开始，先挤时间把这本书编出来，以后再设法挤时间编《谈写作》，这两本书共四十来万字，几个出版社都想出版。为了这，只好暂时放弃写其他文章。

"实践是检验真理的唯一标准"的争论①据说很激烈，其实，对方并未公开发表什么文章，他们为什么不敢公开争论？这是使人一想就明白的。

---

① 1978年5月11日，《光明日报》发表《实践是检验真理的唯一标准》一文，引发真理标准问题大讨论。

中秋已过，但岭南还是像夏天那样炎热，只是早晚稍稍有点凉意罢了。我最容易感冒，一感冒就会引起肺气肿感染，一感染便要入医院。今后得特别留心，力争不进医院！

萌萌已到《作品》编辑部工作①，葵葵于工学院毕业后已分配回糖纸公司工作，经常出差。权权继续在工学院学造汽车。陶萍为我的病很挂心，也影响她的健康，她只有时去开会，不去上班了。

有空望来信！祝工作顺利！

握手。

萧殷　十月七日

1979年2月22日

拓方同志：

上月底曾收到你从杭州发来的信，知道你如往常那样怀着对祖国山河的浓烈兴趣。我则整天忙于杂务，再不然就是卧病。朋友们都替我不安，但似乎也无什么"解脱"的办法。接到你的信的第三日就出发到高州、茂名一带（我已七八年未离开过广州，希望趁那边的文联恢复活动之际，去走动走动，但党组怕我途中出问题，几乎没一人同意，但我坚决表示"不走动，天天坐在家里看稿，危险性更大"，这样我才走成了），在那里待了一星期，各方面情况都很好，陪我外出的同志都为我高兴。但谁知回来的那天早晨，乘汽车从茂名到湛江机场时，司机为了贪凉爽，将窗门敞开，就这样，我受了凉。待上飞机时，已很不舒服，回到广州，一连高烧了四五日，这星期才好转，勿念！

这半年，我忙于各种会议，《作品》也消耗了我不少精力，年底本来答应给上海文艺出版社的《谈写作》应该交稿，可是到元旦也抽不出一点时间来，于是，元旦一过，我悄悄躲到珠江一个小岛，在那里把二十来万字的《谈写作》改编完毕，算是了却了一宗心事。九月间曾为人民文学出版社编了一本《谈生活·艺术和真实》（也是廿万字左右），两本都是旧作，但读者一再希望读到它，所以出版社都愿意重版。

---

① 陶萌萌1977年8月进入《广东文艺》编辑部工作。

接到李克昇、姚锦①两同志来信，知道他们一切都顺利，很欣慰！我忙，有二百多封信和百来篇来稿尚待处理，此外，还有来逼稿的，需要应付，所以时间极少，你看见他们时请代致意！暂时大概不可能复信了。匆匆

握手。

萧殷　二月廿二日

一月十八日我在上海《文汇报》发表的那一封信②，看了开头那一段，你便知道我忙乱的情况了。《人民日报》那篇③是八月初他们来座谈时的发言稿，压了五个多月，连一点"现实意义"也没有了。把一些尖锐的字句和提法删去了。令人哭笑不得。

顺告：《作品》月刊于年底各地订户已达到二十八万册，零售数不在内。可能是省级刊物中订户最多的一份刊物了。《作品》在香港也极畅销。

1979年3月9日

拓方同志：

信悉。你四月中到无锡开会，我如身体条件允许，可能四月下旬到北京参加第四次文代会④，据初步计划，文代会在四月下旬开至五月上旬，这一来，我们可能又不能碰面了。到时候，如我身体不行可能不参加，只要条件允许，我力争去参加！文艺界许多老朋友都希望我去，多年不见面，真不知有多少话要说。

《十月》⑤要我去的事，未接到正式消息。类似的传闻，这两年曾听到多次，但最后都未成事实。据说现在北京住的条件太差，我恐怕很难适应这个新的环境。

《西湖之旅》已读，你对于平仄似乎不太注意，读起来稍嫌"拗口"。其次，你只写你所看见的，意境则不够。这是我的读后感，可能是我对诗的偏见，仅供一笑。

---

① 姚锦（1925—　），李克昇之妻，珠江电影制片厂编辑。原名姚锦凤，安徽贵池人，姚依林之妹。曾任《北京文艺》编辑部小说组组长。

② 指萧殷：《给友人的信》，《文汇报》1979年1月18日。

③ 指萧殷：《领导思想要更解放一点》，《人民日报》1979年1月10日。

④ 中国文学艺术工作者第四次全国代表大会，1979年10月30日至11月16日在北京召开。

⑤ 《十月》，大型文学双月刊，创刊于1978年8月，北京出版社主办。当时传闻欲调萧殷前往主持编辑该刊。

姚锦同志对她的猫似乎很有感情，她离开广州时，我和陶萍都在医院里，只由保姆饲养。她先送来一个小猫，走时又将母猫送来，谁知只隔几天时间，小猫却不认得它的母亲，大猫似乎很恼火，便不再"就"在一起，各走各的路。大猫可能是捕捉什么，掉进一条水管（瓦筒）里，死了之后保姆才发现的，大家都深为惋惜！小猫养了两个多月，大家都很喜欢它，当作玩具抱着玩，因而它对什么人也不怕（更没有提防），且喜欢跟随人外出，有一晚杜导正的女儿①来玩，她走时小猫竟跟她走了几站路，她发现时只将它往回赶了一阵，以为它会自己回家来，就这样便失踪了，估计是在路上被人抱走的，保姆及萌萌为此难过了好几天。

匆匆，握手。

萧殷　三月九日

1979年11月11日

拓方同志：

此次来北京参加文代会，第二天就病入医院，在医院（积水潭医院）又四天不能吃什么，烧一退，我就于第五天坚决要求回到招待所（车公庄大街二十一号市第四招待所一六五号房），在招待所只好吃点流汁，有时托人买点东西吃，总之生活很不习惯，身体也不适应。

昨日选作协理事，他们勉强我去参加了，今天仍在家里休息，据说廿七日回广州。

今天才坐起来，勉强给你写信。时间这么晚才写信，这次大概不能见面了，很遗憾！以后通信吧！

我只参加了两天大会，许多老朋友都未看见，周扬、巴金、林默涵②等同志还是来床房③才看见的。

这个招待所的电话总机是：890980。我的房间是二三五分机。如来得及就打个电话

---

① 杜明明，杜导正小女儿，曾任《人民日报》《炎黄春秋》杂志社秘书长。杜导正（1923—　），山西定襄人。《晋察冀日报》记者，新华社河北分社社长、广东分社社长，《羊城晚报》总编辑，《光明日报》总编辑，新闻出版署署长，《炎黄春秋》社长。

② 林默涵（1913—2008），原名林烈，福建武平人。文艺理论家。中宣部副部长，文化部副部长，中国文联党组书记。

③ 床房，疑为病房。

吧！你那里距这里太远，太奔波不必要！

握手！

萧殷　十一月十一日
于车公庄二十一号165房

1980年2月27日

拓方同志：

谅你已从昆明回到北京？当我收到你十二月二十八日来信时，我在省人民医院被病魔纠缠着。我在北京患病后，因注射了大量"红霉素"高烧虽压下去了，但胃口却给弄坏。不仅在北京不思饮食，回到广州也咽不去什么东西。由于体质太弱，一直卧病在床；到十二月二日忽然又发高烧，心跳急促，但脉搏却微弱得几乎听不到。在此情况下又被送入省人民医院，经输氧气和"吊"葡萄糖五天后，才逐步减轻。可是胃口一直很坏，每餐连一两饭也吃不下去，体重始终停留在三十八公斤。不说痰喘，仅只食欲不振，长期不思饮食，这种现象本身就是一种威胁。因此我要求出院，准备三月初转到新会县中医院去继续治疗。现在我刚离开医院，过几天就到新会县去。作协有人会陪我去，勿念！

陈企霞①来旅馆看过我，一切尚好。比起"文化大革命"的某些人来，我反觉得我们亲近得多了。他说一切都纠正了，已写信给周扬同志，要求回北京来安排工作。周扬同志也答应考虑。

此次到北京病入医院以致什么都没有看到，甚觉遗憾。因怕你惦念，匆匆草此短信。顺颂

春祺！陶萍问你好！

萧殷　二月廿七日

龟龄集酒②这里没有卖的。

---

①　陈企霞（1913—1988），浙江鄞县（今鄞州区）人。中国文联副秘书长，中国作协理事，作协浙江分会副主席。曾与丁玲、萧殷共同主编《文艺报》。1979年平反后，调北京任茅盾文学奖评委、《民族文学》杂志主编。

②　龟龄集酒，一种药酒，以鹿茸、人参、熟地黄、肉苁蓉、杜仲等浸泡白酒，大补元阳，固本益肾。

1980年6月27日

白拓①同志：

　　信悉。我也不知道什么时候给你写过信。现在，我的事情千头万绪，各方面都应付不过来。然而各方面都很紧迫，结果各不相让，各方面都无从下手。从表面上看，每日都很忙乱，实际什么事也没有结果。约稿的人很多，寄来征求意见的来稿很多，来信的很多，约去谈问题的单位很多，由于各方面都催得紧，心里很紧张，结果各方面的事都无从开始。

　　《人民日报》等六七个报刊约于六月份交一篇稿子，结果至今未动笔。

　　全国文代会后，我胃口一直很坏，回来在省人民医院住了两个半月，后又到新会县中医院住了一个月，四月初才回到广州来。每年夏天，天气较热时，本来对于肺气肿会好过些，可是今年不同，不仅天冷时不好过，天热时同时不好过。因肺气肿已发展肺心病，气闷现象随时都出现，只要稍稍动一下，就感到气闷难受（像要断气似的），因此，要写什么也不似去年那样轻松，什么都变得困难了。

　　《作品》的主编的担子已卸掉了，大部分时间都在家休息，而今夏的广州也特别热，旁边又在建筑大厦，环境嘈杂，这种环境似对心脏有更大刺激。至夜却蚊虫很多，建筑工地更是滋长蚊蝇的巢穴。

　　陶萍二十年未回北京，最近回京探亲，约七月初回来。怕你惦念，先写这些字。匆匆祝好！

　　　　　　　　　　　　　　　　　　　　　　　　萧殷　六月二十七日

1980年9月20日

拓方同志：

　　上月曾接到你一封信，说寄来一本书，但一直未收到。由于忙乱，也不记得给你写过复信没有？自新会中医院回来后，有时也出席一些座谈会之类，感想很多，但不能像从前那样勤于动笔了，有时写一点，但极少极少。常闹小病（如感冒之类），总不能像健康的人那样工作。日趋衰老是客观规律，硬来是不行的，只好服输。

---

① 原文如此。

上星期与一批文艺评论工作者到深圳、珠海两特区①去看了一下，前景确实迷人，令人向往；但面对的困难却令人难以相信。这些同志，知难而上，忍受着各种熬煎，努力克服各种困难，耐心地与各种人为的障碍或阻力做斗争，出于公心，为四化吃尽辛苦，其精神品格，使人敬佩！虽只在那里奔波四五日，我几乎又病倒了。据说，我又瘦了。幸好没有大病，幸甚！

《人民日报》（八月廿日）上的那篇文章②是临时逼出来的，原来是他们叫我写我如何培养青年作者的，但我没有勇气写。你看过没有，身边的人有什么反应？许多编辑同志来信，都说我替他们说了话，而且是他们多年想说而未说的话。其实，我还有不少话藏在心里不便说出来。

明日，我和陶萍暂离广州，回故乡龙川矿泉休养所去住一段时间，因我的肠胃病日趋严重，每餐吃不了一两饭，长此下去，显然是不能支持的。据说龙川矿泉水与法国维希的矿泉水有同样疗效，既然如此，我决心去试试看。如疗效太差，半月我就回来，如有点效果，则住长一点时间。

五届人大代表的发言，说出了人民要说的话，大家怀着信心，希望这些话变成现实。

这是我近来的情况，也是我最近的心情，怕你惦念，在别广州之前，匆匆写这封短信。

如无什么急事，暂不来信。我如有什么变动，一定会写信去。勿念！陶萍问你好！握手。

萧殷　九月廿日于广州梅花村

1981年1月23日

拓方同志：

来信早收到，我虽被疾病纠缠，但无一天不在忙乱中度过。来人不断，来信来稿不断，大部分已转至编辑部，可是有些不体会病痛的熟人，还是不断把长篇寄来，虽不能

---

① 深圳、珠海经济特区正式成立于1980年8月。

② 指《发挥文艺编辑培养新人的作用》一文，呼吁关怀、重视，并正确、客观地评价编辑的重要作用。

细看也不可能提出什么意见,但只为应付这类琐事,就够我"忙乱"了。现在,我的宿疾肺气肿发展得很快,常有浓痰,经常发生气促或气短现象,特别是心急或生气时,容易气闷,像气管忽然闭塞,胸部感到重压,呼吸几乎停止,这一刹那的难受,真是语言无法形容。在日常的琐事中,免不了要找这找那,一时找不着,就发急,一急气就促,于是胸闷、脸青、唇黑……每日都发生,奈何!但医院似乎也无办法。在我家乡饮服了一个月的矿泉水,对胃口确有疗效(现在我已经能吃一两食物了),但肺气肿却比去年我们见面时还沉重。压得人实在有点难受,唉!

但我的事却没有完,要我去做的事实在太多,只是感到心有余而力不足罢了,特别是这一年多来,这种不得已的心情更经常,更明显地感到,而且开始有点发愁了,我愁自己完成不了自己该做的事!现在我在编一本《给文学青年》[①],另编一本《文学随谈录》[②],大约还要忙两个月。之后,想找个安静的乡间去休息一下。

你还是那样游兴勃勃,真令人羡慕!这是健康的表现。趁这年华,我相信你会对经济学、对祖国做出更大的贡献!

陶萍祝你好!

握手。

萧殷　一月廿三日于广州

1981年9月14日

拓方同志:

今天在医院里翻阅了你六月二十九日的来信。复信这么迟,你也许会奇怪。其实这三四个月,我都不在家中,可以说,都在病痛和奔波中度过的。

四月初,由于急病被送进医院。不久,北京来电,邀我参加文联代表团到朝鲜访问,五月廿日我和陶萍到了北京,住京西宾馆,原决定二十八日从北京出发,待一切都准备妥当,于五月廿六日胸部忽然肿痛起来,经空军医院检查,确诊为肋膜炎;但发作得这么突然,医生又怀疑内部有恶性炎症,因怕在途中出意外,医生劝我不要出国,又经领导同意,于是我们于六月初返回广州,在广州休息了三个星期。由于湖南出版社和

[①] 萧殷:《给文学青年》,湖南人民出版社,1981年12月。
[②] 《文学随谈录》即《创作随谈录》,湖南人民出版社,1985年1月。参见下函。

《芙蓉》①编辑部再邀请，无法推诿，于六月廿二日又与陶萍共赴长沙。他们办了一个创作学习班要我去谈谈创作问题，但创作问题还未讲完，我又病倒了，还在长沙医院里住了十天，因为那里气候太热，遂于七月十九日飞回广州，因高烧未退，于七月二十二日再被送入医院，一直至今。高烧虽已退去，但身体却衰弱得很，因注射抗菌素太多，胃口给弄坏了，什么也不想吃，有时甚至三四天不能进食，现在仍然如此，大家都有点担忧。

原打算今年下半年搞完《创作随谈录》，现在看来，恐怕难能实现，躺在床上，连动也不能多动（因为肿气肺和肺心病），什么都谈不到了。

真羡慕你畅游峨眉山！我在湖南时曾到洞庭湖，但岳阳楼与君山都无法上去，只在下面望几眼而已。

陶萍问你好！并祝你一切顺利！

握手！

萧殷　九月十四日于医院

1982年1月28日

拓方同志：

在医院里，曾读到你发自长白山的来信。当时我也惊异"天池"东边的□□，在我听来确是新闻。在医院住的时间长了，有的来信即刻复了，有的被压在抽屉里，你这封信不记得复了没有？

一九八一年，竟有三分之二的时间，在医院里度过。从四月住院，五月中出院飞北京，准备出国访问，因胸部突然肿起一块，医生疑为恶性炎症，于是返回广州。经照片检查，并无什么恶性炎症。休息半月，飞赴长沙讲创作问题，未竟，又病入医院。那里太炎热，又飞回广州，第二日即被送入省人民医院，一直住到一月十六日才出院。但并非由于病愈，而是由于自己发现了病情在恶性循环中发展，我这次患病后，痰壅、气促甚至呼吸困难，常常出现，医院的对付方法就是注射"抗菌素"，但这类药物对胃口的影响很烈，每注射一次，食欲就减少，结果痰壅现象未消除，胃口却越来越坏，以致经

---

①　《芙蓉》，文学双月刊，创刊于1980年1月，湖南人民出版社主办，后改由湖南文艺出版社出版。

常出现厌食情绪，常常几天什么也不能咽下，于是体重愈来愈轻，体质越来越衰弱了。不得已，我再三要求出院。出院之后，我起码可以不服用那一大堆不起积极作用的药片，也可不注射（或吊输）抗菌素之类的药液；在家吃饭时可以多几样饭菜挑选；希望逐步恢复体质，免得就这样被西药陷于不治的境地。

现在我在家里休息。你曾来过这梅花村三十五号二楼，这里原来是一座很通风、充满阳光、冬暖夏凉的楼房，在广州，也算是园林式的别墅；可是，在去年春，忽然在我住宅南面不到两公尺之处，建起一座一百三十多米长、八层楼高的大厦，不仅把阳光全挡住，南风也被堵塞住了，变成酷寒酷热的牢笼。因此，我在这里休息也感到别扭，一天晒不到阳光。因常气促，也不能上下楼，顶多只在楼上散散步而已。但比起住医院要好得多了。

由于各地刊物不断催稿，在医院里有时也写点短文，一月号《人民文学》的"书简"就是去年十一月应编辑的催稿而写出来的！实际上，用点脑力尚可以，但如须动动体力却感到十分困难。

你近况如何？有空望来信！陶萍问你好！匆匆祝
春节愉快！

萧殷　一月廿八日于广州

1982年4月21日

拓方同志：

接到你的信和刊物时，我正在卧病，因而没有及时给你回信。自三月中旬病倒，一直卧病到四月中旬，整整一个多月，几乎天天都头晕低烧，痰多气促，且不思饮食。虽然北京文学出版社与广东花城出版社都来了通知，要重版我那两本书：《论生活·艺术和真实》[①]和《习艺录》；但由于头晕，我无力校阅；心里尽管焦急，可有什么用？去年上级答应派个助手来，但至今毫无音信。幸好这两日病情有点转机，才开始坐起来。琐事压了一大堆，大概需要好几日，才能处理完。

最近接到了一些老朋友的来信，他们都进入"风烛残年"的阶段，心情都很沉郁，日暮当然不会使人高兴，但最使他们难过的是"世风"，是一些看不惯的"世风"。

---

① 萧殷：《论生活·艺术与真实》，人民文学出版社，1953年（1983年再版）。

残年又遇着这样的天气，如何能不郁郁不乐，心情沉重？有几个朋友在几年前还很有活力，但不晓是什么，一场病就把他们的精力和朝气磨得精光，甚至走在我的前头，令人悲伤！

你的小说进行得怎么样？甚念！你虽然多年不写小说，但按照你的老底子，我知道你是有把握的。祝你创作成功！

陶萍问你好！祝健康！

握手。

萧殷　四月廿一日

1982年12月12日

拓方同志：

大约有半年未见到你的来信了，近来情况如何？甚念！

我近来身体很坏，上半年病了一场，五月稍好转；七月这里气候酷热，旧房又发白蚁，在楼上如居烤箱，不得已搬到暨南大学去避暑，一方面也是负责审阅研究生的毕业论文，整整住了三个月，到论文答辩会举行的第二天，我就离开了暨大，直回到"梅花村四号二楼"（是我在"文革"前的旧居，现在我已正式搬回这所房子），这里无论质量、环境都比三十五号二楼要好些。但自十月廿七日开始，我的旧病突然复发，肺气肿感染，发高烧，不仅不能吃，连葡萄糖也注射不进去（因这几年注射抗菌素太多，血管变硬、变脆，再也难以进针了），这一来，体质受到严重损害，不仅瘦弱了，精神也疲倦得难以支持，连吐口痰也得出一身冷汗。到现在已对药物不抱什么希望，只盼望能吃些食物，逐步恢复体质。但现在只是打算而已，还没有看见什么实效。

今年七月以前，应"当代文学评论丛书"之约，要我编了一本《评论集》[①]，据说全国共十二人，由湖南人民出版社出版，冯牧[②]等主编，大约明春出书。另外，广东花城出版社约我编一本《自选集》[③]五十万字左右，年底交卷。今年我意外地发现了我

---

① 《萧殷文学评论选》，湖南人民出版社，1983年6月。

② 冯牧（1919—1995），北京人。延安《解放日报》文艺编辑、新华社记者。中国作协书记，《中国作家》主编，《文艺报》主编，《新观察》主编。

③ 《萧殷自选集》，花城出版社，1984年4月。

三十年代初期发表的二十多篇小说。准备在《自选集》内编入一部分创作去。现在只能依靠助手帮忙,自己已没有什么体力。(顺便告诉你:最近省委已批准派一位助手[①]来,这个助手正是暨大研究生,刚得到硕士学位,他一方面帮助我,一方面继续充实和提高自己。)

这封信,写写停停,歇了五六次才写到这里,你便猜想出我的体弱情况了。

陶萍问你好!祝你

健康!

萧殷　十二月十二日于梅花村四号二楼

附来函

1978年10月11日

萧殷同志:

十月七日来信收读,知你早已出院,甚慰。

你这封信再晚来几天,我就走了,真算巧。我于八月赴京报到后,返津收拾行装。主要是清理书籍报刊并且装箱,费了我一个半月的时间。年纪大了,毕竟精力有限,平均要用两天时间装好一个书箱,十五个书箱,就用一个月。此外,南开大学进驻了工作组,开展清查运动,也常有人来向我了解情况,要我揭发某些头头(忠实执行了"四人帮"路线,并且长期压制打击我的那些人)的问题,提供材料。这也占用了不少时间。工作组组长(天津市委文教部长)王金鼎[②]同志还专门与我谈了约两个小时,他留我再晚些走,帮助研究些问题。但是北京方面又催,我决定十五日赴京。

下次写信,请寄:"北京、朝阳门外红庙、北京经济学院、政治经济系"。

八月在京时,见到李克异同志,他住在青年出版社(东四附近),修改他的小说。他对我说,你又住院了。加上,较长时间未接你来信,我心里一直很沉重,以为你这次

---

①　助手指游焜炳(1947—　),笔名游光、郑淡。暨南大学文学硕士。曾任广东省作协副秘书长、《新世纪文坛报》主编。

②　王金鼎(1920—1997),河北定州人。1956年任南开大学党委书记,1978年7月任中共天津市委文教组组长,1983—1993年任天津市顾问委员会常委。

住院时间似乎太长了些。现在读你来信,知道一切如常,不过忙乱些,那就好了。我总以为你应该谢绝读者来信来稿,或者一律交给陶萍同志处理。有所不为才能有所为,你还是珍惜老年的有限精力,把自己的著作整理出版,并争取再写些新作品,这才是对广大读者的最好的帮助。对个别读者(即使人数很多)及个别帮助(审稿、复信等),应该停止下来才好。

到京后,我再写信给你,问陶萍同志好!

握手!

白拓方　十月十一日

1978年12月6日

萧殷同志:

你好!十月十五日到京以来,患了一个月的病(左脚背丹毒),每天打针吃药,跑医院,弄得身心俱疲。最近才算恢复了正常生活。不过,在京与在津时不同,各种会议颇多。刚刚参加完北京市(包括在京的全部大专院校、科研单位)的经济科学规划会议,从市委招待所返回学院。八日又要去中国社会科学院经济研究所参加价值规律问题的讨论会,今日收到的通知。这样一来,我急于写的文章也写不成了,时间都挤掉了。

上月见到李克昇,他告诉我,《南方日报》曾刊出《寒凝大地发春华》的整版文章①,赞颂你在"文化大革命"中经历的考验。我替你感到骄傲和自豪。

你近来写些什么文章?著作修改的进展情况如何?身体还好吧?又届严冬了,盼珍重。

你对近来的文艺界动向,有何感触?"禁区"打破了一些,总是好的吧?《于无声处》②,没有打击所谓的"造反派"(打砸抢者),只谴责了一个老干部叛徒,似嫌不足。在"文化大革命"中,林彪、"四人帮"的最有能量的帮凶是那些所谓的"造反派"。老干部叛徒,不过是这种帮凶的帮凶罢了。(如马天水③之流,自然另当

---

① 谢望新、李孟昱:《寒凝大地发春华》,《南方日报》1978年9月3日。
② 话剧《于无声处》,作者宗福先。剧名出自鲁迅《无题》诗"心事浩茫连广宇,于无声处听惊雷"。
③ 马天水(1912—1988),河北唐县人,1939年冬到延安抗日军政大学学习。曾任皖南区委第一书记、上海市委副书记,"文革"中任上海市革委会副主任,是张春桥等在上海的代理人。

别论）。

有时间，盼来信告知一下你的近况。

问陶萍同志好！

握手！

白拓方　十二月六日夜

（通信地址：北京经济学院经济系。）

郑真同志亦请代为致意！又及。

1981年9月20日

萧殷同志：

收读你病中来信，非常欣慰。前信寄出之后，久久未接复函，我曾估计你大约又在医院中。但相信不会太病重，可能和往年一样情形吧。现读你信，似乎觉得你比过去身体还更虚弱了些。切盼你早日康复，继续写作。那些出国任务或讲习班之类的活动，就不要再承担了。

所幸，我比你的身体好得多，今夏暑期，我又自费去登长白山，到达顶峰，欣赏了壮丽宏伟的天池（火山口湖）。毛主席于一九六一年将长白山主峰（白头山）的东半部，割让给了金日成将军，以天池中心线为国界。据说，这是为了金日成在长白山打过抗日游击战争的缘故。过去不知此事，此次去游山，才获悉，颇感困惑。从长白山回来，在北戴河住了七日，每日每夜都观海，我实在是爱海呵！

今年十二月上旬，又将去无锡参加"中国《资本论》研究会成立大会及第一次学术讨论会"，我是发起人和筹备组成员之一。为大会提交的《资本论》研究的论文，近写成（用了我三个月的时间），并打印出来了，约两万字。这是几年前我在信中向你倾诉过的写《资本论》论文，这一夙愿的初步实现。但愿我能逐年写成一篇，以期在数年之后，辑为一集。

此外，我想写一个中篇小说的激情，正在时刻鼓动着我。如条件许可，也许在今冬到明春之间，会产生出这个胎儿。届时，我将寄给《收获》①，以考验它的质量。这也

---

① 《收获》，文学双月刊，1957年7月由巴金和靳以创立，原属中国作协，人民文学出版社出版。后改由上海市作协主办。

是多年来的又一夙愿。但愿有生之年，能完遂其万一（万分之一）。衷心祝你身心愉快，多加餐！问陶萍同志好！

握手！

拓方　九月二十日

1982年6月15日

萧殷同志：

你四月廿一日的信，读过许久了。看那笔迹，似乎矫健了许多，想必身体已经好起来了。目前，夏季又临近，盼多保重。

我仍兼着行政工作，耗去我不少精力。真想辞去，光当个教授或只兼个顾问算了。今年初在无锡召开的"中国《资本论》研究会"①成立大会上，我提出的论文《〈资本论〉中关于个人与社会的关系的理论及其方法论的现实意义》（两万多字），已被选入人民出版社编辑出版的《资本论与社会主义》论文集②。为了纪念明年的马克思逝世一百周年，研究会又布置我写篇文章，约定九月交稿。因此，目前还得把时间用在这上面。要写出点新的论点，颇费心血。

蒙你挂记的小说《赌徒》（主题是对"造反派"的批判），写了两万多字，便停顿下来，两个月来一直没有继续写。心中空急切，没可奈何。但我今秋、今冬，还要力争挤时间写出来。原来设计的有些面太广，准备重写一下：紧缩结构，突出主要情节，争取在六万字的范围内写成它。如能发表，届时尚期待你读后对它的评论。过去几十年来，（一九四六——一九八二），你还只是口头或用书信中评论过我的东西，形成公开发表的文字的评论，尚无有。在我有生之年，如能实现这个愿望，那可太好了。问陶萍同志好。

握手。

白拓方　六月十五日

---

① 中国《资本论》研究会，1981年12月21日在无锡成立，许涤新任会长。

② 《资本论与社会主义经济》，人民出版社，1983年1月。

附白拓方致陶萍陶萌萌（1983年9月7日）

陶萍同志并萌萌同志：

惊悉萧殷同志病逝，我是非常悲痛的。昨日深夜给治丧委员会发去唁电后，惘然若失。

请你们节哀，注意身体！

在华北联大文学系的几位同事中，年纪并不算太大的萧殷同志先离人世，令人惋惜。我失去了一位长达四十年的真挚朋友，内心悲伤万分！谨致慰问！

白拓方　九月七日

致蔡运桂4通（附来函1通）

蔡运桂（1934—　），笔名陆士，广东陆丰人。早年毕业于华南师范学院中文系，曾在中国人民大学进修。文学理论家。中国作协会员，广东省作协党组书记。著有《文学问题争鸣集》《艺术情感学》等。

1978年7月7日

运桂同志：

　　文章和信于四日已收到，因五月要到暨大与研究生谈"真实性与社会效果"问题，本星期又要到珠影①去谈创作，因此时间总是嫌少；何况我的身体又常常闹病。

　　今日趁早上空隙匆匆读了你的《浅谈文学反映生活本质问题》，首先我认为你的观点是正确的，除本质不是片面的外，其他观点也很精彩。这些观点不仅能推动今天的创作，而且也有助于总结过去的创作。你可给易准②同志看看！

　　有空时，请来谈！我这里没有电话，不很方便。来之前可打电话问问易准，或由他转告我！匆匆

　　祝好！

萧殷　七月七日于梅花村

---

　①　珠影，珠江电影制片厂。
　②　易准（1931—2006），广西北海人。《作品》副主编，《当代文坛报》主编。广东省文化厅副厅长，广东省文联党组副书记，广东省作协党组副书记。

1980年8月26日

运桂同志：

收到你的信和《文艺与政治》的文章，快一个月了。这期间，我天天忙乱不堪，有些应交卷的稿件没有时间动笔；许多从各地寄来的来信来稿，被压在一边；急待处理的事也抛到脑后了，……每月来人不断，每早到晚，络绎不绝，有外地的、有本省的、为公的、为私的，什么都有。然而我这里常常只有我一个人，连个帮忙的人也没有，一天顶到晚，疲劳难支……在此情况下，你的稿子静静地被压在书堆里，真对不起！

刚收到时，曾看过一两页，当时给我一个很好的印象；一直到今天，才找个空隙把文章读完了。我完全同意你的观点和分析。许多人把"从属"与"反映某些政治内容"，把"从属"与"为一定的政治目标服务"混为一谈。是关键问题。就你所谈的范围说，我认为你已说得很充分，很有说服力。

如果我来谈论这问题，我可能更多地研究这"从属"与"创作规律"的问题，很显然，要文艺百依百顺地听从政治的派遣（更多地听从某些人的任意指挥），必定违反艺术创造规律。这三十多年来的教训是够丰富的。

先回你个简信，以后有空时，再找机会聊天！

明日我准备到龙眼洞①一个座谈会去了解些情况与问题。

前后读了两篇文章，觉得你很有发展的基础，希望多写些！匆匆祝好！

萧殷　八月廿六日

1981年2月4日

运桂同志：

你好！稿子早收到，因最近身体不太好，而且琐事又多，耽误了一些日子；到上星期才读了你的文章，你把马克思的经典意见详细地摆出来，并与现实问题结合起来加以发挥，其意义是巨大的。其次，问题提得很清楚，且有针对性，因此，我认为这是一篇现实意义与理论价值都很强的文章。我已于星期天交给了易准同志，希望在《作品》发表！你有什么意见，请与易准同志商议。

---

① 龙眼洞在广州东北郊，有古村落及森林资源，风景优美。

我身体不好，但同时赶编一本《给文学青年》、一本《文学随谈录》①，身体衰弱，头脑迟钝，做什么事都比从前吃力得多了。你看，连写字也弯弯曲曲，不由自己了，奈何！祝你继续努力！

萧殷　二月四日

1982年2月2日

运桂同志：

《论文学中的人性美》一文，已读过！基本上，我同意你的观点；但在文艺作品中谈"人性"，似乎更曲折、复杂。

最近出版的《文艺研究》（一九八一年第六期）上黄药眠②同志的《人性、爱情、人道主义与当前文学创作倾向》一文，似有参考的价值。至少，像你所说的，"黄药眠同志把人民性与人性对立起来"是无法驳倒他。他新的补充值得你再一番思考。

所谓人性的表现并不是抽象的，在文学作品中，如果离开了具体环境与四周的具体条件，所谓表现是难以理解的。正是在这一点上，你应好好考虑考虑。

血管硬化严重，手抖得厉害，不多写，匆匆祝你

丰收！

萧殷　二月二日梅花村

附来函

1978年7月28日

萧殷同志：

您好！上次到你家，得到你的热情接待和亲切教导，甚为感激。

---

① 萧殷：《给文学青年》，湖南人民出版社，1981年12月；《文学随谈录》后更名《创作随谈录》，湖南人民出版社，1985年1月。

② 黄药眠（1903—1987），原名黄访，广东梅县人。文艺理论家，北京师范大学教授。民盟中央常委，全国政协常委，中国文联常委，中国作协常委。

我进你家门时，陶萍同志给我开了一个小小的玩笑，她说："哦，蔡运桂，名字很熟，'文革'初期你给萧殷写了许多大字报。"在这场历史的误会中，我们年轻人做了许多蠢事，今天回想起来，有如在噩梦中初醒。经过这十年浩劫，我的思想起了深刻的变化，对于过去极左的一套，我是恨透了。在"文革"前，我是带着教科书的教条看待现实的，所以对于文艺问题有许多左的教条主义，《金沙洲》的讨论，是我们教条主义观点的暴露。今天回想起来，更看出当时那场讨论的可贵，像那样的争鸣，是很有利于创作和评论的发展的。

上次你对我那篇拙作提了很多宝贵意见。回来后我把修改意见寄给谢望新①，希望他改动一下，但是他说已拼好版面，不便改动了。见报时没有按你意见修改一下，很遗憾。

最近我院副院长吴乃茵②同志要去庐山参加文艺与政治关系问题讨论会。问我有什么文章。我在读《文学评论》第二期刘得后的文章时，写了些反对意见在笔记本里。因此将笔记整理一下，以对话形式写成此文，交给我院吴乃茵同志，带到庐山去。现寄一份给你老人家看看。望多多得到你的指教。此致

敬礼！

蔡运桂　七月二十八日

---

①　谢望新（1945—　），《南方日报》文艺部记者。后曾任广东省委宣传部文艺处处长、广东电视台台长、广东省作协副主席、《作品》主编等。

②　吴乃茵，应为伍乃茵（1914—2011），广东台山人。曾任华南师范学院党委常委、副院长。下同。

致陈国凯7通（附来函19通，另函1通）

陈国凯（1938—2014），广东五华人。著有《荒唐世事》《我该怎么办》等，伤痕文学代表作家之一。1958年进广州氮肥厂当工人、宣传干事，1980年调入广东作协从事专业创作。《特区文学》主编，广东省作家协会主席。

1978年7月8日①

《美丽的姑娘》②已阅，这类牵涉到恋爱观的题材，显然是很值得写的。"四人帮"把这类题材列为禁区，让《少女的心》③一类色情读物占领阵地，真不知贻误了多少头脑单纯的青年！现在，关于恋爱观问题的文艺作品，再不应鸦雀无声了，不仅应当号召，而且应当积极鼓励作家和业余作者，把这任务当作一项严肃的工作来做。

这篇小说从梗概来看，我看是可以的，但李丽与梁敏锋两个人都写得还不够深，李丽的不正确的恋爱观还不够深刻，要写深，只从恋爱本身是难以写深的，应与她的人生观与处世哲学联系起来写。现在出现在作品中的梁敏锋，在性格上也不够深刻和鲜明，不要把他写成只爱李丽外貌的人，如果他一时被李丽某种表面行动所蒙蔽，加上她的美貌、温柔的性情等的迷惑而爱上了她，及至后来发现她变了，认清了她的本质，才下决心"开手"，双方都有一定的感情，不可能那么干脆，因而都有些痛苦。

---

① 此函无抬头，疑为底稿。

② 《美丽的姑娘》，陈国凯小说，遵萧殷嘱改名《车床皇后》，刊发于《人民文学》1980年第6期。

③ 《少女的心》，20世纪70年代末流行小说，据说从香港传入内地，以手抄本形式在民间流传。

在骑楼躲雨那段可删去，多出现一个十八岁的孩子也无必要，那段穿插对整个情节不起什么作用。与其由小孩嘴里听到梁敏锋的名字，反不如在表演场突然碰见，会有更生动的效果。

萧殷　七八年七月八日于医院

题目改为《车床皇后》似乎更恰当，这一来，与小说结尾呼应得更有意义，请考虑！又及。

1979年7月23日

国凯同志：

昨日读你来信，知你又病了一场。你身体瘦弱，今后应注意营养与休息。体质不能让它继续坏下去，在这方面，我的苦味太多，但后悔也无用了。

今天接《湘江文艺》主编张盛裕①同志来信，其中有一段："陈国凯的《在厂区马路上》，决定发我刊八月号，此稿最后有画龙点睛之笔，像姓马的那种翻筋斗式的人物，在我们的作品中还刻画和揭露得太少，故是有意义的，请代向作者致谢，也谢谢你的推荐。"

《广州文艺》②已将"序言"退回来，我即给《文艺报》寄去。但刘锡诚③可能还在上海，也许编辑部其他同志不明情况，可能不知如何处理。管他呢，由他们处理就是了。

陶萍问候你和瑞霞④和一家人都安好！

萧殷　七月廿三日

---

① 张盛裕（1931—　），笔名何激，上海人。《文艺报》理论组编辑，《湖南文学》理论组组长，《湘江文学》主编。浙江省文联理事，浙江省作协党组副书记。

② 《广州文艺》，创刊于1973年，广州市文学艺术界联合会主办，初为双月刊，1979年改为月刊。

③ 刘锡诚（1935—　），笔名易言，山东昌乐人。文艺评论家、作家。中国文联理论研究室研究员，中国民间文艺协会副主席，《人民文学》文学评论组组长，《文艺报》编辑部主任。

④ 瑞霞，纵瑞霞，陈国凯妻子。曾任《深圳特区报》编辑。

1979年9月28日

国凯同志：

　　昨日讨论全国文代会的报告，不见你来，近来近况如何？身体很好吧？中篇写完了没有？

　　《光明日报》前几天才收到，今分寄一张给你。一个辽宁的读者，知道你的小说集要出版，害怕买不到，特要我代他买一本，我给他回了信，要他到上海去买。

　　听说刘卓文写大良的新闻，连一句"向前看"的话都未谈。把主要锋芒放在河北省去，作协审稿人主张不要发。顺告！

　　瑞霞好！陶萍问候你们！

萧殷　九月廿八日

1979年10月14日

国凯同志：

　　《在厂区的马路上》今晨已寄《人民文学》。据别人传闻，北京某些编辑人员仍心有余悸，对于许多比较新颖的题材，都有点害怕，因此，他们敢不敢发表，我一点把握都没有。

　　以后寄稿件，希望在封皮上注明"稿件"二字，还要把信封剪去一角。这次你寄稿时，这两样你都未做，邮局把它当信看待，自然就超重了。这种超重信件，先来个通知，说有件欠资邮件待领，还要带身份证去才能领取，不胜麻烦，以后望注意！

　　《结婚之后》当作"小小说"，我看可以。只是末尾需要再考虑一下，因为像现在那样收场，容易令读者挂心，是吵架，还是丈夫听从妻子劝导：决心学习？两种可能都有。到底是哪一种呢？当然不需要最后都写明，但需要在人物的思想深处透露一点东西出来，使读者一看就知道会向哪方面发展。

　　写到这里，收到你昨（十三日）写的信，你的稿子确是被邮局压了四日，因是欠资信，他只将通知送来，等我们当天下午去领来时，发现已超过四日（你八日发出，我们十二日才收到）。

　　给陶萍的信已转给她。勿念！

清样还是寄回给你，请于收尾处再考虑一下。改好以后，再考虑发表的地方。

匆匆祝好！

萧殷　一九七九年十月十四日

1980年4月18日

国凯同志：

　　来信悉，知你已到京，且开始学习①，甚慰。我深居简出，上星期六，除到暨南大学谈过一次问题之外，再没有外出。但来人不少，来信来稿还是源源不断，因体力日衰，痛感到有"应付不过来"之苦。肺气肿毫无进展，一口痰经常哽在喉中，有时连讲话也感到吃力。药物已不起作用，因之，我连医院也不愿意去走动。

　　秦兆阳②、李英儒③、徐刚④、王蒙⑤、古鉴兹⑥，都是我熟悉的。英儒同志于一九六五年六月曾与我一同访问罗马尼亚，回来后因忙于"中南戏剧会演"⑦，接着又忙于下乡搞"四清"，不久又"文化大革命"，因而始终未通信，见面时，请代致歉意，并问候！古鉴兹同志去年在文代会⑧时间曾看见，他好像从他故乡调回不久。一九五七年以前，他在中国作协工作，是一九四七年我在华北联大文学系教书时的学生。其余如秦兆阳、徐刚与王蒙同志则是老朋友了。不知还有什么熟人？……

　　多认识些朋友，多交流些经验，多向别人学些自己不熟悉的东西，集中精力认真读几部好书，趁机好好总结一下自己写作实践，找出一些经验教训……这些，在文讲所期

---

① 1980年，陈国凯参加中国作协文学讲习所小说创作班，是该所恢复后的第一期学生。

② 秦兆阳（1916—1994），湖北黄冈人。儿童文学作家、文学评论家。中国作协书记处书记，《文艺报》执行编委，《人民文学》副主编，人民文学出版社副总编辑。

③ 李英儒（1913—1989），河北保定人。著有《野火春风斗古城》等。中国作协理事，解放军总后勤部文化部副部长。

④ 徐刚（1924—2018），笔名余星，天津人。毕业于中央文学研究所。中国作家协会文学讲习所副所长，鲁迅文学院副院长。

⑤ 王蒙，时任北京市文联专业作家，中国作协北京分会副主席、党组成员、副秘书长。

⑥ 古鉴兹（1928—2021），原名李式古，河北滦县人。著有长篇小说《穷棒子王国》。鲁迅文学院副院长，中国作协机关党委书记。

⑦ 中南区戏剧观摩会演，1965年7月1日至8月15日在广州举行。

⑧ 萧殷1979年11月赴京出席第四次文代会，故知此函写于1980年。

间是可以做到，也能够做到的。

前天，人民文学出版社挂号寄来的《当代》①才收到，你与龙世辉②同志的小说，都还来不及拜读。近来，我桌上堆满了来件，除来稿来信外，数月积存下来的文艺刊物（包括海外的），竟达百份以上。对于龙世辉同志的小说，我更想先读，主要的原因，大概是第一次接触他的小说，好奇是一种因素，更重要的是想看看他在实践中的水平。便现在还在忙乱中，只能过一阵才能抽出时间来欣赏。

来约稿的信甚多，只本市的每星期就有好几家来"蘑菇"。不是无东西可写，而是乱得无从下笔。提纲写了不少，可是每天的时间却在"磨牙"中消逝，奈何！

王蒙同志的回信，我在新会时收到了，看见他时，请代问候！

陶萍近来还好，她现在好像正在写着一篇报告文学，我未看，不知是什么内容。她有一本儿童文学（六万字）③，本计划六月以前出版。去年十二月就去请一位木刻工作者插画，最近拿插画一看，不仅内容丝毫未表达出来，而技法也低劣得惊人。据说，已改了三次，我不明白，他们为什么找不到插画的合适画家？

北国天气，你大概还不习惯，希多珍重！

陶萍嘱笔问好！

萧殷　一九八〇年四月十八日

1981年5月4日

国凯同志：

来信已收到好几天，《羊城一夜》④及《文学书窗》也于昨日收到。

你谈的情况很好，使我们能了解真相。在广州类似的谣传也不少，我怀疑是一个来源，否则为什么内容会如此相像？总之，我们要不断随着实践，随着时代前进，要做到这一步，保守、僵化是不行的，必须按照客观规律，按照人民的需要做敢想敢干的战士，努力使我们的实践不断有所突破和创新；也就是说，要不断地解放思想，这是一方

---

① 《当代》创刊于1979年，人民文学出版社主办。当时为季刊，1981年改为月刊。

② 龙世辉（1925—1991），湖南武冈人。历任人民文学出版社现代小说组副组长、《当代》编辑部副主任、作家出版社副总编辑等。

③ 指《小满和外公》，广东人民出版社1981年7月出版。

④ 《羊城一夜》，陈国凯小说集，上海文艺出版社，1979年11月。

面；另一方面，我们必须坚持社会主义事业，必须处处不要忘了广大人民。文学是意识形态，刊物是意识形态斗争的阵地，以为现在的文坛是一片"丽日天青"的乐土，那是天真的幻想。谁要是忘记了社会主义的理想，谁忘记了广大人民的利益，谁就必然变成了糊涂虫。抛开了这伟大的理想，离开了人民的利益，而空谈"思想解放"，其结果必然是迷失方向，甚或不知不觉地变成为敌人所利用的"有良心的好人"。

前星期，我为了澄清这种种奇异的混乱，曾在暨南大学的一部分研究生和教学人员中谈到这个问题，谈了以后，报纸上想发表，但我无讲稿，当时也无录音，只是信口开河，发表有什么用处？

作协分会于文代会后，似乎更"散"了，有的同志对工作似无信心，更无决心。新的党组还未成立起来，旧的党组似乎已不起作用。今后如何？还有一段崎岖的路程要通过。

我自新会回来后，每天都以鸡脚、猪蹄、鹅掌下饭，已能每飧[①]吃一两饭了。在新会时增加了一公斤，是一大成绩。现不出门还平稳，但不能过累，否则，随时可能患病入院。医生也这样警告我，因此，许多稿债无法偿还，许多读者寄来的信稿无法对付。什么都靠自己一个人，即使是"千手观音"，也吃不消。

世辉同志还未看见，可能还未到广州。据别人来信，湖南文代会已结束。看来也不理想，选举是主要的。别的问题都未讨论，下面的作者都郁郁不欢。陶萍问你好！

祝健康！

萧殷　五月四日

1981年10月27日

国凯同志：

在医院里读到你廿三日来信，很欣慰！前几天作协有人（好像是徐楚[②]）来告诉我，说你住疗养院后体重增加了两斤，不知是否真实？我在这里住了三个多月，半斤都增加不了，还常常厌食。因注射抗菌素太多，把胃口搞坏了。本来，这里要扩建，在天台上加筑一层楼，工程已开始，嘈闹得无法忍受，医生已答应我出院，后来右胸肿起了一块，外科医生主张切除，以免后患。其实他们怀疑有癌症，好在二楼两个主治医生

---

①　萧殷书信中，"餐"常写作"飧"。下统一改为"餐"，不再注明。
②　徐楚（1924—　），广东五华人。广东省文联副秘书长，广东省作协秘书长。

（都是女同志），她们主张先服些中药，并贴些膏药，观察结果，硬块除红肿之外，还隐隐作痛。医生断定：凡红肿又作痛的，绝不是癌症（癌症只是一个硬块，既不红，也不痛），最后主张不开刀。她们从我衰弱的身体考虑，如果切除胸部硬块，必然需要注射抗菌素，每打抗菌素一定影响胃口，气候已冷，如我于开刀后不能吃饭，别的病很可能发作。她们这样一考虑，便决定不切除了。我仍然希望出院，这里实在太闹，不是养病的地方。医生还未最后答复，因之出院日期还未确定。如来信，希望寄梅花村。

你在这么短时间，把《好人阿通》①赶完，且已寄北京，是一大成绩。不过，你还是以养病为主，适当照顾疾病。等把病养好了，有更巨大的创作计划正等着你。争取去一次疗养院不容易，今后一个半月，应更多地注意"养生之道"。

杜埃②、秦牧③、关山月④最近都住进东病区，夜间关山月常来聊天。这里两个人一间房，太窄了。遇上两个生活习惯各异的人，就更加难受。

岭头疗养院的院长是否姓董？我们在从化养病时曾相识。

陶萍问候你，祝健康！

萧殷　一九八一年十月廿七日
于省人民医院东病区二〇二房

附来函

1978年6月18日

萧老：您好！

最近您的身体好些否？心里常念念。

---

① 《好人阿通》，陈国凯长篇小说，《花城》1982年第6期，花城出版社，1984年。

② 杜埃（1914—1993），原名曹传美，广东大埔人。作家、文艺理论家，著有《初生期》等。广东省委宣传部副部长，广东省文联党组副书记，作协广东分会副主席。

③ 秦牧（1919—1992），原名林觉夫，广东澄海人。著名散文作家，著有《土地》《长河浪花集》等。中国作协理事，广东省文联副主席，作协广东分会副主席，《羊城晚报》副总编辑，《作品》主编。

④ 关山月（1912—2000），原名关泽霈，广东阳江人。国画家、教育家，岭南画派代表人物。中国美协常务理事，广东省文联副主席，广东省美协副主席。

前几天接到《南方日报》谢望新同志的来信和他们写的报告文学①的小样，我看了很感动，比较准确地刻画了您的崇高形象，文章热情洋溢，真切感人，而且有些"风派"人物看了是会很不舒服的。而这，也正是千千万万的读者所希求的。然而这样的好文章到今天还不能发出，看了谢望新同志的信，足见"四人帮"在文艺界流毒之深。我作为一个读者给他写了一封信，希望这样的好文章能尽快发出。现将他的来信附上给您一阅。

《老师》这个材料他已随信寄回给我，我重读一遍，尽管这只是材料，但由于它是发自我内心深处的心音，因此看着这材料，自己心里不免激动起来，这几天，我产生了这样的想法，想把《老师》这材料改写成文章，寄给《广州文艺》或上海的《萌芽》②。我这样想：一个著名的文学家对一个普通工人作者的真挚的、耐心的教育、培养，光这一点，就很本质地反映了我们社会主义社会里崭新的人与人之间的关系。一个老作家的崇高形象由一个普通的工人业余作者写出来，也许更能引起广大工农兵读者内心的共鸣，也是对"四人帮"之流污蔑老一辈作家的有力回击。这样的看法不知对否？待您病愈后，我再听听您的意见，如您认为我这种想法可以，我则努力把《老师》这篇文章改写出来寄出去。不过惭愧的是自己的笔力太差，无法表达老师的崇高形象于万一。

大概由于最近搬家疲劳过度，加上前几天身体不适，昨天一量血压很低，86/56，这几天头很晕，最近只是看看书，在读契诃夫的小说选。待身体复原后再学写点东西。前几天，《广州日报》副刊登了一篇儿童文学，是今年二月份写的，以我的孩子为模特儿，作为学生的作业随信附上。易准同志最近写了一篇创作谈，谈小小说《学生》，刊在本月11日的《南粤》副刊③上。《家庭喜剧》已出小样，杨奎章④同志寄给我看了，已发《广州文艺》第四期（七月份出），他们做了一些小改动。

盼望您老人家注意身体。从目前情况看来，住医院不是个好办法，医疗质量太差，服务事业单位要恢复"文革"前的好传统好作风不是一件容易的事。林彪、"四人帮"

---

① 谢望新，时为《南方日报》文艺部记者。他与李孟昱合写的报告文学《寒凝大地发春华》，1978年9月3日刊载于该报。

② 《萌芽》杂志，1956年7月创刊，中国作协上海分会主办。1981年1月复刊。此处或指萌芽丛书。

③ 《南粤》，《南方日报》文学副刊。

④ 杨奎章（1921—2009），广东梅县人。曾任广州《联合报》总编辑，《广州日报》编委、秘书长。时任广州市文化局局长。

多年来造成的恶果,现在越看越清楚了,在工厂企业尤其严重。在工厂里,"文革"中成长起来的这一代年轻人大批涌进工厂,这批人的改造是工厂里一个最为头疼的大问题。工厂里的很多事情都出在这些人身上。这十年时间,摧残了老一辈身体,误了第二辈的青春,毁坏了第三辈、第四辈人的精神,连第五辈的人的教育问题(师资质量)也成了大问题,十年为害之烈,是触目惊心的。

江夏已出差到吉林去了,他向您问好。

盼您注意节劳,祝您早日康复。

问陶老师好。瑞霞问你们全家好。敬祝

健康!

国凯上 一九七八年六月十八日

1978年7月20日

萧、陶老师,你们好!

信收。我们已按您的信上的意思去办了。据了解,乳鸽在市面上很难买到,只在农贸市场上有出售,据说一对乳鸽要5元左右,这个星期天刚好是东圃镇①圩日,我去圩场上看了看,也没有看见有乳鸽卖。以往偶然是见过的,因为我没有买过这东西,所以也没有问过价钱。如果确实是要5元左右买一对,不知你们要不要买?如要买的话,我们再托人到农贸市场去买。不过,这种价钱似乎太高了,不知你们的意见如何,有空盼示复。

收到丁元昌②同志(上海文艺出版社)的信,问起短篇集的筹备情况。我去信告诉他,准备七月份把集子整理出来,交您写序。目前我正在做这方面的工作,对一些旧作略做一些修改,有一些习作已遗失了,现在找也找不到。目前存留下来的几篇习作,还是瑞霞保存下来的,在"文革"中,我手头一篇也没有了。存下来的这一些,有几篇看来还能放进去,有几篇则自己看看都脸红,不能放进集子去。"文革"前的十多个短篇中,我选了四篇,"文革"中我选了四篇,打倒"四人帮"后的习作,我选了六篇(您审阅过发表的四篇,和您指示要入集的小小说《学生》,还有一篇《小明的信》,这篇东西写得较浅,但我考虑到集子里应该有一篇写小孩的东西,所以拟选入去)。还有

---

① 东圃镇,位于广州天河区,2002年撤销。
② 丁元昌,作家,上海文艺出版社编辑。

一篇，是《五叔和五婶》，是我的处女作（1958年1月发表的），发表于《羊城晚报》《花地》副刊，曾编入副刊编选的小说集《春花》，我记得：这本书还是您写的序言。这本书已找不到了，只剩下这篇二页纸。这篇东西虽然写得较浅，但作为一种纪念，我还是想把它入集（三四千字）。《老师》一篇，则作为附录入集。目前，我正在改写《老师》一稿。能表现《老师》的崇高形象于万一，我也就感到安慰了。

《女婿》一篇，我准备按上次向您汇报过的修改意图，修改后入集。如有时间我还准备再写一篇或两篇入集。因时间较紧，我已于前几天去函易巩和王有钦同志，想请作协来个公函给我请半月至一月的假，把这个集子编写好，不知作协肯不肯发函帮忙。如作协不肯发函，则只好利用晚上和星期天的时间进行了。

《呼口号的人》和《性格的喜剧》两稿，回来后我再三认真学习了您的批语，教益很深。《呼口号的人》我准备动大手术，按您的批示努力把它改出来。《性格的喜剧》我再看了一遍，这篇东西改起来虽然容易些。但我觉得这类题材较一般化，要不要改下去还拿不定主意，如改的话，则把题目改了（或者就叫《龙伯》吧），把它改得更短些当作人物素描式的小小说，恐怕会恰当些。《美丽的姑娘》一稿，可能您看了会生气的。这是有一次心血来潮写下来的，写完放了几个月，自己也弄不清这是一篇什么东西。想扔掉，又觉得这个"姑娘"的影子老在头脑中晃来晃去。因此憋不住拿给您看，可能这样写是很错误的，希望听到老师的严肃批评。

近来，我在认真地学习《习艺录》，边读边做笔记，写学习心得。

编完这个集子后，我想认真读点书，认真思索生活，争取在学习创作上有点突破。老是原地踏步的人，是不配做您的学生的。

一写就很长，影响你们的休息了。近来天气很热，盼你们注意节劳。

丁元昌同志信上向您问好！

瑞霞向你们问安！专此，敬颂

健康！

国凯上　一九七八年七月二十日

1978年8月3日

萧老:

您好!来信已拜读,因这几天稍忙,迟给您写信了,请谅。

关于创作假的问题,作协已来函给我请一个月到一个半月的假(他们来信说,请示过作协领导才发函来,我估计他们是去请示过您的)。厂党委考虑到最近厂里工作较忙,给了半个月的假,从7月27日—8月10日,现在我正为编选集子忙着,星期天和晚上时间也用上了,《老师》一稿已改写,《呼口号的人》已按您的指示进行修改,还计划再写一篇三千来字的短东西。争取中旬把这个集子搞出来,送您审查。

上次老吴送去的两个鸽子,原是瑞霞托他给我买的,我考虑到老师身体比我差得多,就叫他送给您老人家。这只是我的一点心意。老师恩重如山,我常常自愧自己尽的责任太少了。可能老吴去的时候没有说清楚,请您不要见怪。

据传上海蛋品供应十分充裕,不限量,买多少都可以,只是没有机会托人带,十分可惜。对比起其他省市,广州的供应情况确实是太差了。我的意见您最好还是在医院多住些日子,生活上和饮食上也能得到适当的调理。

《美丽的姑娘》一稿,我是写完之后,不知道这样的题材可不可以写,接到您的来信,知道这样的题材可写,自己的认识又提高了一步,这也说明"四人帮"设置的框框还束缚着我的思想。这篇东西是没有写好的,落笔时顾虑重重。又让您花宝贵的时间去批阅。您的来信和对稿子的批示,我都用专集张贴,反复学习,从中学习写作的道理。虽然文字不多,但反复体会研磨,启发是很大的。

编完集子之后,我准备在粗读一般的政治书籍和文艺作品的同时重点精读两本书,一本是《习艺录》,一本是《契诃夫小说选》[①]。《习艺录》我已看过一遍,并且做了两篇笔记,准备再认真精读、做笔记,《契诃夫小说选》也准备逐篇精读、做笔记。

最近在报刊上发了几篇东西,收到一些读者寄来的热情的信,您看过后发出去的几篇,读者反应比较热烈。有一封来信说:有一对夫妻顶嘴,女的要写得像《家庭喜剧》中的余亦天。看来读者很顶真,自己也就觉得有压力。努力争取写作上有点长进,但往往事与愿违,进步缓慢,有负于老师和读者们的期望。下一阶段,应该认真地读点书,

---

① 萧殷:《习艺录》,广东人民出版社,1978年3月;《契诃夫小说选》,汝龙译,人民文学出版社,1979年1月。

认真地思索一下生活了,我有个很大的弱点,看问题浅,对生活开挖不深,有时兴之所至,看到一点就写,所以写得浅薄,以后得好好改。

我厂有几个文学爱好者,侥幸买到《习艺录》,他们都在认真地读,有位文学爱好者也在做读书笔记。

您工作忙,切盼您注意保重身体。

《作品》第一期,厂里的业余作者反应很热烈,说高质量,令人耳目一新。从《作品》中看出您的风格来了。

祝您身体好。问陶老师好。瑞霞问你们全家好!顺祝
健康!

国凯上　一九七八年八月三日

1978年10月8日

萧老:

您好!

《在厂区马路上》一稿,已遵照您的指示做了修改,关于专案组长这帮人的后台、背景,在第二—三页中做了交代,您做了眉批的地方,都按您的指示做了修正。您连错别字、标点符号都改过了,老师这种严谨的治学精神,是对我一贯来粗枝大叶作风的批评,以后要努力学习老师这种严细的作风。

萌萌前天给我来信,说要搞一个带烟囱的取暖炉子,这件事情,我准备找个师傅商量一下,听听他的意见,再确定如何去办。今天我发一信给萌萌。上次您批阅过的那篇《性格的喜剧》(改名为《牙痛》),最近按您批示的意见做了修改,寄给欧阳翎①了。三元里学习班时大家做过写稿的计划,之后一直没寄稿给他们,就当作任务交给他们了。用与不用,由他们去处理吧。秋凉了,盼您老人家注意保重身体。

问陶老师好!即颂
安康!

国凯上　一九七八年十月八日

---

①　欧阳翎(1932—2012),广东连县(今连州市)人。1949年参加粤湘赣边区纵队。历任《作品》月刊组长、副主编,中国作协广东分会秘书长、专职副主席。

1978年10月11日

萧老：您好！

上月南方副刊的陆梦军[①]同志约我赶一篇小小说给他们，我赶给他了，他们很快排了小样，现在他又把小样退回来说不用了，没有说是什么原因。我自己水平低，也寻不清这篇小小说存在哪些问题，因此寄上请您审阅，目的是听取您老人家的批评，从中汲取教益。

最近收到丁元昌的来信，他说读了我寄给他的《南方日报》《寒凝大地发春华》的文章，对您更崇敬了。这封信以后有空出去时再带给您看，他对您写了一些热烈赞颂的话。这两天我的胃病又复发了，有时痛得挺厉害，待身体好些，再去看望您老人家，问陶老师好！

敬祝

健愉！

国凯上　一九七八年十月十一日

1978年10月13日

萧老：您好！

星期一（九号）发给萌萌信的同时，我发给您一信，里面有《在厂区马路上》的修改稿，考虑到邮件可能超重，我在信封上贴了八分邮票，按理，同时寄出，应同时收到，今天读到您的信，才知道这稿子您还没看到，不知道是不是邮局遗失了还是怎的？心里很不安。请见信后，给我写两个字告诉我稿子收到否。如没有收到，我去问问邮局，如邮局遗失，我再想法补写一份。您老人家很忙，经常为这些事影响您的时间心里很不安。

今天上午我又发了一信给您。里面夹有《南方日报》的一份小样，同时又给萌萌写了一封回信。萌萌提这件事[②]是出自对父亲的孝心，您却不可责怪她。在接到她的信通知我不要做时，我已经和一位工人师傅商量过如何去办这件事。事实上，我为老师尽心

---

① 指《南方日报》文艺副刊《南粤》，陆梦军为编辑。

② 指10月8日来函中所称带烟囱取暖炉子事。

尽力的事情做得太少了，常常感到内疚，萌萌性格开朗直爽，我见到她，常常觉得像兄妹般无拘无束，她觉得有什么难办的事情叫我去办，正说明大家不见外，请切勿责怪她。

知道您正着手整理《论生活·艺术和真实》，很高兴，希望您能早点编出来。多少文学青年正在嗷嗷待哺呢！

秋风起了，气候变化较大，切盼注意保重身体。

给陶老师一信，请交给她。专此，祝

健康！

国凯上　一九七八年十月十三日

1978年11月17日

萧老：

您好！

上次您嘱我写信给贤章①，我回来即给他发了信，今天收到他的来信，现将来信转上。看来贤章的处境也确实可怜，如果再拖下去，弄出个神经病来，就毁了一个人才了，培养一个人不容易，毁一个人倒是很容易的。他在那山高皇帝远的地方，看来，真正能够把他从苦海中救出来的也只有像您这样的老人家了。林彪、"四人帮"弄得我们的老一辈这么苦，而你们一手带着长大的六十年代这些业余作者娃娃也苦够了，而贤章是特别苦。

今天，《人民文学》的王朝垠②同志要我到广东迎宾馆去见他，我请了半天假去了，见到李季③同志，谈了一下，李季同志问起我的情况，我说1962年起我就在萧殷同志的教导下学习写点东西。他说，萧殷同志对文学青年的成长是花了很大心血的，是青年的好老师。王朝垠同志和我谈了《在厂区的马路上》，他说，这篇稿子他们准备用

---

① 贤章，程贤章（1932—2013），广东梅县人，出生于印度尼西亚。广东省作协党组成员，广东文学院院长，《风流人物报》主编。

② 王朝垠（1936—1993），笔名蓝宇。湖南永兴人，毕业于武汉大学。历任《人民文学》杂志社助理、组长及部副主任、编委、副主编。

③ 李季（1922—1980），原名李振鹏，河南唐河人。著名诗人，代表作《王贵与李香香》。作协兰州分会主席，《人民文学》主编。

的，但要再做些改动。意见是：①再精练一些，把现有的篇幅压去1/3，②结尾显得突然，要做些过渡。这是一种改法。另一种改法是再将人物深化，特别是反面人物，要写得深一些。他说这篇东西是可以开挖得更深一些的。他说，两种改法由我去定。稿子我拿回来了，我正在考虑之中，他要求能在本月内改好，争取在他回京时带回去。他也反复以尊敬的口吻谈到您。王朝垠同志挺热情。

《南方日报》副刊的李孟昱①同志最近约我给他们写一篇小说，要求写揭露"四人帮"的类似《伤痕》这一类的题材，可以写到一万多字。这个星期一，李孟昱同志又亲自来厂要给我请创作假，但因厂里工作忙，不同意给假。

我最近业余时间在考虑构思，初步有个轮廓，但由于没有时间，加上最近这一段来，胃疼和牙疼交替发作，因此也一直没有动笔，我和李孟昱同志讲过：如真的能写出来的话，拉几个条样，先送个给您审阅过再发。现在写东西只有星期天能进行，也可能写不出来。因为这样，最近没有出去给您钉门，待忙过这一段，再出去钉门好吗？

最近厂里设备大检修，工作特别忙。

问陶老师好！

盼你们注意保重身体。匆匆，即祝

健康！

国凯上　一九七八年十一月十七日

1979年4月7日

萧老、陶老师：

你们好。上海电影制片厂来电催我去上海，我准备下星期五或星期六动身去上海（旅差费由上影厂负担）。我动身之前，会到您处一趟，向老人家请安。如你们有什么事要办，到时请吩咐我去办。

这几天挺忙，额头上又长了个疖，常常头痛。前几天，谢望新找我谈了，我对他们说：评论文章不论如何写，有一点要突出来，就是萧殷同志对我的教导，我是在他的直接教导下才能写出一点习作来的。他们也同意我这个论点。事实也是如此，离开老师的

---

① 李孟昱（1941— ），湖南涟源人。毕业于中山大学。《南方日报》记者、要闻部主任，《南方周末》主编，《南方日报》社长。著有报告文学集《春之韵》等。

指导，我会一事无成的。其余事情过几天再面禀。匆此，即颂

健康！

              国凯上 一九七九年四月七日

1979年5月17日

萧老、陶老师：

  你们好！瑞霞到上海几天后，我即和她一起去南京等地，昨天晚上才回来。今天我打电话给丁元昌，他来找我，我问到您的集子的情况。他说，理论部的主任出差本来早该回来，但他又转到另一个地方出差了，至今未回来。元昌说：待此人回来后，他即去找他。元昌说："萧殷同志的集子，那是肯定要出的。"言下之意，您不是一般人，是有威望的老作家。他要我写信时向您问好，并请您放心。他说：您寄来的序言已收到，小说集，《萌芽丛书》编辑组的同志已看完，已交给他们的主任在看。他说：《萌芽丛书》第一批搞三个人的集子：贾平凹（山西）、叶文玲（河北）、我①。贾、叶两人的集子都没有序。因为您给我的集子写了序，所以他们两人的集子也要请有名望的老作家写序，贾平凹的集子，上海文艺出版社准备请山西作协主席胡采②写序，已发函给胡采。您老人家开了一个很好的头，体现了老一辈对后一辈的关怀。

  今天上午我有点事跑到上影③文学部编辑室去找个人，看见里面有《南方日报》，翻了一翻，看见《南方日报》有一篇反驳黄安思《向前看呵，文艺》④的文章，好！好得很！我猜想此文可能是您叫写的，好！对那些散布混乱、狗屁不通又摆起架子训人的文章，应该予以驳斥。但是，再往后翻翻，都看见了一篇谢芝兰的所谓谈业余作者之类的文章。我一边看，一边发火，又是一篇狗屁文章，大概这是广州的"土特产"。这篇

---

  ① 贾平凹《山地笔记》（收短篇小说37篇），叶文玲《无花果》（收1958—1979年短篇小说15篇），和陈国凯《羊城一夜》，均由上海文艺出版社作为"萌芽丛书"出版，其中《山地笔记》出版于1980年1月，《羊城一夜》出版于1979年11月。贾平凹应为陕西人，陈国凯误作山西。

  ② 胡采（1913—2003），原名沈承立，河北蠡县人。《西北文艺》主编，陕西省文联主席，陕西省作协主席。此处山西作协应为陕西作协。

  ③ 上影，上海电影制片厂。

  ④ 1979年4月15日，《广州日报》发表黄安思（黄文俞）的文章《向前看呵！文艺》，引起全国文艺界热烈争论。

文章打着繁荣文艺、关心业余作者的招牌，居然把矛头指向广东作协，指向为培养业余作者呕心沥血的您，这简直是滑天下之大稽。文章说了一打空话，都没有拿出一个切实可行的办法来。更妙的是前后出语矛盾，她前面说赞同您的观点，说您"有远见"等等，后面又反对您的"远见"，我看了觉得啼笑皆非，一篇文章怎么能把自己赞成的东西又当作反对的东西呢？荒谬！文中荒谬的地方很多！例：①按谢文：工农业余作者，永远不能搞专业创作。写文章的人根本忘记了历史，我党正是从大批的工农兵业余作者中培养出大批专业创作人才的，如果专业创作队伍不是从占我国百分之八十的工农队伍中去培养，到哪里去培养，从经院里出专业队伍吗？这种人与其说无知，倒不如说别有用心。②谢文说：业余作者转为专业创作，就会高倨同侪之上吗？谢芝兰此人其实心中的封建等级观点是很浓厚的，她自己的观念中就有知识分子（专业）高人一等的思想。把每个人的道德修养和工作职务混为一谈，认为工人农民变为知识分子，就会高人一等。按照这个逻辑，就别从工农中培养技术员、工程师、科学家了。因为他们地位一变，他们的本质就变了，谢芝兰此人看来口气很大，可能是个当官的，如果她过去也是从工农队伍中来，那么她现在不是又高倨于"同侪"之上么。③说工农作者转为专业创作，一手拿工资，一手拿稿费，"什么时候都不应提倡"。说这话，也是对业余作者的处境狗屁不懂。一个业余作者一年能写多少东西，拿几文稿费？这几文稿费在物质昂贵的今天，能买几包香烟、几个鸡蛋？其实工人作者转入专业创作，并不是去享福，而是准备着吃苦，在工厂里，每月有奖金，有劳保，有各种福利。每月这方面的收入就相当于一篇短篇小说的稿费，就是转为专业创作，能每月发表一个短篇吗？从经济收入上来看，工人业余作者转为搞专业，收入不是提高了，而是降低了。为什么这次搞文学院，有些作者被提了名也不愿来，很大一部分原因就是经济收入比搞业余时降低了。劳动量的差别这里不谈，光是纯经济收入，搞专业并不是什么捞油水的职业，更何况这门职业要担风险。许多工人作者之所以愿转行搞专业创作，并不是不知道其中之艰苦，而是因为党和老一辈的关怀，为了为繁荣文艺事业能出点微力，而时间上的保证，又是业余作者从事学习和创作的一个重要条件，因此才像欧阳山同志说的"自投罗网"的。而谢芝兰这篇狗屁文章却用市侩的眼光来看业余作者，信口雌黄，这种人不了解情况，就闭住鸟嘴，别含血喷人。好像工农作者一转入专业创作就要变质腐化似的？看了这样的流氓式的文章我确实很生气。特别是她对您这个把精力都用在业余作者身上的人说风凉话，这点我特别生气。我不知谢芝兰是何许人，更不知她在培养业余作者方面有什么政绩,如果她对培养业余作者没有做什么事,就少讲屁话、大话,拿出一点实际的办法来,哪怕是一小点行动也比一篮子屁话强。我一发牢骚又写得太长了。

萧老,这篇文章应该让搞文艺理论的同志著文予以驳斥,以免谬种流传。如果没有人写,您想法给我弄一些有谢文的报纸,我来驳驳她,虽然我不会写文艺评论,但是我可以和她摆摆事实、讲讲道理,太气人了!

瑞霞在上海大概再待一个星期即回广州,你们嘱办的都在办,有些已经办了,有些还在办。

上影文学部南组组长陈伟若①最近去广州,她说要去看您。她的丈夫听说是上海某部的副部长,她是上影厂的老编辑了,我把您的地址告诉了她。

听说第四届文代会于6月份召开,我隔壁住的《五朵金花》的编剧季康②已填表。这次文代会有没有我的名单?如果有的话,最好叫萌萌先来信告诉我一声,是先回广州到北京呢,还是从上海去北京?如果没有我名单的话,也请叫萌萌来信告诉我一声。您去北京,一定要注意饮食起居,不要太累。

我在这里一切均好!请你们不要挂念。专此,即祝

健康!

国凯 一九七九年五月十七日

1979年12月15日

萧老:

您好:昨天(星期五)到作协开例会,原想等到下午3时去医院探望您。开完会之后,因觉得头昏就先回来了。最近张兴汉③调来暨大,他来过我家,知道您住医院,也准备去看您。

---

① 陈伟若,曾任海燕电影制片厂、上海电影制片厂文学部编辑组长。
② 季康(1931—),原名赵继康,浙江嘉善人。曾任昆明军区《国防战士报》记者。剧本《摩雅傣》和《五朵金花》作者。
③ 张兴汉(1938—),广东五华人。毕业于暨南大学中文系。曾任暨南大学华侨华人研究所副研究员,广东客属海外联谊会《客联》杂志名誉总编,广州新马侨友会《侨友会讯》副主编。

龙世辉同志来函，说中篇先发《当代》①，16万字全发，因第三期已于今年十二月出版，赶发至《当代》第四期（明年三月出刊），刊完之后出书。这个东西他们处理的速度很快。韦君宜②11月20日上班，即看这东西，看完秦兆阳又看。龙世辉同志说：他在文字上做了一些修饰和加工，领导同志（可能是韦君宜或秦兆阳）亲自动手做了一些小改动，已于本月8日发稿，从初稿交出到三审通过发稿，前后只用了三十八天，我预想不到这么快，要是在广东出版部门，那是不可想象的。事情能够这样顺利，很关键的原因是我是您的学生，您说了话，情况就不同了。我深深地懂得：我每一个东西的发表，都凝集着您的心血，几十年来，我像一株路边被人践踏的小草，是您发现了这一株小草，在风风雨雨的岁月里，您用心血浇灌使这一棵小草能开出一些小花。

龙世辉同志是很好的，大概都是您这老祖宗门下的徒生吧，所以他对我才更关心。我也把他当作老师看待的。

书名他们做了改动，改为《代价》。《当代》发时，先用这个名字。世辉同志说：如果我对这书名不同意，出书时仍可改动。（原来我起的书名是《活着和死去的灵魂》）出书时要不要恢复原来的书名，待我听了您的意见之后再定③。

长影两个导演在争拍这中篇的事，我已将过程写信告诉世辉同志，世辉同志来信告诉我：他和张普人④导演不是深交，不过，他说："张普人同志为拍出一部好片正日夜奔走外地，几个月都不回家，我们出版社的门槛都给他踢破了。""这一年来，他为了找好的东西，经常向我了解情况，我答应一发现好的，就向他推荐，所以我把你的稿子推荐给他。"世辉同志看了我的信之后，体谅我的难处，同意让这两位导演协商解决。目前，他和我均分别去信给两位导演让他们协商解决。

曾炜⑤告诉我，本月底，佛山地区召开青年作者会议，邀请杨干华⑥和我参加他们

---

① 中篇，指陈国凯小说《代价》，下文也称"这东西"。刊发于《当代》杂志1980年第1期。
② 韦君宜（1917—2002），原名魏蓁一，湖北建始人。时任人民文学出版社总编辑。
③ 1980年11月，人民文学出版社出版陈国凯小说，仍名《代价》。
④ 张普人（1920—2019），江苏镇江人。长春电影制片厂老艺术家、译制片导演。
⑤ 曾炜（1919—2007），广东顺德人。广东省作协理事、秘书长，专业作家。
⑥ 杨干华（1942—2001），广东信宜人。曾任广东省作协专职副主席，广东文学讲习所副所长，《作品》杂志社社长。

的会。我考虑到谢金雄①、唐亢双②、林振勇③这些熟人都在，准备去走走，走之前，我去看您。我是多么想经常见到您，看到您、听到您的声音，我心里有一种说不出的愉快，但考虑到您的身体，需要较安静地休息养病，我又常常抑制住自己的感情，希望您这段时间能安安静静地休息，少接客，少谈话，多休息，以养病为主。如果有可能和您一道去疗养，那就太好了。这件事不知作协能不能办到。如果能和您一起去疗养，我还准备做一件事，把您的过去的生活经历记录下来，将来我要为您写一本传记。这件事我将来一定要做。

最近几天，我准备给《羊城晚报》写一篇文章。杨家文④又专门写信来，看来不交卷不行的。《人民日报》来信说，明年要恢复"文革"前的文艺版，要我在一二个月内交一篇稿，我看看能不能写出来。目前主要是身体条件差，常常要头昏。我的计划是明年上半年之前，以休养和读书为主，间或搞一二个短篇。把身体搞好一些，明年下半年再搞一个中篇（今年上半年已有了构思，并写了两章，后来转入搞《活着和死去的灵魂》，搁了下来），如果明年下半年身体好，把这个中篇写完。如果这中篇顺利的话，则后年（1981年）开始搞长篇，有个计划，我已经酝酿多年了，并且做过一些准备，准备写《工人世家》。《工人世家》第一部分是《艰苦的岁月》，从1960年困难时期写起，把一二个工人家庭的命运和整个社会的命运捆在一起，按老师指导我的创作方法：写人，写人的命运，人与人之间的关系、工作、生活、爱情。这只是我的设想，能不能搞成也很难说。这些想法只是向老师汇报。瑞霞现在担心的是我这几年会不会进"大烟囱"。这也很难说。不过，活着就想干些工作，这些年来，林彪、"四人帮"和他们那伙王八给中国人制造了那么深沉的苦难，留下那么多的"政治垃圾"和"思想垃圾"，就是我这样一个普通工人也尝够了那么多的辛酸苦辣，看到那么多真诚的和虚假的面孔，爱与恨的烈火常常在我的心头奔突。有时候月影临窗，夜不成寐，我脑海里就想起您瘦弱的身影、想起您手中那支剑一样的笔。我作为您的忠诚的学生，要继承您这战斗

---

① 谢金雄（1934—2019），广东电白人。萧殷任教暨南大学时学生。曾任珠海市委常委、副市长。

② 唐亢双（1935—　），广东珠海人。珠海县委干事，县文化馆副馆长、馆长，珠海市文联副主席。

③ 林振勇，广东佛山人，作家。

④ 杨家文（1923—2004），笔名周敏，湖北浠水人。时任《羊城晚报》副总编辑。曾任《南方日报》编辑部主任、《广州日报》副总编辑。

的传统——尽管我永远也达不到您的水平、您的高度。

您看，在您面前，我一说又说得太多了。心里的话就像打开闸门的水关不住。就暂此住笔吧，以免又影响您的休息。

切盼您注意休息，还是那句话：您的健康比什么都重要。

问陶老师好！瑞霞问您好。即祝

健康！

国凯　一九七九年十二月十五日

1980年7月24日

萧老：

你好！这些日子来，我一直牙疼，牙髓炎发作化脓，坐立不安，至今还在服药。除了上一次到作协开过一次会之外，我没有去过广州，也未去看望您老人家，请谅。

乘市郊车简直是一场"战斗"。这些日子，病中看看书，看了《复活》一大部分和马克·吐温的一本书。有两天精神略微好些，则写了一个短篇给了《晚报》①，杨家文、王有钦②同志来过我家，非"交差"不可。

八月中我和干华③将回京，走前再去看望您。

大热天，您身体不好，切盼多保重身体，您饭量少，要多注意营养。

听说陶老师回来了，一并问好。专此祝

健康！小纵向你们好。

国凯　一九八〇年七月二十四日

1980年8月22日

萧老：您好！

因我母病，我于11日抱病到了吴川县，瑞霞18日出差到外地。我因行前匆匆，来不

---

① 《晚报》指《羊城晚报》，杨家文为副总编辑，王有钦为副刊编辑。
② 王有钦（1930—　），笔名贺朗，广东罗定人。时任羊城晚报《花地》副刊主编。
③ 干华，即杨干华。

及去看望您，已嘱瑞霞离穗之前去探望您。

由于车旅劳顿奔波，到这里不久之后，我也病了。每日里昏头涨脑，乍寒乍暖，目前在这里调养。准备身体好些后，适当写点东西。鉴于目前的健康情况，不准备回北京了。我已给文讲所的班长去信。

这里的居住条件比广州好，我哥哥是县供销社负责人，他给我住一个小房间，这里没有大城市的那种喧嚣，比较安静，来找的人也较少，以后写东西我准备隐居此地。吴川县文联的同志听到我来了这里，来找过我，看见我病了，也就没有提什么，据说这里有庞大的业余作者队伍——四百余人。还办了一个文艺小报《翠园》，每月一期。

常常惦记着您的健康，盼您注意保重身体，谈话不要太累。在我们国家里像您这样的文艺评论家已经不多了，特别要保重身体，您的健康是和时代联系在一起的。祝您老人家长寿。

如有信示，可寄：广东省吴川县供销社，我收即妥。

问陶老师好：即颂

泰安！

国凯　一九八〇年八月二十二日

1980年9月28日

萧老：

您好！来信拜读再三，读后心里觉得很酸楚，催人泪下，作为您一手带大的文艺学徒，只有在这里遥祝我的老师身体渐渐恢复健康。您在中国文坛上所立下的功勋，是永存的。人民需要您，文艺战线的斗争需要您，特别是广大的文学青年更需要您这样德高望重的老师，您的健康比什么都重要。务请多多保重！您长期以来，劳累过度，务请注意节劳，到龙川之后，不要过多地接待客人，一定要注意多休息。千万争取时间多休息。请您听学生一言，多多保重。

世态炎凉，人情冷暖，这些年来，我渐渐也看得多了些，常常有一股凉意从心底袭来。老师德高望重之人，尚遭此际遇，我这不懂官场为何物的书呆子，将来怎么个死法也不得而知，很可能是悲剧性的。有些事情我看看都心凉。只好处处小心，尽量躲到郊外或小县里去，免得卷进那毫无意思的人与人之间的那种"旋涡"，中国人在这方面浪费的精力已经够多了。我将牢记您的教导：脚踏实地地学点东西，学习写点东西，争取在学习写作上略有寸进，除此之外，我别无他想。

来到这里后，常病，胃病提前发作了，最近检查下来，牙齿有五个要维护，全身的机器都仿佛出了毛病，大概由于病体缠绵的关系吧，我情绪很郁闷，常常有落叶悲秋之感。李鸿业之死，在我心头留下一个深长的阴影。我有时也感到自己的时间不多了，想争取写一点东西，但又缠绵于病榻，毫无办法，目前只能看看书，有时翻翻字典，我写的东西错别字很多，根基很浅。想做点事情也常常感到力不从心。目前我在服中药。

盼望老师多多保重，注意节劳，谨祝您和陶萍老师身体健康！精神愉快！敬颂秋安！

国凯　一九八〇年九月二十八日

北京来信：《代价》将由美国翻译成英译本出版，顺告。

1980年10月16日

萧老：

您好！我于九月九日从吴川县到达长沙，弘征①同志曾到广州找过您，说您还在龙川未回。不知您老人家身体如何，心里常念念。

我到长沙后，在湖南宾馆住了几天，即奔赴岳阳旅游，到了汨罗屈子祠，到了岳阳楼，去过小君山，游了洞庭湖，他们到了赤壁，因为去赤壁坐车的时间长，我没有去，今天从岳阳回到长沙，开两天会，又将去衡山、桃花源等地旅游，大概于26日可结束旅游。

这次来的人名单上不少，但由于许多老同志都忙着，没有来，丁玲②原决定要来的，因接见外宾来不了。杨沫③正在北京打官司，也没来，上海本来请了几个，由于派系之间

---

① 弘征（1937—2022），原名杨衡钟，湖南新化人。时任湖南人民出版社文艺室副主任。
② 丁玲，湖南临澧人。著名作家，著有《太阳照在桑干河上》《莎菲女士的日记》等。
③ 杨沫（1914—1995），《青春之歌》作者，原名杨成业，湖南湘阴人。曾任北京电影制片厂编剧、北京市文联主席、作协北京分会副主席。1979年撰写长篇报告文学《站在八十年代的地球上》及"续篇"，为中国科学院微生物研究所科研人员刘亚光鸣不平，招致麻烦。

的关系，这些老同志都不来了。来的人有梁信①、白扬②、邓友梅③、刘真④、从维熙⑤、林斤澜⑥、刘绍棠⑦、蒋子龙⑧和我，还有戈壁舟⑨。来到这里之后，康濯⑩、胡代炜⑪等同志都热情地问起您，邓友梅、刘真等同志也问到您。

来到这里之后，除了和本地作者开开座谈会，多数时间都在游山玩水。有两部专车送我们，跑来跑去，睡眠情况也有些好转。

湖南的情况似乎也比较复杂。北京的情况也较复杂。王蒙到美国去了，是聂华苓夫妇办的写作中心⑫请他们去的。

湖南的天气比广州凉了，我已穿毛衣，菜多数有辣椒，戈壁舟老人很有意思，每到一地必题诗，每餐必喝几盅，有高阳酒传之称。刘绍棠口若悬河。还是那副样子，我很少讲话。

天气转凉了，请您老人家保重身体。

问陶萍老师好。匆匆祝

全家健康！

国凯　一九八〇年十月十六日

---

① 梁信（1926—2017），原名郭良信，吉林扶余人。编剧、作家，毕业于中南部队艺术学院。

② 白扬，疑为白桦（1930—2019），原名陈佑华，河南信阳人，著名作家、编剧。电影《苦恋》编剧。

③ 邓友梅（1931—　），祖籍山东平原，生于天津。中国作协名誉副主席、著名作家。

④ 刘真（1930—　），原名刘清莲，山东夏津人。河北省文联副主席，作协河北分会副主席。

⑤ 从维熙（1933—2019），河北玉田人。曾任作家出版社社长、总编辑。

⑥ 林斤澜（1923—2009），浙江温州人。北京作协驻会作家，北京作协副主席，《北京文学》主编。

⑦ 刘绍棠（1936—1997），河北通县（今通州区）人。乡土文学作家，作协北京分会常务理事，《北京文学》编委。

⑧ 蒋子龙（1941—　），河北沧县人。天津重型机器厂工人作家，因小说《乔厂长上任记》闻名。

⑨ 戈壁舟（1915—1986），原名廖信泉，四川成都人。曾入延安鲁艺文学系。历任《群众文艺》编辑、西北文联创作室主任、西安作家协会秘书长等职。

⑩ 康濯（1920—1991），原名毛季常，湖南湘阴人。湖南省文联主席。

⑪ 胡代炜（1920—2001），湖南汝城人。诗人、评论家。湖南省文联副主席。

⑫ 聂华苓（1925—　），湖北应山人，毕业于中央大学外文系，美籍华人作家。与丈夫保罗·安格尔（Paul Engle, 1908—1991）共同创办爱荷华大学国际写作计划，曾邀请丁玲、陈明夫妇及王蒙前往访问。

1980年12月30日

萧老:

您好!惠书昨天拜读,读了心里很不好受,您身体健康一定要很好注意,因为您的健康不仅仅是属于您个人的。本想这两天去看您,因节日期间,乘车子困难,待元旦之后抽空去看您。

我检查出肺气肿、胃下垂、胃溃疡。出现肺气肿是使我颇感意外的,现已决心戒烟了,从26日起开始戒烟,到现在已经五天了,跟十多年的传统习惯决裂是颇为痛苦的事,好像整个生态平衡都破坏了,不过我坚持熬着,收到您的信,更增加了我的决心,非下决心把烟戒掉不可。不过我担心戒掉了香烟,我还能不能写东西,因为这几天好像头脑昏昏钝钝,连写封信都感到吃力。

这段时间我在服中药,每周到石牌中山三院①看1～2次病,回来煎药,做做家务,看看书,这段时间我下决心不写东西了,休整一段时间再说。这些天我在看巴尔扎克的《幻灭》。看完之后准备看看马克·吐温的《镀金时代》。

请您一定要注意保重身体,您饭量少,营养上更要注意。

问陶老师好,瑞霞问你们好!

谨祝你们在新的一年里身体健康、精神愉快!

国凯　一九八〇年十二月三十日

1981年10月23日

萧老:

您好!我于九月中旬到了岭头疗养院②。正如您说的,这里等级森严,报到的时候,这院里的一个头头看了我的工资级别,要把我弄到一个大杂院去,还幸亏当时领我去报到的护士长读过我的书,大概她也是十年浩劫中经历过沧桑的人,又看见我骨瘦如柴,突然动了恻隐之心,背着领导把我带到一个收容科级干部的九号楼,这里两个人一间房,总算安静些。一般说来,女性的心肠总比男的和善些的。

---

① 中山医学院(中山大学)附属第三医院,位于广州天河石牌。
② 广州市岭头疗养院,成立于1957年,位于萝岗岭头鸡啼山下。

这里的医生护士服务态度都比较好。比大医院好，伙食奇贵，每月伙食费大概60元，吃得很一般。唯新鲜空气是大量供应的，几十年来，在空气污染严重的工厂区生活，到了这里，呼吸了新鲜空气，觉得精神也稍好些。

到来之后不久，我下了决心，把尚未写完的长篇《好人阿通》第一卷写完。一鼓作气，干到十月上旬，终于完成了。这一卷大概十七万字，已寄给龙世辉，自己觉得这部长篇比我过去写的东西，从主题和人物塑造都略有进展。过去我基本上是用黑、白两种颜色写人物，现在写的这个东西，已经用多种色彩来写人了。至于实际情况是否如此，也很难说，估计人文出版社会用的。这部书，计划写三卷，每卷20万字以下，如这一卷能顺利出版，明年下半年再把第2～3卷搞完。这部长篇以阿通这个人物为主线，穿插着几条复杂的副线，时间跨度二十多年，力图写出一些生活的真貌出来。

疗养将以十二月中旬结束，疗养结束后，如健康情况许可，将到工厂去干半年实际工作。这段时间，我在服药治疗的同时，参加了太极拳训练班，这里的体疗教师在教。闲时则读读书，我已把《静静的顿河》[①]看完。颇有启发。斯大林没有把这部书打成反动作品，倒是不简单的。要是在中国，早些年，肖洛霍夫这部书和作者本人可能会枪毙的。下一步将看一些马、恩的原著和中外的哲学史、思想史、通史之类的史书。现在我在看恩格斯的《家庭、私有制和国家的起源》，这两个月重点读哲学和史书。

太冷了，您身体弱，一定要保重。

问陶老师好！即颂

冬安！

国凯　一九八一年十月二十三日

1981年11月9日

萧老：

您好！捧读来信，先是吓了一大跳，后来才知道不是癌，才放心了。医院这么嘈杂，您还是回家休息为好。不过回家后，您得注意休息。找您的人多，谈话不要太累，冬天到了，更希望您保重身体，千万别感冒了。

[①] 米哈依尔·肖洛霍夫：《静静的顿河》，金人译，人民文学出版社，1957年6月，广东1980年4月第4次印刷。

我最近称了体重，从89斤增至96斤，这是近年来未有的奇迹。我很怀疑这秤是否准。我争取在疗养结束时突破百斤"大关"，现在医生给我服中西药。其中有一种激素药物康力龙，听人说此药又称"肥仔米"。可能是此种药物起作用。加上空气好和适当的体疗，现在每天练太极拳，也学了一下气功，没法学，光是"意守丹田"就守不住，思想老开小差。同房的是某工业局的政治部主任，能食嗜睡，一天能睡14个钟头，打锣都吵不醒，真使我佩服得不得了。

岭头疗养院正副院长好几个，据医生说，官僚得厉害，疗养院的职工才百来人，领导很少跟下面谈话，高高在上。有个医生说起这些院长咬牙切齿，说她进院几年了，院领导从来没有找她谈过一次话，职工的困难也很少关心，冬天到了，饭堂常常冷饭冷菜，有个院长专门抓生活的，从来不到饭堂调查改进一下。各行各业滋生着这一批官僚家伙，想想真使人忧虑，很多可贵的老传统都丢掉了。

瑞霞最近病了一场，她说过些日子稍空些，她去看望你们。

请保重身体，千万不要太累了。

问陶老师好！即颂

大安！

国凯　一九八一年十一月九日

1982年12月12日[①]

萧老：您好！

好久没有给您去信了。前一段时间到了深圳，从深圳回来几天又奔长沙。在赴长沙买飞机票那天，在编辑部见到萌萌，谈您喜欢吃速食面，我回家当天即给深圳朱崇山[②]发信叫速运一些速食面给您，后来朱崇山说，收我信之前，已接韦丘[③]电报，已将速食面托人带来给您了。

从长沙回来好些天了。在长沙食物和水土不合，又冷，回来又胃疼了好些天。最近

---

① 附有函封：本市文德路《作品》编辑部请萌萌转萧殷同志收，陈国凯。

② 朱崇山（1933—　），笔名朱浩明，广东台山人。1948年就读于香港达德学校经济系。作家，广东文学院专业创作员。

③ 韦丘，著名诗人，时任《作品》编辑部主任。

好了些，作协党支部的同志叫我写思想汇报，这些天正在写。据说党小组已讨论过我和杨干华的组织问题。

年底之前，正准备编一本短篇小说集子，花城出版社要的，不知能否编得出来。今年8—9两月写的三部中篇，《收获》《芙蓉》《百花洲》三个丛刊均发明年第一期。给《收获》的那部中篇叫《平常的一天》①，约九万字，写一天的生活。他们编辑部认为质量不错，在发表同时，已收进他们编的《收获丛书》。《好人阿通》发今年《花城》第6期，还没出版，冬春季不准备写什么了。这个天气，很要命，胃痛加关节炎。我现在每天抱着暖水袋过日子。

这样的天气，您特别要注意，今天广播，明天冷空气又要来了。您千万保重。冷空气一来，我就躺床。一不小心，胃痛又重发。您也尽量少接客，这样的天气，千万不要感冒了。

过几天，天气暖些，再去看您。我偶然奉命去作协一次，也匆匆而去，匆匆而归，乘一次长途汽车，挤得腰都痛，有一次眼镜都几乎被人踩碎了。很想念您老人家。天气暖和些我再去看望您和陶老师。在深圳生活了一些天，那里的生活方便得多了。

问陶老师好。即祝

身体健康！

国凯　一九八二年十二月十二日

吕雷②起草了一个招告，给任仲夷③同志的，关于您的工资补发问题，我已和他联名发出。

1982年12月29日

萧老：您好！

到深圳已好些天了，到来的第二天，刚好有事去沙头角④，托人捎了点面包去，想

---

① 陈国凯：《平常的一天》，"收获丛书"之一，四川人民出版社，1983年9月。

② 吕雷（1947—2015），广东惠东人。著有小说集《云霞》《浪尖上的信笺》等。广东省作协副主席。

③ 任仲夷（1914—2005），河北威县人。时任广东省委第一书记兼省军区第一政委。

④ 沙头角有中英街，位于深圳大鹏湾畔，是中国内地与香港唯一陆地接壤处，双边一直有贸易往来。

已收到。需要在深圳买什么东西请来信告我可也。

这些天在深圳进行采访,为明年写反映特区生活的长篇做准备。

作协党支部需我写的思想汇报已寄给党支部。请您老人家当我的入党介绍人。几十年来的风风雨雨的岁月中,是您把我引上文学道路的。在文坛上,最了解我者,吾师也!入党的事,从新会中医院您跟我谈这个问题,回来之后,我即向党支部写了入党申请,到如今已经三年了。如您有机会见到作协党支部的同志,希望能跟他们说说,争取能早日解决组织问题。不知吾师意下如何?

《花城》第6期已出来,《好人阿通》已发头条。我准备明年抽一段时间将这一卷再填补修改一遍,再将情况向您汇报,然后请您给这书写个总序,计划是一年写一卷。明年写第二卷。这部书能写出来,也是您鼓励、鞭策的结果。

盼多保重,趁胃口已开,多进食。一定多吃点鱼类等高蛋白易消化的食物。粗纤维的肉类(如猪肉)等尽量少食。趁冬天新陈代谢加快,多进补。祝新年好!

问陶老师好!即颂

泰安!

国凯 一九八二年十二月二十九日

我计划下月中旬回广州。又及。

附陈国凯致陶萍(1983年11月7日)

陶萍老师:

您好!

寄上几封萧殷老师的信,请收。估计还有几封,因搬家忙乱,以后找到再给您寄去。

明晨即赴深圳,这两天有点感冒,下午还要参加一个会。身体太差,今年剩下两个月,准备将养一段,明年再考虑搞些什么了。

我在深圳的地址是:深圳市上步路北、市委宿舍第一栋201房。

秋凉了,盼珍摄。并颂

大安!

国凯 敬上 十一月七日

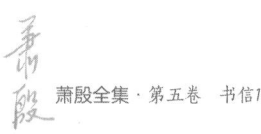

致陈貌1通

陈貌（1949— ），广东遂溪人。《中国青年报》记者，《经济日报》广东记者站站长，阳江市委秘书长，深圳市委办公厅副主任。

1979年6月18日①

请吴绿星②同志转

陈貌同志：

估计《广州文艺》编辑部也不易找到那一期刊物③，还不如找作者谢望新同志。他是《南方日报》文艺部编辑，你不妨找一找看。

匆匆。

早安！

萧殷　十八日晨

---

① 原函未署年月，参见萧殷1979年6月18日致谢望新函。
② 吴绿星，待查。
③ 那一期刊物，指《广州文艺》1978年第5期（9月出版），载有谢望新、李孟昱著报告文学《寒凝大地发春华》，该文亦刊载于同年9月3日《南方日报》。

致陈谦26通（附来函4通）

陈谦（1913—1999），原名彰谦，广东饶平人。毕业于广东省立第二师范。早年参加革命，曾任中共汀饶县工委书记、汀饶丰县委书记。中国作协会员；广东中华诗词学会理事；汕头市文联主席。书法宗二王而求其变。著有回忆录《履迹思痕》、诗词集《苑边草》。

1976年12月25日

陈谦同志：

在温泉疗养院时，听到你大吐血的消息，曾有过给你写信的念头，可是当时因病况不好，全身无力，未能如愿。九月初回到广州之后，在痛悼伟大领袖毛主席的日子里，有时也怀念起敬爱的周总理[①]，因之也就自自然然地联想你的诗句："春寒肝胆裂，遍野火烧心！"于是我又一次想提笔给你写信。可是琐事愈来愈多，行动越来越迟缓，笔也不似以前那样勤快了，一拖再拖……真未料到，你竟在我动笔之前先惠华笺，实在令人感奋。同时也使我心疚。

给王琢[②]同志的信第二天就转交他爱人。王于一月前到南海县搞社教运动，据说最近可能回穗开会。关于画竹之事[③]，他定会给你写信，勿念！

[①] 毛泽东于1976年9月9日逝世；周恩来于同年1月8日逝世。
[②] 王琢（1921—2010），江苏阜宁人。中共中南局政策研究室副主任，广东省政府副秘书长，广东省体改委主任。著有《王琢自选集》等。
[③] 画竹之事，即下函所指请汕头画家刘昌潮画墨竹事。

在从化时，我爱人（陶萍）曾写信告诉我，说你回汕当晚大出血，说是从林川①那里听来的，但弄不清发病原因，更不知道结果如何，当时，我真捏了一把汗，也的确有点怆然，过后不久，又听说你在汕头一间疗养所疗养，一切正常，才稍放心。其实我当时的情况也不好，医生对肺气肿只有一般的认识，而对我身体上的肺气肿却不太了然，于是用药愈来愈离谱，肺功能越来越虚弱，肺的伸缩力愈来愈小，因之呼吸一日比一日吃力。到七月底，我的散步能力竟远远不如在东病区时期，走起路来，上气不接下气，实在难受！不得已，只好决心于八月底出院。出院后，每周到"一五七"军医院②找一位名叫蔡世安的老中医看病，（潮汕人，认识否？）已医治快三月，尚不见什么疗效。

肺气肿本来就是难治之症，我亦知道急也无用。但是像我们这样的人，一旦对工作感到"有心无力"时，其心情之痛苦，也是难以抑制的。噫！老牛破车，还不敢停步不前，"四人帮"被踢翻之后，我又恢复了勇气，打算把已放弃了的《创作论》提纲再捡起来，待体力较为好转时，就动笔写下去，倘能在两年内完成初稿，就算万幸了。

叶剑英的《悼念周总理》谅已读过？

顺问陈锦③同志好！陶萍祝你全家平安！

匆此祝健康！

萧殷　十二月廿五日

1977年1月20日

陈谦同志：

元旦拜读来信，至为快慰！不料天气长期阴寒，肺气肿感染威胁甚烈，为避免被送入医院，只好蜷卧床上消极抵制，直至前日始见放晴，难关似已过去，幸甚！幸甚！这两日，应刊物催促撰写短文，今午因文思闭塞，正好趁空给你写信。

《信笔四句》④颇有解嘲意味，亦极合我目前心境，唯第三句"安知从此衰无力"

---

① 林川（1918—2014），广东惠来人。韩江抗日纵队支队长兼政委，汕头市委书记，广东省教育厅副厅长，汕头大学党委书记。

② 解放军第一五七中心医院始建于1931年，1954年正式命名为157陆军医院，1957年从河南漯河迁移广州市沙河梅花园。

③ 陈锦，陈谦夫人。

④ 《信笔四句》，陈谦诗作。

似稍嫌模糊,我试改成"岂甘僵卧坪上月",成为"老牛破车步艰辛,骨肩瘦腿振精神。岂甘僵卧坪上月,昂首扬蹄再十春"。可否?请再改!

叶帅词①非真笔,乃抄稿也。虽校核多首,仍觉有错漏,今抄上,请补正!

王琢同志昨日携陈昌朝②墨竹一帧来访,我见之大喜,画面布局、用笔用墨均极得体,其风骨疑出自板桥老人之手,令人爱不忍捲,恨不能长挂壁间!不知你能否转达我之祈望,敢请昌朝老先生也赐我一幅乎?!

陶萍问候你及陈锦同志!祝你

健康!

萧殷　一月廿日

1977年2月11日

陈谦同志:

来信早收阅,迟至今日才写信,是因为近日又患了一次感冒。每次感冒都引起肺气肿感染,因之不能起床,也不能写字。上星期病稍减轻,遇到天气又放晴,趁一时高兴,分别给《广州文艺》与《广东文艺》写了两篇短文。其中一篇是谈创作的,算是《创作论》的开始,希望今后气候和暖下去,只有如此,我的写作计划才有保证。

老画家刘昌潮的墨竹可能已有眉目?王琢同志那幅,已裱成长幅,简直是珍品。

记得潮州陈登科笔庄③出产过一些好笔,不知现在还生产否?在广州竟买不到像样的毛笔,每买一支笔只用半月就秃毛了,实在令人莫名其妙。请留意,如陈登科仍生产,如汕头能买到,请设法帮我买几支狼毫中楷来,不急,闲时散步外出,顺便去问问。陶萍问候陈锦同志,并祝

春祺!

(天冷,手发抖,几写不成字。)

萧殷　二月十一日

---

①　或指上函叶剑英悼陈毅诗。

②　陈昌朝为刘昌潮之误。刘昌潮(1907—1997),广东揭阳人。国画家。汕头市政协副主席,汕头市文联名誉主席。

③　"陈登科"笔墨店由潮州龙湖镇陈氏创始于清乾隆十六年(1751),远近闻名。

1977年6月3日

陈谦同志：

　　廿二日收到你五月廿日来信，廿六日我叫我女儿到农林下路三十三号找温锐之[①]同志，据说锐之同志已出差，一月后才回穗；他家里人说，墨竹尚未收到，待收到后，再通知我们。距今，又过去一周，不知画已寄出否？

　　这一个多月，因杂务多，未写什么文章。三月份以前写的六篇短文，均已发表。这两天，准备给七月号《广东文艺》赶一篇《创作论》片段，六月号已空缺一期，七月号不能再不供稿了。一月一篇本来不算紧张，但平日时间不多，都是到临发稿才赶写，就有点紧迫之感了。值得告慰的，至今身体尚称平稳，一切如常。

　　广州也极平静，听不到什么新闻。这个月，三中全会[②]可能召开，它可能有些令人振兴的决定？匆匆祝你和陈锦同志均好！
　　握手。

　　　　　　　　　　　　　　　　　　　　　　　　　　萧殷　六月三日

1977年6月12日

陈谦同志：

　　半月前奉上一函谅已收到？原来你将墨竹由林川孩子带来，现已收到，十分感谢你！更加感谢昌潮老先生！这是一幅好画，我很喜欢！但不如王琢那幅有气魄，较平淡，但仍不失为精心之作。可惜广州裱画水平太低，似昌潮先生的墨竹，应作为艺术珍品传诸千秋万代，所以我打算托人拿到苏州去装裱。美中不足的是在题款上将"萧"写成"萧"，其实后者乃粤人"土造"，"肖"字是北方人的俗写字，用来代替"萧"字，实际上现行的简体字并未规定以"肖"代"萧"，所以在报刊上依然用"萧"。

　　因组织上要我抓《广东文艺》的评论栏，所以近来需要参加的会议增多了，阅稿

---

① 温锐之，待考。
② 中共十届三中全会于1977年7月16日至21日在北京举行，是华国锋主持工作后的第一次中央全会。

的时间也延长了，因剩下的时间不多，自己写东西的时间就更少了。昨日据赵沨[①]同志谈，七月间北京可能召开文化工作会议。目前大家劲头十足，但苦于无具体指引，大有茫茫前路，不知航道何处之感。既怕触礁，又怕误入旋涡……此种种心境，只要设身处地，也不难理解，现忽闻七月开会，人们无不雀跃！对它期待之殷，实不下于雪天望炭！

近来健康如何？念念！陶萍问候你和陈锦同志，并祝

一切顺利！

萧殷　六月十二日

1977年9月3日

陈谦同志：

来信及《感怀》一首，已拜读多日，只因近来较忙乱，加上患重感冒，以致拖至今日，才提笔写信，深以为憾！

读大作《感怀》，颇受鼓舞！感到美中不足者，中间两联似稍嫌概念。如通过意境，定更动人，不知你以为然乎？

佛山所藏怀素"十四碑"（可能就是《千字文》，每块一尺见方，共十四块，我见过）[②]，自一九七五年夏，我为拓本曾多方活动，到去年二、三月在东病区时，又与王琢一起活动过一阵，直到现在依然未到手。据说此碑原由文化局管理，后不知什么原因，已转至市商业局，去年六月在从化，曾遇佛山宣传部负责人，他亦说碑在商业局。曾多方托人代拓，都答应去试试，可是结果全无下文。去年底，我又要王琢去催催，但至今尚无回音。一九五五年夏，佛山民间艺术馆曾拓出若干份拓本，分送省委常委同志，以后，据说因系《千字文》，内容陈腐，不宜继续散播为理由而停止拓印。我认为这不是理由，谁未读过《千字文》，难道这点点陈腐都抵御不了？于是多方活动，但至今仍无结果！奈何！

---

①　赵沨（1916—2001），祖籍河南项城。音乐理论家。中国音协副主席，中央音乐学院党委书记。

②　怀素（725—785），俗姓钱，字藏真，唐代高僧，幼年出家，酷爱书法，有草圣之称。千字文碑原立湖南零陵绿天庵，原石八块，现仅存清代摹刻一块。此处所指"十四碑"详情待考。

三中全会以来，会议增多，我一连四五日，几乎每日下午都参加会议，因天气酷热，头顶顶着风扇，一凉一热，便受凉发烧，一连躺了一星期，最近才起床，而体质却更瘦弱了，这一来，文章当然写不成了。据说全省创作会议于九月十四日召开①，省里已把发言题目送来，叫我到时候在会上发言。

　　我的感冒刚好，这两天，陶萍和我的两个孩子又感冒了，都发高烧，可见广州的环境卫生之一斑了。匆匆

握手！

萧殷　九月三日

1977年12月22日

陈谦同志：

　　很久未通信了，近况如何？念念！

　　这几个月，我一直忙于开会，七月初开第一阶段创作会议，九月下旬又开更大型的第二阶段会议，十一月参加批揭"文艺黑线专政"论的大小会；十二月开文联（及各协会）恢复活动的会议②；十二月中旬又参加省政协会议，至前天才结束。……这一来，不仅不能写什么东西，也不能读什么书，连与同志们的通信来往也被迫中止了。会议并不是有许许多多的内容，但在形式上却开得十分紧张。每晚都有电影或戏剧，而且每放电影定必两个以上，因之睡得较晚，可第一天早要赶时间吃早点，早点一完，就紧跟着要跑到会堂去参加大会……这种形式上的东西多了，反而使人都疲累不堪，所以，会议一结束，我即刻搬回梅花村。本想好好歇两天，无奈来人多如过江之鲫。

　　十月中旬，《湘江文艺》的主编张盛裕同志来看我，说是来广州学习什么先进经验的，我说我这里无先进经验，聊聊天倒可以。于是东西南北，无所不谈，特别是"四人帮"横行霸道，胡作非为的岁月，谈得最多。当谈到周总理逝世后我的心情时，我引用了你的诗："一月痛星陨，崩天灰洒灵，清明郁别苦，塌地爆悲声，恸厥山河暗，泣苏

---

① 1977年9月，广东文联在东方宾馆召开全省文艺创作会议。
② 1977年12月，广东省召开第一届二次文学艺术界联合会全体委员（扩大）会议。

天地冥，春寒肝胆裂，遍野火烧心！"①我说我当时的心情与这诗相仿佛，尤其最后两句引起我感情上的共鸣。未想到，他回去写《在广州的收获》一文时，竟将你的诗也引出来，可是他把时间与地址都弄颠倒了，他把你当作我在从化疗养院的同房病友，好在无关大体，我也就不去更正了。本来我打算改动几个地方，但作者寄出清样的第二天，就启程去北京了。现将清样寄给你看看，刊物估计明年一月才能出版。

上月，我把今年写的几篇"创作论"片断加上一九六二——一九六四年写的几篇有关创作的短文编成一本《习艺录》，八万多字，已付印，书出后，当奉赠一册，请指正！

文联恢复后，规定一些负责人要四处走走，以后我也可能有机会到汕头去看看你们，但时间很难确定。

陶萍的心脏病近来有好转，值得告慰！

你近来忙什么？有什么新作么？

一个多月不在家，桌上堆了几十封来信，大概要好几天才能处理完，所以只能先给你写封问候信，待有空暇再谈心。

请向陈锦同志问好！

祝你身体健康！

萧殷　十二月廿二日

1978年1月4日

陈谦同志：

十二月廿八日收到你的信，我甚感不安，当晚即给《湘江文艺》主编张盛裕同志写信，我向他提出两个方案：

（一）如十二月号《湘江文艺》还未付印，希望将那首五言诗及其前后的文字都删掉；

（二）如十二月号已付印，希望在一月号《湘江文艺》做如下更正：把"陈谦同志念了一首……"错写成"陈谦同志写了一首……"，特此更正。

---

① 此诗题为《哭清明》，并非陈谦作。参见下函，及陈谦1977年12月26日致萧殷函："真想不到你的记性是那么好，把前人的作品阅后就牢牢记住。可又是那么差，偏偏把作者名字记错……"

今日接张盛裕同志来信，说十二月号已付印，只能采取元月号更正的办法，并向你致歉！（附信）

这个元旦过得很热闹，不但客人多，来约稿的人也多，几个报纸编辑都上门来催稿，闹得元旦也不能平静。毛主席的信公布后，"形象思维"问题又从"黑论"中被捞起来①。这个符合创作规律的思维活动，竟被"四人帮"诬为修正主义的、反马克思主义的"黑论"。现在进行反击，对流毒进行肃清的工作，确是艰巨的、繁重的。讲说不完；明日还有两个会，只好停笔。

祝好！

萧殷　一月四日

1978年1月15日

陈谦同志：

给陶萍的信已收阅，对于你的热情关怀，我们都十分感动！由于《南方日报》那则消息，加上那天广播电视台反复广播，凡知我体弱多病的友好都给它吓了一惊。其实只是小病，是临时决定不参加的。而报社出于好心，怕见报时没有我的名字会引起误会，于是注明不参加会议的原因。这一句话，不仅使广州市内的同志提心吊胆，还使省内一些地区及省外的熟人产生种种猜测和担心，纷纷来信慰问。在市内，陶萍及我女儿碰见的熟朋友都不约而同地发问："萧殷怎么样？好些了吧？"一开始，听了这类问话，也有点愕然，后来与这条消息联系起来，才搞清发问者的想法。

总之，请你和陈锦同志释念，我一切都好，大概由于今冬不冷，往年容易发生的肺气肿感染，今年也未发生，幸甚！毛主席给陈毅同志的信②发表后，报社来催稿的更勤了，不得已，于上星期分别给《南方日报》及《广州日报》各写两千字，以示平等对待。这几天可能见报，请指正！

陶萍正在写散文，上海出版社约她写中篇儿童文学，因多年未执笔，已荒疏了，现

---

① 1965年7月21日，毛泽东给陈毅的信中说："诗要用形象思维，不能如散文那样直说，所以比、兴两法是不能不用的。"1966年2月，林彪委托江青主持召开部队文艺工作座谈会，会后抛出"文艺黑线专政"论。

② 《毛主席给陈毅同志谈诗的一封信》，《诗刊》1978年1月。此信写于1965年7月21日。

在为了应付又不能不写，奈何！

希望你保重身体，注意健康！陶萍嘱笔问候你们，并祝你们一家平安！

萧殷　一月十五日

1978年5月3日

陈谦同志：

四月廿九日离开医院，回到家里就读了你的来信，知道你也为疾病纠缠，现在大概已出院了吧？我二月廿四日因肺气肿感染，进省中医院医治，住院两月，不仅不见康复，反而更消瘦了。我的胃口太坏是一方面，更重要的一方面，是医院的伙食坏到令人莫名其妙。我每餐只吃一两饭，但这个医院的米饭，是用蒸汽蒸出来的，上半截是软干饭，下半截却是烂稀饭！请想象，这样的饭，如何吃得下去？提了不知多少次意见，却坚持不改，这大约也是"四人帮"的余风吧？菜就更不用说了。这样治病，在世界上真是少见！那里的中药也是用蒸汽蒸出来，淡而多，可以说，药味还未煎出来，就拿给病人服用了，这是另一种形式的大浪费。不得已，只好离开医院，回家来。反正我住院期间也未休息过，《广东文艺》的审稿工作一直未中断。回到家里，吃饭比较好些，起码米饭还像米饭，也有点米饭的香味。

调我去北京，省委曾有传闻；据北京来信，北京也有传闻。我听到的，不是去编《文艺报》，而是到中宣部。但省委未通知我，不知什么缘故？我自己对此抱着无所谓的态度，去与留都有好坏，在广州住久了，留恋之心比离开它还浓重。据说《文艺报》定冯牧为主编，孔罗荪①为副主编，但既无房子，也无一个干部，这种情况令人望而却步。论工作，广东已打开局面，人手都熟，条件也不算坏，所以对于调京事，我连问也懒得去问一句。到五月下旬，倒可能到北京去参加一次文艺界的会议。

我现在除忙于审稿和参与文联、作协的党组工作之外，还要抓紧时间给人民文学出版社重编一本文学评论集，同时广东人民出版社要重印《与习作者谈写作》，都是下半年发稿，得及时审阅修改，相当紧张！新作《习艺录》不日将出版，拿到书时定奉赠你

---

① 孔罗荪（1912—1996），原名孔繁衍，上海人。作家、文学批评家，著有《野火集》等。《文艺报》主编，中国作协常务书记，《文学月报》主编，《辞海》分科主编。

及昌潮①老画师，望指正！

陶萍的心脏病，近年来有好转，近来，除家务外，有时也写点散文之类的东西。

你和陈锦同志近况如何？我下半年很想到汕头去走走，多年未去潮汕，颇为怀念！这是个好地方！无论哪方面都是给人留下难忘的好印象。

刚从医院出来，琐事繁多，来人又络绎不绝，无法静下心来，只能匆促潦草地写信，请原谅！

祝你和陈锦同志都健康！陶萍问候你们！

握手。

萧殷　五月三日

1978年7月25日

陈谦同志：

来信收悉，知《习艺录》已收到。这几个月来，忙和病一同来纠缠，弄得许多朋友都中断了通信，我四月底离开省中医院，在家里只平静地过了一个月；不料六月六日在中山纪念堂听廖承志②同志报告时，被冷气冻着，引起肺气肿感染，于六月七日来东病区诊病，就被"扣留"下来，至今不觉已两个月！病情已减轻，但还不知什么时候能出院，这一来，哪里也不能去，北京之行只有改期了。

在医院里住着，但工作一直没有中断，由于担负着《广东文艺》的担子，每期稿件都得审阅和签发。加上其他不少作者、评论工作者的来稿，弄得我每日都像在办公室那样忙碌。医生一再劝止，也没有用，不仅如此，来谈工作的人也不少，除了我们自己单位的，报社、出版社、《广州文艺》、大学中文系都有人来，北京人民文学出版社约定我六月底编好《论生活·艺术和真实》（二十多万字），拟下半年出书，这一病，原来的打算给破坏了，一直到今天，我还抽不出时间来整理自己的旧稿。而每日都给一堆来稿及一些来客纠缠着。因而，潮汕之行大概也成了水中之月、镜中之花了。陶萍在陪我住院，这是医院出的主意，主要任务是帮助我料理生活，她嘱笔问候你和陈锦同志！

---

① 昌潮，刘昌潮。

② 廖承志（1908—1983），广东惠阳人。曾任中共中央政治局委员，全国人大常委会副委员长，中央统战部副部长。

握手，请代向昌潮老画师问好！

萧殷　七月廿五日
于东病区二一五房

1978年10月6日

陈谦同志：

　　你两次来信都读了，从字里行间我深感到你的关怀和真挚的友谊，我深为感动！一定遵照你的嘱咐努力注意劳逸结合，认真重视治疗疾病。我近来的情况，正如你所估计的，宿病未除，体质虚弱，稍一忙碌，病即复发。如此反反复复，已成恶性循环。现在不管远近，不管是面谈或者是通信，不管是熟悉的老朋友或是初识的青年……都不约而同地向我提出劝告，嘱我认真治疗疾病！好好休息！

　　我这人是闲不住的，一无事做就感到无聊，甚至觉得无聊比忙碌还要难受得多。因此，除了会客，就无法离开工作，事实上，有一大堆的工作等待着我去做。就说现在吧，北京、上海几个大刊物一再催稿，我已忍心地把它抛到一边；但《创作论》的写作，虽然暂时停顿，可是不能不继续积累资料和充实内容——我是说，笔是停了，但酝酿工作都不能中断。更难办的是我四五十万字的旧稿不能不整理，本来人民文学出版社曾约定：今年六月底交稿，下半年出书；无奈六月初就病入医院，计划给破坏了。倘长此拖下去，大概谁也不会答应。所以，我现在在健康情况较平稳时，就整理旧稿，第一本叫《论生活·艺术和真实》①，二十余万字，争取至迟在十一月上旬交稿。当然，我知道同志们又要为我担心！我在各方面都已做了应有的准备，从药物一直到生活方式，请放心！怕你担心，匆匆写下这两段，聊表敬意和谢意！祝你健康！祝陈锦同志健康！陶萍嘱笔问好！

萧殷　十月六日

---

　　①　萧殷：《论生活·艺术和真实》，人民文学出版社，1980年2月（第四版）。

1979年3月11日

陈谦同志：

近况如何？颇为悬念！因好长时间未读到你的信了，心里总不免担心！我们这些处于"风"中的"残烛"，几乎在通信中常常要流露这种心情，而事实，这两年来朋友中突然给吹灭的难道还少么？

我去年住了两次医院，但在医院里却照样处理工作，有时还得回办公室去处理一些头痛的问题，因而，我虽然两次住院，可是出院时比入院时更消瘦。至于所谓"恢复健康"，也只有天晓得了。出院后，一大堆工作堆到肩上，有时还被迫得非写一点短文不可，今年一月份刊在《人民日报》《文汇报》《人民文学》的杂感就是那时被压榨出来的，连我自己也不想重读一遍。十二月，省文学创作座谈会召开①，周扬、默涵、夏衍②等同志应邀参加，使会议开得更充实，更切中时弊，大家都十分高兴，获得意外的收获。周、林的发言，本来决定在二月号《作品》发表，因他们十分慎重，一改再改，周扬同志的决定三月份发表，《人民日报》已于前十天刊载了，而林默涵的连三月号也赶不上，前三日才改好寄来，最早也得四月号才能刊出。这些文章都很解决问题，可惜因发表太迟，现实意义多少受到了一点影响。

会议刚完，上海文艺出版社来人催稿，本来曾答应十月交稿，不幸工作把我纠缠得紧紧的，一点空余时间也抽不出来。趁会议一结束，我悄悄躲到二沙头的体委招待所③，从早到晚一连苦干了半个月，把一本《谈写作》的旧作整理出来，共二十万字左右，已寄给上海文艺出版社，算了却一桩事④。（顺告：九月间整理一本《论生活・艺术和真实》，也是旧作，二十多万字，已交北京人民文学出版社。这两本书估计下半年才能出版。）

二月初，参加高州文联恢复活动，顺便还到茂名去住了两日，给两地文艺青年座谈了创作问题，一切都很好，身体也仿佛有点转机。但不料，从茂名到湛江乘飞机时，在小车上受了凉，回广州后一直发高烧，原来肺气肿又感染了，足足躺了半个月，最近才

---

① 广东省文学创作座谈会于1978年12月5日至16日在广州胜利宾馆召开。
② 夏衍（1900—1995），原名沈乃熙，字端先，浙江杭县人。文化部副部长，中国文联副主席。
③ 二沙头又称二沙头岛，是位于广州市中心珠江河段的江心洲，广东省体委训练中心及招待所位于此岛。
④ 萧殷《谈写作》后来交给湖南人民出版社，于1980年6月出版。

好转，真倒霉！

现在我更忙了，本来一个《作品》已够我"费力"，但有些领导人却把编刊物看得很简单，竟又把作家协会的全面工作压在我肩上，党组的全部工作都由我担当起来。实在奇怪，有些人身强体壮，却什么工作也不做，只有时写一篇半篇文章。我这个满身是病的人，却压着重担，这不知是一种什么干部政策？！

在家里，也不能写什么东西，整天来人不断，读者的来信来稿又多，简直是负担上又增加额外负担，实在有点难以应付。到不得已时，我也打算离开广东，到其他地方去了……

你和陈锦同志好么？陶萍问候你们，祝你们健康！

握手。

萧殷　三月十一日

1979年5月22日

陈谦同志：

信悉。由于忙乱，加上近来又参加省委常委扩大会议，几乎所有空余的时间，都被挤掉了，不仅不能写什么文章，连写信，也只能匆匆写几句空话。有许多时候，连写几句空话的时间也抽不出来。

这种情况，不仅我自己有点焦虑，甚至使不少朋友也为我着急。可是，偏偏我们的顶头上司不仅不急，而且担子一个一个地压到我肩上来。而一些身强体壮的同志都"无事一身轻"，你说怪不怪？

过两三天，我和陶萍到新会去参加一个省的创作座谈会[①]，约半月后才能回来。近数月来，创作思想也很混乱，这是各种人对"四项基本原则"[②]的反应，有人以为"解放过头"了，"该收了"；有人以为前一段"走错了"，现在才回到"正道"上来。于是，从"左"的、从右的攻击都来了。在创作上，直接影响写作，为害更直接，所以新会的座谈会就不能不开。

从这次来信才知道你们搬了新居，你的好意我是十分理解的，但我无法撇开肩上的

---

① 广东省作协创作座谈会于1979年5月底在新会圭峰山举行，萧殷到会较迟。参见下函。

② 四项基本原则：坚持社会主义道路，坚持人民民主专政，坚持中国共产党的领导，坚持马克思列宁主义、毛泽东思想。1979年3月邓小平在全国理论工作务虚会议上提出。

担子到汕头去休息,现在如再重逢时,你会发现我比一九七六年春更瘦了,痰更盛了,虽服各种良药,但不见疗效。

  提起笔来,话就说不完,可是时间有限,奈何!

握手!

  陈锦同志顺此问好!

萧殷 五月廿二日

1979年6月27日

陈谦同志:

  你的信,上周已转来新会。我是六月二日到新会的,任务是来新会参加省召开的创作座谈会。不料二日下午就病倒了,血压185—130毫米汞柱,还发高烧,于是医生嘱咐卧床休息。座谈会十一日结束,我不得不于六月九日到座谈会去谈了一些问题。参加会议的人早回广州去了,我和陶萍被留新会中医院治病,至今快一月,病情有减轻,决定七月二日回穗。

  关于我的工作问题,不必向任何同志谈起,那是向老朋友发牢骚的话。事实上也确实如此,省委大概也无法解决,因为省委首先对我们的工作情况完全茫然,又懒得过问,奈何!七月据说第四次文代会将召开①,我于文代会后,打算请假写《创作论》。这是一百多万字的著作,时间不多,不知最后能否写完?许多同志都这样劝我,我也决定这样做了。将来可能时,再到汕头去逛逛。匆匆祝

  你和陈锦同志都健康!

  陶萍嘱笔问候!

萧殷 六月廿七于圭峯招待所

  因为记通信处的小本子忘记带来,你的地址想不起来,只好寄到市委请他们转给你,大约不会遗失吧?

---

① 全国文艺工作者第四次代表大会延迟至同年11月召开。

1979年9月1日

陈谦同志:

来信收悉。看内容,你似乎没有接到我六月初寄到汕头市委转你的信。因六月初作协要在新会召开一次创作座谈会,我六月一日赶去,不料第二天就病倒了,由于医病,不得不在那里住了一个月。五月下旬曾收到你一封信,到新会时因未带记通信处的小本本,所以当我给你写信时只好寄到汕头市委转给你。看来信,你似乎未接到我那封信。

我七月初才离开新会,八月中旬又出发到顺德大良去参加一个文艺界的座谈会。主要讨谈文艺形势,北方出现了《歌德与缺德》①,南方出现了《向前看呵,文艺》②,六月号《梅江文艺》也出现奇文。这都是一种极左思潮的反映,其根源是"四人帮"的流毒正借尸还魂,其旗号是"为社会主义""为工农兵""为四化建设",而实际则相反,最明显的一条,是露骨地反对揭批"四人帮"的作品,妄图把文艺引到一条说假话、说空话的死胡同里去,明显地与党的三中全会的路线相对立。这场斗争的实质,不仅是文艺本身问题,而是一个政治形势的反映。如果文艺不顶住,如果文艺战线被冲破缺口,各条战线也不可能安宁。估计这场斗争将继续下去,一直到十月全国第四次文代大会时可能还要出现激烈的争论。欧阳山同志在《南方日报》上发了文章,于逢③同志在《光明日报》也发了文章,我已给《文艺报》写了文章,可能九月中旬才能与读者见面。

以后打算集中精力写《创作论》,已向组织提出不当《作品》月刊的主编。这个月刊现在在全国的订户,已达到三十多万份,名望的确有点使人羡慕,但编辑部人力有限,强有力的编辑人员更少,结果,我弄得十分吃力,如长此下去,我不仅不能写什么文章,要维持这个刊物,也不可能。因为体力越来越衰弱,工作愈来愈繁重,这两个月,我已少管了,希望从九月起能完全把这副担子卸下来。

家里来客太多,虽平日不上班也做不了多少事情,许多宝贵的时间,都在客人的空

---

① 1979年第6期《河北文艺》发表李剑《"歌德"与"缺德"》一文,作者武断地认为:生活在新中国,不"歌德"者就是"缺德"。随后,《人民日报》持续对此文展开批判。

② 1979年4月5日,《广州日报》发表《向前看呵!文艺》一文。

③ 于逢(1915—2008),祖籍广东台山。著有《金沙洲》等。《华南文艺》主编,作协广东分会副主席。

谈中浪费了。有什么办法呢？有一年左右，陶萍在门上贴了一张条子："为了不影响工作，希望下午来访。"可是谁也不理会，还是照样来。

我在新会中医院得到一种药针，叫"核酪"①（上海可买到），注射后，体质较稳定，虽消瘦，但精神尚好。勿念！

陶萍问候你和陈锦同志，祝你健康！

握手。

萧殷　九月一日

刘昌潮画展很受人欢迎，我第一次看他这样多的画，水平之高，令人惊叹，我建议出版一册《刘昌潮画集》。

1979年11月28日

陈谦同志：

给陶萍写来的信看到了，她本来要给你写信，但见她那么忙乱，还不如我直接写信更能使你释念。正如侯同志所说，我到北京的第三天就感冒了，还住了医院。只最后参加了文代会的闭幕式，十七日就飞回广州，回到广州一直卧至今日，还没有真正起来。这次赴北京开会，把体质弄得更坏了，会议的收获极小，各个代表团都是怀不很满意的心情离开北京的。原来大家抱着颇大的希望去开会的，结果，除了邓副主席②的祝词和周扬同志的报告尚使人兴奋外，其余都是形式。会议从头至尾非常紧张，但空空洞洞，既未讨论大家关心的问题，也没有发扬必要的民主。

广东代表团所住的地方可能是最差的招待所，伙食很贵，而质量极差。我除住了五天医院外，天天都在招待所的被窝里度过。现在虽回到广州，但痰仍很多，服了些中药，却不见好转。现仍然卧在床上，食欲极差，每天只饮些汤汁之类而已。但比起在北京来算好得多了，勿念！

《作品》自八月份至现在我都没有管，据外人传，质量越来越差了。如果党组能答应，我打算从明年起抛开这刊物主编的职务，因身体实在支持不住，其次，也想留点时间写点值得留下来的东西。

---

① 核酪注射液，适应证为支气管哮喘、慢性支气管炎等。
② 邓副主席，指邓小平，时任中共中央副主席。

在北京的最大收获，是重见了不少老朋友，但彼此都白发苍苍！

你近况如何？望来信告！

陶萍问你好！问陈锦同志好！

祝你们都身体健康！

萧殷　一九七九年十一月廿八日

1980年1月6日

陈谦同志：

十二月十二日来信，早收到，但你没有料到，我是在省人民医院东病区二〇一号读你来信的。当时我每日输氧气，吊葡萄糖，连坐起来都不可能，更何况写信呢？

从北京回来后，由于二十多天没吃什么，体质很虚弱，一直躺在床上，到十二月二日忽然又发高烧，心跳极快，但脉搏却十分微弱，就这样，我被送进了医院，二〇一号房，是我们住过的那个房间，我还是住原来那个床位。医生说我体质太坏，这次要下决心"修理修理"，现除用各种方法检查外，医治也很紧张。每日上午都忙于各种医治，比如痰多，每日通过氧气喷射"庆大霉素"于气管，据说这种做法可避免影响胃口，其实，我到现在仍不思饮食，对各种食物毫无兴味。除痰多和胃口不好之外，其他方面则比较正常，比初进医院时，算是好得多了。

秦牧同志已经回来①，我准备让他来接编《作品》，他还未最后答复，坚持要我挂名，我挂名有什么好处？其实自八月号开始，我已不看稿了，但在外省，人们把它捧得很高，现在印四十六万五千份还无法应付，据说新疆因读者订不到《人民文学》和《作品》，连邮局的柜台也给推倒了；还扬言：如继续不解决，准备游行示威……有正式通知来，我们只当新闻听听罢了。

医生不许我多看多写，就此搁笔。祝好！

萧殷　元月六日晚于二〇一房

---

① 秦牧1977年10月被借调到国家出版局，参加新版《鲁迅全集》注释审订工作。

1980年2月19日

陈谦同志：

二月十三日我离开东病区，准备在家过了春节之后，到新会县中医院去继续治疗。这次在医院住了七十多天，高烧虽退了，但痰喘与胃口却依然如故。进院时三十八公斤，至今仍旧是三十八公斤。希望新会中医院能有些办法！

回到梅花村就读到你的信和诗。诗当即读过，能把八〇年第一春的复杂情况表现出来，是有特点的。我以为比一般空洞的歌颂好得多，后面的"出窃神风化采虹"，可能是"出窍神飞化彩虹"之误，我大胆改过来了，已将诗转去《羊城晚报》，如何处理，由他们决定。中国诗的形式至今未定，只要能恰当地表现内容，又能为读者所理解，无论是古体、民歌体、自由体……都可以。一方面要适当顾到民族形式，一方面也要考虑到生活内容。

这几天来人颇多，过两天春节一完，可能安静些。三月二、三日准备到暨南大学去谈谈文艺情势，然后就到新会去。

陶萍暂时留在广州，再过一阵她可能也到新会去医病。她祝你和陈锦同志健康！祝春节快乐！

萧殷　二月十九日

1980年2月19日（另函）

陈谦同志：

又读了你的来信。你的想法，自然引起我的共鸣。记得去年上半年我沉闷得慌、欲罢不能时，你还问我要不要向某些人打打招呼。你当时的用心是良善的，而你所说"某些人"也是很好的。但客观形势改变主观意识，什么都在变化中。这两年来，我经历了许多，思考了许多，也提了不少意见。一直到我住医院期间，才正式批准我卸去《作品》主编的负担。真是一言难尽！但现在我为这事高兴！也只有这事值得向朋友告慰！今后，我将按照我的体力所能去活动，去写作。

你的心区突然发生剧痛，令人冒汗。希望你今后多注意珍重！千万不要过分劳碌，我几乎每天都受到疼我者的热忱责备，但逼于形势，又有什么办法！今后可能会好转些。

那十多天严寒日子，天天躺在床上，气促难受。好在现在气候转暖，但文艺的坦途尚多荆棘，今后的斗争不会中断。

望你注意健康！不要过劳！此后如条件允许，愿以此共勉！

萧殷　二月十九日

1980年4月9日

陈谦同志：

来信收悉。我最近才从新会归来，除胃口较有好转外，其他还照旧，痰喘不见些微功效，体质还是那样虚弱。回来时，省文代会已接近结束，只参加了闭幕式，据说，未解决什么问题。其实，年来文艺思想很混乱，亟待讨论解决，但领导上似乎有另外看法，置之度外。不管什么地方，从上到下，都存在着许多问题。上面似乎有点担心，但又怕人家说压制，不敢说出来。结果，什么都模模糊糊，朦朦胧胧。工作不好做，话也不好话。这种情况，在一九六六年以前是罕见的，但现在，却到处都看见。你信尾说："目前工作确是不易，不知你对此有同感否？"上述的话是出自我的心田，也是对你的质疑的反应。

我为什么要卸去《作品》的主编，简单地说，就是由于工作不好做。这工作不是简单对付得了的。矛盾到无法解决时，只能甩到一边，由别人去试试看。

现在，我在家里休息，只有必要参加的会去参加一下，其他时间，翻翻书，散散步，只有逼得不得已时才偶然写点短文，但今后，也不想多写了。劝你也不要太劳累，多珍重自己的健康！

抄来的验方，还无机会去问医生，近来，看了不少药方，因各人情况不同，效果却不相同。待问医生后才决定服用与否。《羊城晚报》以发表类似的为理由，把诗退回来了。其实，这是该编辑胡编出来的理由。祝健康！

萧殷　四月九日

1980年7月26日

陈谦同志：

　　来信收悉，知你今夏尚健，甚为欣慰。我却不如去年，除肺气肿外，现在似乎又增添了心脏病，即肺源性心脏病。入夏以来，常感热浪逼人，胸部有气闷、压迫感，很是难受。但社会上很多事又不能不参加，文艺界在广州的会议（如当代文学学会之类）也不少，近来文艺创作问题特别多，约去交谈的单位（如暨大、珠影等）不算少……总之，工作很忙乱，身体又不好。陶萍前一阵因事赴北京，现已回来，生活上，只靠她照顾了。

　　汕头文联出的《鮀岛》[①]，我未看见，想来他们没有寄给我。六十多万人口的城市，照理应该有个文艺园地。我从未与文化局打过交道，也从没有办过"登记"出版物的事。可以试试看！

　　另寄上一本《论生活·艺术和真实》[②]，请教正！祝好！

　　陶萍问候你和陈锦同志！

　　　　　　　　　　　　　　　　　　　　　　　萧殷　廿六日下午

1981年9月7日

陈谦同志：

　　相别四个月，这期间我几乎在病痛中度过。我五月十一日离开人民医院，二十日到北京，当一切准备完毕，正决定五月廿八日动身出国时，于廿六日胸部忽然肿痛起来，经医生检查，断定是肋膜炎，但认为出现得这么突然，因而怀疑是内部可能有恶性炎症（可能是癌症），医生怕途中出意外，劝我不要去冒险，领导也认为身体要紧，同意不出国。于是我于六月初回抵广州，并即到医院去做了胸部照片，照片证明并无恶性炎症，才放了心。

[①] 《鮀岛》，汕头市文联主办的文学刊物。参见李前忠致萧殷函。
[②] 萧殷：《论生活·艺术和真实》，人民文学出版社，1980年2月（第四版）。

到六月廿二日，湖南出版社专人来请①，只好与陶萍同往长沙，我的创作讲话还未讲完，到七月六日又病入医院；西医总是迷信各种抗菌素，由于注射过量，食欲几乎完全被窒塞，因那里的气候太热，医疗条件也差，于十九日我飞回广州，但身体十分衰弱，又继续高烧，于七月廿二日遂被送进东病区，住二楼202房，据说你上次就住这里。又是吊针，又是肌肉注射，总之，离不开抗菌素，至此，我完全不能进食，每日不得不输送三大瓶葡萄糖，到最后，静脉管既硬且滑又坚脆，极易破裂，以至每刺必破，每注射必手肿，以至于不得不停止吊针。入院至今，已四十多天，情况依旧，每日都服药，但疗效甚微。心里焦急，但有什么用？连在楼上散步的气力都没有，更不要说下楼去散步了。

你的信，从湖南回来就读了，但由于高烧，后又完全不能进食，终日僵卧在病床，始终无力起来写信。最近，请人腹部按摩，才能每餐吃半两面食。今天开始坐起来。你看，我的情况就是如此，还能去汕头吗？匆匆祝你和陈锦同志健康！陶萍嘱笔问候！

萧殷　九月七日于东病区二○二房

1982年5月28日

陈谦同志：

来信收读，你对我如此关怀，我实在感激之至！我有时也像你所警告的那样，提防超负荷的负担，尤其避免这类超重的工作时期太长；可是事情一来，自己也无法控制，比如今年三月上旬，我一连接到两个出版社的通知，要重版我的评论集，而且都要求在十天至半月寄出修订书样，两书共约三十五万字以上，如何能不紧张和疲劳？不仅此，广东要出版十个中年作家的小说集，其中两本一定要我写"序言"，也是限于三月下旬交卷；还有由程贤章整理的《萧殷回忆录》，已送到案上，等待修改定稿……这样一大堆使人头痛的事，一下子堆过来，我不由自己，只得日夜赶工，先把《论生活·艺术和真实》修订一遍，费去了一个多星期；中间还挤空给吕雷的小说集写了"序言"。刚刚搞完这两件事，其他工作还未开始，我就病倒了。整天头昏低烧，痰多气促，十分难受。加上我对抗菌素的恶劣印象，连上医院看病也不愿去，结果整整在床上躺了一个多

---

① 参见弘征1981年5月23日来函："胡真同志，代炜同志又多次面嘱，一定要请您和陶萍同志在您返国之后来湘""又嘱我社副社长袁琦同志和《芙蓉》负责人朱树诚同志前来面请"。

月，四月下旬才渐渐好转，但体质却明显地虚弱得多了。同志们为我担心甚于我自己，我很想离开广州，暂时到农村去休息一阵，可是同志们担心那里没有"急救设备"，都不同意我离开这嘈杂的、混浊的城市。

现在虽然还在家中休息，其实，我一月十六日离开东病区后，连楼也没有下去过。可以说，我谢绝一切社会活动和会议，每天都在房内静坐。为了减少寂寞，有时也翻翻报刊，有时也不得不应外来编辑之邀写点应酬短文。前面提到的吕雷小说集的序言，已于四月廿四日《羊城晚报》发表，给程贤章写的序言，打算在《作品》刊出。最近我以最慢的进度，给上海《小说界》①大型文学杂志写了一封"作家书简"，专对一个作者的小说提出意见，共五千字，写了一个多星期。另外，深圳出版的《特区文学》于第二期打算发表我那篇《回忆录》，是三十年代广州革命文学活动的一些旧事，可能对青年人有些吸引力。

你的血搏这么慢，与我正相反，我每分钟都一百零几次，有时感到喘不过气来。这两种毛病一样危险，希望你珍重！

我的住宅（三十五号二楼）本来很通风、凉爽，而且阳光充足，可是自前年开始，在我们正南不到两米处筑起一幢二百来米长、八层楼高的庞然大物，从此，我的住宅变成了酷寒、炎热的牢笼，不仅南风被阻挡，阳光也给遮拦住，而且在冬天还有北风倒灌，加以多年来白蚁蛀蚀，去年楼梯顶已扩成两个大洞，暂虽撑以木柱，但显然随时都有坍倒的危险。为此，从去年起，我请求省委让我搬回梅花村四号二楼（我原来住此，在一九六九年春被赶了出来），经省委书记批准，但现军区的同志住着，又写信给王猛②同志，蒙他也批准。经半年多，最近可能搬家，但最早也得六月初。如来信，请寄"作协广东分会"较保险。匆匆

祝健康！陶萍问候你和陈锦同志！

萧殷　五月廿八日

---

① 《小说界》双月刊，创刊于1981年，上海文艺出版社主办。
② 王猛（1920—2007），原名王效孟，河北盐山人。曾任北京军区副政委，国家体委主任，广州军区政委。

1982年12月5日

陈谦同志：

　　来信收到已两月，迟迟未复信的原因，非三言两语能说清。今年七月下旬因广州市区太热，暂时住到暨南大学专家招待所，除避暑外，还有审阅研究生毕业论文的任务。那里蚊蚋很多，又常停电，热得难以忍受。好不容易熬过了八十天，十月、十一月召开了论文答辩会，确定了研究生的学位之后的第二日，即离开暨大回到梅花村来。这次回来，我直接搬到我"文革"前的旧居——梅花村四号二楼。但回来仅十日，肺气肿忽然感染，病势来得迅猛，即刻以抗菌素急救，高温虽压下，但胃口却被严重破坏，连半两食物也咽不下。由于长期以来注射抗菌素太多，血管硬到再也无法进针，于是体质越来越瘦弱，全身一点气力也没有了，连咯一口痰也要出一身冷汗。最近虽然炎症停止，但体弱依旧，现只能慢慢在饮食上设法，希望借此逐步恢复体力。在此情况下，你便可以猜想我是如何过日子的。

　　梅花村四号二楼，是我"文革"前住过的地方，房屋的质量比三十五号二楼好得多，但楼下是军区一个家属住着，不让走前门，我们上下楼只能经由后门，很别扭，还诸多不便。但能搬进来，就不错了。在现在，什么都不能要求太"完美"！

　　你常缺氧，我也如此，希望多珍重！

　　陶萍向你致候！并问陈锦同志好！祝

健康！

　　　　　　　　　　　　　　萧殷　十二月五日于广州梅花村四号二楼

1983年8月19日（助手代）

陈谦同志：

　　您好！

　　我一直住在医院里，卧床不起，因此也一直无法给你写信。你对我很关心，常常给我来信，给我带来好食物，我十分感谢。

　　我现病情很不好，不能读，不能写，不能多说话，十分难受。有时听听音乐，心里稍好过些。因此我又想麻烦你了，想请你用较好的录音带帮我录点较好的潮州音乐，待有人到广州时托他带来给我,行吗?

你近来身体好吗?望保重!

好!

萧殷(助手代)　八月十九日

附来函

1977年12月26日

萧老:

被腰痛扳倒十几天,才起床活动,接来信,高兴至极。捧读未竟,则惶惑不安,实难自容。真想不到你的记性是那么好,把前人的作品阅后就牢牢记住。可又是那么差,偏偏把作者名字记错,更糟糕的是见诸报刊,无意使我变成冒充刊文了[①]。读了《清明哭》这首五言诗,作者确实表达了我们当时的心情,记得你在省人民医院东病区时,看见我写的是一首悼念总理的《破阵子》的词,因为写得不够深刻,现只记得前面几句:斗柄一星陨落,惊雷震碎心扉,泪涨三江翻巨浪,哀动五洲化雄威,有谁能不悲?!曾想把后半修改,谁知以后稿也不存,随着时间的逝去,虽心境依故,但自知无墨,也就丢开。记得你曾来信在忆念总理时提到记得我写的"春寒肝胆裂,遍野火烧心"的诗句。当时我虽知你记错,但没有当作问题,未有及时更正。竟没想到又造成更大的错,着实不安。你看该怎么好?无论如何要请更正。

你的《创作论》一在《广东文艺》发表,我就拜读了。既已集编成册,自当细心研读。问到我有什么新作,惭愧得很,充其量我不过是文艺读者,那(哪)有作品。虽有时也写几句,都属偶感,且随写随丢;"文革"前在这里小报登过的都被批成毒草,也已无存;加之身体不好,再也不想此道了。日前翻阅旧物,唯存在"文革"被隔离时写的几首诗词。看了当时情景重现,故仍未丢!因询及而奉告。

侯枫[②]同志来此帮写《澎湃》潮剧本,住在地区第一接待所(原交际处),近在相

[①] 萧殷误以《清明哭》一诗为陈谦作。参见萧殷1977年12月22日、1978年1月4日致陈谦函。

[②] 侯枫(1904—1981),又名廉生,广东澄海人。黄埔军校潮州分校第二期政治科毕业。广东潮剧院副院长。

邻，时常见面，也曾谈及你和其他同志一些往事。这个剧在急赶赴省上京调演，争取下月中旬完成。

你有机会来汕指点，那是再好不过。于公于私，均表欢迎，千万和陶萍同志一起来。上月听说王琢同志来检查工作，可惜未获一见。

陶萍同志心脏病治愈，更是高兴。我和陈锦今年小病连绵不断，不过总的还好，也书以告慰。天气渐冷，对肺气肿不利，希望多多珍重，注意起居，早晚加衣为要。

  谨祝
冬安！

陈谦　十二月廿六日

  又及：清样奉还。

1981年9月12日

萧殷同志：

  此刻是万家赏月的美妙时刻，我想你该也是和家人在月下谈笑。正好陈锦同志在我们庭前和她单位的青年那样轻松愉快地要吃糕饼连说笑般。我因不能入伙，就坐下来给你写信，同时也欣赏他们的精神愉快。前些日子我得不到你的消息，明知你病倒的可能性大，但愿往好方面想——到长沙去、到上海去、去胜地疗养……现在你的信明明白白地使我看到你无可奈何地在病院！近年来你的体质更差了，可是你比我更住不了医院。特别是你总放不下笔头的工作。本来你处在该多休息恢复的情况下，相反却迫着自己做更多的工作。现在事实已无情地给你批评。当然，在我们的思想中会自然地浮现过去所没有的问题。能为党工作的日子不多了。因而急了起来，这样却引起了不良的循环。现在我认为必须从实际出发，实事求是地根据客观条件来安排活动，这不仅可能使生活得轻松些，自然可保持工作时间更长些。慢性病是一时改变不了的，心里焦急不得，在和它斗争的过程很可能经过一个慢慢的时间而后才出现显效。我回来这几个月，除了必要的会议和学习、过组织生活之外，几乎没有干什么别的事，但却坚持早晚的活动锻炼，因而情况还是好的。反而多写点东西，尽管心动仍然太慢，脉搏每分钟还是四十至五十之间。我希望你有新的经验。现在还有三个月气候对你合适的时间，应在这段时间捞回本钱，否则寒冬就更不好对付。我和陈锦同志祝你和陶萍同志健康愉快！

陈谦　九月十二日晚

又及：你身体不好期间千万请不要为我费神写复信，可请陶萍同志写几个字告知就得。

××年6月15日①

萧殷同志：

　　一别两月，无时不在想念中。谅已康复？念念！现寄去"贡菜"一瓶和"贡腐乳"一罐，请收用。贡菜是澄海家庭名小菜，今年早春连两三月余，没有太阳晾晒，都制不来。遍寻澄城关系，好不容易得些瓶，但尚不知其质量如何？可试用。贡腐乳也是澄海名小菜之一，有工厂制产，可以买到，味道也美。如合意，请写信告知可多买几罐留用。这类小菜，虽没多大营养，但味道可口，增进食欲，也确有它的好处。

　　我还好。近来大概久雨，过于阴湿，风湿痛（肩周炎、腰肌炎）一并发作，好几天行走都成问题。这也正反映年老血衰之象。

　　陶萍同志均此问好。谨复

康乐！

陈谦　六月十五日

1983年8月24日

萧殷同志：

　　昨天收到你十九日寄来的信，我读了又读，好像又一次对谈般。因为我前些时接到陶萍同志来信，告说你并未出院，且各方面都明显衰退。这些日子我都惦挂着你心绪是不舒畅。因你的工作要求和责任感是那么强烈。过去就是不知节制，过分超负荷才致这次恢复得慢。那时我也在病中，因感冒发高烧，现在一二个月尚未完全恢复。昨天，我觉得不好直接写信去烦扰你，但不写心里老不舒坦，就想起黄雨②同志必然时常去看望

---

①　疑为1983年。

②　黄雨（1916—1991），原名黄遗，广东澄海人。《广东文艺》（《作品》）编辑，中国民间文艺家协会副主席。

你，就写信给他，请他去看望你和秦牧同志时，代问好。

对于病并不可怕，以我的经验，不要被它拉着鼻子，保持心情平静。最好是设法做到轻松愉快，恢复就快些。你在听音乐时就有这种心情，那就是找到门路，暂时不能读、不能写，不要紧，你过去读太多写太多，暂时停一停有好处，不能多说话也还是个次要问题，只要脑子还会思维，那什么都不可怕。因为我们身边的同志亲人都很好，会帮我们做必须做的事，很乐意为我们服务。所以，我觉得没有什么可以难过。当然，人是个感情动物，在不顺意时是愉快不起来，但人又是个理性动物，会选择最好最合适的方式生活。潮州音乐确是比较舒情优美，我当请广播站的同志给录几盘送去。

我现在瘦得和你过去差不多，大概八十市斤，现在摸触到的都是皮和骨头，不过还好，我还可以每天看几个钟头书，有时还写些回忆老同志的文章，也写些诗篇（当然这些都是低水平级劣等货），日子倒还过得轻松，最多二三个月后，政协的工作也可解除，那时会过得自然些。

我何曾给你好吃的东西！只是想如能增添你的食欲，保持身体应有的热力就是好的。但确实不知哪些才合你的口味。我本来想叫我的侄女去看望你，但她毕业考忙不过来，现在又赶来办分配工作。她深表歉意。

我劝你服点鳖鱼胶，每次三至五克，炖三个钟头后空腹饮其汁。对肺确有不可忽视的效用，我近几年在夏至到处暑这段时间每隔二三天服一次，原来支气管扩张时常忽然要咯血，已经连续五年停止了。另外学点气功也有好处，我这三几十年能度过许多意想不到的灾难就是靠这些小知识。

哎呀！一谈起来就不知休止，又耗损你的精神了。

请安静疗养。祝

早复健康！

陈谦　一九八三年八月二十四日

陶萍同志：你好！恕我不另写，给萧殷同志的这信，请你读给他听一听，如果是对他精神有帮助的话。但不要让他费神阅览，不然，我以后就再不敢写长一点的信了。握手！

致陈绍伟1通

陈绍伟（1941— ），广东新会人。曾任小学教师、广州市郊区文艺宣传队创作员、广州市白云区文化局副局长，《花地》杂志主编，《华夏诗报》主编。著有《心涛小集》《一个叛逆女性的心声——萧红传简析》等。

1982年12月8日①

绍伟同志：

　　来信悉，今将两篇"书简"②奉上，请查收。

　　这两篇，我要不是有意留给《花地》，这两天很可能又被别的刊物拿走了。

　　采用时希望寄一两份清样给我（连同一九八三年第一期发表的那篇）。因编辑小册子时，可以不剪坏《花地》月刊。

　　我身体仍很坏，既不能注射补液，也不能好好进食。别人都为我焦急。匆匆。

　　祝好！

萧殷　十二月八日

---

① 此函影印刊载于《花地》杂志1983年9月号。

② "两篇书简"，见本书下册"致××同志"：其一作于1982年9月17日，题为《你写作是为了什么？》，《花地》1983年第6期；其二作于1982年9月22日，题为《图解不是文学方法》，《花地》1983年第9期。

致戴木胜1通（另函1通）

戴木胜（1941— ），广东龙川人。1966年毕业于中山大学中文系。曾任总后勤部化工局宣传部、广东化工研究院干部，《深圳特区报》副刊部主任，深圳市文联副主席、党组副书记，《特区文学》杂志社社长、总编辑。

1978年4月2日

木胜同志：

《紧急更正》已阅！觉得这类主题很有意义。可惜你把主要篇幅都放到两个人（老赵和老李）的对话上，虽然在对话中表现出两种态度与品质，但作为小说来看，却未免太朦胧、太模糊了。应该说，人的品质和态度，除了在语言表现出来之外，还会在行动上，在工作上，在与人们的关系上表现出来。只有通过各方面来表现他们的品质与性格，人物的性格才能表现得鲜明。

你这篇作品，只是通过写一件先进事迹的介绍材料而展开的对话，从对话中显示出两种不同的工作态度，一种是弄虚作假的作风，另一种是严肃认真的作风，可惜这两种"不同"仅仅表现为对一件事情的不同看法，未免太单薄了，而且完全没有行动，也就是没有行动上的矛盾冲突，不仅使人感到作品内容太单薄，也令人觉得主题太简单。

《真实琐谈》报社可能认为，只在概念上旁征博引给以说明，而不抓住目前创作实践中所存在的问题加以论述，是缺乏实际意义的，不知对否？供参考！

祝好！

萧殷 四月二日

附戴木胜致陶萍（1987年8月23日）

陶萍同志：

您好！第二次寄去的报纸谅已收到。

刘剑青[①]同志参加萧老雕像揭幕典礼返京后，给我来信，信中附有他在龙川时萌生的一首诗，我建议在本报[②]发表，他同意了，现寄去刊有该诗的两份报纸。我写的那篇侧记，香港《文汇报》全文刊登，上海《文学报》也摘登了，想必您已看到了。祝健康！

戴木胜　八月廿三日

---

① 刘剑青（1927—1991），北京人。1948年毕业于华北联大文艺学院文学系，萧殷学生。曾任中国文联秘书长，时任《人民文学》副主编。

② 指《深圳特区报》。

致邓良球1通（附来函1通）

邓良球，1958年考入暨南大学，成为暨大复办后第一届学生，萧殷弟子。1963年毕业分配到省军区工作，后转业到省公安厅。时任广东省公安局六处（边防处）处长。

1977年5月26日

良球同志：

你给我的信，是由《广东文艺》编辑部转交的，可能与稿件堆在一起，被耽搁了不少时间，最近才转到我家里来。看你写信日期，已经是一个月之前了。以后希望来信直寄梅花村35号二楼，也许会快捷些。

我从春节以后，前后曾写了六篇文章，大部分是谈创作的，四月号《广东文艺》上的《人物、情节、主题》读过没有？读了你的信，你似乎感到无东西可写而有点苦恼，我认为你的工作，是可以大量吸取创作素材的工作，创作要求将日常生活斗争典型化，并不要求把所有的方法（包括对敌斗争的方法）都如实地写出来。方法是可改变的，最主要的要熟悉敌人，熟悉我们的敌工干部和人员的精神世界。四月号的文章可能对你有点启发？有空时，可来谈谈生活和素材，也许有极其可贵的题材，交流一下是有好处的。《秘密图纸》《跟踪追击》①等影片你一定看过，影片的编剧者，恐怕未必比你更熟悉这方面的生活。其次，抗腐蚀的题材在你们岗位上及其四围是不少的，希望你认真注意，并且希望即可行动起来！

你何时转业？转到什么地方什么单位？望告诉我！

---

① 电影《秘密图纸》，郝光导演，田华、邢吉田、王心刚主演，1965年上映；电影《跟踪追击》，卢珏导演，林岚、林书锦主演，1963年上映。

谢金雄同志的长篇《闹海记》[①]已出版,看见了吧?

有可能,望抽空来我家一趟,准备好好谈一次。匆匆

祝工作顺利!

萧殷　五月二十六日
于梅花村35号二楼

附来函

1977年6月2日

萧主任:

　　您好,谢谢您百忙中的来信。我在上信,简单向您汇报一些情况,其中谈及拟在今后实际工作中练习写作一事,您随即来信,满腔热情地给以鼓励,指出方向,使我又一次得到您的教导和激励,为之深受感动。

　　打倒"四人帮"后,文艺百花园里呈现出一派新景象。毛主席革命文艺路线的指引,华主席的英明领导,激励着多少文艺战士挥戈上阵,就在我生活的周围,常听到人们议论着文艺和创作的事情。自己也在想:在今后工作中,加紧学习,注意生活,积累素材,准备一两年或三五年,条件成熟了写点东西。这是自己一点愿望。为此,我便冒昧地给您写信,汇报自己的情况。

　　您的《人物、情节、主题》一文已读过,很受启发和教育。文章深入浅出,针对性强,形式新鲜,文字不长,读后印象极深。我反复读了几遍,像是嚼着槟榔,越嚼越有味。相信许许多多的读者会有这种感受。

　　我到省公安局工作三年多了,来时就准备就地转业的,最近办了转业手续,定在六处(边防处)工作,搞宣传教育。

　　您在来信中热情地希望我到您家谈谈,谢谢您的关怀。我正在省委党校学习,主要是学习《毛选》五卷,还有一段时间才能结束。以后一定拜访老首长。

　　谢金雄同志的《闹海记》已出版了,我还来不及学习。

　　祝首长健康!

邓良球　七七年六月二日

[①] 谢金雄:《闹海记》,广东人民出版社,1977年5月(第一版)。

致丁国成1通（附来函3通）

丁国成（1939— ），笔名丁巴、陈群。黑龙江肇东人。国家出版局版本图书馆副主任；《诗刊》理论室副主任、主任，编委、副主编、常务副主编；中华诗词学会副会长。

1980年7月24日[①]

国成同志：

来信收悉。你们拟编辑《中国现代作家笔名考释》[②]，想从一个侧面来了解作家思想、生平及创作道路，这打算很好，愿助一臂之力，不知符合需要否？

父母给我起的名字原叫"郑文森"。因大人们叫唤我时，总爱把"阿森"叫成"阿参"，是大海参的意思，这是对憨厚而又胖乎乎的孩子表示亲昵；可是，我却不喜欢大海参，又黏又滑，还浑身肉刺，每听到这叫唤我就嘟起嘴来表示抗议，但毫无用处。直到报名上小学时，我才私自把"森"字改成"生"字，从此仿佛与大海参脱离了纠葛，很是自得；不仅在小学、中学时我用这名字，而且到一九三二年我开始在广东《民国日报》[③]副刊《东西南北》发表小说时，也用这个名字。虽间用"鲁德""心吾"做笔名，但自一九三二年到一九三六年春发表二三十篇小说散文时都用"郑文生"这名字。

一九三六年夏，原广东军阀陈济棠从广东退走，蒋介石的反动势力迅速占据岭南，

---

① 此函为底稿，未署名。
② 李乡浏：《中国现代作家笔名考释》，北京艺苑出版社，1996年。
③ 即《广州民国日报》，创刊于1923年6月，1924年7月由国民党特别市接管，同年10月收归国民党中央宣传部。

白色恐怖很快笼罩了广州的每个角落,原有的一点反蒋的小自由无影无踪了。形势更加恶劣,为了集中精力战斗,我暂时放弃了小说写作,以杂文作为主要武器,对蒋介石、国民党的所谓"新生活运动"及其倒行逆施展开猛烈射击,作战阵地由广州转到香港《珠江日报》(反蒋的桂系报纸)副刊《江声》;因为我们还住在广州,所以不得不临时改用"萧英"笔名发表杂文。

鲁迅先生追悼会①之后,几批革命战友被捕,局势更险恶了,我当时在中大随时有被捕的危险,不得已,时近岁暮,我与赖少其②遂潜赴上海。到达上海第二日,从朋友中得知,我们的来往信件已被检查,上海国民党公安局正注意我们的行踪;于是改名换姓,从此,连自己的真姓名也隐藏起来;当时不仅把所有书籍上的签名撕掉了,连仅有的两张照片也化为灰烬。

抗战后,我在延安和革命根据地内,一直用"萧英"这个笔名,它不仅代替了我原来的姓名,连当时发表于《新中华报》③《解放日报》④、华北《新华日报》、重庆《新华日报》⑤上的报告文学和散文等也用这个笔名。

一九四六年,为调处国共双方的军事冲突和交通纠纷,在"三人小组"(周恩来、张治中、马歇尔)之下成立"北平军事调处执行部"⑥,中国共产党代表团立即派赴北平,组织上调我到北平负责报纸采访工作,开始时我的文章仍署名"萧英"。但有些同志认为这名字在《解放日报》等根据地报纸出现过,现仍用它,怕引起敌人注意,有危险。也经考虑后,遂改为"萧殷"。从此,它不仅成为我的笔名,而且它已逐渐代替了我的姓氏了。

从上述情况看,我的笔名并不寄托什么期望,也不表示什么理想和向往,纯系由当

---

① 1936年10月19日,鲁迅在上海逝世。22日下午,遗体从万国殡仪馆运往万国公墓,前往送行者摩肩接踵,盛况空前。

② 赖少其(1915—2000),广东普宁人。毕业于广州市立美专,与萧殷是同学。曾任华东美协党组书记,安徽省委宣传部副部长、安徽省美协主席、安徽省文联主席。

③ 《新中华报》,原为陕甘宁边区政府机关报,1939年2月7日改为中共中央机关报。

④ 《解放日报》,创刊于1941年,原为延安时期中国共产党机关报。1949年改为上海市委机关报。

⑤ 《新华日报》,1938年创刊于武汉,后迁至重庆出版,是中国共产党的大型机关报,陆续在山西、重庆、广州、西安等地设立分馆。《新华日报》华北版1939年创刊于太行根据地。

⑥ 北平军事调处执行部由国民党代表郑介民、共产党代表叶剑英、美方代表罗伯逊组成,负责调处国共双方的军事冲突。

时险恶环境所逼，为了利于继续战斗，不得不隐姓埋名而已。

谨复，供参考。敬颂

编安！

萧殷　一九八〇年七月二十四日

附来函

1977年12月26日

萧殷同志：

您好！

葛洛①同志从广东回来后，两次谈起您写的一篇谈诗的文章，让我们写信催问一下。请您给《诗刊》以大力支持，帮助我们搞好《诗刊》的评论工作，尽快把文章写好寄来！葛洛同志再三说，请您给《诗刊》以更大支持，把稿子赐寄给《诗刊》！不知您以为如何？我想，您一定会满足我们的要求的！谢谢！

致礼！

丁国成　十二月二十六日

1978年3月1日

萧殷同志：

您好！

如今您身兼数职，工作一定极忙，相对说来，写文章的时间就不多了。但我们仍希望您能给《诗刊》以更大支持，还是尽快挤时间把文章写出来。好在《诗刊》的文章一般都不要求太长，写起来也许省力一些。

您此前来信，我已送葛洛、严辰等领导同志看过了。最近，他们又嘱我给您写信，问一问情况，请您早些写出文章来。

---

① 葛洛（1920—1994），河南伊阳（今汝阳）人。曾任延安鲁艺文艺研究室研究员、西南军区政治部文化部创作组组长。《人民文学》《诗刊》副主编，《小说选刊》主编。

谢谢您！此致

敬礼！

丁国成　三月一日

1978年5月29日

萧殷同志：

您好！不速之客又来打搅您了。

我知道您身兼数职，工作极忙，但是，想到您对《诗刊》的热情关心和支持，又促使我给您写信。您曾慨然答允为《诗刊》写点有关诗的文章。这是我们一直感到高兴的事。非常盼望您在百忙当中，能抽暇把文章尽快写好寄来！如果写长文，太费时间和精力，那么，写篇短文，也是对我们的极大支持和帮助！此致

敬礼！

评论组　丁国成　一九七八年五月二十九日

致丁力1通（附来函1通）

丁力（1920—1993），湖北洪湖人。诗人、评论家。北京电影学院、中央音乐学院教授。《文艺学习》编辑部评论组组长，《诗探索》副主编，《诗刊》编辑部主任。

1981年8月10日

丁力同志：

来信悉。知你正在编辑《诗探索》[①]论丛，甚喜！向我索稿，理应遵命，对于诗歌，我本有些意见想进行探索；不过年来体力日衰，各方逼稿甚急；加上琐事冗繁，虽每日忙乱不堪，但用于写稿的时间却很少；脑力又迟钝；写稿的速度远不如前几年了；因之第二期《诗探索》所需稿件，我无法应命。在本月之内要赶三篇文章，无论精力、时间都有困难。乞谅！

你对目前诗坛上出现的古怪诗提出一些意见，颇有同感！有些诗向朦胧方向发展[②]，向谜语方向发展，让人猜也猜不懂的所谓"新的崛起"，明明是开倒车。几次打算写文章参加讨论，但都因为杂事忙乱而中断了。如能在各报刊展开一场辩论，真是太需要、太迫切了。香港的刊物，这种倾向愈来愈严重，而内地有些人亦步亦趋，日益脱离群众，令人莫名其妙。

陶萍问候你！匆祝

---

① 《诗探索》杂志，创办于1980年，中国当代文学研究会主办。
② 20世纪70年代末80年代初，中国诗坛流派纷呈，其中朦胧诗异军突起，以"叛逆"精神打破现实主义创作原则一统诗坛局面，同时引发很大争议。

编安！

　　　　　　　　　　　　　　　　　　　萧殷　八月十日于广州
　　　　　　　　　　　　　　　　　　广州梅花村的编码是：510030

附来函

1980年7月28日

萧殷同志：

　　二十年未见了，时在念中！常有广州来人，谈到你的近况，得知起居尚佳。

　　我是在粉碎"四人帮"以后，才从干校分到北京电影学院文学系任教的，已有三年多了。

　　最近当代文学研究会决定办一个刊物名曰《诗探索》论丛，季刊，大32开本，200页，由四川人民出版社出版发行。我是副主编，第二期由我负责组稿。拟请写一篇谈诗的文章，诗论，专论，问题讨论，创作谈，新诗话，评一本诗、一组或一首诗均可，可长可短，内容不拘，只要是关于诗的问题就行。一定请你支持。八月底以前将稿寄我可也。

　　目前诗坛出现了古怪诗"让人不懂"，评论居然吹捧这种诗是"新的崛起"，一场大论争将在各报刊展开。我是主张在民歌和古典诗歌的基础上发展新诗的，重点在发展新诗，五四以来好的传统也是基础，不言自明。借鉴外国，也是为了发展自己的民族形式。不知你是什么看法？望有以教我。

　　问候陶萍同志！祝

笔健！

　　　　　　　　　　　　　　　　　　　丁力　一九八〇年七月二十八日

致丁玲、陈明 4 通（附来函1通，另函1通）

丁玲（1904—1986），原名蒋伟，湖南临澧人。著名作家，著有《太阳照在桑干河上》《莎菲女士的日记》等。中央文学研究所所长，中宣部文艺处长，《人民文学》主编，中国作协党组书记、副主席。曾与陈企霞、萧殷共同主编《文艺报》。

陈明（1917—2019），原名陈芝祥，江西鄱阳人。1937年5月赴延安，参加由丁玲率领的西北战地服务团，任宣传股长。1942年与丁玲结婚，从此患难与共四十多年。

1979年9月18日

陈明、丁玲同志：

也不知你们住在什么地方，偶然问到一个地方，先寄本小书①试试看，如果你们能收到，希望给我回个条子，并希望将你们的住址告诉我！②

我住在"广州、梅花村35号二楼"，写信直寄此，我就能收到。陶萍在家休息，有时写点散文。我虽名义上还是《作品》主编，实际上我逐步把担子下放给第二把手。

陶萍问你们好！匆匆祝好！握手。

萧殷　九月十八日

---

① 当指《习艺录》，广东人民出版社，1978年3月。
② 此函或被退回后重寄。罗君策1979年9月25日来函称："丁玲的地址是：友谊宾馆、东北区、二单元、十七号房间。——您的地址只少了个'二单元'。"

1979年10月5日

丁玲同志：

读了你的来信，仿佛是亲自聆听你说了一番话，二十多年前的情景马上又出现在我的眼前：你还是那样亲切、那样热情、那样诚挚地对人，能不令人感动？

经过这十多年的折磨，我苍老多了，现在精神虽然尚好，但消瘦得如一个人干，见到我的熟人都说我太瘦了，但有什么办法？自一九七六年后，我好像一年比一年消瘦，不知道是什么原因。

打倒"四人帮"后，我一直担负着《作品》月刊主编的职务①，可是"四人帮"不仅在理论上和思想上骚扰着我们，连作风也给破坏了。现在你尽管诚心诚意地教他们，可他们谁听这一套呢？我费了一两年的气力，可是见不到一点积极的效果，未免有点失望了。何况中央号召我们大胆地让位给第二把手，因之，我也开始请创作假了。准备把这一副担子转到第二把手的肩上。从《作品》第八、九期开始，我实际上不管了，小说、诗、评论等稿，都交由他们去审定了。我自己长期总负责一个刊物的编务，事实上也是负担不了的，更何况健康情况日趋衰竭的时候。

陈明同志的作品②，我曾问了编辑部，据说与陈明同志一直有联系。现在听说已决定十二期发表。到底如何？编辑部会给陈明同志写信的。

今日我们文联开会，谈到全国文代会③的问题，到底什么时候开，直到今日未接正式通知。一说是十月十五日开，一说是十月十七日开，都是小道新闻，没一个是正式的。估计，我们不久便将在北京见面了。自一九六〇年离开北京，瞬已快廿年，这次想到能看见你和陈明同志，十分高兴！

陶萍大部分在家休息，她也患有心脏病，只有时写点散文而已。一九五九年，反右倾机会主义时，因她写过一篇小说，就硬说她"为丁玲翻案"，将她打击一番。她这次读到你的信非常高兴，本来她想写封信给你，可是今晚她去看电影去了。

今晚是中秋之夜，来人不断；这信中断了好几次，断断续续，也反映了我的心绪。祝你和陈明同志都安好！

萧殷　十月五日晚

---

① 萧殷1977年7月起担任《广东文艺》主编，该杂志1978年7月更名《作品》。
② 即《三访汤原》，详见下函。
③ 第四次文代会，1979年10月30日至11月16日在北京召开。

1979年12月21日

丁玲同志：

真后悔十月廿九晚①，我没有坐到你旁边，向你诉说我近年来的情况，同时听听你的教诲。当时我想时间还不少，二十多天的文代会，总能找到个畅谈的机会。谁料第二天，我没有找到你，到周扬同志做报告②时，我不幸病倒了，接着在积水潭医院住了六天。病未痊愈，便回到招待所，一直躺在床上。许多会议与活动都不能参加，作协第一次理事会，我勉强去参加了，满以为那天可以见到你，但不幸那天你却感冒了。一直到十七日我回广州前，除了人大会堂、西苑宾馆、积水潭医院以及我住的第四招待所外，我什么地方也没有去过，什么活动也不能参加。离开北京快二十年，这次路经的街道完全陌生了，二十多年没有看见的老同志、老上级也没有看见，我仿佛空跑了一趟，什么也没有听到和看到。

也许由于在北京注射了太多的"红霉素"（医生怕我转成肺炎，也顾不上后果了），胃口被搞坏了，不仅在北京不能吃什么，回到广州也不思饮食，由于身体太弱，一直躺在床上。到十二月二日忽然又发高烧，心跳极快，脉搏却很微弱，于是又被送进省人民医院。医生说我体质太糟，这一次要下决心"修理"一下，看来，这一两个月我大概不能离开医院了。

在医院里已住了三个星期，痰喘减轻些，但胃口却依然如旧，每餐最多只能吃一个小馒头和很少的菜，有时却连一两米饭也只能吃一半。由于气候好，精神逐步恢复了，这是值得向你告慰的。在医院里，我读了陈明同志的《三访汤原》（十二期《作品》）以及你在北京语言学院外国留学生座谈会上的《解答三个问题》（发表在香港《新晚报》《星海》副刊上，现只读到"上篇"，下篇还没有寄到）。你的遭遇、你的为人我仿佛亲自看见了，有时为你担心，有时又因你遇见好人而替你庆贺。在这里，许多同志都争着阅读你的讲话，谁人不为中国的老作家的遭遇而唏嘘！

丁玲同志，希望你和陈明同志来广东疗养一个时期，无论生活、气候，大概对你都有好处，请你下个决心！在广州北面约八十公里处，有一个"温泉疗养院"③是一个疗

---

① 第四次文代会开幕前夕宴会。
② 11月1日，周扬做题为《继往开来，繁荣社会主义新时期的文艺》的报告。
③ 指从化温泉疗养院。

养胜地。除温泉外,医疗设备及生活环境都是不错的。从前,北京的几"老"(如徐老、朱老、陈老……)①几乎每年冬季都在这里度的,许多作家也来疗养过。来前,请组织部或宣传部写个介绍信给广东省委,这一来什么问题都解决了。来吧!你们受了十来年"不平凡的遭遇",现在也该有个安静的环境疗养一下了。

陶萍在家休息,她怀着善良的愿望向你们祝福!身体不如当年,但头发仍乌黑如旧。有时写点散文或儿童文学,有时外出去看看而已。

祝你们健康!祝你写出更多的作品!

萧殷　十二月廿一日于广东省人民医院东病区二〇一室

我住在:"广州、梅花村35号二楼"。

1982年1月4日(陶萍往函,萧殷附函)

丁玲、陈明同志:

二位好!

昨天下午秦牧、残云等有十来个同志去车站迎接你们,但等了半个多小时不见你们下车,不知什么原因没有找到你们,大家都很失望②。

昨天已在小岛③十号楼六号房开了房间,这里以前都是接待中央首长的。因四面环水非常幽静,出入可以叫汽车,在这里住些日子,准备送你们去新会县圭峰宾馆。

这里优点有三:一是招待所旁边有中医院,里面有一位好中医,可以去看病,代煮药;二是我们机关有个同志的妹夫在新会任县委副书记,有事可以由他关照;三是这里风景好,出来散步方便,缺点就是离广州较远,不能常去看望。打算请你们在新会住到春节前,再回广州,在我家过春节,看看广州花市,春节后可换住顺德清晖园④。这里原是一个大地主的花园,环境较美,广东最有名的厨师都是顺德人,这里的菜做得特别好吃,鱼又多又便宜,等你们身体都恢复了,可再换其他地方。

---

① 当指徐特立、朱德、陈毅等。
② 1981年1月初,丁玲、陈明夫妇访美归来,萧殷、陶萍及广东文坛友人欲请其来粤,因故未果。
③ 广东省委小岛招待所,始建于20世纪50年代,1970年周恩来命名为珠岛宾馆,董必武题写馆名。宾馆南邻珠江,北连东山湖公园,具有南方园林特色,风景秀丽,环境优美,负责接待党和国家领导人。
④ 清晖园,位于顺德大良,始建于明代,占地面积2.2万平方米,岭南四大园林之一。

再有宣传部副部长杜埃昨天下午开会不能去车站,他准备会后直到小岛等候。今天原打算欧阳山去小岛看望,都说你们出国太疲劳了要多休息,只请丁玲同志讲一次在美国的见闻①。作协也准备请你们尝尝广东风味的点心和名菜。这次虽然没有接到你们,希望过些天一定再南下,在广州过春节。

萧殷前一段时间不太好,输了些日子氧气。现在好多了,听黄秋耘②同志说你们要来广州,他特别高兴。等把一切接待工作安排好,他才放心。他和我都盼望你们二位来广州过一个冬天。

祝你们在新的一年里愉快健康

陶萍　一月四日

丁玲大姐、陈明同志:

我仍住在医院,因病情反复无常,医生不让出院。这次得知你们确信后,即安排作协分会接待,作协又请示省委,省委批示:你们两位住省委小岛宾馆,并责成省委办公厅负责招待。我已与新会县联系好。他们表示欢迎,并准备派车来接。

但你们没有回来。是什么缘故?甚念!

萧殷　一月四日

附来函

*1979年9月×日*③

萧殷同志:

来信、书均已收到。

虽然阔别多年,但我仍将你看作老同事的。几十年的沧海桑田,人事、世事实在给我教训太多。我真愿意躲在深山当和尚。即使现在好像已回到人间,但人间仍然使我害怕、厌烦。

---

①　1981年9月至1982年1月,丁玲、陈明夫妇受邀访美,参加爱荷华大学"国际写作计划"。

②　黄秋耘(1918—2001),原名黄超显,广东顺德人。历任新华社福建分社代社长、《文艺报》编辑部副主任、广东省出版事业管理局副局长、中国作协广东分会副主席。

③　此函未署日期,根据内容,估计写于1979年9月底。

我现仍住西郊友谊宾馆，你们的茜菲①同志曾来过。十月上旬可能仍在这里，中旬可能搬家，但那时你一定已早来北京了。

你的书我已略约翻过几篇。我对你的希望是真正办好一个刊物，不要交给二把手三把手或一些小姑娘，要帮助他们、教他们，不要放手不管。办好一个刊物很不容易。现在中国刊物很多，却都不能成为一个权威。人不要权威，但刊物却要办成权威。《作品》是比较有声望的，但还要加劲。要旗帜鲜明，要有好作品，要有尖锐的、细致的理论。要不怕得罪人，要有基干队伍。（老中青）要有倾向性，要培育新人。不要抹稀泥，不要官办架子。你当编辑是有经验的，现在也六十多岁了，有什么怕的。真正担起担子来，培养出一批编辑人才；是有思想见地，是真正的文艺运动健将，不是当官，而是当职员；能组织一批敢说敢想的新生力量，而又要有文学基础，比较深刻、真心的想写作的人才，不是想钻营、出风头的后补棍子、准备弄权的小人。第二，我想你多写点作品批评。把那些写创作、生活、表现形式等转移到对具体作品的评论。对读者来稿分析，不如对读者都熟悉的作品分析评论更有作用。当然要花工夫些。要承担从某方面从想不到的方面来的风言风语、暗中捣鬼——那就让他们去吧。还可以是十几年，扎扎实实当一个理论家。可以了，是时候了，勇敢些吧。

啰啰唆唆，因为是老同事、老熟人、老朋友，敢于直言，请考虑。实在还言未尽意。问陶萍好。

丁玲

陈明附笔问候你。他有一篇作品曾在《作品》编辑室睡了几个月，他正在索回。

附丁玲、陈明致陶萍（1984年1月10日）

陶萍同志：

年前收到你的来信，向我们详细介绍从化疗养院的情形，我们颇为动心。踌躇了一段时间，考虑的结果，今春还是难以成行。一方面因为要参加整党，这是一次学习的好机会，也是一个党员应尽的责任。另一方面，陈明的身体有一点小毛病，不属于肿块，可能是切口疝，目前仍在医院检查，希望得个结果，俾能进行治疗。若到外地，将给主

---

① 茜菲（1916—？），原名郭丽仙，广东南海人。楼栖夫人。毕业于中山大学，后从事新闻工作，曾任《作品》编辑，与萧殷同事。著有《岁月流萤》等。

人增加麻烦，不如在北京算了。根据我俩现在的身体情况，将来去到我们未曾到过的美丽的南方花城，乃是我们的渴望，而且是很有可能的。那时定和你联系。你在生活遇到沉重变折后仍对我们如此关心，我们十分感谢。我们日常谈话中常常会谈到萧殷同志。他是一个善良、正直的老实人。他应该多活些年月，但不知怎么一下身体变得如此衰弱！有些同志向来体弱多病，只因照顾及时、得法，反能平安无事。我们想，可能还是因为他平日身体不好，总要争分夺秒抢时间，写作太勤太苦，用心过度，又不听你的劝阻，没有适当休息、治疗，终至沉疴难起，回天乏术，给亲人和朋友带来悲哀。现在只希望你在疗养院多休息一阵，使自己的身体、心情更加愉快、健康，在萧殷的作品整理出版后，还写点回忆的文学，留给后辈儿孙。

广州地处前沿，思想战线、文艺战线上的战斗任务是艰巨、繁重而光荣的，便中请向吕萍①同志、郑江萍②等同志致意。我们彼此还不认识，但我们祝贺他们挑起了重担，祝贺他们工作顺利。

问候欧阳山、虞迅③同志。

另寄小书一册（《丁玲散文近作选》④），请指正。祝

冬安！

丁玲、陈明　元月十日

---

① 应作吕坪。吕坪（1923—2016），原名吕应生，广东惠东人。时任广东省文联党组书记。
② 郑江萍，时任广东省作协党组书记。
③ 虞迅，欧阳山夫人。
④ 《丁玲散文近作选》，云南人民出版社，1983年8月（第一版）。

致丁元昌10通（附来函6通）

丁元昌，1973年进上海文艺出版社工作，长期在文学室从事长篇小说编辑。著有长篇小说《钱迷》《红黑杀手》《新桃源梦》等。

1978年4月19日

元昌同志：

九日来信收悉。你在穗期间①，适我住医院，未能尽到地主之谊，实在抱歉！我现在仍然住在医院里，因胃口太坏，医院的伙食又不合口味，每餐只能吃一两饭或一个馒头，饮食这样不正常，体质凭什么来恢复？肺功能靠什么来改善呢？所以我已向医生提出出院的要求，经他们考虑，同意我于四月底出院。我想，住在家里，也许可能还要好一些。

承你不辞辛劳到上海图书馆去找《作家通讯》②，非常感激！这刊物在广东已绝迹，这里的文化单位或许被践踏得比上海还要严重，我以为再也看不到我那个发言了。最近我忽然想找它，是因为有不少同志希望我写回忆杨朔③的散文，而他的弟弟则要我写评论杨朔散文的文章。我的记忆力已大大减退，全凭回忆是靠不住的，所以希望能找回一些有关杨朔同志的书面材料。现在劳你找到了，可否设法找人把那篇发言抄出来，

---

① 丁元昌曾于1978年春来广州组稿，参见丁元昌来函。
② 《作家通讯》，中国作家协会内部刊物，创办于1953年4月。
③ 杨朔（1913—1968），原名杨毓瑨，山东蓬莱人。著名作家、散文家。中国作协外国文学委员会主任。著有长篇小说《三千里江山》等。

并寄给我？

据陶萍说，《铁道游击队》①已收到，谢谢你！

以后希望你们经常与广东一些作家保持联系，特别像陈国凯、谢金雄、杨昭科②等中年作家，他们精力盛旺，生活积累丰富，也有相当高的表现能力。当然，我也从旁催促。

我出院后，要赶忙重编两本评论集，出版社催得紧，所以一时大概还抽不出时间来写文章。广东情况与你在时一样，气压很低，人们感到烦闷。

看见巴金同志请代问好！陶萍嘱笔问候你！

握手。

萧殷　四月十九日

1978年10月8日

元昌同志：

又好久没有写信了，你近况如何？早就想写信给你，但不是病就是忙，总是被一条什么东西缠绕着，动弹失去了自由。是一条什么东西呢？是来人多，读者的来信多、来稿多，有时还要回作协去开会，加上琐碎的《作品》编务。已经把我的时间占去百分之九十，这一来，连看病的时间也得挤□□。你看，我的《创作论》只好暂时中断；对各刊物的催稿只好推诿；最严重的，连我整理旧稿的时间也抽不出来。本来人文社③约定我六月底将《论生活·艺术和真实》编完，下半年出书，可是六月初病入医院，以致全部计划遭到破坏。现在，我下决心在十月份把这本书编出来，以后再编《谈写作》（也是二十来万字）。这只是决心，是否能完成还很难说，由于前述的那些情况，被动多于主动，所以还不能说很有把握。

陈国凯同志这半年又写了四五篇短篇小说，我都读过，而且每篇都提了修改意见。最近写的一篇，我打算介绍给《人民文学》。他的集子，我在忙乱中有时挤时间翻一翻，待读完时就写序，但近一两月内，估计写不出来了。

---

① 知侠：《铁道游击队》，上海文艺出版社，1978年3月。
② 杨昭科（1937—　），广东普宁人。广东省文联委员，揭阳市作协主席，普宁市政协副主席。
③ 人文社，指人民文学出版社。

九月三日《南方日报》发表了一篇报告文学《寒凝大地发春华》，同时《广州文艺》也刊登了这篇文章，是《南方日报》两位记者写的，读者反应很强烈。现寄上一本，请你看看，可作茶余饭后谈天的资料。

《习艺录》只印二万五千本，许多读者直接写信来向我索阅，弄得我无法应付，远至新疆、黑龙江、内蒙古都有来信，皆因印得太少的缘故。

陶萍问你好！祝你工作顺利！身体健康！

萧殷　十月八日

1978年10月18日

元昌同志：

十月十日来信，已收到。第二天，我就请编辑部给你们寄出两本第七期和第八期《作品》，想不日可以收到。以后，凡是需要我们帮忙的，希望不客气地写信来。

在收到你这封信之前不久，我曾写过一封信，还同时寄出一本《广州文艺》给你，现在是否已收到？

昨天，我已胜利编完了《论生活·艺术和真实》一书，打算过两日就寄给人民文学出版社①。下一步，准备给几个刊物写几篇文章，以后就整编《谈写作》（约二十万字）。这本书，原来准备给广东人民出版社，但这里印得太少，《习艺录》只印二万五千本，弄得全国各地的读者都写信向我索书，我当然无法对付。我打算《谈写作》由你们出版②，现将该书目录附上，请将我这意见向领导反映一下，看行不行？

陈国凯的集子③已送来，打算抽空再读一遍，认真为他写篇序言。近来琐务冗杂，来客又多，即使写封短信，中间常常也会被来客中断几次，好在我现在已习惯"见缝插针"的工作方式，人来了就谈，人走了就坐下来工作。不过，慢得多了，但有什么办法呢？

我们决定于十二月召开一次创作会议④，现在已开始筹备。其中，打算给代表们每人送一本短篇小说选（你们现在着手选编的这一本，十二月以前能不能印出来？），因

---

① 萧殷：《论生活·艺术与真实》，人民文学出版社，1980年2月（第四版）。

② 萧殷著《谈写作》最初交上海文艺出版社，几经周折，最后于1980年6月由湖南人民出版社出版。

③ 似指陈国凯短篇小说集《羊城一夜》。

④ 指广东省文学创作座谈会，1978年12月5日至16日在广州召开。

在书店买不到成批的小说选，如十二月前能出版，可否给我们留一百二十本，在得到你社的通知后，作协广东分会将直接向你们邮购。如何？望问一下，并请将结果告诉我！

陶萍问你好！

握手。

萧殷　十月十八日

1978年10月29日

元昌同志：

　　信悉。这两天，寒流侵入广东，今日摄氏十八度，比前天低了十摄氏度。气候忽然变冷，对于我们这些患肺气肿的人，是最大的威胁。这种天气最容易受凉，一受凉，就极易引起肺气肿感染，一感染就非进医院不可。一九七四年和一九七五年冬天，我两次送进医院，都是由于肺气肿感染所致。因此，在这种气候的威胁下，不能不格外留心，既不敢轻易外出，也不敢过于劳累，有时为了保险，索性蜷伏在被窝里。你想，在这种情况，我是多么焦急！时间不等人，等待去做的事情又多，哪里能安下心来"防病"？

　　你社已同意，我就准备尽快将《谈写作》重编起来，只要天气能好转，我争取在十一月底修改完，同时将稿寄给你们。你们还有什么要求，请随时告诉我！

　　作协拟购买《现代短篇小说》及《建国以来短篇小说》①的事，我已将情况转告诉当事人，他们需买多少册，由他们决定，估计不久之后他们会汇款去。

　　你看，我写字有点困难，手抖索得厉害。从这里，你可以看出包围着我的空气，是多么讨厌，多么使人难受！

　　在广州如有需要代办的事，请告诉我！

　　陶萍问你好！祝你一切都顺利！

握手。

萧殷　十月二十九日于梅花村

---

　　①　《中国现代短篇小说》（上），上海文艺出版社，1978年10月；《建国以来短篇小说》（上、中），上海文艺出版社，1978年5月。

1979年1月17日

元昌同志：

因为忙，好久未有给你写信！十一月接读来信后，曾到越秀宾馆外国文学计划工作会议①拜访郑煌②同志，正是晚饭时候，所以未能多谈。后来他曾来梅花村找我，适我回作协开会，又未能晤谈。直到广东文学创作座谈会期间，他来宾馆找我，才谈了半小时左右。本来我打算请他到我家里好好交换些意见，无奈适逢我们最忙乱的时候，实在抱歉万分！现在请你代转我的歉意和敬意！

文学创作座谈会开得很好，周扬、夏衍、林默涵、张光年③、李季、韦君宜等都来了，是一次文学界的盛会，既生动活泼，又尖锐深刻，尤其对所谓"文艺黑线"展开了最猛烈的火力。他们的讲话（现只差默涵同志的尚未寄来），我们准备在《作品》第二期发表，届时，一定奉赠一册！

《外国短篇小说集》（下）④已收到，谢谢！原来打算买《现代短篇小说》送给参加座谈会的同志，后来由于这笔开支被挪作别用，因而送书的计划落空了，这件事，花去了你不少的精力与时间，结果又未办成，实在抱歉！

我家里整日来人不断，不但不能写文章，连整理旧稿的时间都抽不出来。最近为抓紧时间赶编《谈写作》，托体委一个同志在珠江边一个小岛上找到一间招待所，我正住在这里，今日刚编完《谈写作》一书，趁寄稿机会，顺此给你写封短信，并祝新年愉快！

本来想写个"后记"，但因还要赶其他的事；暂时恐怕来不及，如以后能写出来，以后再寄吧！有人建议把《南方日报》那篇报告文学《寒凝大地发春华》附在书后，但我自己编进去不合适，你们如果认为有必要，由编辑室收编进去倒是合适的，由你们决定吧！

《作品》的订户由十三万突然增至二十九万份，这本来是好事，但却让一些人叫苦

---

① 1978年11月下旬，中国社会科学院外国文学研究所"全国外国文学研究规划会议"在广州越秀宾馆召开。

② 郑煌，中国当代文学研究会副会长，上海文艺出版社副社长。

③ 张光年（1913—2002），笔名光未然，湖北老河口人。诗人、文学评论家，著有《风雨文谈》等。中国作协副主席、党组书记，中央顾问委员会委员。

④ 《外国短篇小说（下册）》，上海文艺出版社，1978年10月。

不迭,纸不够呀,这怎么得了!虽如此,但零售还是无法解决!连广州也买不到《作品》,据说每期给香港一千本,当天就销售一空,其实,这个刊物问题很多,编辑却也困难重重。结果只是把我累得喘不过气来。匆匆祝好!

陶萍问候你!

萧殷　一月十七日

1979年5月3日

元昌同志:

这半年来,我忙得莫名其妙,从主观、客观来看,都是如此。除了承担《作品》的责任之外,作协的整副担子又压到我肩上来。其他同志都身强体壮,却只有时写点东西,对我这个瘦骨嶙峋的病夫,却一再增加砝码,不知是根据什么逻辑?

常常想写信,很想谈谈心;可是没完没了的杂务,加上源源不断的来信来稿,把心情搅得比乱麻还乱。只要在桌边坐下来,那一大堆待处理的来件,就弄得你什么心思也乱了,结果,反而什么事情也做不下去。春节前,曾到珠江中一个小岛躲了半个月,把《谈写作》整理出来了。但不能老是往那里躲。可是在家里却来人如过江之鲫!什么办法都想过,但没有一种办法行得通,奈何!

给国凯同志的小说集写的"序",算是写出来了。我原来打算写一篇八九千字的长序,前一阵《南方日报》两位同志决心评论国凯的小说,并多次征求我的意见,我把我的分析意见几乎毫无保留告诉了他们,他们也都采纳了。那篇文章打算在《作品》发表。所以我这篇就不想写那么长了。请你看看,看能不能用?

国凯同志,大概还要在上海住一段时间,他的爱人纵瑞霞同志昨日启程赴沪,估计他们会去看你的。

我那本《谈写作》不知编辑部的同志看过没有?有什么意见?希望尽快告诉我!三月间,曾补寄去一篇《素材、消极现象及其它》,不知收到否?今后,理论组是否指定一位同志与我联系?

原以为周扬、林默涵的讲话在二期《作品》发表,曾拟到时间将《作品》寄给你;但由于他们十分慎重,一再修改,以致拖延三、四期才刊出,周扬同志那篇还先在《人民日报》发表,它的新鲜感已失去,所以就没有将刊物寄给你,请谅!

我这里来约稿的人很多，香港《文汇报》也来要稿，《海洋文艺》①也逼稿甚急，国内各地的更数不胜数。精力有限，那能应付得了？

你有什么需要我帮忙的？请来信！国凯同志为人很不错，你们可聊聊天。

陶萍问你好！祝你

工作顺利！

萧殷　五月三日

1979年7月26日

元昌同志：

来信及《重放的鲜花》②均收到，十分感谢你！你们编印这本集子，真不知道吐出了多少人压抑了多久的心里话！大家都怀着感激的心情翻阅这本新书。

前一阵《文艺报》一位同志来拉稿，他偶尔知道我为陈国凯小说集写了序言，一定要在《文艺报》发表。因原稿已被《广州文艺》拿去，死也不肯退回，但《文艺报》仍然希望能发这篇序言，可是他始终未读过这篇小文。他走后不久，我与该刊主编商量，才取回原稿，现已寄给《文艺报》，不知用不用？

我那本《谈写作》怎么至今还无讯息？自一月至今，已过半年了。有可能请你代为探询一下。如认为不合适，请毫不客气地退还给我。现在不少青年作者向我提出许许多多的问题，这些问题实际上在五十年代已经解决了。《谈写作》中曾接触了不少这类问题，在我看来，这些文章还没有丧失它的现实意义。

现在，我正赶着校阅《论生活·艺术和真实》的清样，共二十多万言，准备在一周内校完，人民文学出版社原定九月出版，不知会不会延期？

陶萍问你好！祝你工作顺利！

请向郑煌同志问好！

握手

萧殷　七月廿六日

---

① 吴其敏主编：《海洋文艺》，香港中华书局主办。

② 《重放的鲜花》，上海文艺出版社，1979年。刘宾雁、宗璞、流沙河、王蒙、陆文夫、邓友梅等人作品合集，写于1956年至1957年上半年"百花齐放，百家争鸣"期间的诗歌和特写、小说，故名"重放的鲜花"。

我下月开始创作假，暂时将《作品》主编的职务摆到一边，今后的稿件，我不看了，由副主编及组长们去决定。我同时还要到暨南大学带研究生，忙不过来了，又及。

1979年7月29日

元昌同志：

七月六日信早收到，迟复的原因是我又进了医院。六月六日在中山纪念堂听报告①，被冷气冻着，引起肺气肿感染，于是六月七日被送进医院。至今天快两个月了，病况有好转，我要求出院已多次，但医生还无肯定的答复。住在医院里，但刊物的审稿和签发从未中断过，加上不少业余作者的来信来稿，弄得我很少休息，医生说："老萧把办公室迁到病房里来了。"

《外短》（中）②早已收到，谢谢！这是一部好书，是十多年来无法读到的外国小说选集，我珍藏书框里，家里人轮流阅读它。只有爱惜书的同志才同意借出。下集什么时候出版？希望能尽快读到！

《习艺录》已寄出，谅你已收到了这本小书，这里印得太少，只两万五千册，在广州两三天就卖完了。各地读者直接来信向我要书，弄得我无法应付，我向出版社要了一百五十本，早已分赠了，现在连买也买不到，奈何！

人民文学出版社本来约定我六月编完《论生活·艺术和真实》（约廿万字）下半年出书；这一病，把计划打破了。现在虽在医院仍琐事缠身，我希望早日回到家里，索性全力投进工作中，可能反而会痛快些。

广东省委、广州市委正在整风，据初步揭发，问题很多，也很严重！你从报上大概已看到"白俊峰事件"③与"庄辛辛冤案"④……类似这类事件还有不少……由此便知问题之严重，他们"捂"得多厉害了。反正，干部、群众已动起来，虽然还可能遇到曲折，还要经过曲折的斗争，最终问题是要解决的。

---

① 参见萧殷1978年7月25日致陈谦函。
② 《外国短篇小说（中册）》，上海文艺出版社，1978年5月。
③ 1978年6月6日，广东省委决定开除湛江地委副书记、海康县委书记白俊峰党籍、撤销党内外一切职务。
④ 庄辛辛因支持1976年天安门"四五"事件被判刑，1978年5月，广州市中级人民法院予以平反。

《作品》还未出版，这里的印刷慢得岂有此理。陶萍问候你！

握手！

萧殷　七月二十九日于医院

1981年5月20日①

……《萌芽》②与《文艺学习》③两个刊物，曾产生过很好的影响，在指导评论和创作方面，都发挥过极大的作用。它们曾给青年留下深刻的印象，所以人们一听说《萌芽》将复刊，都表示热烈欢迎！

离开医院之后，我虽然不能每天去上班，但作协的评论工作和编辑部的工作都没有间断过。特别是《作品》复刊，需要花些精力。最糟的是来人太多，每天大部分时间几乎被客人占去了。写东西的时间越来越少，从去年底到如今，我竟一篇《创作论》的文章也没有写，真令人焦急！稿债越欠越多，心情愈来愈不安！最近我打算就近处找个"躲避"的场所，否则，我不仅不能完成《创作论》，连重编几部旧作的时间也抽不出来，这怎么得了！

广州的阴雨还未结束，这次阴雨恐怕是历史上最长的一次了。记得我住医院时大部分时间是阴雨，回来已半月，几乎天天还是阴雨，这种天气与江苏、安徽、河南、四川、云南等天旱完全不同，但对于庄稼都同样不利。

有空望来信！陶萍问候你！祝你

健康顺利！

萧殷　五月二十日

1981年10月13日

元昌同志：

在医院里读到你六日来信，很高兴！自从我们在长沙分别之后，到七月六日我不幸

---

① 此函缺首页。
② 《萌芽》杂志，1956年7月创刊，中国作协上海分会主办。1981年复刊。
③ 《文艺学习》杂志，中国作协主办，创刊于1954年，1957年年底停刊。

又病倒了，而且还在长沙住了十天医院。因为那里天气太炎热，我遂于七月十九日抱病飞回广州，并于第二天就住进广东省人民医院东病区。这次的病情比从前严重，现在高烧虽已退去，但胃口却被弄坏了，常常一点食物都咽不下。由于输液太多、太经常，静脉管不仅变硬，而且也变脆弱了，故血管每刺必破，每注射必爆裂；因而葡萄糖或氨基酸都无法输进。体质越来越衰弱，体重愈来愈轻，现在只有三十七公斤半。我曾经多次要求出院，但医生都不答应。最近医院需要扩建，但资金有限，只可能在天台上增筑一层楼房，工程已经开始，每一桩或每一锤都像砸在自己的心坎上，十分难受。医生也感到这点，因此暂时离开医院的事，她们开始有些所松动，可是还没有最后决定。

兰州赵启强①同志的来信，我已抄在本子上，因为病，至今仍未给他写复信，但我一直记住你的嘱咐，一候写成，一定会向《小说界》②投稿。二月间我给赵的信，已在第八期《飞天》③发表，这封来信就是他的质疑。这质疑是有很大的普遍性，将来公开发表，是有广泛意义的。赵启强同志已在兰州出版了一部长篇《扎西梅朵》第一集④，下集已答应给上海文艺出版社出版。顺告。

吕雷同志常来医院看我，最近来，心脏似乎也有些问题，我劝他适当注意。他与杨干华同志一样，把你的嘱咐总记在心头。医生不许我多写字，就此搁笔。

握手。

萧殷　十月十三日于医院

附来函

1978年4月9日

萧殷同志：

您好！

我已顺利返回上海。在广州虽然只同您见了一面，但那次长谈却给我留下了极深刻

---

① 赵启强，四川成都人。甘肃电视台导演。作家，著有长篇小说《扎西梅朵》等。
② 《小说界》（双月刊），创刊于1981年，上海文艺出版社主办。
③ 《飞天》文学期刊，创刊于1950年，甘肃省文联主办。
④ 赵启强：《扎西梅朵》，甘肃人民出版社，1981年1月。

的印象。您对我们上海文艺出版社的工作极为支持，推荐作者，并答应给我们写一本散文集。我把您的情况向社领导汇报了。领导非常高兴，并向您表示谢意。

不知您近况如何，身体好否？可能已出院了吧？这几年您遭受"四人帮"残酷迫害，身心遭摧残，健康不如以前，我们都为之担忧。望您多多保重身体，注意休息，劳逸适度，增强营养。身体是革命的本钱。有了好的身体，就可为党多做些工作。

广东的斗争情况与上海不同。由于种种原因，有些政策尚未落实。不过，我们相信，经过一定的斗争，广东的情况会好转，"低烧"终有一天会治好，您的一些问题也一定会解决的。

上海文联、各协会的工作在进行。最近草拟了一份《关于调整党的文艺政策的若干问题》，市委宣传部已通过，正上报中央。可能准备在全国宣传工作会议上讨论。杜宣[①]已去罗马尼亚访问。孔罗荪已去北京筹备全国文联。上海的大批判正在逐步深入。已着手批判长篇小说《大海铺路》《虹南作战史》[②]等，批判"四人帮"的阴谋文艺。

我前一阵在找《作家通讯》。由于我社在"四人帮"期间是砸烂单位，此刊物找不到。后来我去上海图书馆，终于找到了。一九五三年第四期，刊登了讨论《三千里江山》的座谈会[③]。共三次。第三次发言，有您，以及井岩盾[④]、艾芜[⑤]、葛琴[⑥]、骆宾基[⑦]、

---

① 杜宣（1914—2004），江西九江人。剧作家、散文家、诗人。上海市文联副主席、上海市作协副主席、上海市剧协主席。

② 上海造船公司集团：《大海铺路》，上海人民出版社，1975年；上海县集体：《虹南作战史》，上海人民出版社，1972年。

③ 1953年1月8日，《人民文学》编辑部在全国文协会议室召开杨朔长篇小说《三千里江山》座谈会，从事文学创作、批评和编辑工作者约40人与会。

④ 井延盾（1920—1964），山东东平人。延安鲁艺文学系学员。辽宁《处女地》月刊主编，中国科学院文学研究所副研究员。

⑤ 艾芜（1904—1992），原名汤道耕。四川新都人。历任重庆市文化局长，四川省文联临时党组成员、省作协筹备组长。著有《南行记》等。

⑥ 葛琴（1908—1995），江苏宜兴人。《大刚报》副刊编辑，《小说月报》编委。1949年后历任中央电影局编剧，北京电影制片厂副厂长。

⑦ 骆宾基（1917—1994），吉林珲春人。历任山东省文联副主席，山东省文教委员会委员，中国作协北京分会副主席。

沙汀①、邵荃麟、杨朔。第二次发言有：严文井②、赵树理③、王西彦、康濯、王淑明④、韦君宜、蒋牧良⑤、巴波⑥、吴组缃⑦。第一次发言的有：吴组缃、张天翼、葛洛、陈涌⑧、敏泽。您和陈涌是支持杨朔的。

那天，您在医院里让我回沪后查查此书，但未知您进一步的意图，望告。我一定尽力而为。

由于社里有事，几次来电催我返沪，我匆匆离穗。未能赶去参加《广东文艺》召开的作者会议，没有听到您以及欧阳山等老前辈的精彩发言，甚憾。

寄去《铁道游击队》一本，请收下。我们现在实在没好书印。像这本《铁》，这么粗糙的书，印了五十万，《战斗的青春》⑨也要印七十万。如果广东有更多的作品给我们，那就太好了。

不多写了，请代向陶萍、萌萌等问好！顺致

敬礼！

丁元昌　一九七八年四月九日

---

① 沙汀（1904—1992），本名杨朝熙，四川安县人。1938年任鲁迅艺术学院文学系代主任，回川后任四川省文联主席兼《草地》主编。

② 严文井（1915—2005），原名严文锦。湖北武昌人。作家、散文家、儿童文学家。著有《南南和胡子伯伯》《丁丁的一次奇怪旅行》等。

③ 赵树理（1906—1970），原名赵树礼，山西沁水人。著名小说家，山药蛋派创始人。曾任《曲艺》《人民文学》编委。著有《小二黑结婚》《李有才板话》等。

④ 王淑明（1902—1986），原名王铸，安徽无为人。历任人民文学出版社编辑部主任，《光明日报》"文学评论"主编，中国文联研究室主任，中国社科院文学研究所研究员。

⑤ 蒋牧良（1901—1973），原名希仲，湖南涟源人。历任第四野战军政治部创作员，总政治部文化部助理员，湖南省文联副主席，中国作协湖南分会主席。

⑥ 巴波（1916—1996），原名曾祥祺，四川巴县人。《光明日报》副刊主编、国内政治部主任，《北方文学》主编，黑龙江省文联副主席、作协副主席，哈尔滨文学院院长。

⑦ 吴组缃（1908—1994），原名吴祖襄，安徽泾县人。著有小说《一千八百担》。曾任金陵女子文理学院教授、清华大学教授和中文系主任，北京大学教授，《红楼梦》研究会会长。

⑧ 陈涌（1919—2015），原名杨熹中，广东南海人。鲁迅艺术学院文艺理论研究室研究生毕业。中国科学院文学研究所研究员，《文艺理论与批评》主编，《文艺报》主编。

⑨ 雪克：《战斗的青春》，上海文艺出版社，1960年（第一版）。

1978年5月13日

萧殷同志：

您好！

最近，我去上海图书馆，把那次发言全部抄了下来，对了一遍，没有错。有些字可能潦草了些，请谅。

寄去的《战斗的青春》《外国短篇小说选》（上）大概收到了吧？

代向陶萍同志问好！顺致

敬礼！

丁元昌　一九七八年五月十三日

1978年7月6日

萧殷同志：

您好！

五月书信已悉。最近因工作很忙，迟复为歉。

《外短》（中）①谅已收到，望多多批评指正。

近日收到国凯同志来信，您因听报告受冷，发烧进了医院，实在令人不安。"四人帮"把您的身体搞得这么差，真是罪该万死。望多多保重，早日恢复健康。

您的大作《习艺录》再版②后，如方便，望赐下一份。

杨嘉③同志的《绿岛红波》已收到，十分感谢您对我们上海工作的支持。我们正在看，准备在近期内把意见告诉他。

杨昭科同志的信也收到了。他的中篇正在写。他很稳重，坚持写出来后再联系。我看也只得这样了。

上海已准备复刊《收获》《萌芽》。但由于上海文艺界，特别作协，不如广东作

---

① 指《外国短篇小说选》（中册）。

② 萧殷：《习艺录》，广东人民出版社，1978年3月（第一版）。

③ 杨嘉（1917—1995），广州人。早年曾参加中共地下党领导的抗日斗争。曾任广东省文化局办公室主任，暨南大学中文系及华南师院教授、硕士研究生导师。

协那么团结一致,有些矛盾,所以两个刊物由谁来办,尚未定。作协党组的大部分成部员去出版社,如姜彬①(是我社总编辑)、哈华②、菡子③(虽不是党组成员,但实际作用很大)、芦芒④等全在我社。以姜彬为首的这批人同文联、作协另一些人有矛盾。而市委宣传部在办刊物这个问题上,始终没有表态谁去搞,而是叫两家协商。这要协商到何时?因此,我更感到广东文艺界团结一致的可贵。步调不一致,什么事也办不成。

最后,还是希望您能多多保重身体,你们老一辈的文学家、艺术家,对我们祖国的文学事业来说,实在太宝贵了。盼望您能给广大读者多写些好作品。当前澄清理论上的混乱,真是太重要啦!

请代问陶萍同志好!祝你

工作顺利!

丁元昌 一九七八年七月六日

1978年10月23日

老萧同志:

您好!

两次来信及《广州文艺》《作品》(第七、第八期)已收到,谢谢。

《谈写作》一书,菡子回沪后,就向有关领导做了汇报,当场就同意,并让她告诉您。最近,有关领导要我向您去信,进一步落实此稿。正在这时,您寄来了该稿的目录,真是太好了。我已把目录送给了有关领导。领导表示,十分感谢您对我们工作的支持,希望此书整理好后,即寄给我社,我们在书籍装帧上下功夫,印数将大大超过广东

---

① 姜彬(1921—2004),浙江慈溪人。曾任华东人民出版社副总编辑,上海人民出版社、上海文艺出版社副社长、副总编辑,上海市委宣传部文艺处处长,上海市社会科学院文学研究所所长。

② 哈华(1918—1992),原名钟志坚,四川郫县人。毕业于延安抗日军政大学。历任延安鲁艺研究室创作员,《解放日报》记者,《萌芽》主编,中国作协上海分会副主席。

③ 菡子(1921—2003),原名罗涵之,又名方晓,江苏溧阳人。《收获》《上海文艺》编委,上海市作家协会副主席,上海文艺出版总社编审。

④ 芦芒(1920—1979),原名李衍华,上海人。作协上海分会党组成员、书记处书记、副秘书长,上海文联理事,《上海文学》《收获》《萌芽》杂志编委。

出版社印《习艺录》的数字，面向全国发行。您这本书对我社来说，对广大读者来说，太需要了。此书可寄给我，也可寄给我社文艺理论编辑室。

陈国凯的集子，不急，时间完全由您安排。

你们要购买小说选，从出版情况来看，《建国以来短篇小说》（上、中）已出，但上册已卖完，单买一本中册给作者恐也不好。《现代短篇小说》上册（是"五四"以来的短篇小说）十二月上旬可以印出来。我们研究下来，买这本较妥——如果你们的创作会议在十二月较晚的时候召开，则可以得到此书。不知你们意见如何，可在《建国以来短篇小说》（中）同《现代短篇小说》（上）两本中选择，请告知。这两本书价钱差不多，《建》1.65元，《现》1.55元，钱可寄给我。

请代向陶萍同志问好！顺致

敬礼！

丁元昌　一九七八年十月二十三日

寄去两本《论丛》①，另邮。

1978年11月20日

老萧同志：

您好：

信悉。今年广东气候多变，望多多注意，格外留心，不要过于劳累。《谈写作》和陈国凯小说集的《序》不要过急，一切以保重您健康为前提。

不久，我社副总编辑郑煌同志（越剧演员袁雪芬②同志的爱人）将去广州参加外国文学会议③。我已把您府上的地址告诉了他。他将去看望您。他从事文艺理论编辑工作多年，您对出版《谈创作》有何要求，可直接同他谈。

作协购书的事不知定了没有，如定了，请告诉我，我一定尽力而为。还有何事须代办的，请告知。

---

① 指《文艺论丛》杂志，上海文艺出版社出版。

② 袁雪芬（1922—2011），浙江嵊县（今嵊州市）人，越剧女演员，工青衣、闺门旦，上海越剧院院长。曾主演《梁山伯与祝英台》《祥林嫂》等。

③ 参见萧殷往函。

请代向陶萍同志问好！顺致

敬礼！

丁元昌　十一月廿日于上海

1979年1月17日

萧殷同志：

　　您好！

　　大作《谈写作》及附信均收到，请释念。关于《寒凝大地发春华》一文附书后，我已向理论编辑室负责同志及郑煌同志讲了。如何定，再告。

　　前一阵残云同志来沪改稿，我们给他找了一个部队接待所，又替他保密。找他的人少了，干扰也少，改稿就顺利多了，精力也集中了。《山谷风烟》①已发稿，出了32开，五月前后见书。

　　《作品》编得确实好。我们认为全国文学刊物上，除了《人民文学》以外，就数《作品》办得最好了，在上海根本买不到。《作品》的成就，与您的辛勤劳动是分不开的。望您多多注意休息，保重自己。请代向陶萍同志问好。

　　祝新年好！

丁元昌　一九七九年一月十七日

---

①　陈残云：《山谷风烟》，1979年分别由上海文艺出版社和广东人民出版社出版。

致梵杨2通（附来函1通）

梵杨（1930— ），原名梁铭纲，广东四会人。毕业于广东省立勷勤大学。广东人民出版社编辑，广东省文联期刊编辑部主任。广东省作协理事，《南国》杂志主编。著有长篇小说《瑶家寨》、中篇小说《映山红》、诗集《不落的星辰》等。

1976年4月15日

梵杨同志：

我四月三日来从化，住在疗养院三疗区，一切都还算好，值得告慰。经这里三位熟悉的医生反复检查，发现心率混乱相当严重：跳几下停一下，一阵快，又一阵慢，慢到连摸也摸不到。在东病区时他们只按病看病，新情况竟完全被模糊了。到这里快两周，除昨日看见半日太阳，其他全是阴天或阴雨，不能外出，被雨"关"在病室，其滋味也受难。

关于萌萌的事①，希望你再加一把力！据闻梁梅珍②同志于十七、十八日可能到徐闻，这一次如五一再不放人，以后恐怕事情更难办了。你是否尽快给王广仁同志写封信去？

另外，以出版社借调的结果如何？农场对借调有什么反应？是赞助，还是不同意？萌萌的事似乎愈来愈难办了，虽然只有农场一"关"，但谁也突破不了这道关口，

---

① 指陶萌萌欲从徐闻农场（下文"五一"）调回广州事。
② 梁梅珍（1936— ），原名梁德昭，广东梅县人。《作品》编辑，广东作协组联部主任。

我在"五一"①无熟人是关键,门道太窄,无路可通。

创作室如调不成,其他单位(工厂等)如招工,也请代为留心!几年来于文学事业上深感有心无力,内心至为痛苦!如今对自己女儿的调动,竟也如此无法可想,实在可悲!可能时望来温泉玩玩。匆匆祝

工作顺利!

代向岑桑②、易征③、士非④、振名⑤等同志问候!

萧殷　四月十五日下午

1976年4月15日 夜

梵杨同志:

下午写了一短信,自怨自艾,正要投邮,忽然护士同志带来一信(振名、易征两同志来信),读后宛如一道阳光撕开浓云直冲我照来,既明朗,又温暖,把心头的抑郁之气扫去了大半。经过你、易征和振名等同志的鼎力帮助,又得到王广仁同志、小白同志还有李妙亭等同志直接伸出援助之手,萌萌的调动才开始明朗起来。请你写信给王广仁同志时,一定代我向他致谢。

两月前贤章同志从梅县来信,说《志气歌》的作者与李妙(一说茂)亭同志极熟悉,后来不知贤章同志有无继续活动,但没有下文,我曾给《梅江报》寄去一篇谈散文立意的短文,后因觉不太合时宜,怕添加贤章及编辑们麻烦,曾去信希望把原稿退回。但至今未见复信,我主要是怕使编辑部为难,所以主动提出不刊登。其实,谈谈立意大概不至于有什么错误。如他们要发,我也不会有异议。我不知贤章是否还在审评稿件学习班?他如在广州,请将意见转达,为盼!

今天还要写好几封信,易征和振名同志的信,今天来不及写复信了,请代致候!听

---

① 指广东省五一农场,成立于1952年,地处雷州半岛徐闻县北部。

② 岑桑(1926—2022),广东顺德人。作家、出版家。广东人民出版社社长兼总编辑,《岭南文库》丛书执行副主编,作协广东分会副主席。

③ 易征,作协广东分会理事,《花城》编辑部主任,《旅伴》编辑部主任。

④ 李士非(1930—2008),江苏丰县人。作协广东分会副主席,《花城》杂志首任主编、花城出版社总编辑。

⑤ 林振名,花城出版社编辑,香港香江出版公司总编辑。

说你病了,不严重吧?天气变化莫测,希望注意增减衣裳!望早日恢复健康!

萧殷　四月十五日夜

你们在新会办中长篇小说学习班的地址如何写,望告诉我,如有必要时准备写信去,又及。

附来函

1977年9月15日

萧殷同志:

您好!我在八月中随韦丘、沈仁康[①]出发到了广西调查访问。临出发前因忙于工作,未能上您家,请谅,并望待向陶萍同志问好!

在广西,见到文艺界的一些同志,他们对广东的文艺界很关心。我们曾说,您在写作,广东人民出版社还准备出版您的创作论[②]。

临行前,我已向岑桑同志做了汇报,说您的论文集"十一"前后可以脱稿,他打算叫林振名同志具体负责这部稿子的编辑出版工作。林在八月中也去了广西,处理一部长篇小说稿,回来后可能就上您家谈您的论文集出版的事,不知道他最近上您家没有。读者,特别是年轻作者对您的论文是很感兴趣的,我就是其中的一个,过去我常读您的文章,得益不少。您不是泛泛而谈,而是具体地指导、深刻地论述,很多地方都有独到的见解,对一些问题,能给人以明确的认识,无论是论点和文风,都易为人们所接受。过去,您在《长江文艺》[③]等刊物,发表过不少谈诗的文章,当中有些列举了《百鸟衣》[④]为例子,说明诗的特点、叙事与抒情的关系。我认为这些文章,现在编集的论文集,是可以重新收进去的。

---

① 沈仁康(1933—　),江苏常州人。广东省文联委员,广东省作协理事,《作品》副主编。
② 萧殷:《习艺录》,广东人民出版社,1978年3月。即下文所称"论文集"。
③ 《长江文艺》,湖北省作家协会主办,原为中共中央中南局文联会刊,创刊于1949年6月。
④ 韦其麟:《百鸟衣》,人民文学出版社,1959年4月(1978年再版)。叙述广西壮族民间故事:贫苦农民古卡妻子依娌被土司抢掠,古卡依嘱制弓箭,射百鸟,用羽毛制成神衣,百天为期,到州府相会。

在广西，听陆地①同志说，人民文学出版社将重版韦其麟②的这部长诗，韦现已工作，我们在百色时听说他在，可惜我们赶着要走，未见到他。另外，您在《作品》那篇谈典型化及人物塑造的文章，当中谈到人物与故事的关系——事因人生，人因事显，是篇好文章，有独特的见解，人、事关系说得相当透彻而精辟，我在您家闲谈时提过，我再次认为，最好能做些改动而收进集子里，我认为这是您的文章，观点是属于您的，不收集，很是可惜，请考虑！

您答应为出版社写一篇题为《朝阳》的散文，不知成文没有。临出发前，我再次同岑桑同志谈及，并写下意见，请接替我编辑的同志，继续向您约稿，估计是易征同志接替这项工作，他会向您要稿的，万望抽暇完成。我已把欧阳山、周钢鸣、杜埃、李门③、秦牧、郁茹④等同志的稿子编列成目录，这散文集将有广东文艺界老同志的许多作品，估计出版后很有些影响。题目中也列了陶萌萌的一篇，是去年六月号《广东文艺》上的那一篇⑤，我认为好。

陶萍同志在写什么？她想写点儿童文学，这打算我也已跟岑桑谈及，望能读到她的新作。

望注意健康，回穗后再来看望您，如见到欧阳山同志，请并代为问好！不写了，匆匆

敬礼！

梵杨　一九七七年九月十五日

---

① 陆地（1918—2010），原名陈克惠，广西文联党组书记，自治区文化局副局长、广西作协主席。

② 韦其麟（1935—　），广西横县人。曾任广西壮族自治区作家协会主席。

③ 李门（1914—2000），笔名欧文，广东三水人。广东省文联副主席，广东省文化局副局长，广东省剧协主席，中国剧协常务理事。

④ 郁茹（1921—　），原名钱玉如。浙江杭州人。历任香港《华商报》记者，《南方日报》记者、编辑、文艺部副主任。

⑤ 陶萌萌：《呵，生机勃勃的树苗》，《广东文艺》1976年第6期。

致高桂清1通（附来信摘要）

高桂清，文学爱好者，河南洛阳人。

*1980年8月×日*①

高桂清同志：

因为患病，复信迟了，请原谅！

读了你的来信，最突出的感觉，是你对乔光朴②这人物不仅怀疑，并且持否定的态度，理由是这个人物在"生活里很难找到""在现在这个年代找不到乔光朴这样的大厂长"；相反，你对《创业》中的周挺杉③却很称赞，理由是"周挺杉这人物是以王进喜为模特儿塑造出来的"。

按照你的逻辑，文学作品的人物是否真实，好像是以他的原型是否实有（即来信中的所谓"现象的实在性"）来决定的。因而，你认为：乔光朴是"作家脑子里的人物"，是"作家们想出来的人物"，并认为这样的人物"是否反映了生活的真实"，"值得研究"，你甚至说，这是作家"胡编"出来的。

乔光朴这人物是凭空捏造出来的吗？按照文学创作的法则，创造一个或几个真实的人物，它的素材必须来源于生活，来源于社会现实；只要忠于典型化的法则，作家可以通过他的想象和虚构进行凝聚、浓缩他所挑选出来的现象、细节和场景……造成符合艺

---

① 此函为底稿，未完成，无落款。根据内容推断，写于1980年8月。
② 乔光朴，即"乔厂长"。蒋子龙小说《乔厂长上任记》发表于《人民文学》1979年第7期。
③ 周挺杉，电影《创业》主人公。影片拍摄于1974年。

术真实的人物和情节；但却不一定要有实在的其人其事。

据作者蒋子龙说："乔厂长是从生活中几个厂长概括出来的，他的原型有四个。"还说："如《乔厂长上任记》中写到服务大队，不是我编的，是我们车间实有的事。"（见《作品与争鸣》第六期）也许，对于乔光朴的一般表现，人们不会有很大的异议，但对于他的勇于承担责任、知难而上、热衷于收拾烂摊子、敢于与坏作风斗争的品质和脾性，却引起一些人的怀疑：这人物是真实的吗？这种性格在这年代存在吗？

那么，我也想反问：这类矛盾存在吗？这类斗争出现过没有？如果我们承认在现实生活中有杜兵这类吊儿郎当、工作马虎的工人；有冀申这类对工业一窍不通、专搞权谋、诡谲多诈的干部；又有王秃子那样诡计多端、一心往上爬、善于挑拨是非的职工……以及他们的同伙；那么，我们不是也看见他们的对立面？不是也看见跟这类消极、落后现象做坚决斗争的人物和作风吗？我们不是觉得乔光朴、霍大道和石敢这些人物很面熟吗？在现实生活中，我们不仅常常看见他们的面孔，熟悉他们的脾气和作风，而且我们更熟知他们的心灵、他们的革命正气和崇高的品格，这类人使人们感到热乎乎的、亲切而又可敬。

我这样说，你也许认为我是在说空话；其实，我说的是实话。这些富有革命正气的人，不仅在现实中存在，也在历史中生活过。你一定知道，我们的国家原是一个半殖民地半封建的国家，外受列强任意宰割，内受军阀官僚欺凌和践踏，国不成国，遍地饿殍，人民不仅没有一点应有的权利，甚至被剥夺了所有的自由。为了解放自己，觉悟的人民聚集起来向封建残余、帝国主义势力以及官僚资产阶级进行你死我活的搏斗，流血牺牲，前仆后继；五六十年来，我们的革命人民不仅英勇地抛头颅洒热血，尤其可贵的，是在这严酷的斗争过程中养成了一种一切为人民、处处为人民福利不惜牺牲自己一切的崇高品德和革命正气。这种品德与正气，不仅体现在久经各种斗争磨炼的革命干部身上，也体现在长期经受战争环境考验的人民群众身上。这种正气与那种自私自利、口蜜心剑、假公济私、不负责任的邪气，经常处于势不两立的状态，只因具体环境与具体条件不同，对立的方式表现为各种各样。但这种正气与邪气的尖锐对立，以至于激烈冲突，却是存在着，是无可置疑的。

可是，你和一些别的同志，又为什么说乔光朴这类人"在生活里很难找到"，甚至说，在"现在这个年代找不到乔光朴这样的大厂长"呢？也许正如作者蒋子龙所说："由于十年动乱，使这一辈人经受了任何一代人都没有经过的精神创伤和精神折磨，他们对不是亲眼看到，不是亲身体会到的东西不再轻易相信了。这种可怕的怀疑，造成了人们感情上的不信任。这种不相信任的情绪有时完全颠倒了生活的真实，把真的当成了假的，或者说：坏事假也真，好事真也假。在这种时代的气氛中，文学作品的真实性和典型性，都不能不受到一定的影响。"（见第七期《作品与争鸣》）这种情况具有一定的普遍性，也反映了某些曾遭受过"十年"创伤和折磨的人的精神状态。你是否也是如此，我不知道。但你对新事物，特别是对那些敢于与落后势力及歪风邪气做斗争的新人物和他们的崇高的品德，却不肯相信，说他们是"作家们想出来的人物"。最近，报纸上报道离休干部万华青同志写信给榆社县检委员，要求……

来信摘要①

……最近，我读了你的大作《谈写作》②中《关于真实性》一节，又读了被人们吹得神乎其神的《乔厂长上任记》，对小说中人物的"真实性"问题有些想法，提出来向你请教。

据你说："作品是否有真实性，即是否具有艺术的真实性，不是由现象实在与否来决定，而是由生活本质与生活发展趋势是否得到艺术的表现来决定的。"根据你的上述论断，《乔厂长上任记》中的乔厂长，固然生活里很难找到，但却反映了生活的发展趋势。也就是说现在这个年代，找不到乔光朴这样的大厂长，但将来总有一天要出这样的人物的，或者说人民群众现在渴望出这样的人物，就可以说这个人物是真实的吗？就拿《西游记》里的孙悟空这人物来说吧，人类生活中没有孙悟空这个人物……但无论是孙悟空也好，还是乔光朴也好，都是作家脑子里的人物，他们是否反映了生活的真实，我以为值得研究。

我的意思是说，即使作品反映了生活的发展趋势，但如果没有生活中"现象的实在"性，这作品未必能说成是真实的。

《乔厂长上任记》出世以来，确实一时感动了不少读者，但归根结底，人们还是说："乔厂长好是好，可惜我们这里没有。"既然生活里没有乔厂长这样的人，人们就只能把他当故事谈，他对人民的教育也是无力量的。（因为人们会说是瞎编的，没

---

① 此摘要为萧殷手抄。
② 萧殷：《谈写作》，湖南人民出版社，1980年6月。

学头。)

　　让我们再来看一看《创业》中的周挺杉吧！周挺杉这个人物是以王进喜为模特儿塑造出来的,因为人们相信有这样的人,就认为值得学习。所以周挺杉对观众的教育意义与乔光朴相比,要有力量得多,这力量是哪里来的？我以为,周挺杉这个人物不仅反映了"生活的本质与生活的发展趋势",而且在现实生活里有"现象的实在性",这样的人物比起作家们想出来的人物,无论如何能打动人心些。……

高桂清　八月一日于洛阳

致葛南照1通（附来函1通，另函1通）

葛南照，广东龙川人，萧殷中学同学。先后在广东、四川邮电系统工作。

1981年2月12日

南照、洁辉同志：

收读你们的来信，知道你们的近况，颇为高兴。

在"史无前例"时期，我得了肺气肿和血压高的疾病，陶萍的心脏也常有心律不齐的毛病。总之，经过这场"浩劫"，我们都被摧残得满身残疾，有气无力了。尤其是这几年，肺气肿更沉重了，痰很多，中西药都无能为力，胸闷难受，行动不便，略上斜坡，就喘息不已，故平日深居简出，极少外出。外面如有活动，又不能不出席时，就派车来接，否则，我寸步难移。因此，近年各省来邀请去参加的文学组织会议，均无法出席。前年十一月曾到北京参加第四次文代会，因气候太冷，已不太习惯那里的天气，觉得整天不舒服。因此，以后各地的集会，我都谢绝参加。今年五月，湖南邀请我和陶萍去游览，现只口头答应，届时能否践约，还很难确定。

去年九月底，曾与陶萍回龙川，在黎咀矿泉治疗所住了约一月，主要是因我长期胃口太坏，连一两食物也咽不下，服饮矿泉水后确有疗效，现已能吃一两以上的食物了。那里的矿泉水，经分析，只有法国维希的矿泉能与比肩，但法国人的看法，甚至比法国的还要好。但龙川的工作令人失望，田都分了，山岭也分了，连机具农具也分了，一切都在倒退。森林大火无人救，公路树被砍伐殆尽……许多人还未落实政策，李永川①在修县志，但只是临时工，徐阳春在佗中代课，而刘士馗不仅无饭吃，连房子也没有住的，非常悲惨。我在佗城②特请他们吃了一次饭。骆开源在"文革"期间受折磨太重，全身是病，于我回到佗城前一天与世长辞，我特送了他一个花圈，并约县里文教干部参加骆的追悼会。佗中今不如昔，校长于三川是个不称职、不负责任的人。以上问题我已向县委提出，希望按党的政策予以改进。以后，可能会逐渐好起来也说不定。

龙川的空气虽比广州新鲜，环境也比较安静，但那里的社会治安已大大不如从前了。纯朴的山村竟变了，变得唯利是图，变得贪心、狡猾，口是心非。许多美德都没有了，甚至连传统的美好的公共道德和礼节也无影无踪了，这都是"文革"以后才有的现象，真令人痛心！

我大部分在家中，但很少休息，平日来人不断，在家里不是应酬客人，就是看稿或处理来信。太多了，有什么办法呢？

十一姨说的老祖母，是吴生的婆婆，她已八十多岁，还能做饭炒菜，实不容易。不过她们住黄埔区，与市区相距太远了。

陶萍也在家休息，有时写些散文。萌萌生了一个男孩，明天就满两个月。葵葵于化工学院制糖专业毕业，现在广东糖纸食品公司当技术员，当此开榨季节，他几乎经常出差。荃荃在工学院机械系汽车专业毕业，现在在黄埔汽车制造厂当技术员，也很忙。

广州也很和暖，今天最高温度二十二摄氏度，百花盛开，已经是遍地春色了。

陶萍每日到烈士陵园散步，她向洁辉同志，向你们一家问好。

匆祝你工作顺利！

萧殷　二月十二日

---

① 李永川（1903—1984），广东龙川人。毕业于上海大夏大学。曾任龙川一中教员、教务长、校长。

② 佗城，又称龙川故城、龙川城、循州城，为纪念赵佗改名佗城，位于广东龙川县境南部，萧殷故里。

附来函

1977年6月27日

萧殷同志：

　　来信收到多日，因事情多，工作较忙，迟迟未作复。引深为歉！予请原谅！

　　骆春阳①如果确在苏州农学院②任教，将来出差到上海一带工作时，还是有机会去看望他的。希望见到春起，落实一下他的详细地址。去冬我到苏州参加一个专业会议，在那里待了10余天，要是事前知道他的地址，就是一个很好的见面机会。

　　现在我有一件事，拟请从旁协助一下：

　　鉴于我来川工作已达19年了，工厂已从新厂变为老厂，技术队伍不断壮大，像咱们上年纪的人，该是交班的时候了，加以我原从广东省邮电管理局调出来的，在那里工作比较熟悉，气候条件比较适应，生活比较习惯。根据本人身体条件，尚可以继续工作8～10年。考虑到在同一系统内调动，可以减少各层报批手续。因此，我想调至广州邮电524厂。该厂也是邮电工业系统中另一个部属工厂（地址在石牌），在该厂从事技术工作的同志，多半是我老同事，该厂负责同志对我也是熟悉的。正因为如此，我1～2年前，已将我的想法和希望，先后和本厂领导同志，部、局首长提出过的，他们都没有提出什么异议，并答应有机会时可以照顾。希望将来退休之后，在穗有比较多的同事，戚友就近照顾。我有三个儿女，昆麟、友麟（老三）夫妇均在北京工作。老二若麟在本厂当工人，将来跟谁结婚是一个未知数，只是咱们将来在此退休，我夫妇俩户口迁不到北京去的，只能定期探望。

　　通过这一两年活动，目前已有些头绪，即本厂同意将我调至广州邮电524厂，上周本厂已正式去函与该厂联系中。干部调动一般卡入，不卡出的，如该函复函同意接纳并安排我的工作话，即须调阅档案，那时候就不是两个厂直接联系就成，而是要通过本市工业二部（即本市国防工办）转到本市、省组织部再转到广东省、市组织部，转广州市工业二部才到达524厂的，由于我离开广东已25年了，在那里人事关系很不熟悉，我想

---

　①　骆春阳（1916—1985），广东龙川人。曾在美国密歇根州立大学兽医学院深造，先后执教于广西大学农学院、浙江大学农学院、南通学院、苏北农学院、江苏农学院。

　②　江苏农学院院址在扬州，现为扬州大学。

打听一下,您和广东工业二部,省、市组织部方面同志直接或间接可否进行疏通?可能的话,届时,拟请您从旁大力支持和协助一下,好吗?

《广州日报》社社长黄向青同志,据说他是黄庚添(在广州搞建筑业的那个)儿子,他和郑真同志可能熟悉,届时郑真同志可否助我一臂之力?我的表弟骆维治[①],将要调至韶钢工作(已成定事),郑真同志听说为我表弟出力不少,谢谢他。本来我去年在北京时,曾将此事和黄纪[②]同志(黄梅棣)谈过,她和邮电部申、刘副部长是老战友,而我又不是部管干部,看来出动他们是没有必要的,充其量请他们向广东方面几位领导同志打个招呼是有好处的。如何,盼复!

祝您和陶萍同志、萌萌她们好!

南照 一九七七年六月二十七日

此事成就前,拟请您在同乡中间不必去多谈,谢谢!

如广州邮电524厂对我工作安排一时有困难时,准备再与广东省邮电管理局联系。因为省局管辖在广州地区邮电单位比较多。如广州电信局、市邮局(现管广州外围六个县电信)、省邮电科研所、电信建设工程大队等等,这些工作,我是搞得过来的。

附葛南照致陶萍(1994年3月2日)

陶萍同志:

24日去信谅已收到。

《萧殷文学书简》和《萧殷传》听说去年已出版,如您存有,拟请您赠送我各一份,谢谢!

我现仅存有萧殷同志生前于"文革"后期即一九八一年二月十二日从广州寄来北京给我夫妇最后封遗书,其他的他的来信,早已消失殆尽。现将这封信(最后一次来信)复印一份随函寄去给您一阅,有无价值以后放在他的书简中一并出版留念?请您考虑研究决定!如何?敬请示复!专此并祝

好!

葛南照 一九九四年三月二日于成都

---

① 骆维治,广东龙川人,任教于马鞍山钢铁工业学校(马鞍山钢铁学院、华东冶金学院、安徽工业大学)。

② 黄纪(1913—1986),原名黄梅棣,广东龙川人,早年参加革命。

致归秀文1通

归秀文，湖南人民出版社编辑，民间文学研究者。编著有《屈原的传说》《岳阳楼的传说》《土家族民间故事选》《羌族民间故事选》等。

1981年11月17日

秀文同志：

　　来信收到了，谢谢你的关心。然而，你大概没有料到，我自长沙回到广州，从第二天住医院直到现在（已三个多月）还没有离开医院。这次患病，体质受的损伤实在太严重了。医生要我认真修补修补，否则今后可能失去工作能力。特别入冬以来，肺的炎症经常发作，痰喘现象更加严重，食欲却更差了。家里人为了我能静养（医生也有此需求），希望家中或机关都不要把刊物、杂志转到医院里来，希望我不为刊物干扰，要安静休养。因此《民间文学》①，我没有看见。待将来离开医院之后，一定会拜读你的文章，勿念！

　　我与陶萍于六月下旬赴长沙后，家里原用的保姆回乡下去了，而且从此一去不归。我回到广州即转入省人民医院东病区二〇二号，但陶萍回到家里却非常不便，保姆没有了，连买菜都感到困难，且家中异常凌乱，不但许多书找不到，连两个书箱的钥匙也丢失了。我已三个多月未回家，不但许多书找不到，连两个书箱里一些书一本也拿不

---

① 《民间文学》月刊，中国文联主管，创刊于1955年。

出来。《笑话集》①大概就在这里面,但不得其门而入,奈何!因为是一种钥匙开一种锁,又不能随便买到。情况既然如此,你所急需的香港版《历代笑话集》,大概无法拿到,也无法寄上。请原谅!

现在体质更差,还不如在长沙时。顺告。匆匆祝你健康!手颤得厉害,可见一斑了。

萧殷　十一月十七日

---

① 即下文所称《历代笑话集》,王利器辑录,古典文学出版社,1956年,香港多家出版社曾翻印。或指牧野编《历代笑话选》,作家出版社,1958年。参见1980年5—6月萧殷与李国柱往来书信。

致郭景春1通（附来函2通）

郭景春（1932— ），原名郭景椿，福建漳州人。安徽艺术学校（安徽艺术学院）教师，艺术理论家。曾任该校艺术研究室主任、学报主编，全国艺校艺术研究会会长。著有《绿原集》等。

1980年2月25日

景春同志：

　　来稿及来信已收到一个来月，所以迟迟未复，主要是疾病缠绕，请原谅！自去年到北京参加文代会不久，我就病倒了，不仅在北京没有治好，回到广州也一直卧病；不但不见好转，到十二月初反而突然恶化，不得已又被送入省人民医院。在医院住了两个多月，高烧虽压退了，但痰喘与胃口一直很坏。每餐连一两饭也咽不下去了，体重始终停留在三十八公斤，体质之虚弱便可想而知了。最近我准备到一个县①的中医院去治疗，才要求出院。出了医院才看见一堆来稿及来信，其中也包括你的信稿，这就是迟迟复信的原因。我差不多常年都是如此，几乎主要的时间被来稿来信占去了，我自己写作的时间，反而抽不出来。在这忙乱中（也在带病中）我自然不可能每信必复，每稿必提意见；在时间上，在精力上都无法做到的。特别是那些只提出毫无边际的抽象问题的来信，不可能都回答。一方面固然无时间，另一方面，也感觉到，即使勉强回答了，对那些读者也不会有什么帮助。凡是不从实践中提出问题，你的回答怎么能回到他实践中去起作用呢？他既不实践，你如何能指导他实践呢？他既不从实践中把具体矛盾提出来，

---

① 指新会县。

你怎么能针对他的具体问题给以具体解答呢？可是对那些从实践出发，把创作实践中所遇到的疑难、矛盾等具体地提出来，从创作实践问题出发，经过研究、分析所提出来的问题，则是尽可能地写复信。虽然我自己也说不出什么新鲜的见解，但尽自己所能参加一份意见而已。

你这次寄来的《谈想象与艺术》一文，我只能粗粗地读了一遍（请原谅，在粗读一遍过程中，曾被来访者中断了四次），也不可能经过仔细考虑，就匆匆促促地给你写信。因为好些类似的来稿者也在等着我写复信。因此，对你这篇文章只能简略地说说我一些粗浅的看法，仅供你参考，请原谅。

在整篇文章中，对想象在创造形象中的作用，是做了充分的说明的；在整个形象构思过程中，想象在其中的作用，也做了符合规律、符合事实的说明。其中还有些精辟的阐述，这是主要的成就，恕我不在这里重复了。

不够的地方，是有些概念似嫌混乱，譬如"形象"一词，你似无固定的含义，对它的使用便有时出现含混不清。把"记忆形象""事物印象""形象感觉"和"生活原型"等混淆起来，不仅把艺术上通常的所谓"形象"模糊了，甚至把一些使想象发生作用的因素，如生活原型、有特征的生活细节和情景等也搞混乱了。

从全文来看，想象在艺术构思中的作用，是说清了，也强调得差不多了；但作为想象基础的现实生活，引起想象、引起艺术构思的生活基础却强调得不够。它们之间的必然关系也没有讲清楚。这样，就可能使人误解：以为艺术形象的创造或高低，全靠所谓"艺术家的想象力"，以为有了想象力就有艺术形象。至于想象从何而来，想象与艺术家生活经验丰浅的关系对想象力的影响，虽然接触到了一些，但显然是太不够了。

再次，"创造艺术形象"与"创造角色"，两者虽有相同的地方，但也有不同的地方。如把两者混起来谈，形象创造的复杂性可能因此而被模糊、被简单化。而艺术形象之创造，比之进入角色，比之根据剧本形象之再创造，使之丰富地、完整地、栩栩如生地再现于舞台之上要复杂得多和困难得多。这一点，你只借助于斯坦尼斯拉夫斯基[①]（因他只讨论表演艺术）的说法，显然是不够的。要是你把某些表演艺术与创造形象中有关构思、想象及其某些集中、概括等互补长短地、互相引证地结合起来，集中地去阐明构思形象的复杂过程，也许会说得更清楚和更有力量。因而，你这篇文章的中心也就

---

① 斯坦尼斯拉夫斯基（1863—1938），俄国演员、导演、戏剧理论家。其表演体系理论对中国影响深远。

更鲜明突出，其指导实践的意义也就更强烈。不知你以为然否？

这是读了你的文章一点不成熟的感想，仅供参考，如不对，请批评！匆匆，祝春节好！

萧殷　一九八〇年二月廿五日于广州

附来函

1980年1月10日

萧殷先生：

我是个从事艺术理论教育的文艺工作者，由于工作的关系，我较多地阅读国外有关的探讨艺术规律的文章，这中间也包括先生发表于报刊上的文章，使我获益不浅。

记得早在五十年代中期，先生曾就苏联短篇《永不掉队》[①]一文的主题思想，多次与我们当时教研组一位同志（还记得他叫陈邦彦吗）通信商榷，并在《语文学习》上，补充了自己的观点。这事在我们年轻的教师中震动甚大。先生在当时已是有名望的学者，却不耻接受无名小卒意见，这种治学的严谨精神是难能可贵的。我的那位同事在一九五七年中，却因莫须有的罪名划成"右派"，竟至于自杀，至今无人为之平反昭雪，可能死不瞑目。

近几年，拜读先生文章，颇受启发，尤其是关于如何培养文艺创作、评论人才的意见，几乎得到我校领导、师生的支持。正是在先生文章的激励下，我不揣冒昧地把最近利用课余时间写出来的一篇不成文的文章寄给您，并请您在百忙中过目一下，提出修改意见。听说先生身体不佳，我这样打扰您，实在有点过意不去。

现随稿寄上邮票，请您在提出宝贵意见后，把稿子寄：安徽合肥市、安徽艺术学校。

致礼！

读者：郭景春　一九八〇年元月十日

---

① 短篇小说《永不掉队》，写于1947年。作者冈察尔（1918—1995）为苏联作家，曾任乌克兰作协主席、科学院院士。

1980年3月11日

萧殷先生：

不久前收到先生寄来的充满热情鼓励的信，使我感到惭愧，同时也得到力量。先生在疾病缠身、饮食日益减少的严重情况下，不顾自己身体，对我的拙作《试读艺术想象》，提出那么详尽、中肯、恳切的意见，先生这种高贵品质和认真负责的精神令人一生难忘。从您的信中，我看到老一辈文艺家对文艺事业、对读者的忠诚和关怀。从您身上，我懂得了一个人应该怎样对待工作、对待生活、对待同志。

先生的意见提得十分正确，对我很有启发，使我对想象问题进一步认识。我准备再读点书，按照您的意见修改。

从您信中，我感到内疚。在您日益病重的情况下，我在打扰您，占去您休息时间，实在过意不去。但不知先生患的是什么病、需要何药物，我可以在安徽购买，给您寄来。希望先生不必客气。

像您目前这样的身体，是应该很好治疗和休息的，但，接连不断的信稿，又逼得您放弃休息时间，热情为读者、作者写回信。我想，这是一种什么样的精神在支配呢？广大的读者、作者尊敬您，信赖您，可是给您添了很多麻烦。这是一个难以解决的矛盾。当然，您可以不回信，可以搪塞几句，偏偏您又那么关心读者、作者，关怀文艺事业，所以，您的病一时很难痊愈。

最后，让我再一次表示谢意，感谢先生对拙作提出宝贵意见。同时，希望先生保重身体。等拙作修改后，想再请先生审阅。祝

早日健康！

安徽艺术学校　郭景春　三月十一日

致郭沫若1通（附来函1通）

郭沫若（1892—1978），本名郭开贞，字鼎堂。四川乐山人。著名作家、诗人、历史学家、考古学家、政治家。1949年后曾任国务院副总理、全国文联主席、中国科学院院长等职。著有新诗集《女神》、历史剧《棠棣之花》《屈原》等。

1962年1月17日[①]

郭老：

现在，我们广东诗歌界的同志正在讨论向古典诗歌学什么、怎么学，以及如何从古典诗歌中汲取养料来提高我们诗歌质量的问题。在讨论时，遇到一些疑难。现拟出两个问题，请您抽暇解答。

一、为什么优秀的古典诗歌有那样隽永的艺术魅力？我们应学习些什么？有人认为古典诗歌的思想内容过时了，只限于形式语言上的学习；有人觉得古诗什么都好，连情绪、境界都套用了；有人主张主要学习古典诗歌概括生活、提炼诗意的艺术能力。您看怎样？

二、怎样在学习民歌、古典诗歌的基础上，发展社会主义的民族的新诗歌？请谈谈您的意见。

萧殷　一月十七日

[①] 1962年年初，时任中国作协广东分会副主席兼《作品》主编的萧殷致函郭沫若，请教有关现代诗问题。郭氏复函及《诗歌漫谈》刊于1962年第3期《作品》杂志。此函附于郭文后，抬头为编者所加。

附来函

1962年2月5日

萧殷同志：

接到你一月十七日的信。所提出的两个问题，我草率地回答你。这封信拖延了很久，如可用，请标题为《诗歌漫谈》。

春节康乐！

郭沫若

古典诗歌的优秀作品并不是那么很多的。一个时代的优秀作品有限，一个作家的优秀作品更有限。诗三百篇①并不是篇篇都优秀，唐诗三百首②也并不是首首都隽永。但只要是优秀的诗歌便有隽永的艺术魅力，古典作品是这样，新诗也是这样。古典诗歌的优秀作品要比较多些，其原因是经过几千年的淘淬，是沙中存下的金屑。新诗历史比较短，故觉沙多而金少，然而并非无金。因此，我们预先要肯定这一点：并不是古典诗歌都好，而新诗就不行。

诗歌要怎样才算得优秀？必要的条件是：内容与形式起了有机的化合。内容要有正确的思想、纯真的感情、超越的意识。形式要使韵律、色彩、感触都配合得适当。旧诗的形式，经过长期琢磨，有它的优越处。它可以使你言简意赅，把思想意识概括得很精巧、使难于摩触的情绪化而为可见可闻、有声有色，或者是铿锵的珠玉，或者是咆哮的风雷。旧诗歌的形式也有种种，四言、五言、七言、长短句，诗、歌、词、曲，还有韵文、弹词应该都是诗，都是从发展中来。但无论哪一种旧形式都很束缚人，有的在今天实在难于使用。如四言诗，就很难讨好。这和言语的发展应有关联，古代言简，今时言繁。如名物，古或一字可辨，今则可累数字到十数字。因此旧诗的形式也不能完全套用。自然，束缚也有其妙处，束缚与自由得到辩证的统一，如火车之在轨道上驱驰，就可以恰到好处。其实新诗也有束缚性。任何艺术形式、任何事物都有一定规律，规律就

---

① 诗三百篇，《诗经》代称。中国古代第一部诗歌总集，共收集诗歌311篇，其中6篇笙诗，只有标题没有内容，现存305篇，或取其整数称《诗三百》或三百篇。

② 唐代是中国诗歌盛世，《全唐诗》收诗近5万首，作者2200多人。清代蘅塘退士孙洙仿《诗三百》编选《唐诗三百首》，收诗310首，成书于乾隆二十九年（1764）。

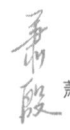

是束缚。有规律性的自由是真解放，无规律性的自由是狂乱而已。

至于思想内容，变迁尤烈。但古典诗歌的思想内容并非全部过时，其中有民主性的菁华，可供吸取。这所谓吸取也不是蹈袭前人。吸取来的东西要成为自己的血肉而再现。如牛吃草而成奶，如蜂采花而酿蜜。在为人上也可以借鉴，古人所谓借以陶冶性情。但主要的学习恐怕还在技巧，要以极精简的语言表达出深厚的情绪、生动的景色、有意义的生活。有时看来很平易，而却要经过千锤百炼的苦功。倏然的天籁，其实也是从平素的积养得来。要有水的积蓄，倏然来风，方能漾起波纹。

形式熟练了，其本身具有音乐性。如听音乐，听者并不一定懂得作曲者的意趣，但也能深受感动。诗歌也是这样，往往有脍炙人口的诗，而并未真得其解。三百篇中有好些诗，我们就不一定真懂。唐宋诗也有同样的情形。我且举一首唐人王维①的《相思》做例子。

"红豆生南国 春来发几枝 劝君多采撷 此物最相思"

这恐怕是很多人都能暗诵的。我故意未加标点。这诗，我一直到最近，才有把握把标点打正确。我到广东来，在高要②看到很多红豆树，其中有大可合抱的，豆粒呈三角形而扁平，色深红，冬季成熟。在海南岛崖县③及其他地方又看到很多草本红豆，豆粒如绿豆而稍大，有黑帽，色鲜红，也在冬季成熟。王维所咏的红豆不知是哪一种。他本是今山西境内的人，无论哪一种红豆的自然生态，我相信他都是没有看见过的，他所见到的只是豆粒而已。知此，才能体会到"春来发几枝"句应该打问号。但似乎大家都忽略了。原诗是为赠别而作，有到南方来的友人，他希望他多采些红豆回去。"此物最相思"者是北方人的感情，是王维最思慕此物。这一例说明我们大抵是"好读书不求甚解"，也说明旧诗形式有它的迷人处。尽管不真懂，而人总说好。新诗，我相信也可以做到这样。西方的象征派诗人，就爱在音律上做功夫，而故意朦胧其意趣，使人不可摩触。我们大可以不必走这条邪路，但形式音律总是应该讲究的。

新诗到底要怎样才能做好？实在是一个不容易回答的问题。民歌固应该学习，古典诗歌也应该学习，其实外国的诗歌和各种姊妹艺术在可能范围内也都应该学习。可以

---

① 王维（约693—761），字摩诘，号摩诘居士。河东蒲州（今山西永济）人，能诗善画，诗多咏田园。北宋苏轼评曰："味摩诘之诗，诗中有画；观摩诘之画，画中有诗。"

② 高要县，位于广东省中部，西江中下游，现为肇庆市辖区。

③ 崖县，即今海南三亚市。

利用旧形式来盛纳新内容,也可以为新内容而铸造新形式。后者恐怕更重要一些。旧瓶固然可以盛新酒,但酒必须新!要有新生活、新感情、新思想、新事物、新词汇,这样才能赋予旧瓶以新的生命。主席①的旧诗词就是绝好的范例。陈腔滥调、朽辞腐语,是应该尽量抛弃的。新酒也应该盛在新瓶里,我看谁也不好反对。问题是酒也要新,瓶则不仅新而且要好。不可忽视,也有人用新瓶盛旧酒的。这,我们应该特别反对。把新瓶做好,是值得我们共同努力的工作。但要怎样才能做好,涉及的方面很多,不是三言两语可以说得准确。先要做人,然后做诗。做人方面的努力也是做诗方面的努力。既要做诗,这是语言文字的艺术,技巧的锻炼断然不可忽略。个人努力之外还应该加以时代积累。

一九六二年二月五日春节
于海南岛崖县鹿回头

———————

① 主席,指毛泽东。

致郭瑞三8通（附来函6通）

郭瑞三，作家，河南人民出版社编辑，《文学知识》杂志编辑。著有《人民功臣孙占元》，编辑《魏巍文论集》，主编《名人传记》等。

1981年4月14日

瑞三同志：

真未想到，我于四月二日上午，因忽然发高烧被送进人民医院。经急诊，断定系肺气肿感染，心跳快，血压高，需要急救，遂被留医院留医。经十日青霉素与葡萄糖的吊滴，高烧已退，但炎症仍未消失，现仍住在医院中。

这一来，答应四月寄上的《关于作品的深度》的短文，现在无法修改，如要赶"创刊号"①可能已来不及。何时能出院？医生未做表示。我自己也很焦急，但也无别的办法，奈何？

只要病略有好转，一定尽力抓紧机会修改，勿念！

真对不起！害得你们空等。最后发稿日期是什么时间？望告！

来信仍寄"梅花村三十五号二楼"，因陶萍每日都来看我。匆匆祝

撰安！

萧殷　一九八一年四月十四日
于省人民医院三楼三一一房

---

① 《文学知识》，1981年1月创刊于郑州，河南人民出版社主办。1985年改为月刊。

1981年5月16日

瑞三、明性[①]同志：

由于全国文联要我参加作家代表团到朝鲜访问，我只有提前出院，现北京已来电报，叫二十日到北京，廿八日出国。

前次答应给《文学知识》的有关"作品的深度"信件，由于住院期间一直头昏脑涨，始终无力加工修改。今接收信者来信，他将那封信给老作家及《飞天》[②]编辑部看了，一致认为指出了要害，且有普遍性，要求在《飞天》发表。由于被评论者是甘肃人，现在甘肃的文学月刊《飞天》要求发表，很不便推辞。第二，既然由他们发表，我就不必加工修改了。按照原信刊出，省便得多。

因此，即将从上海《文汇报》取回的《创作随感录》（现改为《枕边随想录》）寄给你们，请审阅！其中第一、二节被排错，颠三倒四，在进医院前我已费了很大气力恢复原状，但字迹不清，请于校对时留心！

行色匆匆，不能多写，请谅！大概六月中旬以后才可能回来！祝工作顺利！

萧殷

八一年五月十六日于广州

1982年2月15日

瑞三同志：

二月八日来信及第三期《文学知识》收到，谢谢！

我从去年七月住院，不觉已六个多月。到今年一月十六日才出院；但并不是因为病痊愈，而且发现病情在恶性循环中发展；经再三要求院方才勉强同意我回家休养。因我的肺气肿不时感染，每次感染就引起痰喘加剧，气促，甚至呼吸困难；医院对此的唯一办法就是注射（或吊输）抗菌素（如红霉素、四环素、青霉素之类），但这类药物的副作用很强烈，每注射一个疗程，胃口就受到剧烈的破坏，食欲减退或厌食情绪经常像

---

① 李明性（1944—2009），河南虞城人。河南人民出版社、中原农民出版社编辑室主任、副总编辑，河南省作协理事、省直作协副主席。

② 《飞天》文学期刊，创刊于1950年，甘肃省文联主办。

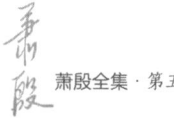

一条野藤支配着我的饮食，以致长期以来，每餐只能勉强咽下半两食物，于是体重愈来愈减轻，体质和抵抗力越来越衰弱。而抗菌素不但不能遏止痰喘的痛苦，反而使胃口愈来愈恶化。既然如此，索性离开医院，远远躲开那种抗菌素的破坏，可能有点希望。回家来已经一个多月，虽然不能说病情有什么好转，但在饮食上至少比在医院稍稍有点进步。

你问我手头有无现成的文章？零碎的琐记还有不少，但我现在没有精力来整理它。待体力稍好时，再为《文学知识》撰写，勿念！

前一阵，接到武国华[1]同志来信并附来今年第一期《文学知识》，我曾给他写了回信，不知收到了没有？

虽云在家休养，但上门的文学朋友还是络绎不断，近来出版社打算出版一些中年作家的小说集，因之，来要求写序言的不少，由于精力不够，大都婉辞了；但个别的还不能不写。另外，我还得抱病审阅暨南大学研究生的毕业论文，这些工作是无法推诿的。

刘彦钊[2]同志未能晤面，甚感遗憾！请代问好！

陶萍问好！匆匆祝

全家安康！

萧殷

一九八二年二月十五日于梅花村三十五号二楼

1982年4月30日

瑞三同志：

你三月廿三日来信及武国华同志由刊物夹来的短简均已拜读，谢谢！

我去年前后两次住医院，共八个多月，到今年一月中旬才回家来休息，但三月初因两个出版社要重版我的两本书，而且都要求我加以校订。共三十多万字，对于一个满身疾病的人，绝不是轻松的工作；同时广东作协决定出版十本中年作家的小说集，其中两

---

[1] 武国华（1934—2009），河北行唐人。河南省文联委员，河南省作协理事，河南人民出版社编审。

[2] 刘彦钊（1933—2002），山西原平人。河南作协理事，河南人民出版社总编辑，黄河文艺出版社总编辑。

本要我写序言；还有，由我口述《三十年代广州革命文学活动的一个侧面》（程贤章整理），工作一大堆，而且集中在两星期完成，怎能不把人累垮？只完成了两篇序言，校订了《论生活·艺术和真实》，就病倒了，其他工作只好搁到一边。我整整躺了三个多星期，每天都头昏低烧、痰多气促，十分难受。幸而最近已有转机，前两天才坐起来。所以这么久没有给你们写信，原因在此。

瑞三同志你在北京遇到杨觉①同志，我和他之间也已二十多年没见面了，早在一九四五年时，我们在北平地下工作时就在一起，距今已三十七年，不幸一九五七年他被"错划"，从此便没见面，想起来令人叹息！

国华同志要我继续为《文学知识》提供《枕边随感录》一类的文章，在这方面我的确积累了很多感想，有精神时，再写吧！你给《莽原》写的散文②发表了没有？希望读到！匆匆

祝好！

萧殷

一九八二年四月三十日于广州

1982年5月18日

瑞三同志：

五月十日来信才收到，承你关怀我的病体，甚为感谢！我主要病痛是肺气肿，自一九六七年得此症至今已十五年。其中十年不仅不能医治，且还在深山劳动；那山区又冷又湿，使病情发展得非常快，至今已发展成为"肺心病"，肺部组织已失去弹性，所以稍动一动，就气促难受。因此，各种体育疗法都不适用。梅花村的早晨有许多人跑步，我只能凭窗投以羡慕目光而已，你听到过什么体疗能治疗"肺心病"的，请介绍！

现在家里休息，自医院回家来已四个月，可是连一次楼也未下过。广州文艺理论

---

① 杨觉（1922—2016），河北固安人。曾任中国作协《文艺学习》文化生活组组长、鲁迅文学院教务处主任。

② 《莽原》，文学双月刊，河南省文联主办，创刊于1981年。郭瑞三所写散文，指介绍萧殷的《润物细无声》，详见下两函。

讨论会时，我也不能去参加，结果还是钱谷融①、王元化②、王西彦③、孔罗荪、侯民泽④、张孟恢⑤等来看我。许多工作等着要做，但有心无力！

武国华同志寄来的《学习与纪念》⑥已收到，国华同志自己的文章，我匆匆读了，论证清楚，颇有说服力。他前次来信，表示愿意把一切力量放在青年文艺事业上，这是很有意义的。我常常想：如果花了毕生精力能真正帮助几个青年成长起来，就不枉在世上活了几十年了。以上意见请转致国华同志，恕我不另函了。请原谅！

关于"性格"与"个性"在文学上是两个概念。"性格"通常指人物的思想、感情、愿望、倾向，以至人生观、社会观和世界观等，总之指人物的整个精神世界和内心面貌。至于"个性"，只指这个人区别于他人的一些不同的脾气、爱好、习惯等等。比如这个人性急，那个人什么都慢吞吞的；这个人喜欢玩，那个人则惯于一个人活动。……文学典型之所以成为"这一个"（恩格斯的话），就因为这个被称为"典型"的人物不仅反映了某类人的本质特征，而且活生生地描写了这个人的个性。因为有了鲜明的个性，所以这个人物是有呼吸、有气血、有生命的，正因为这样，所以凡是典型形象都是栩栩如生、永久难忘的。毛主席也说过：没有个性，就没有共性。因为所谓共性总是抽象的经过概括了的东西，如果共性不通过个性体现出来，还是看不见、摸不着、听不见的。艺术形象都对读者起潜移默化的作用，如果全是抽象的，它怎能感动人，进而为他们的遭遇（或命运）所打动？

这两个词牵连到文学的许多方面，所以说起来一时说不完，也说不清，只要你认真加以思考，还是容易理解我的意思的。

---

① 钱谷融（1919—2017），原名钱国荣，江苏武进人。文艺理论家。华东师范大学教授，《文艺理论研究》主编。中国作家协会理事，中国现代文学研究会副会长。

② 王元化（1920—2008），湖北江陵人。著名学者、文艺理论家。曾任国务院学位委员会学科评议组成员、上海市委宣传部部长。

③ 王西彦（1914—1999），浙江义乌人。著名作家。曾任中国作协理事、作协上海分会副主席、《现代文学》杂志主编。

④ 侯民泽（1927—2004），又名敏泽。河南渑池人。《文艺报》理论、编辑组组长，《文学评论》主编。

⑤ 张孟恢（1922—1998），笔名任谷，四川成都人。中国翻译家协会理事，中国作协《译文》杂志编辑，《世界文学》杂志编辑。

⑥ 河南省纪念鲁迅诞生一百周年委员会编：《学习与纪念》，河南人民出版社，1982年。

匆匆，不多写了！祝你好！

萧殷　一九八二年五月十八日

1982年7月5日

瑞三同志：

　　寄来《莽原》及信，早已收到，谢谢！因近来常闹病，几乎每日都头昏脑涨、痰多气促，不仅不能写什么，连看报都感到吃力，因而，回信迟了，请原谅！

　　读了《润物细无声》①，这是一篇情绪饱满的散文，从中我也看到你在情景交融方面花了不少功夫，费了不少心血；不过，有两处记得不准确：（一）我开始创作小说，不是二十二岁，而是十七岁，这可能是你把我的年龄与"一九三二年"的"二"字混淆了的缘故。（二）王蒙把修改后的小说送到我手里，是原稿②，而不是成册的铅印稿，事实是：一九五五年夏我与王蒙讨论这部小说的优缺点，经八个月修改，一九五六年夏天他才可能将稿子送来。（一九五六年秋，上海《文汇报》连载了《青春万岁》五六万字；一九五六年九月三十日《北京日报》刊出《青春万岁》的最后一章）到一九五七年夏，我才收到青年出版社送来的订成册的《青年万岁》的铅印稿③。

　　精神仍不佳，不能多写，代问国华同志好！匆匆，祝
暑祺！

萧殷　一九八二年七月五日

1982年10月26日

瑞三同志：

　　好久没给你写信了，真抱歉！我在暨南大学住了八十天，因今年广州的气候反常，炎热得使人难受，不得已，我与陶萍于七月下旬暂时住到暨南大学，一来在华侨医院

---

　　①　即发表于《莽原》的郭瑞三文章。

　　②　指王蒙长篇小说《青春万岁》。

　　③　《青春万岁》部分章节于1957年曾在《文汇报》《北京日报》上发表。由中国青年出版社装成铅印稿，迟至1979年5月才由人民文学出版社正式出版。

治病，一来也是为研究生毕业论文的答辩会做些准备工作。那里虽然比较通风，景色也幽美，但还是闷热，且多病，所以要写的东西都未写，一直挨到十月十一日，把研究生毕业论文答辩会进行完毕，第二天，就回梅花村来，而且在十月十七日，我们由梅花村三十五号二楼搬至"梅花村四号二楼"，这是我"文革"前的旧居，因三十五号已遭白蚁严重蛀蚀，已成危房，所以要求回到旧居。这里各方面的条件虽较好，但前门不能出入，只能由后楼通过后门下楼，后院现还被工地的工棚占据着，出入很不方便。但还未最后解决，大概要延宕一段时间。

"文学评论"丛书据说共十二本，年底由湖南人民出版社出版，我七月底才交卷，其中三分之一是新写的，三分之二是旧作。约十六万字。最麻烦的，要我现在赶编的《自选集》，共约五十万字，除评论外，还要一部分创作。三十年代初期发表的小说，我曾托上海、北京等地的朋友为我寻找，均令人失望。最近有人意外地在华南师院图书馆中找到当时的报纸，而且在该报找到我的小说十九篇！这数字不完全，另一些还待继续找。这小说如找全，对《自选集》的编辑，可能有一些方便。

你现在忙些什么？国华同志忙些什么？都很顺利吧？偶阅《文学知识》，觉得这刊物愈编愈出色，越来越有它的特点了，它与写作实践的关系，愈来愈密切，愈实在了，应这样继续下去！

来信时，请寄"广州市、东山、梅花村四号二楼"我收，并请转告邮寄刊物的同志，为盼！匆祝
顺利！

萧殷　一九八二年十月廿六日

1982年12月5日

瑞三同志：

我病了，整整在床上躺了一个多月，由于肺气肿感染，引起一连串疾病的发作；到后来，体质一落千丈，连吐口痰也要流一身冷汗；但西医所认为的"法宝"——抗菌素失灵了，甚至血管硬到再无法注射，然而由于长期注射抗菌素的结果，胃口严重地受到破坏，连半两食物也咽不下去，于是身体愈来愈瘦弱，肺的弹性越来越小；这两天，才能勉强坐起来，大家都为我的进食而想方设法，幸勿远念！

你九月中旬来信早已收到，《文学知识》越办越有起色——与实践联系愈来愈紧密了，这是值得鼓励的倾向，你们新辟的栏目，都很实际，一方面说明你们编得很动脑筋，一方面也证明你们摸到读者的需要。我现在还在病中，将来稍好时，一定给你们写稿。

接湖南出版社来信，说"当代评论家评论集"正发稿，日前曾来信催作者照片及简历。看样子，明日春天大约可以出书。

自今年七月下旬直到十月中旬，我在暨南大学住了八十天，主要任务是审阅研究生的毕业论文，到十月十一日为毕业论文召开了答辩会，决定了一位文学硕士学位，到第二天，即离开暨大回梅花村来。顺便告诉你，我们家已由梅花村三十五号二楼搬到"梅花村四号二楼"，以后联系请寄新址。为盼！匆匆

祝好！

萧殷

十二月五日于梅花村四号二楼

附来函

1981年4月22日

萧殷同志：

在焦灼的等待中，好容易接到了你的信，然而一看见信封上"寄自省人民医院"的字样，我的心一下又被揪了起来！急忙拆开信，当读到"高烧已退"时，心才略有松缓，徐徐吐出一口长气。的确，我，我们编辑室的同志，全国多少文学青年都祝愿你有个好的身体呀！

萧殷同志，我们仅见过两面，但第一次拜访你，你就拖着瘦弱的病体，一直滔滔不绝地给我们讲了一下午；第二次在晚上，又谈了近两个钟头。聆听你谈话时，我的心情是矛盾的：对你那些关于文艺创作的精辟、中肯的议论，我像久旱逢甘霖的禾苗一样，尽量吮吸、捕捉，唯恐漏掉，而且觉得这样的话，越多越好；可是当看到你年老体弱的身子，特别是有时喘得话都说不下去时，又觉得不该来打搅你，不忍心让你带病一直说下去。离开你家时，我们不约而同地都从心底涌出一句话：萧殷同志有个好身体该多

好啊!

你一直不忘的《文学知识》第一期,拟本月底发稿。不过,我们都希望你目前无论如何要配合医护人员,精心养病治病。我们都热望你尽早病愈康复。身体恢复了,再修改文章,亦不为晚;千万不要为此事一直萦系于心,影响治疗和休养。

代向陶萍同志和全家人好!顺颂

体安

郭瑞三　一九八一年四月廿二日

1981年5月4日

萧殷同志:

近好!

身体康复出院了吧?一直系念着您的身体。

前此曾寄去《探胜录》[①]一册并信和另一书信,想必都收到了吧?

《文学知识》第一期,已经发稿。第一期您的文章未能改讫排上,殊感遗憾!

我们还是希望,您首先注意身体;在养好身体,可以工作的前提下,望能把文章改好,或者先把加工任务不大的、《文汇报》排好的小样寄来。您看行吗?

问陶萍同志等全家好!务必多多保重!敬祝

安好!

郭瑞三　一九八一年五月四日

1982年2月8日

萧殷同志:

身体安好?

好久没给您去信了。去年12月下旬,我们编辑室刘彦钊同志(副主任、负责《文学知识》编务的)在穗参加读书班,归郑州后,曾说他在广州时,去您家中拜访,因您当时正住院未能见到,很为遗憾。现在不知您出院否?

---

① 《探胜录》,散文集,河南人民出版社,1981年3月。

每想起您，就想到您的身体。您身体的康健，是广大文学青年的福音，也有利于我们整个社会主义文学事业。务望您多多保重。

因听说您前段住院，我们也不好张口请您撰稿。现仅问您一下，手头有无可供《文学知识》发表的稿子；如无现成文章，谢望新帮助整理的《创作谈》中，可否择出一篇供刊载？望告。

代问陶萍同志和全家人好！顺颂

大安！

郭瑞三　一九八二年二月八日

1982年5月10日

萧殷同志：

您好！

您四月三十日来信以及此次信前惠寄我和武国华同志的您新出版的《给文学青年》都已收到，十分感谢！

您的身体，仍然是这样叫人萦怀。按说，广东的医疗条件是不错的，可是您对医、药已经厌烦了；记得去年三月，我曾问过您有什么锻炼身体的方法没有，当时您说，只有在室内来回走走。离开您后，每想起您的身体，我就同时联想起我所知道的那些由于进行了符合自身情况的体育锻炼，使身体由糟糕而康复的人，因此我总想向您建议：一方面大大压缩工作量（您不能再超负荷"运转"了！）；另一方面听听那些了解您身体条件的医生、体育工作者和其他保健内行同志的意见，找出一套适合自己身体条件的锻炼办法来，持之以恒，坚决锻炼下去，我相信您的身体状况会大大改观的！

《给文学青年》正在拜读中。我和国华同志一致意见，先在《文学新书架》专栏中予以推荐介绍。

给《莽原》的散文，我已看到校样，题目是：《润物细无声萧殷印象》。该刊五月下旬方出；出后，定奉寄请批评指正。

此外，我在学习您的文章中，有两个概念的区别，我模模糊糊，现在向您提出来讨教——可又使您费神，我实在有点不安。在这种矛盾心情中，我还是提出吧！就是人物的"性格"和"个性"，究竟有些什么异同？我有时，把此二概念混同起来；可读您的文章中，发现多处作为两个不同的概念使用的。请您在身体条件允许时，给以指教！

匆匆，务多保重！

问陶萍同志及全家人好！

郭瑞三　一九八二年五月十日

1982年9月8日

萧殷同志：

近好！

又有一些日子未通信了，不知道情况如何？

前些日子，从报上得知，要出一套包括您在内的当代评论家的评论集，分外高兴！不知您的评论集的选目定了没有？何时能出版？

《文学知识》从明年起，把篇幅由32码，增至40码，以适应读者的要求。同时新辟《习作评点》《写作知识讲话》《作家访问记》《作家介绍》等栏目。近来你身体好些吧？能否为《文学知识》撰稿，或手头有适于发表的文章？

随信转去一青年给您的信。信中所说要《给文学青年》一书，我已将他的一元钱，通过邮局汇往湖南出版社读者服务部，免得您为这事费神。

代问陶萍同志和其他家人好！匆此即颂

秋安！

郭瑞三　九月八日

1982年11月5日

萧殷同志：

您好！

我是最近从下面度业务进修假归来后，才读到你十月廿六日的来信的。读后很高兴，您的被列入"文学评论"丛书的新书和《自选集》都将出版，且又搬回了"文革"前的旧居，都使我很兴奋！向你和陶萍同志祝贺！

你对《文学知识》又说了一些鼓励的话。我们这里，从领导到我们这些做具体工作的同志，是在做些努力，很想把刊物办好，但远没有达到您和广大读者所期望的那样。不过，我们愿为此努力下去。如您身体条件允许，希望明年能给刊物再撰文章。

今年，我除了编刊物以外，又编了一本胡万春①谈自己创作的集子，约十二三万字，是他在"文革"前旧作的基础上，重新改写、删削和补充"文革"后的一些新作而编成的。现书稿正送审中。另外，在上半年我去厦门参加的"中国当代文学研究资料丛书"编委扩大会上，我社承担出版的《姚雪垠研究专集》②和《曹靖华研究专集》③二书，领导已向我明确说明，将来也由我任责任编辑。由于《文学知识》编辑部今年新增加两个大学生，看来，逐渐我要在办刊物的同时，编一些文学评论和文艺理论方面的书。我是多么希望能当您的书的责任编辑呀！

在业余练笔方面，到目前为止，今年我仅写了一篇散文和一篇文艺随笔（后者已送《文汇报》）。现把发我散文的《散文》月刊今年第10期奉上，请指教。

问候陶萍同志和全家人。恳望

多保重！

郭瑞三　一九八二年十一月五日

---

① 胡万春（1929—1998），原名胡阿根，浙江鄞县（今鄞州区）人。工人作家，著有《青春》《爱情的开始》等。

② 《姚雪垠研究专集》，黄河文艺出版社，1985年。

③ 《曹靖华研究专集》，黄河文艺出版社，1987年。

致何洛1通（附来函1通）

何洛（1911—1992），笔名何鸣心，重庆丰都人。文艺理论家、教育家。早年就读于日本早稻田大学经济专业。1937年入延安中央党校学习，后调至马列学院编译部任日文组组长，又到鲁迅文学院总支工作。曾任华北联合大学文艺学院文学系主任，20世纪50年代末参与创建中国人民大学文学研究班，长期担任中文系主任。

1980年6月16日

何洛同志：

来信收悉，不胜欣喜，嘱写华北联大教学心得[①]，自当遵命。但最近较忙，且常闹病，月内能否交卷？尚无把握。既事关解放区革命教育事业的优良传统，意义重大，当尽力以赴。一俟完稿，当即寄奉，勿念！

近来健康情况如何？谅仍执教人大？我数年多病，工作日感困难，去年尚主持《作品》，今已卸此负担。现半工半休，论精力则远不如当年矣。

陶萍近因事赴京，下月方归。也因多病，只能偶而写点散文而已。匆复，即颂

教安！

萧殷　一九八〇年六月十六日

---

① 参见何洛来函。

附来函

1980年6月9日

萧殷同志：

　　近况如何？身体还好吗？你和陶萍同志的工作怎样？念念！

　　成仿吾①老校长虽人已耄老，但壮志不减当年。近曾召集或托人邀约过去在陕公、鲁艺后又在联大、华大、人大等校的教师和学生百多人，分别开了几次会，希望大家能在六月内通过集体或个人，写出上述各校艰苦办学的经验、过程、成绩、体会……的文章，以便把解放区的革命教育事业的优良传统留给后代。这些文章或史料，除供十月份人大校庆②、展览以外，还将专集出版。这是一件很有意义的事情，深得同人等热情拥护，大力支持。文稿长短不拘，但以三四千字较为适宜。计参加大小会议，集思广益的同志，除宋振庭③等搞理论和负责党、政、军、教工作的干部而外，还有从事文学艺术的江峰、古元④、王朝闻⑤、华君武⑥、丁里⑦、陈强⑧、姚远方⑨……昨天在岳慎⑩处，又开

---

①　成仿吾（1897—1984），原名成灏，湖南新化人。曾任陕北公学、华北联大校长。参与创办中国人民大学，并于1978—1983年任校长。

②　中国人民大学成立于1950年10月，此处当指1980年建校30周年。

③　宋振庭（1921—1985），吉林延吉人。曾任吉林省委宣传部部长、中央党校教育长。

④　古元（1919—1996），字帝源，广东珠海人。先后在陕北公学、鲁迅艺术学院学习。历任人民美术出版社创作室主任，中央美术学院教授、院长，中国美术家协会副主席，中国版画家协会副主席。

⑤　王朝闻（1909—2004），原名昭文，四川合江人。曾在延安鲁艺美术系任教。文艺理论家、美学家、雕塑家。中央美术学院教授，中国艺术研究院副院长。

⑥　华君武（1915—2010），江苏无锡人。著名漫画家。曾在陕北公学学习，后任鲁艺研究员。《人民日报》美术组组长，《人民文学》美术顾问，中国美协副主席。

⑦　丁里（1916—1994），原名贾克威，山东济南人。上海电影制片厂制片主任。

⑧　陈强（1918—2012），原名陈庆三，河北宁晋人。著名演员，毕业于鲁迅艺术学院戏剧系。

⑨　姚远方（1922—2010），笔名肖地。福建福州人。毕业于延安鲁艺文学系。曾任《解放军报》社长。

⑩　岳慎（1917—？），原名岳宪兰，河南杞县人。曾在陕北公学、延安鲁艺学习。西北战地服务团、延安鲁艺实验剧团、长春电影制片厂、中央实验话剧团演员。

了一次会议，出席者有严辰、严阵①、牧虹②、韩塞③、熊焰④和我、胡沙⑤以及陈淼⑥、鲁煤⑦、王青、白金、刘剑青、马奇⑧、丁浦⑨、王元、梁化琼⑩……二十余人。艾青说出访，归来后也将响应这个号召。还将继续通知丁玲、朱子奇⑪、王昆⑫、郭兰英⑬等。严辰他们嘱我负责代表大家写信给你和企霞⑭，务请你们能写一点个人的心得、体会或提供宝贵的教学经验。文章是校史、回忆录之类的性质，并不费事，不会占用好多时间，谅毋见却，早日交稿是幸！特别是你和企霞都是文学系的台柱，应该带头啊！哈哈！

陶萍同志好像是在政治学院工作过吧？也请她写点东西。耑此问好！

何洛 六月九日

（盼即复。）又：来稿请寄我收。

---

① 严阵（1930— ），原名阎桂青，山东莱阳人。著名诗人，《诗歌报》主编。曾任安徽省文联副主席、安徽省作协主席。

② 牧虹（1918—1989），原名赵鸿模，江苏徐州人。曾在延安鲁艺学习，并在华北联大文艺学院戏剧系任教。

③ 韩塞（1918—1996），原名韩厚德，江苏高淳人。延安鲁艺一期毕业，任华北联大文艺学院戏剧系教员。

④ 熊焰，曾任华北联大文学系助理员，后在创作组工作。著名导演、戏剧家舒强夫人，当时在中央戏剧学院工作。

⑤ 胡沙（1921—2005），原名徐茂庭，湖北汉川人。1940年到延安青年干部学校学习并开始创作活动。曾任中国评剧院院长兼北京市文联理事。

⑥ 陈淼（1927—1981），辽宁大连人。毕业于华北联大文艺学院文学系研究生部。中央文学研究所研究员，中国作协秘书室主任，鞍山市文联副主席。

⑦ 鲁煤（1923—2014），原名王夫如，河北望都人。1946年入华北联大学习，任文学研究室创作组成员。中国剧协创作室编剧，中国戏剧出版社副总编辑。

⑧ 马奇（1923— ），即马琦，天津人。1945年在华北联大文学院文学系学习，毕业后留校任教务科干事。曾任中央戏剧学院戏剧文学系副主任。

⑨ 丁浦（1925—1994），河北永年人。中国人民大学教师。

⑩ 梁化琼应作梁化群（1925—1995），浙江绍兴人。华北联合大学戏剧系毕业。曾任中国艺术研究院副院长、话剧研究所所长。

⑪ 朱子奇（1920—2008），笔名大可，湖南汝城人。诗人、评论家。中国作协常务书记。1938年入延安抗大学习。

⑫ 王昆（1925—2014），河北唐县人。东方歌舞团团长兼党委书记。早年曾参加鲁艺工作团及华北联大文工团。

⑬ 郭兰英（1930— ），山西平遥人。歌唱家，晋剧表演艺术家。1946年参加华北联合大学文工团。

⑭ 企霞，陈企霞。

致弘征47通(附来函16通,另函2通)

弘征(1937—2022),原名杨衡钟,湖南新化人。诗人、书法家、篆刻家。1955年毕业于株洲铁路机电学校。历任湖南人民出版社文艺室副主任,湖南文艺出版社副总编辑、总编辑、社长,《芙蓉》杂志主编,湖南省人民政府参事、湖南省作协副主席。

1978年11月13日

弘征同志:

信悉,寄来印章拓片已阅,篆法及刀法均可;可惜将"未宜"错成"未能",将"卧残阳"错成"惜残阳"①,现在只好麻烦你再刻一次!

我家住在:"广州、东山、梅花村35号二楼",信可寄此。如寄印章,最好还是寄至"广州、文德路、作家协会广东分会",因为由作协去邮局领取较方便,如寄至梅花村,家里无人到邮局去领,而我自己又行动不便。

收藏章如尚未动手,"萧"字最好不用简化字,我总觉得"肖"字不好看,你看如何?匆匆

祝好!

               萧殷　十一月十三日

---

① 弘征曾为刻萧殷印章,及"不辞羸病卧残阳""未宜轻屈平生膝"闲章。参阅弘征1978年10月24日来函。"不辞羸病卧残阳"出自宋李纲《病牛》诗;"未宜轻屈平生膝"出自宋刘克庄《满江红》词。

1978年12月17日

弘征同志：

　　昨日才结束"广东省文学创作座谈会"，昨夜才回到家里。开会之前就收到你的篆刻，刻得很有功夫，尤其是两枚闲章，不但我欣赏，还引起不少友人的羡慕。现在桌上堆了一大堆来信来件，不得不赶着处理，因此来不及详叙，只能向你表示谢意，并对你的篆刻的成就表示赞赏！

　　这次创作座谈会，是一次少见的会议，它从各抒己见开始（我们不先规定范围，号召各人谈自己在创作中遇到的问题或困难），然后就这些问题展开讨论，除周扬、默涵两同志在千把人的大会讲话之外，其他人如张光年、吴南生（省委文教书记）、陈越平[①]（省委宣传部长）、韦君宜以及广东的一些作家都在大组上发言。结果，大家都非常满意，思想解放了，禁区冲破了。可以说周、林、张、吴、陈等的发言，还有不少业余作者的发言都十分精彩，尤其是周扬同志和林默涵同志的讲话博得长时间的鼓掌，无人不称赞，大家都认为站得高、看得远，很解决问题。我们打算在二月号《作品》上发表出来。

　　时间有限，不能多写，匆祝你一切都顺利！需要我帮忙的，只要能力所及，一定遵办。

　　握手。

萧殷　十二月十七日

1979年5月9日

弘征同志：

　　四月卅日收到你的信，不觉已过去十余日，迟迟未复，一方面想等收到毛笔后再复信，同时也实在忙得厉害！现在不仅负责《作品》，作协的担子也压在我肩上。会议多，来人多，待审阅的信稿多，这一来，写东西固然抽不出时间来，就是读书的时间也几乎被挤掉了。

---

　　① 陈越平（1914—2012），广东东莞人。曾任《南方日报》社长、总编辑，时任广东省委常委、宣传部部长。

但毛笔至今未收到，不知什么缘故？

写条幅的事，我这里压下一笔债。我的字很难看，我从来不愿给人写字；最近半年来，来索字竟达十余人。桌子上乱得很，待好好整理一番之后，才可准备写字。

《作品》印二十九万份还无法满足供应，连广州的读者也买不到，可是出版社无动于衷，奈何！

匆匆祝你！

萧殷　五月九日于梅花村

1979年7月6日

弘征同志：

前两日才从新会回来，现在忙乱得很！为了参加在那里召开的创作座谈会，我六月二日离广州赶到那里去。谁知到的那天下午，血压就升得惊人，130/185毫米汞柱，到了脑血管随时可能破裂的境地。医生即刻叫我躺倒，既不许活动，连谈话也受到禁止。医生似乎太厉害了，但不这样，却可能出问题。韦丘也被这情况吓得呆了，在给香港文艺界友人写信时，顺便谈到我病倒的情况，香港《文汇报》的文艺副刊，竟把这封"作家书简"发表出去，引起了不少朋友的惊动和悬念！当我回到广州，家里已来了几封香港友人的探病信函。

待做的事太多了，但因急事缠绕，反而弄得无从下手。只能一件一件来，而且把易办的先做，否则就永远也摸不出一个头绪了。

寄来的诗集和茶叶均收到，诗集早在我去新会之前就收到了。五四以后许多好诗，现在已不易看到，我重读这些诗感到亲切，也勾起不少回忆。

你的诗，除《牵牛花》之外，其余三首都不错，我已批转韦丘和西彤①，他们以后大概会把处理的结果告诉你！有空来信！毛笔很好！但至今还无心情来试笔。匆匆祝好！

握手。

萧殷　七月六日

---

①　西彤（1930—　），原名吴锡彤，广西恭城人。作协广东分会理事，《作品》副主编，《华夏诗报》主编。

诗人黄宁婴①昨日下午七时去世，患肝癌快一年，虽注射一百多针"白蛋白"（每针一百多元港币），终于战不过万恶的癌细胞。打算十一日开追悼会。顺告，又及。

1979年10月9日

弘征同志：

来信及附信均收，那篇文章发不发都可以，我看那是小事情。

黄起衰②同志已来信，我看即编书。共二十万左右，只看一遍至少也需要一个星期。我现在不写信给他了，送他一本书请你送去！劳你驾！

等《谈写作》编好时，当寄去，请勿念！那时将有一信附给他。

据说"文代会"月底才召开③，正好，我先把《谈写作》编出来！匆匆祝好！

萧殷　十月九日

《开卷》主编杜渐④乃李国柱⑤之友，林真乃李国柱的笔名。又及。

1980年1月6日

弘征同志：

今天家里转来你的来信，原来你一直没有接到我的信息。在北京病倒，回广州后也未好，到十二月二日又忽然发高烧，于是又被送进省人民医院，当时我很着急，在北京时曾对起衰同志、代炜同志说过，我回广州后一星期，即可将《谈写作》编好，可是现在又进了医院，不知什么时候才编得起来。十二月三日适韦丘同志来医院看我，我问他

---

① 黄宁婴（1915—1979），广东台山人。作协广东分会副主席，广东粤剧院副院长，《作品》副主编。

② 黄起衰（1929—1988），笔名湘波，湖南长沙人。湖南省作协副主席，湖南人民出版社总编辑。

③ 1979年10月30日，中国文学艺术工作者第四次代表大会在北京开幕。

④ 杜渐（1935—　），原名李文健，广东新会人。香港《大公报》《新晚报》编辑，香港《开卷》《读者良友》《科学与科幻》杂志主编。《开卷》月刊创刊于1978年，其《作家访问》专栏介绍过巴金、艾青、卞之琳、丁玲、王蒙、姚雪垠等内地作家。

⑤ 李国柱（1931—2016），又名林真。香港作家、评论家、出版人。以相学著称，著有《林真面相学》等。弘征经萧殷介绍，与林真取得联系。

给你写信否,他说正准备写信,我说,你把我进医院顺便告诉弘征同志,说《谈写作》不能按时交稿,很心焦,请将这种情况转告黄起衰同志。

最近读了起衰和你的来信后,才知道你根本不知道我进医院的事。

在医院住了一个多月,每日都输氧和注射葡萄糖,最近病势已减轻,口胃还很坏,但精神很好。从元旦起,我每日都抽时间重读(当然也修改)旧稿,到今日已基本编完了。这消息,请你赶快告诉黄起衰同志。前天曾复了一封信给黄同志,可是托别人寄出的,不知投寄了没有?最近在医院发生过几次事故,都是别人忘了把信投寄,耽误了大事。我给起衰同志的信中,曾告诉他:《谈写作》快编完,三四天内可能挂号寄出。另外,赖少其同志的封面题字已寄来,我希望在长沙当地请人设计一个封面图案。再就是这本书有二十万字上下,如果印成"小三十二开本",恐怕很难看,希望印大三十二开本。这些都请转告起衰同志!

我决定写个很短的后记,写完后,就把稿子寄出。如果这两天没有时间写,也可能先把稿子寄去。

《贵阳文艺》①今天才从家里带来,你那篇文章我读过了。最近,因《人民日报》在文代会期间的报道,读者来信来稿更多了,因此你最后那段文字是完全必要的。

据起衰同志来信说调你到出版社工作,手续办好没有?大概没有问题罢?

《芙蓉》可能寄到我家里,还未看见。《甜甜的刺莓》待读完后一定谈谈读后感。

每日服中西药不少,但胃口没有改善。匆匆

祝好!

萧殷
元月六日晚于省人民医院东病区201室

1980年1月23日

弘征同志:

你和起衰同志的回信都收到了,知道我的书稿出版社已收到。但你们在来信中却有个疏忽,都未提到"后记"。你们是否把它算在书稿的一部分呢?还是忽略了它?因为我在医院里,常常托别人投邮的,这篇"后记"写完时,刚好于逢同志来看我,我就是

---

① 《贵阳文艺》,贵阳市文联主办,1978年1月创刊。

托他去投邮的，大概收到了吧？请问问起衰同志，如未收到，希望尽快写信来告诉我，以便补上。

这些都是五十年代的旧文章，不适于在《芙蓉》发表。待有新稿时一定向《芙蓉》投寄，勿念！

《芙蓉》已送来，但那篇《甜甜的刺莓》太长了。在医院里治疗很忙，上午两次注射，一次超声雾化喷喉（半小时以上），理疗（连等，一小时以上），还有中、西医生来诊病，护士试体温……到下午还要喷喉一次，其余时间是亲友探病时候，从下午三时起至七时，几乎是宾客满屋，忙于应付。你看，我只有晚上两三个钟头是自己翻书的唯一时间，而且两人一间房子，诸多不便，但我还是坚持在病房中编完了这个《谈写作》，而且又在近十日把我解放（新中国成立）以后写的小说、散文编成一集《在村庄》（也可能用旧名《月夜》），准备交广东人民出版社出版，约十三万字[①]。《甜甜的刺莓》只好等以后有较宽裕的时间时再拜读了。

起衰同志已决定采用"大三十二开本"，并准备在长沙请人设计封面。此外，还请起衰同志给我留样书两百本。因每次出版书籍，只两百本都不够用。《习艺录》早已分完，可是熟人中还有人不断来索书的。

苏晨[②]同志未见到，托问事现无机会。匆匆
祝近安！

萧殷　一月廿三日在医院

这半年来，我无时不为卸去《作品》主编的担子而操心，其实我就不管《作品》了（从八月后我就未审稿）。一直到最近组织才勉强同意。我卸去这担子后，今后四处活动的机会可能会多些。顺告！

1980年3月17日

弘征同志：

三月九日寄梅花村的信，今日已由陶萍带到新会来。我是三月四日来新会中医院

---

①　此集后定名《月夜》，由广东人民出版社1980年8月出版。
②　苏晨（1930—　），辽宁本溪人。《战士生活》杂志编辑组长，《海南前线报》副总编辑，花城出版社副社长、副编辑，广东省出版局编审委员会主任，《沿海大文化报》总编辑。

的，因中医院的环境不够安静，睡眠颇受影响，只住了约一星期，医生要我搬到"圭峰招待所"来。来这里后，环境很清静，睡眠状况有改善，因此，饮食量也有所增加。但还不巩固，虽然廿四日省文代会将开幕，医生也不同意我去参加，说一劳累，来这里医疗的功效将"前功尽弃"云云，于是许多朋友都劝我不要回广州去，免得像去年赴北京文代会那样。……但我还在犹豫中。

陈国凯同志来新会，只住了一星期就回广州去了。他神经衰弱症很不轻，可是他第一次住医院，以为慢病可以快治，错误地以为服几次药后马上就可痊愈。怀着这种想法，他自然对中医会感到失望的。于是他回去了。对于写彭湃[①]同志的题材，他未必能承担，因他对这人物的历史不熟悉。由何人执笔？可问问作协广东分会或韦丘同志。

胡真同志去上海之前曾来一信，恐怕还未回去吧？回去后，请代问候。并向起衰同志致意。

赖少其同志专程来广州参加黄新波同志的追悼会[②]，会后特来新会看望我。他现在与我住在一个招待所内，大概到四月初，才可能回广州去。

顺告。祝健康！

萧殷 三月十七日于新会

1980年3月24日

弘征同志：

今日接到你三月廿一夜信及廿二日上午的信，同时收到陶萍转来起衰同志三月十九日来信。因他要求快点复信，我即刻给他写了回信，对他提的五个问题都做了答复。并即刻航空投邮，但明日才能到达广州，后天可能到达长沙。愿廿六日能收到这封信，以免影响发稿。清样印出后，希望即刻寄我，我希望能最后校阅一遍，尽可能减少错误。

你要求赖少其同志给你写字，我一定转告他。他今日外出，恐两日后才有机会转告

---

① 彭湃（1896—1929），原名彭汉育，广东海丰人。革命家，烈士。
② 黄新波于1980年3月7日在广州逝世，终年65岁。出生于1916年，原名黄裕祥，广东台山人。版画家，早年参加左联。出版有《新波木刻选集》等。中国美协副主席，广东省文联副主席，美协广东分会主席。

他。我想，问题大概不大。只是要他写字的人太多，特别是他得到陈白沙茅龙笔[①]后，他写得十分应手，对这种笔他极为欣赏，于是要求他用茅龙笔写字的人就更多了。陈白沙是清代人，为人正直，爱国诗词及书法均极闻名，曾亲自用茅根制造一种笔，叫茅龙笔。四十多年已绝迹，经日本书法家询问后，最近两年才有新产品问世。赖少其已得到两支，但许多人不善驾驭，而少其却用得得心应手。

我与少其决定三月廿九日回广州，以后来信请直寄梅花村。省文代会四月四日结束，我只能参加最后一段。匆匆祝
撰安！

萧殷　三月廿四日晚

1980年3月29日

弘征同志：

廿四日寄一信，谅已收到？昨日（廿八日）与少其同志已回到广州。本来在佛山地区打算在石湾陶瓷厂住一夜，因该负责人不在，匆匆忙忙看了陈列品，便离开石湾。

少其给你写的字，已写好，现寄上，请收！他用茅龙笔写得更好看，因要写八九寸见方的大字才能显出其笔势，可惜他的纸已用完（你的纸，廿七日下午才收到），只好用普通毛笔写，请原谅！

我廿四日下午于收到起衰同志的信后，即刻写复信的，即刻航空寄出，不知收到否？甚念！起衰同志看信后还有什么意见，也望告知。书付印后打出条样时希望寄一份来，盼能重校一遍。

在新会，应该县文联之约，向他们谈过一次《本质·典型·阶级属性和形象》的问题，这是对一些具体提问的回答。录了音，但整理得不甚理想，没有同意发表。

暂时不参加文代会，拟星期一去听听。刚回来，琐事很多，恕不多写。匆匆祝好！

萧殷　三月廿九日

---

① 白沙茅龙笔，广东新会特产，以茅草制造。起源于明代，相传为理学大家陈献章（人称白沙先生）创始。

1980年4月8日

弘征同志：

　　来函悉。收到你信的前一日，少其同志已于三月飞沪。你的愿望未能实现，憾甚！拟刻两方印章呈赠①，极表同意，希望书面联系。他的通信处在：安徽省文联。

　　《谈写作》谅已发排？打出清样后，希望早日看到，俾有机会修正。

　　在新会的讲话，他们只抄录一遍，并未整理，因之，我没有同意打印。今后，如有时间，打算整理出来。

　　《后记》发表时，希望编辑部简单加一按语，说明这是作者重编五十年代所写的两本书的后记。付印后，望能见到清校（条样也可以）。

　　看到康濯和勉思②同志请代问好！广东省文代会刚结束，我只参加两次会，似乎没有解决什么大问题，印象不深。请向起衰同志致候！祝
编安！

萧殷　四月八日

　　此信付邮前，起衰同志的来信刚到。又及。

1980年5月4日

弘征同志：

　　接读五月一日来信，知道你下旬可能出差，希望西安的任务完毕后，南来广州走走。这里濒临港澳和东南亚，外来影响很快，不管其性质如何，都值得注意。省文代会后似看不到什么进展，总的情况两省不约而同，除选举之外，文艺问题却未讨论，不知省的领导如何估计，但一般文艺工作者却很不高兴。文代会后，不但不见显著起色，反而有点沉寂的样子。

　　四月底我曾把《论生活·艺术和真实》一书奉寄你和起衰同志，都是寄湖南人民出版社的，来信未见提及，不会没有收到吧？

　　陈国凯同志已到北京文学讲习所学习，大约学习四个月，目前可能很忙，大约不能

---

①　弘征欲刻两方印章赠赖少其。
②　王勉思（1926—2015），康濯夫人。曾任《湖南文学》编辑部主任、湖南少儿出版社社长。

分心写作。他正在酝酿中篇小说《好人阿通》，下半年才会动笔。他现在的地址是："北京左家庄、朝阳区委党校转文学讲习所、陈国凯"。你们可直接写信给他，说我介绍就行了。

从前在省人民医院时，每顿饭连一两饭也咽不下，后来，（到新会后）净吃红烧鸡脚、猪蹄、鹅掌、鸭翼等，胃口稍有改善，现仍继续吃这类富有"动物胶"的食物，身体较平稳。有个制药师忽然问我："你吃的这些东西！主要是治肾虚的，你这方面没病吧？"这一问，问中了要害，我长期以来恰好是肾虚。广州有几个很有名的中医都说我病痛的主要矛盾在于肾虚。从前我只喜欢吃猪蹄，但一般"动物胶"却不爱吃，住医院后，却很讨厌炒肉，连鸡肉都不爱进口，只觉得鸡脚、猪蹄等还能吃，可见"他爱吃的"与"他需要的"是相一致的，最后证明所需要的，恰好是治病根所需要的。我现在已托人在海南岛买鱼肚，也托人在广州买猪筋和牛筋等。后两者，长沙能否买到？它是蹄筋，晒干的。过去到处都能买到，不知现在怎样？

近来十分忙乱，从摆脱《作品》主编职务后，读稿稍减少些，但读者的来信来稿却不轻。约稿的很多，但写出来的却甚少；不是无东西可写，而是心绪太乱。加以来人多，需要看的刊物也不少，所以从早到晚虽然都在忙乱中，可是结果却是空空的。奈何！

起衰同志是否已收到《论生活·艺术和真实》？请代问一下！

匆匆顺颂

健康！

萧殷　五月四日

1980年5月12日

弘征同志：

五月九日函收悉，知道寄你的书没收到。我是分装两大信封分别寄你与起衰同志的，都由湖南人民出版社转交，可能给人"顺手牵羊"牵走了。前年我给北京一些同志（其中也有周扬同志）寄《习艺录》时，"顺手牵羊"的情况也发生过。其他我寄了书没有反响的人，是否收到？则我全不知道，是否书被"牵走"，也从无知道。你已未收到，今天赶忙补寄一本，这次是挂号寄到织机街文化坪的，谅可保险？

你嘱陶萍写先辈的散文，她欣然同意了。她除在《羊城晚报》发表两篇之外，还发了一篇《带路人》。内容不一定都写先辈革命家，写根据地的好作风、好传统，是一定的。

欣悉你们将出《书市》①及你打算编集子，都是好消息，希望尽快变成现实。

我杂事太多，要写的文章很多，但一篇也无心绪静下来写。上星期五，一位美国教授②来访，星期二又来一个香港作家。时间成了一个严重问题。上星期刚在暨南大学讲了一次，说不一定下星期又要到中山大学去上一课。两校都兼职，奈何！厚此薄彼，可能引起误会，索性都一律拉平。匆匆。

握手。

萧殷　五月十二日

欢迎你于月底来穗！

1980年5月25日

弘征同志：

二十一日来信收到。《谈写作》的清样，我是五月十九日上午收到的，到二十二日上午已托广东人民出版社帮我挂号寄出，现在谅已收到？念念！起衰同志原让我廿五日投邮，但我怕给你们增加麻烦，所以抓紧时间赶快校阅，两天时间，仅粗粗读了一遍，只求无原则错误，一般问题都不改动了。恰巧在这时（十九日至二十二日）我答应给一本《编余漫笔》③（广东出版社编辑的一本关于编辑的书）写一篇文章，也是限二十二日交卷，双管齐下，忙乱得连一点休息的时间也没有，好在到二十二日上午都勉强完成了，虽不理想，只差强人意，但也无可奈何！事后，别的同志才为我没有弄出病来为我高兴。在这两天内，许多同志都替我担心，为我焦急。

《书苑》的名称比《书市》好得多了。要我提供最近的工作、生活和创作的情况，估计有困难。最近来，一个美国博士（美国人）来访我，谈到很多问题，由于时间不够，他留下一卷录音带让我自己录音。因为还有很多事情应付不过来，录音带还空着，我实在抽不出一点时间来。你要的短文（书简），过几天才能执笔。只要没有什么意外（如患病等），大概是不成问题的。至于你想象中的"作家的介绍"，只有你亲自来了

---

① 后改名《书苑》出版，湖南人民出版社主办。参见下函。
② 美国教授，指林培瑞。
③ 《编余漫笔——编辑谈创作》，广东人民出版社，1980年。

解之后才可能变成现实。

陶萍最近将出版一本《小满和他的爷爷》①，本来六月以前应该出版，但由于出版社请一个木刻家以木刻来插图，结果水平太差，不仅插图歪曲了作品的原意，而且木刻本身的水平太低了。由于素描基础太差，刻得人不像人、鬼不像鬼，简直远远比不上三十年代的木刻水平，令人感慨万分！陶萍最近在写一篇有关矿泉专家的"报告文学"。你给她寄的书，她收到了，谢谢你！

今年广州特别热，才五月，已热得很难受了，是我体质不适应这种天气，还是天气有点反常呢？反正往常的夏衣都觉得太热了。全是"的确良"的料子，没有合适的布料。长沙过去有一种薄麻布，现在不知还出不出？请打听一下！其次，据说湖南的绿豆很多，但在广州很难买到，这是很好的解暑饮料，也是广州人喜欢吃的"凉品"。如果在长沙容易买到，希望代我买十五六斤。

《谈写作》②的清样大约已经收到？望说一声，免得惦念！你何时去北京？看见张天翼③同志时请代问好！我们已十五年不晤面了，一九六五年我去罗马尼亚前后见过他了，以后一直未见面，很想念他！请代问好！

陶萍问你好！请代问候起衰同志！敬颂

夏祺！

萧殷　五月廿五日夜

照片找不到合适的，待再找找！如有较合适，定寄上。

1980年8月19日

弘征同志：

谅你已从西北归来？我近日非常忙乱，既要处理无穷无尽的来稿来信，又要适当地应酬各报刊的催稿信，其中推不了的还得动笔写。最近就给《人民日报》及《作家谈写作》各写了一篇，虽不理想，但很吃力。

---

① 陶萍：《小满和外公》，广东人民出版社，1981年7月。
② 萧殷：《谈写作》，湖南人民出版社，1980年6月。
③ 张天翼（1906—1985），本名元定，祖籍湖南湘乡。著名作家。中国文联委员，中国作协书记处书记，中央文学讲习所副所长，《人民文学》主编。

国凯①同志已回广州来度假期,每日牙痛,除给报纸写了一两篇短篇小说外,几乎什么都不能做。最近因他母亲病了,已动身到湛江去,因时间有限,再回北京文讲所去已来不及了,所以他肯定不会再回北京去。据别人跟我谈:国凯同志的肩部长了个肿瘤,是良性,还是恶性?现在还未查。但他自己无所谓,既不重视,也未去检查,但据说这个肿瘤正在发展中。因此,为避免他劳累,希望你再不要向他提起游湖南的事。这种事,家里人很紧张,准备他回来后到医院去查一查,但同时不告诉他自己(医生查出来也不会告诉他),免得他有什么精神负担。所以,你也不要把消息向他透露!另外,据说国凯曾介绍了一个青年作者的作品(中篇)给《芙蓉》,希望你们根据作品的质量去处理,好就用,不好就不用。千万不要因"人情"而使你们增加困难。

　　稿费已收到了,请转告起衰同志!我的《创作随感录》,一修改完毕,当即奉寄,勿念!谢望新同志因事出差,回来后,他会继续整理《文学随谈录》,我已与他约定,整理完毕就向《芙蓉》投稿。这一层,他是会做到的。勿念!——以上情况,请转告起衰同志,免他惦记。

　　西北之行,谅收获颇丰。有什么新闻?望告一二。

　　广州近来炎热异常,闷热得整日流汗,但从昨日下午起下了一场雨,气温稍稍降低,但蚊蚋仍猖獗,我们梅花村现在起了不少新房子,成了建筑工地,空气污染得更可怕,嘈杂之声更令人难以耐受了。——总之,环境越来越不好,城市与自然距离越来越大了。人们从这时代才开始感到乡村的可爱。这方面,欧、美人民比我们更敏感些。

　　陶萍问你好,匆匆祝健康!

　　起衰同志不另函!

握手。

　　谢望新同志的报告文学决定了没有?

萧殷　八月十九日

1980年9月19日

弘征同志:

　　托人带来的绿豆与葡萄干收到,谢谢!因我与一批评论工作者到深圳与珠海两个特

---

① 国凯,陈国凯。

区去参观①，未能在家会见陈仿舜②同志，至感抱歉！

九月廿日我和陶萍决定到龙川县矿泉休养所去住一段时间，因我长期食欲不振，每顿吃不下一两饭，按我的工作量，几乎每日都是入不敷出，长此下去，恐怕很难支持。据说那里的矿泉有医疗肠胃病的作用，决定去试试看，长则一月，短则半月。

谢望新同志记录我谈创作的文字，将继续整理，待整理到一定字数时，他一定会寄给《芙蓉》，我已跟他说好了。至于我的《随感录》，准备到休养所后继续整理修改，改完即奉寄，勿念！

谢望新同志写剧作家赵寰③同志的报告文学，康濯同志与代炜同志是否已看过？事实经过是忠实的，赵寰同志已亲自修改过，这里的部队作家都希望这篇报告文学能与读者见面。这十多年来中国知识分子的命运，可以从这作品中看见他们的缩影。

匆匆祝好！起衰同志不另函！

萧殷 九月十九日

广州梅花村的邮政编码是：510030

又：赵寰同志这次被广州军区选为出席党代会的代表，顺告。

1980年11月11日

弘征同志：

最近来信收读。我于十一月四日从龙川回到广州。这次在矿泉治疗所饮了二十天矿泉水，食欲略有改善。据医生说，慢病不能快愈，这种矿泉治疗至少需要三五个月，可惜我未带冬衣去，而且岭南山区似乎冬天来得更早些，不得已，我只有提前回广州来。而且这里事情很多，崇山峻岭也隔不断冗繁的事务干扰。

谢望新同志的报告文学已发稿，稍安心。当我在矿泉治疗所时曾接小谢去信，他告诉我：《芙蓉》以"少宣传个人"为理由拒登他那篇报告文学，我听后感到莫名其妙。

---

① 萧殷1980年9月20日致白拓方函中称："上星期与一批文艺评论工作者到深圳、珠海两特区去看了一下。"

② 陈仿舜（1939—　），广东兴宁人。湖南人民出版社编辑室副主任、湖南文艺出版社总编室副主任。

③ 赵寰（1925—　），辽宁安东人。剧作家，广东省文联副主席，广州军区战士话剧团创作指导员。

那篇报告文学与"宣传个人"有什么联系呢？与那种什么都归功于个人自己，什么功劳都归功于个人自己的思想有什么联系呢？如果这样来理解"宣传个人"，大概连写个人的悲剧，也逃不脱"宣传个人"之罪吧？

我回来后，忙乱不堪，要写、要修饰的东西很多，但身体还是不行，容易疲劳，虽每天忙碌，但无法适应客观的需要。于是"有心无力"的情绪愈来愈痛切，愈说明自己的身体愈糟了。《创作随感录》本来曾带到乡间，但那里也来人不断，以致什么也没有写。

陶萍最近写了些报告文学，但不在儿童读物范围。编集子恐怕分量还不够。我的小说散文集《月夜》已出版，不日寄上。匆匆

祝好！

萧殷　十一月十一日

1980年11月22日

弘征同志：

前去一函，谅已收阅。正在忙碌中，不料腹部突然隐隐作痛，开始像是气在蠕动，而且常移动位置，后来慢慢痛到肋骨上，虽不是剧痛，但鼓胀得难受。有个医生说是慢性胃炎，似乎不像，可是在半信半疑中服药了，一直到第三天才消了痛，现在又可以坐起来工作了。

前天我见一个同志买了一套《外国短篇小说选》上、下集①，是你们出版的，昨日我即托人到新华书店去购买，竟没有买到。可能是卖完了，去买书的人也没有问清根由就糊里糊涂回来了。估计在广州已不易买到，希望你在长沙代我购买一套，书款若干请记下来，将来一起还清。如果你社有其他外国小说、文论或中国古典书籍，也请寄来，每次请把书款记账，到一定时候，我将款汇去。

前曾给起衰同志写下一封信，可能已经收到？明年我将编一本评论集（主要与青年作者谈创作），广东人民出版社去年曾约过，但这里似乎印数不多，常常书刚出，新华书店就买不到书，许多读者直接写信给我，弄得我难以应付。这本集子到底给谁还没定下来。如《随感录》与《随谈录》编在一起，现在还不够分量，等到明年春再看看情况吧？

---

① 易漱泉、曹让庭等选编：《外国短篇小说选》（上、下册），湖南人民出版社，1979年。

我这里来人多，忙乱不堪，应写的东西无时间写，真焦急！

匆匆祝顺利！

萧殷　十一月廿二日

《月夜》已出版，即另包寄上，送起衰同志的包连在一起。

1980年11月30日

弘征同志：

信及书目已收到。

前数月，蒙起衰同志寄来过《外国独幕剧选》①及《历代游记选》②两书，谢谢！这是两本好书，比广东人民出版社出版的书更隽永，更有可咀嚼的余味。此外，你们出版的《历史书信选》《论诗绝句选》《外国散文选》《外国短篇小说选》等③，都是令人羡慕的，出版时请寄来，我将一并汇钱去。

其次，《美学初论》④《朱光潜美学文学论文选》⑤的质量如何？请打听一下，如内容不坏的话，希望替我各买一册！

我的谈创作的书⑥，拟年底着手编集，如正月能编完，当即寄上，勿念！

最近饭量稍有改善，但很易疲倦，加上来人多，白天写东西根本抽不出空暇。真令人焦急！有时我甚至想：将来如能在乡间找个地方，倒愿意离开城市。长沙可能比广州好一些。在这里，噪声和忙乱几乎到了无法耐受的程度。

陶萍问你好！匆匆祝

工作顺利！

萧殷　十一月卅日

---

① 《外国独幕剧选》，湖南人民出版社，1980年7月。

② 《历代游记选》，湖南人民出版社，1980年3月。

③ 《历史书信选》《历代论诗绝句选》《外国散文选》《外国短篇小说选》，均为湖南人民出版社20世纪80年代早期出版的图书。

④ 杨安崙：《美学初论》，湖南人民出版社，1980年8月。

⑤ 《朱光潜美学文学论文选集》，湖南人民出版社，1980年12月。

⑥ 指《谈写作》，湖南人民出版社，1980年6月。

1981年2月13日

弘征同志：

来信收到，首先我和陶萍向你们拟于五月邀请我们游湘表示感激，并欣然接受。届时能否成行，还要看那时的健康情况及气候条件。五月间，梅雨气节已临长江一带，湖南是否多雨？是否气候潮湿？肺气肿患者对于这类天气是最畏惧的。如五月不合适，时间可考虑变动。

望新同志昨晚才离穗赴京，原定二月八日启程，但不幸感冒了。在他出发之前，我接到《人民文学》副主编刘剑青同志的来信，对于《文学随谈录》他们已决定选用68页到88页那部分。我和谢望新同志认为"作者感情与描写对象相融合"那一段最重要，他们没有选，可能篇幅的关系。他们发表理论文章，从来不愿超过六千字。既然如此，《芙蓉》就可自由选用了。我与小谢已谈过抒情诗及叙述诗问题，他打算到京后再整理。总之，那本书我下决定到秋天交稿。至少可整理到十万字左右。

起衰同志翻阅过《给文学青年》没有？除你带回来的之外，这里还有六七篇文章，有两篇是我的讲话。全是讲创作问题的，待整理完毕，当迅速奉寄，勿念！至于封面及封面题字，全由你们负责设计，力求大方美观。

《谈写作》重版有什么新消息？

关于《给文学青年》的书名，你能不能代我拟一个更新鲜、更醒目的？一方面让青年读者一看书名就知道是什么内容，另一方面又不要太俗套和太一般。如何？

最近《光明日报》《文艺报》《奔流》《作品》等处大概要发我短文，看后，请提提意见。匆匆。陶萍问你好！起衰同志不另函！

萧殷　二月十三日

1981年2月27日

弘征同志：

接到你来信的当天（二月二十二日）下午，我即来流花宾馆报到，因省政协第三次会议即将召开，一直到三月五日才结束。

最后，我把编入《给文学青年》的七篇文章整理完毕，可能二十三日就挂号寄出，

是否收到？请你顺便查问一下！《谈写人物》《开拓题材、提高艺术质量》两篇，是直接谈创作实践问题，应把它的目录编入前寄的全书目录的第一组；《创作没有秘诀》《辅导很必要，但不能过分依赖》《探索是为什么？》三篇是创作思想问题，应编入全书目录第二组；《如何评论作品》《关于文学期刊的编辑工作》《……》（题目忘了）三篇是从评论、编辑角度谈培养青年问题，应编入目录第三组。

《光明日报》《文艺报》的文章，已包括在内，全编入《给文学青年》一书内。只有《关于文学期刊的编辑工作》未发表过，那是一九七九年在长春召开的文学期刊会议上我的发言（由易准同志代讲），他最近才整理出来。作为地方文学编辑经验，还是有点参考价值的，请你也看看！

李国柱有无信来？那是个忙人，而且十分勤奋，他几乎每日都工作十八小时以上。

五月间的天气在湖南已不潮湿，也不炎热，我和陶萍决定应邀，谢谢！

你去年发了四十多首诗和几篇散文，是丰收，值得庆贺！写诗不要只使用一种体裁——诗，应兼写些别的文体，普希金①，歌德②等都写了很好的小说，最近，艾青同志也打算写长篇小说③。匆匆祝好！

萧殷
二月廿七日于流花宾馆

1981年2月27日下午

弘征同志：

今日中午给你寄了一封信，下午我的孩子来宾馆带来一批信，其中有你二月廿一日的来信。仔细读了，我觉得你的意见很好，同意将有关《三千里江山》④缺点部分，做适当的删节（以省略号代之）。

不要以"引文"形式出现，这是记录者找出来的资料，只能以"附录"形式与读者

---

① 普希金（1799—1837），俄国诗人，著有诗体小说《叶甫盖尼·奥涅金》和小说《上尉的女儿》。

② 歌德（1749—1832），德国诗人，其《少年维特之烦恼》为书信体小说。

③ 艾青著有长篇小说《绿洲笔记》，1984年由四川人民出版社出版发行。

④ 《三千里江山》，杨朔中篇小说，1953年由商务印书馆出版，内容有关中国铁路工人参加抗美援朝斗争。萧殷《文学随谈录》对其有评论。参见弘征1981年2月21日来函。

见面。目的是借以说明当年有这么一场争论。我当时是反对那些否定《江山》一书的少数人之一，但在中国二十年来的文学史上一直未公开过。

赖少其还在广州，我准备按照你的意见请他书写《文学随谈录》几个字，但据说他很忙，几次摇电话都无人接。如能及时写出，当然最好，但不要耽误你们发稿，如赶不上就算了。他现在正忙于在广州文化公园准备他的书画展览会，规模很大，《羊城晚报》还打算叫我写一篇有关他的短文，但现在还无时间考虑。

请你代买一本《朱光潜美学论文集》，连同前寄的，请一起把所需要的书款告诉我，以便寄上。

政协每天都开会，很紧张，为了争取休息，晚上的文艺晚会我一律不参加。到三月五日，我就搬回梅花村，顺告！

祝好！

萧殷　二月廿七日下午

1981年3月6日

弘征同志：

省政协会昨天结束，我已从宾馆搬回家来。

少其同志已为我写了题头，现奉上。他说繁体比简体更美观些，我也有同感。例如过去限死封面要写简体，硬逼少其同志写"习艺录"三字，大家都感到别扭。

发表在《光明日报》《文艺报》上的短文看了没有？听到什么反映？最近《人民文学》《奔流》《萌芽》第四期，《作品》还要发一些短文，但这些都是已编入《给文学青年》之中。

章明①写的文章已写完，我已看过，符合事实，其观点我也同意，现准备进一步加工，由于他血压高，不能写得太快。匆匆。

祝你健康！

萧殷　三月六日

---

①　指章明写萧殷的报告文学《老牛羸病犹奋蹄》，见下文。章明（1925—2016），原名章益民，江西南昌人。中国作协会员，广东省作协理事。

1981年3月14日

弘征同志：

　　章明同志的报告文学《老牛羸病犹奋蹄》，我读了，我认为写得不错！第一，文章中所讲的事实和经历，都符合实际。由于篇幅关系，只有缩小，没有夸大的地方，有的甚至只剩下一点轮廓。第二，文章中涉及我的文学观点，也很忠实，可以说，如实地把我的看法反映出来。第三，关于我的为人、作风等，也写得较客观而实际。全文没有华而不实的段落，因而，从整体来看，我认为是篇有分量的文章。

　　用不用，还是由你们决定，我只把读文章后的印象告诉你们！

　　《朱潜光美学论文集》已收到，谢谢！匆匆

祝好！

萧殷　三月十四日

1981年3月19日

弘征同志：

　　诗集及信都收到。诗集正在抽空拜读，待读完再将读后感奉上。现已读了将近一半，一九五七年的部分，似乎较平淡，前面几首有些意境且含哲理。

　　前寄上赖少其写的《文学随谈录》①收到否？未见提及，甚念！昨天，赖来我家里吃便饭，顺便又写了几个题字封面：《谈写作》《给文学青年》以及《创作随谈录》，现寄上。重印《谈写作》时请用新写的，比较大方。原定题为《文学随谈录》，因觉得"文学"范围太泛，不如改为《创作随谈录》。前寄的如果已经制电版，那就算了，以后出单行本时，还是用《创作随谈录》较恰当。唐维安②同志对《给文学青年》一书有什么意见，望告。现将赖少其题的封面字奉上，请查收。

　　这几天，阴沉沉的，不时下一阵雨，这种天气对肺气肿患者是最难受的。五月应邀去湖南，你们有什么打算？希望先告诉我一点，因为我也需要做些准备。陶萍问候你

---

　　①　指赖少其为萧殷《文学随谈录》题写的书名。下同。

　　②　唐维安（1930—　），湖南邵东人。湖南人民出版社文艺室副主任，湖南文艺出版社文艺理论室主任。

们，匆匆祝

平安！

萧殷　三月十九日

谢望新同志原打算十五日回穗，但至今未归，不知何故？又及。

1981年4月14日

弘征同志：

读来信，知你因公出差华东。我给你们写信后，头脑晕重，阅读、写作……几全部停止。到四月二日上午忽发高烧，经人民医院急诊，断定为肺气肿急性感染，因须急救，遂留院留医。经吊滴十日青霉素与葡萄糖，高烧已退，但炎症未全消失。何时出院，医生还无表示，但我心里焦急，消炎针药如继续注射下去，胃口将更严重，要是不注射，带着炎症出院，后患无穷。

昨天作协广东分会负责人通知我：中国作协五月份将派一个代表团赴朝鲜，北京指名要我参加，现只好答应！届时能否成行，还要看我当时的健康情况。

如五月赴朝，湖南之行就不能实现。现什么都在未知数中，到时如何，只有那时才能分晓。

请问起衰同志好！匆祝

健康！

陶萍每日都来，信请寄梅花村35号二楼。

萧殷
四月十四日于省人民医院东病区三一一号

1981年5月19日

弘征同志：

明天八点钟，我和陶萍都飞北京，然后出国。作协怕我在半途中病倒，特叫陶萍陪我到北京。在北京住一星期，到月底就赴朝鲜。到朝鲜的具体任务还不清楚，如果是到处参观访问，我可能力不胜任。最迟可能在六月中旬回来。

你拟的计划，都因我赴朝，未能实现。歉甚！

我因忙于准备，且身体还相当衰弱，已把你的诗集交给望新同志，希望他读后能写个提纲，或几个要点，以作我写"序"时的参考。他认为你自己写更合适。他可能会写信与你商量。关于诗的事，现在我已无能为力。时间太少，杂事太多，已使我穷于应付。

我未料到《给文学青年》处理得这么慢，现又遇上我即将出国，连清样大概也无法看了。我的学生在纽约居然能买到《谈写作》以及我的其他三本书，顺告。匆匆。

萧殷　五月十九日晚

1981年6月3日

弘征同志：

由朱树诚同志带来的信已收阅，我们本决定廿八日动身去朝鲜，但我的胸骨忽然发炎，陶萍原以为用些碘酒就可以治愈，幸好朱树诚同志在旁，认为只碘酒还不行，必须让医生来看看，并且即刻请来一位医生，看后疑为肋骨发炎，但不排除其他奇症，叫去"三〇一"医院，可是那个医院架子十足，那天不仅不挂号看病，连"急症"号也不挂，第二天由陶斯亮①介绍，才到空军医院看了，肯定是骨膜炎，却难保内部没有毛病，但不住院不能透视，可是他劝我不要出国，以免在途中发生意外。就这样，我于三十日离开北京，六月一日中午才回到广州。

你说《给文学青年》前面准备印小传和相片，小传从存底中抄了一份，但相片却不易找到。从前我替别人拍了很多照片②，自己却没有照片，尤其是单身像更难找。不得已，只把四人合照③的一张寄上，我已用纸框住，请按框放大！用完后，请将原照片寄还给我，因我们没有第二张了。其余三人是于逢、欧阳山、吴其敏（《海洋文艺》主编）……

昨日去照了胸片，现在还未看见结果。如无问题，中旬可到长沙，希望你或朱树诚

---

① 陶斯亮（1941— ），湖南祁阳人。陶铸女儿。中国市长协会专职副会长，《中国市长》主编。

② 2018年，河源萧殷文学馆开幕时曾举办萧殷摄影展，展出的300多幅珍贵图片多为萧殷拍摄。

③ 指萧殷与于逢、欧阳山、吴其敏合影。

同志来接我们！匆匆。

萧殷　六月三日上午

中午已托人去看了胸部照片，是骨肋发炎，内部正常，勿念。又及，三日午后。

1981年6月11日

弘征同志：

今天收到你与起衰同志来信，但我六月三日挂号寄出的照片及小传难道还没有收到吗？在那封信中，也将胸部照相的结果告诉你，除肋膜炎外，并无其他奇症。读你六月八日来信，并无提及此信，想还未寄到吧？

这是我唯一的一张四人合拍的照片，请查一查，千万不要遗失了。

接到信，你就来广州，如何走？到这里再商量。我极少外出，与机关也极少联系。回抵广州后，常疲乏，未外出走动，也很难走动。因此也未托人去订购车票。匆匆
祝顺利！

萧殷　六月十一日

1981年8月31日

弘征同志：

我十九日回抵广州，即继续发烧，廿一日医生要我入院，我还借机拒绝，到廿二晚烧到39摄氏度，实在无法忍受了，才被送入医院。至今不觉已住院一月余，因不断输液，静脉已坚硬，润滑而且极脆，容易爆裂，所以现在连输送葡萄糖或氨基酸也感到十分困难。食欲极坏，连什么都不想吃！这几天每日请人来按摩腹部，才能勉强吃半碗稀粥……在这情况下，不仅不能写什么，连看报刊也停止了，医生说我的抵抗力已降至最低限度，如再无转机，就很危险了。

你的文章已阅过，不错，即刻转给《羊城晚报》副主编杨家文同志，我想他会妥善处理的。回来已月余，友人来信压了一大堆，均未复信。连李国柱兄来信也搁在一边。全身无力，头昏脑涨，有什么办法？

起衰同志来信及退稿已收到。现在关于青年作者与文艺刊物编辑的矛盾到处发生，

且日益尖锐。我在湖南谈话中也涉及这问题，想不到你们编辑部竟认为编辑态度和作风与培养青年作者无关。不但我，许多同志都感到莫名其妙！

在《给文学青年》中，我有一篇《他们用的是什么武器》，在《文艺报》发表，这里含有嘲讽的意味。指出他们乱砍乱杀的理由，不过是一些违反创作规律、把事物简单化、庸俗社会学或拿政治概念去套生活而已，我是由于愤怒而讽刺他们的，现在你们竟把这题目改成《清除极左思想的影响》，这一改不但不能表达我原来的意思，反而变得一般化的、死板的东西。我的意思，最好改过来！

何时出院毫无信息。我住在"广州、中山二路、省人民医院东病区、二〇二房"，匆匆

祝好！

萧殷 八月三十一日

1981年9月26日

弘征同志：

九月七日来信早已收到，因为我的病况确实不佳，感染现象不仅没有好转，胃口却继续恶化，弄得什么也吃不下去。更加消瘦了，全身无力，头涨脑昏，要做的事不得不停下来。最近进行了腹部按摩，每餐才能勉强咽下半两食物，这两天才坐起来。按病情我应该在医院住下去，可是医院需要扩充，已开始在楼顶加建一层楼，工程在头顶上进行，闹吵得难以忍受，每一桩，每一锤都像砸在心坎上，使我这个肺心病患者实在忍受不住。曾要求于国庆节前回家休息，医生也明知我的病不能离开医院，可是这闹吵的环境也不利于我健康的恢复，只好同意。梅花村的环境，由于正南给一座八层楼的建筑堵塞住，成为酷寒酷暑的牢笼，可是，又有什么办法呢？

你的诗集确已读过，但还无力动笔写序。在我重读时觉得其中有个缺点（尤其是《劳动者赞歌》），每一首几乎都使人感到"没有吟完"。我初步打算按照你的初稿，加上我一些看法和补充，使之成篇。不过，从身体条件看，现在还无法开始。希望你先联系出版的单位。

《随谈录》我无力继续去做，已停了四五个月。小谢初步整理出来的有关抒情诗、叙事诗的部分，至今我也无力修改。身体衰弱，心急也无用，奈何！《芙蓉》寄来的稿

费，小谢从未提起过。

给《文艺生活》三封信，如何处理？不见来信，不知采用否？请问问！

《给文学青年》这套书，你们设想得这样专（是从编辑们头脑中所想象的"专"）是不实际的，即使对我这本书要求得如此严格，对其他作家，绝不能办到。

以后来信寄梅花村。陶萍问小罗和你均好。

萧殷

九月廿六日于人民医院

1981年10月12日

弘征同志：

前寄上一信，谅已收到。你写的关于"君匋印谱"①的文章，于两月前已交杨家文同志，据说家文同志即转交《晚会》编辑部。由于稿挤，竟被排在后面。近日我又催促，他们已答应提前发排。勿念！

我还住在医院里，这两天稍能坐起来，匆匆写了《"浪花、火焰、爱情"序》，还费了一天复写，现连诗集一并挂号寄上，请审阅。如有不妥处，请提出意见；精力有限，只能写到这个水平，复写稿另一份，我准备寄给广州诗杂志《海韵》②，由他们发表，你看如何？

天津百花出版社听说较愿意出版诗集，有无熟人？望与他们联系！

《给文学青年》何时能与读者见面？望告！

这里工地太闹，我还想搬回家去，如家里实在无法住下去，就打算搬到暨南大学去。

陶萍问候你和小罗均好！握手！

萧殷　十月十二日于医院

---

① 指钱君匋：《君匋印选》，香港书画屋图书公司，1980年。齐白石、黄宾虹、丰子恺等题跋作序。

② 《海韵》诗歌杂志，1980年8月创刊，广东人民出版社（花城出版社）出版，罗沙、袁宝泉主编。第8期后改为《青年诗坛》。

1981年10月16日

弘征同志：

　　刚把《浪花·火焰·爱情》诗集及序言挂号寄出，就接到你十月五日的来信，想诗集和序言均已收到？不知有何意见？望告。在诗集的目录上，我打了×的记号，那是我主张删去的记号，有的嫌空，有的精神似与今天相距太远。看你联系结果如何？实在无办法时，我再向二胡①提出出版建议。

　　陶萍昨日才给《羊城晚报》一篇短篇小说，现在正在写着一篇"报告文学"。何时能写完，还不得而知。

　　我还没有出院。前次本来拟定出院，但出院前两天医生一检查，认为肺部炎症还相当严重，消失了出院的决定。但住在医院实在难受，吃饭照旧难以下咽，改建的噪音似比前更难忍受。昨天我又提出出院要求，这次对那些噪音的威胁医生似有新的领会，勉强同意我暂时回家静养，但一发现病情有变化时，应即回医院。我答应这个协议，下星期准备出院。

　　一直未接林真来信，估计他十分忙碌。如你能在广州与他见面，那太好了。不过，他每次回来都是匆匆来去，时间很短。只有事先相约明白，见面才有保证。

　　你拟将"未宜……"和"不辞"两印章②作为"报告文学"的尾花，我毫无异议！读来信，知已奉赖少其稿费，甚为感谢。匆匆专颂

顺利！

萧殷　十月十六日于医院

1981年11月8日

弘征同志：

　　大约在半月之前，曾匆匆赶写了《"浪花·火焰·爱情"序》③，并且即刻挂号寄

---

① 二胡，指胡真、胡代炜。
② 指1978年弘征为萧殷刻"不辞赢病卧残阳""未宜轻屈平生膝"两枚闲章。
③ 指萧殷为弘征诗集《浪花·火焰·爱情》写的序言。该诗集由湖南人民出版社于1983年9月出版。

上，不知收到否？另一份已交给《海韵》，由于第六期已发稿，赶不上去，决定于明年一月号刊出，顺告！你有什么异议？希望迅速函告，以便修正。

在《芙蓉》刊出《文学随谈录》，据谢望新①同志说，该稿费一百四十元，一直没有收到。据说由银行汇至南方日报，大概写在前面的是我的名字，所以南方日报拒绝接收。十月间，小谢才探知此事，他要陶萍带我的工作证到银行领取。据陶萍告诉我，去领取时，银行说：已过两个月，上交了。最后这句话是什么意思未弄明白，所谓"上交"是交到哪里？小谢已半个多月未来医院，他谅已写信告诉你？

关于钱君匋②印选的短文，我收读后即转杨家文（七月底或八月初），要他在《晚会》③发表，后来我追查时，杨家文可能又去催《晚会》。我住医院未看《晚报》，也不知发表否？这两天，准备通过胡希明的女儿④（她隔几天必来医院探望她父亲）再催促一下。结果如何？以后再函告！

前次你来信说，你们准备将我在第十期《文艺生活》的《写给青年作者》几封信，收入我的小书《给文学青年》中。其中把"安排波折"误排成"安推波折"，希望你们收编时将"推"字改过来，麻烦你们，谢谢！《文艺生活》的稿费，请直接寄到我家中，不知寄出否？

《给文学青年》七月已发稿，大概排印得差不多了吧？念念！

《文学随谈录》本来打算今秋完成，现因病，只好推到明年了。已住院一百多天，因不断出现新情况，所以医生的决定（出院决定），几次被取消。昨天我又提出下星期二（十一月十日）出院，医生答应得含含糊糊；到底能否实现？还不得而知。

关于《浪花·火焰·爱情》一书，与其他出版社联系过没有？结果如何？是否有点头绪？如实在无地方肯出，我再向胡真⑤、代炜同志提出。陶萍问候你和小罗安好！匆匆。

萧殷　十一月八日于医院

---

① 谢望新，时任职于《南方日报》文艺部。即下文所指"小谢"。

② 钱君匋（1907—1998），原名玉堂，浙江桐乡人。装帧艺术家、篆刻书画家。华东师范大学教授，西泠印社副社长，上海文艺出版社编审，上海市美协常务理事。

③ 《羊城晚报》副刊。

④ 胡希明的女儿，诗人胡区区。

⑤ 胡真（1921—2011），江苏无锡人。湖南省出版事业管理局党组书记、局长。

1982年1月1日

弘征同志：

　　来信收到，知道已将照片寄给叶孝慎①同志，估计制版已来不及，一月份《萌芽》不能刊出了。

　　你的《话新诗》一文，你走后，就读过，很活泼，有引人读下去的魅力。该文只谈到说大话的诗，依我看，这类诗已随"四人帮"的倒台而崩毁，至少它们在广大读者中已经臭了，使人一闻其味，就嗤之以鼻。现在最令人担心的，是那些莫名其妙的"东西"（其实根本上不能称为诗）。把欧洲于六十年前被那里的人们所抛进厕所的破烂，现在竟有人当珍品抱起来，有些评论家还加以鼓吹，尤其聒耳，但你在《话新诗》中竟完全未提及，是不是你也视为平常？或者认为也可"发展"？连人民看都看不懂的东西，我就不信它能与人民相结合，也绝不可能替人民呼吁，并为人民所喜闻乐见。

　　你走了，陶萍在作协谈到银行汇款的事，行政处即刻写了一个机关介绍信，陶萍顺便到银行去，就把那笔稿费领回来了。勿念！

　　李国柱兄前日来一信，他一直忙了两个多月，不仅预定的许多行动取消了，连朋友的信都来不及复信。这次还是在"冬至"假日抽空写了一批回信，据说也给你去了信。昨天我给他复了信，把你留下费新我②等一包字和你刻的四颗印章，告诉他。他说春节时有个学生回广州，我问他能否将这些东西托该学生带回去？

　　《随谈录》，今后我打算改为《随想录》或《随感录》，别人看了，都认为记录得很好，殊不知这比我直接写还费事得多。前由小谢把《人民文学》所剩下的三千字寄给你，请《芙蓉》编排我的《随谈录》时，一并编入，也不一定要有严格的连贯性，反而是随感随录的创作问题而已。

　　今天是一九八二年元旦，《给文学青年》一月份能与读者见面么③？甚念！

　　一月份《人民文学》将刊我一篇书简：《要善于从阴暗处看到光明》。出版后，请

---

①　叶孝慎（1949—　），浙江鄞县（今鄞州区）人。时任《萌芽》杂志编辑，曾任上海图书公司《博古》编辑部执行总编。

②　费新我（1903—1992），字立千，浙江湖州人。书画家。中国书协理事，湖州书画院名誉院长。

③　萧殷《给文学青年》于1981年12月出版。

注意收集一些意见。因年来我看的东西不多,可能有"坐井观天"之识。

陶萍的报告文学近来无闲改,改好后再寄。祝小罗及孩子们好!

萧殷　一九八二年一月一日
于省人民医院东病区二〇二房

1982年1月14日

弘征同志:

元月四日来信,以及胡真同志写的陈大远①散文序,都收到了,并且即刻将胡真同志的文章读了,并于当晚转给《羊城晚报》副总编辑杨家文同志,不知他们的看法如何?我是同意胡真同志关于散文的见解,并且在给杨家文的信中,我推荐了胡真的见解。

尚未接到李国柱兄的来信,也可能他的信由他的学生带来,如他同意带回印章及四幅字,我当然把这些都由他的学生带去。……

你打算将我那三千字的《随谈录》(《人民文学》剩下未发的稿)转给《新创作》,我同意;但发表时,希望他们寄我一份单面的清样,以便贴存,以备以后编辑小册子时选用。去年七月我那篇《随谈录》在《芙蓉》发表时,我只收到一本第二期《芙蓉》。回穗后,为了贴存,只好把它从《芙蓉》上剪下。今后,希望你们给每个作者打一份清样(如打清样有困难,牺牲两本《芙蓉》,使每个作者都有可贴存的清样),过去《收获》一直有这种优良传统,《作品》除给作者赠送该期刊物,还同时寄一份单面清样。希望今年第二期《芙蓉》发我的《随谈录》时,能得到单面清样一份,免得又毁了一本《芙蓉》。

第四期《芙蓉》已寄到,章明的文章②阅读了,其中把"天生港"错为"天津港",不知是否原稿原有的错误。

我决定本月十六日出院,因为治疗老不见疗效,病情却在恶性循环中发展,西医总是那一套,我不能不出院,顺告。匆匆

---

① 陈大远(1916—1994),河北丰润人。作家,著有《风雨苍黄》。唐山市委宣传部副部长。

② 章明:《老牛羸病犹奋蹄》,《芙蓉》1981年第4期,为报告文学。天生港位于江苏南通西北长江北岸。

祝好！

萧殷　一月十四日晨

1982年1月21日

弘征同志：

　　我于一月十六日离开医院，回梅花村了，并非病愈，而是各种药物都使用了，但痰喘依旧，不但未见减少，反而用药愈多，痰喘愈顽固，加上注射抗菌素，不断使食欲下降，若再在医院住下了，只会体质越来越衰弱。回到家里，希望逐步改善胃口，以挽救日益虚弱的体质。

　　……

　　接着《萌芽》叶孝慎一月十六日来信，他说至今未收到你寄出的照片，已耽搁发排的时间，只好用签名式了。

　　胡真同志序陈大远散文的文章，当晚已托人带给杨家文同志。现尚无消息，我又托《花地》编辑王有钦①同志去询问。匆匆祝

春节愉快！

萧殷　一月廿一日于梅花村

　　据《海韵》的同志说：《火焰·爱情·浪花》序，已发排，第六期今年与读者见面。又及。

1982年1月29日

弘征同志：

　　我于一月十六日已回家。因发觉住在医院，药物对病已不能起积极作用（尤其是对痰喘），而副作用（厌食）却越来越显著。越住下去，体质就越坏，抵抗力就越差，感染就越经常。这种恶性循环的情况，促使我不能不再三要求出院。

　　现在住在家里，已完全不服用药物，注射抗菌素也完全停止了，这样饮食起码会逐步改善。我努力先把胃口恢复起来，然后才能逐步增强体质，体质增强了，才可能解决

---

① 《花地》，指《羊城晚报》副刊《花地》。

痰喘问题。不能像医院那样，每逢痰喘恶化，就注射抗菌素（把它们当作唯一的万能灵丹）。接着绝不是痰喘减轻或消除，而是食欲减退，以至于根本不思食。别的办法似乎没有了。那么，我住在医院还有什么用处？

……

回来半月，一个字没有写，本拟到暨南大学去住，但怕伙食难解决，所以还未确定。

《红旗》杂志的牧惠①同志编了一本文艺论文集（主要是评水浒和红楼梦），很想在湖南人民出版社出版，现付来一份目录供参阅，如想要，可直接写信给"北京、《红旗》杂志社牧惠同志收"，索阅原稿。如认为不合适，也请写信给他说明。

给《新创作》的稿子，请不要用《文学随谈录》作题目。……请你根据内容给我拟一个题目吧！如各段连不起来，千万不要勉强去联系，可写《文学随笔×篇》。×可根据篇数改为"两篇"或"三篇"。

《给文学青年》出版后，请给我一百本样书！匆匆祝
春节好！

萧殷 一月廿九日

1982年2月6日

弘征同志：

今天读到你二月四日来信，知道河南人民出版社已将《浪花·火焰……》诗集拿去，前日我给胡真同志写信时，曾提到这本诗集，并鼓动湖南人民出版社出版它！如果他向你征求意见！你准备怎样回答？请考虑一下！

给《新创作》的文章，就叫"文学随笔"吧！但每段原有的时间和地点，刊登时如不用，请编辑同志帮我记下来，或者于排印后将原稿退回给我，因为这时间地点有关谈问题的背景问题，这对我将来编集子时是很有用的。千万转告！

国柱兄处在我去信时，也曾把十幅字和四颗印章交给其弟李国义的事告诉过他，他的学生曹炎来广州时并未找我，是直接找他弟弟的。他给我送的一部"空气清新机"，

---

① 牧惠（1928—2004），原名林文山，祖籍广东新会。杂文家。曾任《红旗》杂志文教室主任。出版《造神运动的终结》等杂文集。

也是由其弟转交给我的。……

牧惠（真名林文山）同志的文艺论集，由你们决定后与他联系，我杂务太多，不必由我转达了。

《给文学青年》的封面设计，据说很不理想，并说起衰、维安①等同志都觉得歉意。我现在还未看见，不知道"不理想"到什么程度。在《谈写作》第一次印刷有过类似的教训，为什么在设计时不经多人审阅？是什么人最后批准付印？以致"发现时，已制版，无法再改了"呢？北京文学出版社与广东人民出版社于封面设计后，都经我过目的，长沙与广州并不很远，为什么不能采用这种办法呢？

据叶孝慎同志最近来信，你寄的照片才收到，已赶不上在刊物登载，其中到底是为什么，闹不明白。匆匆，
握手！

萧殷　二月六日于梅花村

1982年2月25日致罗凌翩②

小罗同志：

刚接弘征同志来信，知道他将出差，复信只好由你收转。

《给文学青年》七十本已妥收，稿费也已收到，勿念！

关于胡真同志的"序言"，我又给杨家文同志写了一封催促信，前天已收到他的复信。原来他收到胡真同志的稿子后，当即发排，接到我的催促信后，他又嘱咐副刊部同志安排版面，争取早点刊出。现将杨家文同志的信附上，如可能，请送胡真同志一阅！

你的诗集送出后有什么消息？《海韵》第一期本来最近要出版，因该出版社的刊物多，听说又延期了。到底何时能印出来，只有印刷厂才知道。处处考虑奖金，有它一点好处，但它带来的坏处却无穷无尽。

林文山同志的杂文集，如果你们能出版，那太好了。他与章明的杂文集可以说是

---

① 指黄起衰、唐维安。
② 罗凌翩，弘征夫人，即萧殷信中所称小罗。

姐妹篇。这里还有老烈（即苏烈同志）[1]的杂文集还被搁着。吴有恒[2]同志已替他写了"序"，但迟迟未能与读者见面！其实老烈的杂文都是真话，它虽然碰到人家的痛处，但还不如章明某些杂文尖锐。

我曾给哈尔滨的《北疆》一篇谈"问题小说"的文章，本来去年底应当刊出，但后来据说刊物脱期，要拖到今年一月才能印出来，可是，现在已二月下旬，却连信息也杳然了。真令人莫名其妙！

小罗，你好吧？你从我给弘征的信中大概已知道我的病况，不啰唆了！陶萍问你和孩子们好！祝

一家健康！

萧殷　二月廿五日
于广州梅花村三十五号二楼

1982年4月7日

弘征同志：

来信已收到好几天，我已卧病了半个月，今天才第一次起床来，因而，你和朋友们的来信都搁到一边，心里虽然着急，但头晕低烧无力复信。国柱[3]兄最近也来过两次信，由于我卧病，也同样不能作复。

胡真同志已将你的诗集交给出版社负责人，并已向他们写信表示了态度……

我与胡是老同学，比较随便，我的一些看法都跟他说过，他给编辑部负责人的信，可以说，既传达了我的意见……

《海韵》还没出来，也不知道什么时候才能出版！

每次在《芙蓉》发表文章，只收到一本《芙蓉》。不得已，为了剪贴报样，只好把仅有的一本《芙蓉》毁弃，这一次，又是如此！

《新创作》何时出版？我的文章转去没有？望告！

---

① 苏烈（1921—2008），笔名老烈，辽宁绥中人。著名杂文作家，著有《学步集》《货郎集》等。中共中南局政策研究室副处长，广州市委政策研究室副主任。

② 吴有恒（1913—1994），广东恩平人。早年参加抗日，曾任粤中抗日纵队司令员。后曾任广州市委书记，作协广东分会副主席，《羊城晚报》总编辑。

③ 国柱，即李国柱，又名林真。

这次卧病，把体质弄得更虚弱了，除头晕低烧之外，还痰多气促，全身疲乏，不思饮食。病的起因是：人学出版社①与广东花城出版社要在近期内重版我的《论生活、艺术和真实》及《习艺录》，同时还有两本小说集要写序言，因为太集中、太劳累，第三天就出现了头晕低烧现象，由于我讨厌抗菌素，所以一直不愿到医院去看病。今天略有好转！希望能继续好下去……

匆匆祝好！

萧殷　四月七日

1982年4月18日

弘征同志：

　　四月十一日来信今日收到，我这两天才坐起来，整整卧病了二十多日，经常头晕低烧，实在难受。在这情况下，我还是不得不勉强坐起来写信。比如《萌芽》编辑部的俞天白②同志要我为他的中篇小说集写序；林文山同志要我给他的杂文集写序……由于他们不知道我患病，都热情希望我完成任务，为了这，我不能不马上给他们回信。

　　助手问题至今毫无头绪，要找合适的人，确不容易。至于临时助手，则更困难。当我的助手，确有一个水平问题，水平如果太差的，帮助不了什么。反而没有比有要好些。

　　……

　　寄来二本《芙蓉》及剪样均收，谢谢！勿念！

　　匆匆，祝好！

　　《湖南画报》也收到，勿念！

萧殷　四月十八日

1982年5月9日

弘征同志：

　　五月二日来信收悉。我已坐起来，但四肢无力，容易疲劳，连看报刊也感到吃力，

---

①　指人民文学出版社。
②　俞天白（1937—　），浙江义乌人。上海市作协理事，《萌芽》杂志副主编，《沪港经济》杂志总编辑。

因此，写东西就更加不可能了。你在报上看见《读小雷的小说》①，是三月初写的，那时正因为赶写了这两篇"序言"（另一篇是关于程贤章的小说）和校订两本待重版的书（北京和广州各一本），而把我累垮了。这一病整整躺了一个多月，至今仍无法恢复正常。

不久前《芙蓉》汇来一笔稿费，竟汇到郊区沙河顶一家银行去，弄得费了很大气力，才把稿费领到。我这里常收到从全国各地来的稿费，都是由邮局汇来，手续很简单，只有湖南出版社由银行汇来。本来广州东山就有人民银行，可是偏偏叫人到郊区沙河顶去领款，幸好那天我的媳妇骑了自行车去，到沙河镇就看见银行，可是这里不能领款，要到沙河顶人民银行去。我感到很奇怪，怎么让我们到沙河顶去呢？可能他们把梅花村误作梅花园了，而梅花园正在沙河顶附近，而离东山梅花村至少有十五公里。以后寄稿费如一定由银行汇，请写明"东山梅花村三十五号二楼"，只写"梅花村"，可能被不熟悉地名的银行职员误以为"梅花园"。以后写信来，最好都在"梅花村"前面冠上"东山区"三字，请记住！

从前，你曾说将我一部分《随谈录》交给长沙新创刊的《新创作》，不知给了他们没有？结果如何？

《海韵》至今仍无消息，该编者罗沙②同志已很久不见面，听人说："《海韵》准备改名，也不知底细如何。"匆匆

握手。

萧殷　五月九日

1982年6月7日

弘征同志：

今天读到你两封来信及《新创作》不用的稿件。这篇"随谈录"自寄给《人民文学》后，我已记不清它的具体内容，现在重读它，才晓得小谢已于去年七月给《花

---

① 应为《读吕雷的小说》。

② 罗沙（1927—　），原名罗光泽，江西赣县人。广东省作协理事，广东人民出版社文艺编辑室副主任，花城出版社诗歌编辑室副编审。时任《海韵》编辑。

地》双月刊①发表了。这是广州郊区文艺界编辑发生，最近该编辑部给我寄来去年的合订本，才知道它已与读者见过面。情况既然如此，再在《新花》发表，就无此必要了。如果我早知道这情况，也不会答应给《新创作》的，当然该主编认为这问题老了，过时了的意见，却是不正确的。问题不仅在创作上还存在，在一些领导人则表现得更加严重。

《海韵》至今未出版，曾问出版社的同志，说是要改名，可能叫作《青年诗坛》，到底什么原因，因一直未见到罗沙，所以摸不清底细。

起衰同志已说将出版《火焰·爱情·浪花》，那就耐心等一等。趁这时间把诗集编得更精练，不是也很好吗？

我自离开医院回家后，从未下过楼，常常四肢无力，容易疲倦。因为这半年来，白蚁为害加剧，我的住所已成危楼，加上正南那座庞然大物，实在无法再住下去。我要求搬回我原来的住所——梅花村四号二楼，但由于阻力重重，拖延了很多时间。幸好省委书记与广州军区政委大力支持，才逐步把拦路虎与绊脚石排除，现基本上是确定了，具体搬家日期则尚难决定。估计十天之后可能搬迁。不过，你在接获我通知之前，还是按旧址寄信。

代炜同志还未看到，他可能正忙。陶萍问小罗同志及孩子们都好！

匆祝

暑祺！

萧殷　六月七日

1982年7月16日

弘征同志：

近半月来炎热得难受，不但不能写什么，连读点报刊都感到吃力。今年热得出奇，是多少年没有过的炎热，加上我这间被堵绝了南风的住宅，如时刻喷射火焰的烤炉，我不仅呼吸困难，简直坐卧不安。本来打算下星期一就到郊区（离广州市约三十公里）的一个寺院里去静养，但昨天据说这几天可能有搬家的希望（本来早就应搬家，可是扯

---

① 《花地》1980年1月创刊，原名《穗郊文艺》，广州郊区主办。曾刊载萧殷《文学随谈录》等著作。

皮的人太多，以致扯了快半年，鲁迅先生说过："中国人搬张桌子，也要经过一场斗争。"到现在，这句话似乎更有现实意义了，可叹！）这一来，我不能不延迟静养的时间。

昨日读到你七月十日来信，知你最近从南岳回去。粗粗翻阅了中山大学出版的《当代文学资料》，如隔靴抓痒，现实的迫切问题接触得太少，也太浅。与会的大概多是一些与创作实践无关的人，这就决定了会议的实质以及这类"学会"的发展前途。

代炜同志来广州时，曾来过一次，他嘱我把平日的复信及随谈录等，都寄给《芙蓉》。其实，我已多时没有写东西，至于《随谈录》已停了一年多，现等一个助手来，（宣传部确定派个助手来，已决定派暨南大学的研究生游焜炳同志来帮助我，但要到九月研究生才结业）。只有等他来后，才能计划写点什么。

第三期《芙蓉》已收到，稿费也收到了。勿念！

前天罗沙同志来，他带来了今年第一期的《海韵》一本，为了赶印教科书，三月出版的《海韵》竟拖到七月才印出来，实在胡来！我重读了那篇"序言"，拟把意境引诗两节删去，引诗以上的文字改成这样："因此，诗歌必须讲求意境。所谓意，就是情理浑然，所谓境，就是形神凝聚；也即是要情景交融。使读者读来感到'言有尽而意无穷'和隽永有味。下接下一段'现在有些诗所以让人失望……'"，你看如何？

热得全身冒汗，无法再写。匆匆

祝好！

萧殷　七月十六日

1982年8月26日

弘征同志：

八月七日来信收到，因为市区太热，我那危楼又像一只烤箱，实在难以忍受，不得已，于七月下旬来暨南大学暂避暑气。这里虽比梅花村通风些，但小咬很多，令人坐卧不安，待天气稍凉，准备回梅花村去。至于搬家，现在还无消息，省委于去年已批准我另搬新居，可是由于扯皮的人太多，做任何一点改善都遇到重重阻力，可见所谓"落实政策"之难了。

小蒋没有来信，我现在的健康情况比去年还不如。至于助手，也"只闻雷声，不见雨点"。所以毫无办法，心急也无用，徒然伤害自己的健康而已。

由湖南出版社负责出版的十二个文学评论家的《评论集》（由冯牧、阎纲、刘锡诚编辑），我也有一本，已交稿①；说付印在即，又来催照片。因在暨大，手边照片极少，选了一张一九七一年拍的，比现在似年轻得多。据阎纲同志告诉我，到年底可出书，不知出版社对这丛书有什么措施？十二个人是谁？

前信说邮寄来一斤茶叶，但至今仍未收到，可能还在途中？或许因什么临时事故被耽搁了？

陶萍与我一起住在暨大。她问候你和小罗同志！匆匆

祝好！

萧殷　八月廿六日

1982年10月19日

弘征同志：

我在暨南大学住了八十天，于十月十二日回到梅花村，到十七日由梅花村三十五号搬进梅花村四号二楼，这里环境显然比三十五号通风些，也宽敞些，但意想不到的问题又出现了：四号的正门，被楼下住户（军人的家属）改为一间客厅，门给堵塞住，再不能通过了；从此，我们只能靠后门出入，然而原有的后门的小院落，却被旁边新建的省委档案局工地据为火房和工棚（而且扬言此后要在这里盖一个永远性的自行车棚），后门被工棚掩盖着，来找的人都感到十分艰难，尤其严重的，邮件无处投递（因后门被挡塞，邮箱便无适当的地方挂设）。在此问题解决之前，请暂时将信件、书刊寄到"广州、文德北路、中国作家协会广东分会"我收。

苏烈同志（常在《羊城晚报》《作品》等报刊发表杂文的老烈）这一年多来，很注意湖南人民出版社出书的动向。他认为你们出版社、四川人民出版社、天津百花出版社等都注意书的质量，摆脱了商人的作风，很值得敬佩！只有这样中国的新文化才能逐步滋长，才不致被出版商所排挤、所吞没。基于此，他也想把这几年发表的杂文，编一本由你社出版，如何？在这里，老烈的杂文是有名的，既深刻、尖锐，又优美幽默。比起别几位，显然有它鲜明的特点。如同意，打算请他将稿子寄上。

---

① 指《萧殷文学评论选》，湖南人民出版社，1983年6月。

我那本《给文学青年》才印了一万多本，最近有重版可能没有？因其中（记得一六一页）一篇文章由原稿错漏太多（正误表已寄去），望能有机会改正。那篇文章是在新会的问答记录，我记得修改过，后来不知什么原因，竟把这个没有改过的稿子寄到出版社，说起来真是有苦难言。

陶萍问小罗安好！匆匆祝

平安！

萧殷　十月十九日

附来函

1978年10月24日

殷师：

廿几年前，当我还是少年时，您就是我最尊敬的老师了。您那许多和后辈们读创作的论著，是那样使人感到亲切，宛如面聆清诲。那一滴滴富于营养的甘醇乳汁，至今仍沁在我的心头。

我从小就爱好文学及美术，篆刻亦然，但以前很少动手刻。把它列为日课只是近几年来的事。天资鲁钝、修养不深，功力之不逮师就可想而知了。我最初曾师法齐翁①。近两年接受了几位篆刻家的意见，以为恐失之怪异，又改攻汉印，旁及浙派诸家，故所刻往往齐、吴、赵、黄②掺杂，至今尚无个人风格和特点可言，只是在学习的道路上摸索罢了。前呈师之拓片，确失之柔弱，已决定重刻。另刻一方收藏印记，以为或可不限于藏书，不知师意如何？闲章中"不辞羸病卧残阳"及"未宜轻屈平生膝"两句感人肺腑，启人深思，当敬谨一并刻成呈拙。

兹检出三年前为雄才翁和新我师所刻两方，略法齐翁，然功力相距不可以道里计。附呈乞正。师之名印及收藏印，即拟用此刀法，未知可否？

师之大著《习艺录》只从刊物上拜读了后记，想已出书，但此间书店一直未见。不知师尚有存书可惠我一本吗？

---

①　齐翁，指齐白石。湖南湘潭人，国画名家。
②　指齐白石、吴昌硕、赵之谦、黄牧甫。

前闻师正住院养病，不知尊恙已痊否？至念！

专此敬颂

康安！

弘征敬上　十月廿四日

1978年11月10日

殷师：

前函想已赐阅。师的印章近日已刻就三枚，但由于我的粗心，把闲章刻成"未能（宜）轻屈平生膝"和"不辞羸病惜（卧）残阳"了。今日试印时，心有一种怕错的预感，急忙检读来示，果然与师所示，各有一字之误。已决定另石重刊，现仍将已刻的拓呈，无他，即此种篆法及刀法，师是否喜欢，敬乞见示耳。

印刻成后，是邮寄作协还是寄往府上为好？尊寓以前听友人说过，是东山梅花村35#。不知是否准确？如迳寄尊寓，亦乞示知。

专此，敬颂

康安！

生弘征顿首　十一月十日

1978年11月24日

殷师：

嘱刻印章，迟至今日才草草报命，自惭浅陋，深负师望。他日君有长进，当敬谨重刊。

收藏印还是遵师前示刻作"藏书"了。因以为"收藏"固可通用，但君普通书籍一并钤之，似亦不宜也。拟另觅佳石，他日再刊一方园朱文的收藏印来。肖字从汉印，接信后本拟重刊，后以此印较大，师必不常启用或可聊备一格也，打算将来另刻一方较小的与收藏印一同寄来。

师已陆续看了我一些印章习作，幸盼有所教之。我对于它仅只是一种业余爱好，远谈不上系统地学习和深入钻研，水平之低也就可想而知了。最近，拟选五四来一些有代表性的作家和作品刻一套《新文学印集》，已刻了《阿Q正传》《狂人日记》《女神》

《屈原》《子夜》①等，拟陆续再刻至百方为止。将来有些作家和作品的选择还要乞师指教。专此敬颂

康安！

生弘征敬上　十一月廿四日

印章已寄至作协，请查收。

1978年12月20日

殷师：

下午收到您的来信，得悉广东盛会情况，深受鼓舞！

呈师的那几方印章，虽悉意为之，仍难称意。蒙师如此鼓励，深感惭愧。

我过几天将出差来广州和佛山，想到这次将能得许窥墙，面聆清诲，心里非常激动！生有一好友孙健忠②同志，现正在珠影写剧本，他是搞专业创作的，曾写过《五台山传奇》等小说。他久仰您，早就和我相约将来一同来拜访您的。我将和他一道来。我近年偶学作点旧体诗词。前些日（10号）在《长江日报》发有《论诗绝句》五首，《东海》11期发了几方印章，因手边没有剪报和刊物了，未能奉寄。师如见到，敬乞教正。

前两天写了一首怀念主席的短诗，寄刊物时时间早过了，报纸也已来不及。诗也写得不好，抄奉一份，乞师指正。专此敬颂

康安！

生弘征敬上　二十月廿日

1979年1月4日

殷师：

这次在穗，有幸面聆清诲，是我此刻最大的收获③。惜太匆匆，又值师新恙初愈，

---

① 《阿Q正传》《狂人日记》为鲁迅小说名；《女神》《屈原》为郭沫若诗集、戏剧名；《子夜》为茅盾长篇小说名。

② 孙健忠（1938—2019），湖南吉首人。著有长篇小说《死街》《醉乡》等。曾任湖南省作家协会主席。

③ 弘征在《小楼长忆坐春风》一文中称："我第一次到这座小楼（梅花村35号）来拜见他已是1978年春，正跨不惑之年。"

不忍过多打扰，总觉得还有许多问题未及请教，深以为憾！

归来整理了一下拜访时的所得，又重读《春华》①，情不可抑。《春华》写得不错，诚记者之笔也。我想：师的形象当是作家、战士、园丁，如能写成一篇散文，只要文笔不太蹩脚的话，读者一定爱看。生有此愿，唯恐力不从心也！

《广州文艺》拟再重读，不久当奉还。今日去函该刊索求一本（当然，我没说这是师的提示），并附小诗一首，但不知其肯否见惠。该是回来后写的，题为《春天进行曲》。另纸附呈，乞师指教，但稿不必寄还，阅后弃之字篓就是了。

前呈于沙诗稿，他是想投《作品》的，师阅后能否选出一二，或给他指出缺点掷回？均甚所盼也。

诗歌好像正临困境，读者颇有厌言，其病为师所言，即缺意境，虚假的浪漫主义。总之，既少诗味，又不能唱出人民的心声。惜是日匆匆，未及细聆卓见。我很想能再听到师对此进一步的看法。师有兴时能再赐教吗？专此敬颂

康安！

生弘征敬上　元月四日

师母一并致意不另。

1980年11月6日

殷师：

久未问候。上次到广州拟去龙川②看您，因据说矿泉离县城尚远，交通不便，以致来去匆匆，竟未晤师一面，常觉惴惴。

《芙蓉》组织的活动，国凯来参加了一下，现已返穗，想师已见到。青年作家中只邀请了他和蒋子龙两人（孔捷生未到）。因从上次师信中悟到有某种因素存在，故生在穗时曾向他家写了一信，评述了一下活动的内容和邀请人员情况。想来小纵③当不会有什么意见。

小谢的稿子，因来稿时生值在西北，回来接到师信才去询问，但一直未得要领。这

---

① 当指谢望新、李孟昱撰写的《寒凝大地发春华》一文。

② 其时萧殷、陶萍夫妇正在龙川县矿泉休养所疗养。

③ 小纵，指陈国凯夫人纵瑞霞。

次在广州,才从小谢处了解到全部情况。现已决定在明年第一期上刊出,请勿远念。

师的《创作随感录》,起衰同志和我两人商议,很想请师能抽暇整理出来,除在刊物上发表外,同时编成一本书,由我社在明年出版。考虑到师身体欠佳,不能过于劳累,除小谢就近协助整理外,必要时,生或亦可抽暇做一些抄缮方面的工作。师意以为如何?

陶萍同志的儿童文学集,我已报了明年的选题。很希望最近能将暂定的书名、计划字数、书稿的主要篇目内容见示,以便列入正式计划。匆匆敬颂

康安!

生弘征敬上　十一月六日

1980年11月25日

殷师:

顷奉手教知近又偶沾小恙,幸已痊愈,喜甚!

明年我社正拟出一套与青年作者谈创作的书(约4~5种),因社里正在确定明年选题,那天我和起衰同志商量,已替师列入了一本,现师拟编一本①,正好使我们的计划不致落空。如师近期能编好,我们的出版周期远比广东要快,明年第二季即可见书。装帧、发行数量等方面的工作当力求做好(到时可由起衰或我搞责任编辑),我看,既然师并未完全应允给广东的就交给我们出好了。《随谈录》一时还编不成,稍缓再说。

因本月初要最后确定选题,明年种数没有增加,已提出的约稿已呈膨胀之势,故陶萍同志的儿童文学集我还是列入了。书名暂定为《大红马精神》,何时编来都没有关系,万一没编来也不要紧,到时可另补一本。以免将来编成了由于没有计划而产生延宕时日的麻烦。

《外国短篇小说集》是我社去年出的,今年还出版有《外国戏剧选》和《外国独幕剧选》,过几天找齐寄奉。还要别的什么书?寄上1—9月书目一份,请在要买的书目上划记,生当购好寄来。

起衰同志到镇江开期刊会去了,大约下月初旬回长沙。我已确定去专搞《芙蓉》,但目前因尚未物色好接替的人,还在两边兼着。

---

① 即湖南人民出版社版萧殷著《给文学青年》。

专此敬顿

康安！

生弘征敬上　十一月廿五日

1981年2月19日

殷师：

　　手书敬悉。五月间湖南已是春夏之交，雨季刚过，估计不会再潮湿了，也还没开始热。渴盼师俩到时来湘一游。

　　《文学随谈录》我正在看，当在近期发出，编排时拟发王蒙等的部分信函照片。一切将遵师嘱办理。

　　《谈写作》已发厂重印，印五万册，封面已重新设计过。重印本今年上半年可以出来，到时当致奉印数稿酬。

　　《给文学青年》的书名老黄①他们都认为好，生也以为不错，是否不改算了？书稿唐维安已在着手编辑。师拟补入的稿子，请尽快寄来，以便早日发稿。

　　林真先生那里，我已寄去《芙蓉》及《朱光潜美学论文选》《戊戌喋血记》《福楼拜评传》各一本，并写了一封短简，说明是通过您介绍的，希望他指教。

　　自己五十年代和近几年写的一些诗，去年就想整理一下，一直拖着。大年夜翻了一下，初订了一个选目，想在最近抄改出来，从已发表的二百多首诗中，约选出八十首。写了二十多年，头上行将飞白，就只写了这么一点，真也可怜。缮正后将寄师审正删除、指教。去年成绩较好，发了四十几首诗和几篇短论和几篇散文。

　　师将在《光明日报》《奔流》等报刊上发表的文章，出刊后当即拜读。这些文章收不收入《给文学青年》一书中，也盼赐知。

　　不久前选了七八方自己认为较满意的篆刻作品，《随笔》②近期将刊出，乞师指教。命刻的名章，来穗谒见时当呈拙。专此敬颂

康安！

生弘征敬上　二月十九日

---

①　指黄起衰，湖南人民出版社副社长。
②　《随笔》双月刊，创刊于1979年6月，广东人民（花城）出版社主办。

向陶萍同志问好。

1981年2月21日

殷师：

前几天奉一函，想已收到。

《文学随谈录》将发第二期，听说赖少其老在广州，生想请他为这篇文章手写一个标题制版，将来登续篇时也可以用。师以为如何？如师以为可以，乞能最近请赖老写就惠来。假如赖老不在广州，您要写信去安徽①的话，就请赖老写好后直接寄给我。横写，便于版面安排。

整篇文章，生读后深感真知灼见，娓娓而谈，极为精彩，一定会受到读者的热烈欢迎。其中读杨朔的一则，也是极好的。师对《三千里江山》的看法，快三十年了，到现在还有很深的启发意义。只是因为这是一个谈话录，那段引文较长（约三千字），笔调不太一致，现在的读者大多没读过《三千里江山》一书，一些具体的分析恐不易理解，也或多或少影响了师在后面对他散文的称誉（因为篇幅也较短）。生想：从108页起，谈《江山》缺点的部分，可否适当删节（以省略号代之）？如师允许，请近日赐示。专此敬颂

康安！

生弘征敬上　二月廿一日

1981年5月11日

殷师：

七日手教奉悉。知师月末将赴朝。我将情况向代炜等同志都谈了。大家恳切希望您归国之后能来湘逗留一段时间，陶萍老师可先来，或届时再从广州来湘会合。考虑到师健康情况欠佳，加上旅途劳顿，可先在宾馆休息，或在高干病室检查疗养一些日子再开始活动。在湖南愿看看哪些地方，请师自定，除岳阳楼等名胜外，近年新发现有一风

---

① 赖少其时任安徽省委宣传部副部长兼省文联主席、党组书记。

景区张家界,香港陈复礼①等都专程来过,据称胜似桂林,可与陶萍同志去一游。我们的文学讲习班拟在六月上旬开学,七月中旬结束。师来后,视健康情况,为大家讲一两次,以满足大家愿望。这个讲习班,全系近几年来刚露头角的青年作者,都是嗷嗷待哺,领导同志又命我去具体主持。如果没有您来为大家讲一两次课,大家都将引为毕生憾事。生也将对这个讲习班有无成效失去信心。

据闻中篇授奖会将在本月廿五日在京举行。上月听说国凯的《代价》已经入选,不知他是否去?师那时候是否已离京?授奖会之后,我们刊物拟在北京开一个座谈会,康濯、代炜同志将去。如师那时还未离京,我也拟去京一叙。

《文学随谈录》的下一部分不知小谢整理好没有?我回来后写信给他尚未见复。第三期发稿在即,我们已通过《书苑》告诉读者,从第二期起连载的,并盼能早日付印成书,这本书将由生编辑。《给文学青年》我经常在催老唐②,此公工作作风细致,以沉着著称。前段为赶编"文学家辞典"花了不少时间,而又不能中途放下。他也深知这本书是读者急需,已答复在二季度一定发厂。我将继续催他。

承允为拙诗赐写序言,不胜感激。然生文笔不佳,且恐乏自知之明,拟草稿或大纲有可能使师在改定时加倍的费力。可否请小谢先拟一个大纲,生再参与一点浅见(如生活经历、艺术追求之类)?小谢经常面聆教诲,且常笔录随谈,阐述师的看法以及语气的模拟必然更准确一些,不知师以为如何?

上期《书苑》出来,我正出差。我写好信封嘱宣传科代寄一份给您的,不知收到没有?上面有生写的一则关于《随谈录》的报道,附呈一份。专此敬颂

康安!

生弘征敬上　五月十一日夜

1981年5月23日

殷师:

十九日赐函敬悉,知师已在二十日赴京,想旅途安好,身体健康,念念。

---

① 陈复礼(1916—2018),广东潮安人。先后侨居泰国、柬埔寨、越南等地,1955年迁居香港。著名摄影家,1961年获香港摄影学会和伦敦英国皇家摄影学会高级会士衔。

② 指唐维安,湖南文艺出版社文艺理论编辑室主任。

几个月来,我们都在渴盼着您和陶萍老师能来湘一游,在悉师有访朝之行后,胡真同志、代炜同志又多次面嘱:一定要请您和陶萍同志在您返国之后来湘,并做好一切安排,让师在湘期间,有一个安静的环境,以消却旅途劳顿。愿意到哪些地方看看,由师自己确定。除已命生一再转告他们的热忱邀请外,现趁师在京逗留期间,又嘱我社副社长袁琦同志和《芙蓉》负责人朱树诚同志前来面请,仰慕殷殷、热情诚挚,幸盼师访朝之后能顺道来湘一行。

《给文学青年》原想以几部稿一次发厂,同时出书,处理得太不得及时了。我和起衰同志经常谈起,大家都觉得很抱歉,将加速处理,使能早日成书。匆匆敬颂

康安!

问陶萍同志好!

弘征敬上　五月廿三日

又:《给文学青年》拟在正文前印照片和小传,不知师身边有没有?或要萌萌他们选一张寄来。又及。

1982年10月25日

殷师:

手教敬悉,知已乔迁①,条件较原来好些了,甚感欣慰!但出入问题不解决,将诸多不便,但愿能早日得以妥善处理。

师来信提到老烈的杂文,我曾拜读过,确是很有特色的。只是联系我社出版问题是不是稍缓一下。因当前出版界出诗集难,出杂文集似更难。章明同志的集子②出后也免不了有人嘀咕;林文山同志的集子也是颇费斟酌才争取列入了明年的选题。其实,杂文还是很需要的,鲁迅一生不就多是杂文集么!无如现在出版社都未能注意及此,我倒很希望有人能就此鼓吹鼓吹。其次,我社明年文艺方面只有六十个以内的选题,现《延安文艺丛书》③《中国文学批评丛书》④《丁玲文集》⑤《立波文集》⑥等就占去了半数以

---

① 萧殷已由梅花村三十五号搬进梅花村四号二楼。

② 章明:《剑花小集》,湖南人民出版社,1982年。

③ 《延安文艺丛书》包括小说、散文、诗歌、文艺理论等共16卷,至1987年出齐。

④ 《中国当代文学批评丛书》共12本,包括《萧殷文学评论选》。

⑤ 《丁玲文集》至1984年出版6卷,后由湖南文艺出版社接力出至9卷。

⑥ 定名《周立波选集》,共7卷。

上，其他书的选题就很紧张了。故此时如提出难度将较大，不如稍缓一下，到明年生再相机提出为好，当尽力而为。另，师在适当时候也可写信向起衰同志提一提，他现在是主管文艺的副社长，您的意见他将很尊重的。或到时由我转达。

师的评论集已在编辑中，将在不久后可发稿。《谈写作》很受读者欢迎，已印到第三版。《给文学青年》的初版书店提数不多，我将向起衰同志提出近期发重印征订，讹错处将在重版时改正。

丁玲同志本月十四日来长（由我们局、社请来），暂未在文艺界露面，由任光椿①等陪同游了南岳。现已去临澧及湘西，大约月末回长沙。回长沙后，还将逗留一段时间。陈明同志回来，周良沛②也跟着来了。

不久前重新回过头来写了一些工厂诗，冀图有所突破。最近已在或将在《雨花》《诗刊》《长江文艺》《人民日报》《芒种》等报刊上发出。韦丘我也寄一首，他说将发在明年第一期。到时当将全部剪报寄呈，请加指正。我想既反映生活，又表现得奇幻和空灵一点，在既非太实而又能抵制某些现在把诗写得太玄和与时代隔离的那种诗风。专此，即颂

康安！

向陶萍老师问好不另。

生弘征敬上　十月廿五日

1982年12月7日

殷师：

出差回来收到萌萌同志来信，知您近来又身体欠安，不知近日已好些了吗？深为思念。

读者来信已转交老唐，并向起衰同志说了，请他们早日安排重版，勿念。

---

① 任光椿（1928—2005），湖北当阳人。《湖南文学》《文艺生活》及《芙蓉》编辑部主任，湖南省文联执行主席，湖南省作协副主席。

② 周良沛（1933—　），江西永新人。1949年参军，部队作家、诗人。1958年被划为右派，1979年改正后任中国作协云南分会专业作家。

赖少其老上月在湘开画展，适值我去京接汪曾祺①、谌容②等人来湘，后又陪去桃源等地，直到赖老夫妇离湘前一天，生才赶回去拜望。恰好收到萌萌的信，他们很关心，如果我早去一天，他们就将去广州看您了。其时因去上饶的行程已定，12号要赶到福州去开画展，准备春节时一定到穗去看您。是日夜为赖老刻了两方印章，因他第二早就要启行，草草报命，承尚觉满意，赖老在湘画的三个长卷，有欲在湘出版之意，生当即找了两胡，并通知美术出版社连夜加班赶拍，现已基本上定下来。

上月国凯来逗留了数天，现已返穗。

赖少其老近期的通信地址是：福州福建省文联游龙③转。

我上月上旬到京，拟接王蒙同志来湘，两次登门未遇，又知其已买好去长春的车票，故未再去。他现已去南海舰队，答应返京时在长沙停留数日。如他到穗来看您，也请师动员他来湘，我社已请过他多次了。丁玲夫妇在湘逗留了约一月，现已返京。我因随即出差，只见了两次，并各奉了一方印章。专此即颂

康安！

生弘征顿首　十二月七日

1983年1月2日④

殷师：

近来一直处于忙乱之中，刚看完暨大那本《中国历代诗歌名篇赏析》⑤的校样，又准备本月要发的十二本散文诗稿，刊物也稿多事杂，连晚上也得投入处理稿子的工作中。

一直在思念您的健康，顷得国凯来信，说他去深圳前曾趋府拜谒，告我师自服中药后，食量增进，身体也在康复中，闻之不胜欣喜！

---

① 汪曾祺（1920—1997），江苏高邮人。著名作家，毕业于西南联大。曾任《北京文艺》编辑。1980年后发表《受戒》《大淖记事》等。

② 谌容（1936—　），原名谌德容，重庆巫山人。1980年发表中篇小说《人到中年》，获中国作协第一届全国优秀中篇小说一等奖。

③ 游龙（1914—1997），原名游家福，福州人。赖少其在皖南新四军时期战友，时任福建省文联副主席、省电影家协会主席。

④ 此函寄广州东山梅花村4号二楼陶萍收。

⑤ 暨南大学中文系中国古代文学教研室编《中国历代诗歌名篇赏析》，湖南人民出版社，1983年6月。

赖老①不久前自福州来信,说元月将至汕头,本月内当可来穗,他在湘作的三幅长卷,生前几天又去了美术出版社,促其速做安排。赖老在长时曾请胡真同志写一序言,我去找胡真同志,他要我为他寻些资料,有关介绍赖老书画艺术的文章,我曾看过一些,但都记不起报刊名称和日期了,又奉函赖老,请给我一个索引,以便去资料室查找。

王蒙同志曾答应来湖南一趟,前月社里派我去京接他和另几位同志,到他府上未遇并得知他已购去长春的车票。本来在我赴京之前,社里就已接到他的电报和信,他拟推迟在到海南后返京时再路过长沙,故我就没再去打扰他了。他现正在海南,生已去信再次邀请,倘他离海南岛后到穗停留,乞师帮我们请他到湘稍作逗留,届时或通知我到广州接他亦可。

阅报载师的新居修葺一新,大家都以为很好,不知究竟怎样?出入不便的问题解决好否?是梅花村多少号?也请示知。

《评论集》这个月发厂。《给文学青年》已发再版征订,待数字上来后将重印。《谈写作》又印过一次了。我们也常接到读者来信。师的这些著作都是很受文学青年们喜爱的。

我的诗集据说是列入二季度发稿,因自己是社中人,也不便过目。封面我请了曹辛之②作,已做好寄来。《〈诗品〉今译》一书宁夏③已基本接受,正在审处中。有一篇自序题为《司空图和他的〈诗品〉》将发在河南的《文学知识》今年第一期上。专此敬颂康安!

生弘征敬上　元月二日夜

师母一并问候恕不另。

1983年1月8日

殷师:

前奉一函,谅已赐阅。《给文学青年》重版,书店订数2.4万册,我社将加印数千

---

①　赖老,指赖少其。
②　曹辛之(1917—1995),江苏宜兴人。擅长书籍装帧。历任三联书店管理处美编室主任、人民美术出版社编审、《诗书画》报主编。
③　宁夏,指宁夏人民出版社。

册存读者服务部，以应读者函购之需。封面将改过，特告。

我现在除刊物外，不少精力花在编书上，本月将发十二本散文诗，另有《青年诗丛》一套，由周良沛选，我编，贺敬之①写序言，将在近期发稿。

师近来健康情况为何？食量增进否？甚念！专此敬颂

康安！

生弘征敬上　元月八日

1983年4月18日

殷师：

顷接国凯来信，知师已出院，健康情况已有好转，甚感欣慰！尚请细加调养，勿过劳，俾得早日完全康复。

我今年一直处于忙乱之中，久思来穗问候，未得如愿，前次袁琦②同志约我同去，也因清样成堆，无法成行。刊物今年分组轮编，我负责一组，又因兼理文艺室一些书稿，计今年共发了十二本散文诗，"袖珍诗丛"十本，柯原③和崔合美④诗集各一本，还有两本旧体诗集均已看样付印，刻下正编国凯及谌容两人的中篇小说集。

《给文学青年》因改封面，装帧室拖了很长时间，不久前才发稿。《谈写作》一书根据读者要求，最近将再次重印，《文学评论集》不久将出书，拟举行一发行仪式。据说冯牧等将来，师以健康情况不佳，不胜劳顿，当是不能来了。在当前重创作、轻评论的风气下，这套书的出版是很有意义的。

目前在出版界、创作界也有很明显的重小说、轻诗歌的现象，久已引起大家的关注。有鉴于此，我们有一些好事者正在支持筹办一间"诗歌书店"⑤。兹呈上《缘起》

---

① 贺敬之（1924—　），山东峄县人。著名诗人。1940年后入鲁迅艺术学院文学系学习。1976年后任文化部副部长、代部长，中国作协副主席，鲁迅文学院院长，中共中央宣传部副部长等职。

② 袁琦，湖南文艺出版社副社长。

③ 柯原（1931—　），河北景县人，侗族。诗人，曾就读于华北大学，广州军区文化部文艺处处长。著有诗集《露营集》《金三角之恋》等。

④ 崔合美（1943—　），湖南宁乡人。《湘江文学》诗歌组长、湖南省作家协会副秘书长，专业作家。

⑤ 《诗刊》1983年第10期刊发消息："我国第一家专业诗歌书店——长沙诗歌书屋不久将在湖南长沙开业。这家书屋开业后，将发售全国各地公开出版的各种中、外、古、今的诗集、诗论集和诗刊、诗报。"

一份。乞师一阅,并盼有所教之。

我的那本《〈诗品〉今译简析附例》①的小册子已经被宁夏人民出版社正式列入今年出书计划。根据他们的意见,增写了简析部分。《前言》已发在《文学知识》今年第一期上,想师处他们当有寄赠。二十四题的简析是新写的,未发表过,正在考虑可否给《青年诗坛》②。

专此,敬颂

康安!

生弘征敬上　四月十八日夜

陶老师均此问候,恕不另。

又:林文山同志的杂文集将安排在三季度发,顺告。

附弘征致陶萍(1984年8月31日)

陶萍老师:

今天是殷师逝世周年,伫望南天,不胜痛悼,良师永失,薄海同悲。

殷师的遗著《创作随谈录》③已经发厂。书用大长32开本,前有像页,书名已请赖老题写。从装帧、版式、印刷质量我都将注意务求精美,以托永思。书末由我以编者名义写了一《编后记》,谨奉上复印稿一份请审正,如有不当之处,敬乞来示。

《给文学青年》一书,亦已重印,封面重新设计过了,书不久将可出来。您还要否买点书送人,这是一本重版书,初版时萧老生前已送过有关同志了,或可不必再送。将来《创作随谈录》出版,要赠哪些人,可开列一个名单给我,由我代寄,以免邮寄之劳。

有什么事须在湖南办否?盼来示。专此敬颂

近安!

生弘征敬上　八月卅一日

---

① 弘征:《〈诗品〉今译简析附例》,宁夏人民出版社,1984年6月。
② 《青年诗坛》,广州文学刊物,原名《海韵》。
③ 萧殷:《创作随谈录》,赖少其题签,湖南人民出版社,1985年1月。

附陶萍致弘征（1984年9月27日）

弘征同志：

你好！

我因去深圳一个多月①，所以将萧殷的信稿托王有钦同志请人代抄，由他寄给你。想已收到了吧？

最近我又找到萧殷给罗海清同志的信，已抄好，有一万多字，现在寄给你，请编排时放在一起。

萧殷已收集的信件，多是"文革"后写的，而"文革"前写的，收到的不多。记得他去《文艺报》《人民文学》工作期间，正当身体健康精力旺盛之时，一封复信常有千八百字，他认为满意的都用复写纸留下底稿。我曾见过这本厚厚的底稿。可惜，这些复信都未能收回，请你想想，有无办法在写这本《萧殷文学书简》的编后记时，再提提征求读者把保存的萧殷遗书寄给你们或我，如果你以为不好这样做，那也就算啦！

萧殷已出版的书籍和已雕好的石像，多是用他老年时期的照片为基础，看不出萧殷那壮年时期的精神面貌，所以我为这本《文学书简》选了两幅较年轻时的照片，请你看看是否可用？如你觉不适合，可将我与萌萌的不要，只留萧殷一个头像。如都不可用，麻烦你请将照片寄给我，可以另选。

王有钦同志和我寄的两部分信稿的抄稿费，请你将钱都寄给王有钦同志。

祝好！

陶萍　9月27日

---

① 1990年，陶萍《鸽趣》获《特区文学》"特区文学奖"。

致胡真1通（附来函2通）

胡真（1921—2011），江苏无锡人。早年在上海创办《动荡月刊》《少年人》杂志，后就读陕北公学、延安马列学院，萧殷老友。湖南省出版事业管理局党组书记、局长。

1983年6月7日

胡真同志：您好！

来信收到，十分高兴。老朋友了，大家都忙，无由见面，难得通信。偶得一书，真有说不出的高兴。你一直在惦念着我的身体，更使我感激。

我的身体确很糟糕。今年来已急救过3次，除有半个多月勉强出院在家外，其余时间都不得不在医院里度过，而且下不了床，生活无法自理，实在是太虚弱了。此信亦只好让人代笔①，我自己现在是无法读写了。

贵社出的我的评论集②，我已收到。可惜我自己竟不能好好读一遍。在全国许多省的出版社中，我觉得你们尤有眼光、有魄力，出了许多好书，真像个干事业的样子。不受商品化之风的影响，最为难得。这里许多人都有这种看法，我为此很高兴，感谢你们，向你们祝贺！

---

① 此函当由萧殷助手游焜炳代笔。
② 《萧殷文学评论选》，湖南人民出版社，1983年6月。

蔡天心[①]去世的消息，我是从报上得知的。闻之甚为难受。

我仍在积极治疗，免念。望你十分注意保重身体。免蹈我的覆辙。我近年来深深体会到：当一个人丧失了健康，力不从心，无法多做事时，那真是最痛苦不过的事。祝健康！

萧殷　六月七日

胡真附言：这时，萧殷已无法握笔写字了，"只好让人代笔"给我写信，连他新出版的《萧殷文学评论集》也"竟不能好好读一遍"了，这说明他的病情已经到了十分严重的程度。但是，他的思想仍然那么清晰，对老朋友还是那么诚挚又热情地关心。我读着读着，禁不住潸然泪下。我万万没有想到，这竟是他给我的最后一封信。

胡真再录此函："老朋友了，大家都忙，无由见面，难得通信，偶尔一书，真有说不出的高兴。"（1983年6月7日）

附来函

1981年5月20日

萧殷同志：

很久没有驰书问候，至歉。

近闻你将出访朝鲜，我为你高兴，并预祝你的访问圆满成功。我也殷切地希望你，在你回国后，为《芙蓉》写点东西。

《芙蓉》编辑部举办了一个青年作者的学习班，他们非常非常地希望你能来湘为这些青年文艺工作者讲学。我和代炜同志商量，你是文艺界的前辈，既是评论家，又是小说家，在青年文艺工作者中有一定影响，你来湘给这些同志讲几课，是一件驾轻就熟的事。因此，我和代炜同志再一次邀请你来湘讲学，务望应允，如是，大家都会诚挚地感谢你的，也是湘中文艺界青年学习的一件大事。

---

①　蔡天心于1983年3月5日在北京逝世，享年68岁。蔡天心（1915—1983），辽宁沈阳人。曾任东北文联秘书长、中国作协辽宁分会副主席。1941年与萧殷同在延安中央研究院任文艺理论研究员。

我尚在病中，在家休养。详情由袁琦、朱树诚同志面陈①，谨此，顺颂

时绥！

胡真　五月二十日

1981年11月18日

萧殷同志：

你返穗后，未驰书问候，祈请谅情。

贵恙未知已康复否？念念。我祝愿你早日痊愈，为人民多做一些有益的工作。中央强调要加强文艺评论工作。你是我们党的坚持马克思主义文艺理论和坚持毛泽东文艺思想的文艺评论家，人民需要你工作，党需要你工作。

中央文艺领导多易人，这是党的文艺政策的胜利。不知你是否持这一见解。我想，你是会这样看的。

趁骆之恬②同志来穗，托他奉上湘版书数种，请批评指正。匆匆，顺颂

冬安！

胡真　十一月十八日

---

① 据弘征5月23日来函，湖南省新闻出版局胡真、胡代炜希望萧殷夫妇赴湘，为《芙蓉》举办的文学班讲学，除多次面嘱弘征外，还派袁琦、朱树诚赴京面请。此函即由袁、朱面呈萧殷。

② 骆之恬（1932—　），笔名骆之。湖南江华人。湖南少年儿童出版社文艺室主任、社长。

致黄钢1通

黄钢（1917—1993），湖北武昌人。1938年入延安鲁艺文学系学习。曾任《解放日报》记者、采访科长。1949年后任《人民日报》国际部评论员、中国社会科学院新闻研究所副所长、中国国际报告文学研究会常务会长、中国国际文化传播中心理事长。

1978年9月27日

黄钢同志：

信和译文都收到！谢谢！

译文早已转编辑部。我们的确很需要精短的外国小说，既有一定的思想水平，又有可取法的表现手法。但除了过去的一部分著名作家的作品之外，似乎不容易找到较理想的作品，我们这里的一些译者正苦于找不到翻译资料。

我完全同意你的看法，短篇小说要精短，可现在一些人一动笔就非一万字不过瘾，但却连最起码的剪裁功夫也被忽略了。我在这里天天呼吁"要写得精短"可是刊物能登出来的，却十分可怜。

九期、十期《作品》有评李希凡①的文章，请听听反映！这个刊物的订户猛增，六月份订户七万多，到九月忽增至十二万，零售数不算（其实新书书店根本没兴趣搞零售），这本来是好事，但出版社都喊纸不够。匆匆祝

平安！

　　　　　　　　　　　　　　　　　　　　　　　　　　萧殷　九月廿七日

---

① 李希凡（1927—2018），毕业于山东大学中文系、中国人民大学哲学研究班。1954年与蓝翎共同撰写关于《红楼梦》研究的文章，受到毛泽东主席肯定。

致黄计钧4通（附来函3通，附录1件）

黄计钧（1943— ），笔名纪军，广州人。广州空军文工团创作组成员，广州军区政治部编研室研究员，上校军衔。后曾任《粤港信息日报》总编辑、社长；《当代文坛报》副理事长。

1976年2月21日

计钧同志：

　　这次这么久未写信的原因，不是别的，而是由于患病。记得接到你的来信不几天，我因肺气肿感染忽然被送进医院。初病势很猛，一进入医院，就灌了两天氧气，每日注射四五次"庆大霉素"，经半月急治后，病势才刹住，可是不时还有反复，所以一直到现在仍住在省人民医院东病区，虽然我曾提出下月转到从化温泉去疗养，但医生似乎还不怎么放心，说要再观察一段时间，待情况比较平稳之后，才能到从化去。

　　体质一年不如一年，实在不能不令人忧郁。特别是当我想完成一部书的时候，这样衰弱的体质，竟变成阻力，这是十多年前所未料想过的。现在只能听从医生的嘱咐，把恢复健康当作一项政治任务来对待。只有到了这个时候，才能深刻领会"力不从心"的痛苦。

　　电影剧本进行得怎样了？我认为，如其一开始就与制片厂挂钩写电影剧本，不如自己先把已酝酿成熟的题材写个小说或话剧。这样会更合理些，也更主动些。当然如果事情安排妥当了，而你又认为合适，那就集中精力提起笔来吧！

没有回广州过春节吗？钟永华①回来探家时曾来医院看过我，现在可能仍在龙川。顺告。

祝你一切顺利！

萧殷

二月廿一日于东病区二〇一房

1976年6月2日

计钧同志：

信及《大闹钟》②收到已半月，当时就读了你的小说，近来不知为什么，我变得懒于提笔了，当然也有点客观原因：上午忙于去理疗、打针，下午又得下河去"浸"水，到了晚上就躺在床上懒得动了。

我喜欢《大闹钟》这篇作品，人物是立起来了，主题也是不错的。但开头关于"反击"的主题似乎有点牵强，因为戴少冲性格如何在"文化大革命"中形成，在作品中没有得到更内在的反映。此外，七班长要求大伙"好好练"，认为"靶上没有眼儿"就不成"先行班"，硬把这与"白猫黑猫论"③拉到一块似乎也不自然。我想到的就是这点，仅供参考。

你谈到鲁迅先生那句话，确是极其深刻的④。但是我劝你不要喝酒，不管从哪方面说，都不会有什么好处。

我来温泉已两月，估计到七月中或七月底就该出院了。现除服药外，同时加强锻炼，希望尽快恢复健康，将来为党多做点工作。陶萍如旧，萌萌尚未调回来，她写了三篇作品都先后被采用了，两篇收入出版社的短篇集，一篇刊于六月号《广东文艺》⑤，

---

① 钟永华（1940—　），笔名柳鸣，广东龙川人。武汉军区政治部文工团创作员、专业作家。

② 《大闹钟》，黄计钧小说手稿。

③ 邓小平在20世纪60年代提出，原话为"不管黑猫白猫，能捉老鼠就是好猫"。"文革"期间被指责为"唯生产力论"，遭到批判。

④ 黄计钧回忆萧殷时说，他曾引鲁迅的话："当你觉醒后却不知道怎么办时，那是最痛苦的。"鲁迅原文："人生最苦痛的是梦醒了无路可以走。做梦的人是幸福的；倘没有看出可走的路，最要紧的是不要去惊醒他。"（《娜拉走后怎样》）

⑤ 陶萌萌：《呵，生机勃勃的树苗》，《广东文艺》1976年第6期。

顺告。匆祝健康！

萧殷
六月二日晨于温泉

1976年11月8日

计钧同志：

　　来信收到，知你因事提前回部队去了。你的小说，我已粗粗读了一遍，觉得还有基础，从配合"批林"的角度来考虑，也还有现实意义。已转交编辑部秦牧①同志，他说已交文学组同志传阅考虑。最后如何处理，由他们做决定。现在编辑部选取稿件，大约都是由下而上，逐层考虑，先要由下面通过，最后才由主管编辑做决定。

　　叶知秋同志没有来信，估计他不会写信来。

　　那篇《大闹钟》希望你继续充实素材，好好构思。我以为，只要你认真去写，定可写成一篇好作品。

　　借去的散文集等，希望不要转借给别人。这些作品只能作为参考，不应当"营养"来吸收。在艺术技巧上，有借鉴的作用，但在思想上，不一定每篇都无毒素。因此，不必转借他人。一方面免得有放毒之嫌，另一方面，也免得将书弄坏或弄丢了。这是我仅有的几本散文集子，想再找，大约是十分困难了。匆匆祝你在野营生活中获得思想、创作的丰收。

握手

萧殷　十一月八日

陶萍附笔问候。

1976年12月22日

计钧同志：

　　收到你的信已很久，没有即刻给你写信，是因我当时正在患病，如去年秋末一样，一连一个星期发高烧，周身疲软无力，多痰猛咳，既睡不好，也不思食。当时"四人

---

①　秦牧时任《广东文艺》杂志社负责人。

帮"已被踢翻在地，我也正想"踩上一只脚"的时候，自己倒病了，真倒霉！这两个月来，病一直纠缠着，时好时坏，好了又坏，日子就是在这种无休无止的痛苦折磨中过的，不仅不能写杂文，连信也很少写，你大概能理解我的心情，请原谅！

钟永华同志大概有六七个月未来过信，不知是什么原因？你接到过他的信吗？你听到过有关他的什么消息没有？我很惦念，望你也探听一下！郭小川同志据说是在河南安阳第一招待所过夜时被害的①，北京追悼会时只说"不幸去世"，可能还未查清被害情况。郭对野心家江青有很多意见，而且到处讲，那晚他刚离开林县，准备由安阳搭车回北京，据说第二天早发现他坐在钢架尼龙椅上，但全身已焦黑，估计是用电烧的……知道的就这一点，你听到什么？

前年我打算写《创作论》，去年已写了一部分提纲，到周总理辞世后，见"四人帮"横行霸道，胡作非为，顺我者昌，逆我者亡。在这种乌云遮天的日子里，我只好放弃写作计划，虽然我很希望完成这本书，但我却又不得不忍心地放弃它，在那些人心目中，你不买他的账，就等于对他大逆不道，非把你整死不止。何必呢？不如安安静静地度过残年算了。现在，四害已除，决心把剩下的余力全部贡献出来，下决心写出《创作论》，与"四人帮"的文艺谬论斗争到底！

萌萌已发表了三篇作品，但她仍在徐闻五一农场。据说她是小学教师，算是干部了。因主要调动只能做干部调动。花样翻新，把我弄得晕头转向，在这方面，总跟不上形势，奈何！叶知秋②同志何必这样客气？现在的事，极少一帮就成的，不成功并不等于不尽心。我是这样看的，希望他不要把那件事放在心上。你们如果来广州，希望来聊闲天！

你有什么创作计划？有无新作品出世？望告！

陶萍问你好！匆祝

新春愉快！

萧殷　十二月廿二日

---

① 郭小川1976年10月18日凌晨在安阳宾馆逝世。

② 叶知秋（1932—　），四川宣汉人。诗人、作家。广东散文学会副会长，广州军区《战士文艺》主编。

附来函

1978年8月8日

萧主任：

  您好！

  六月底在您家别后，我到西安参加了空军创作会议。会议主要是传达张廷发[①]司令员关于着重反映空军题材的指示，研究并制订出向国庆三十周年献礼的创作规划，根据广空党委的指示，我们报了一个计划，就是由我负责，创作一组反映航空兵英雄中队事迹的组戏，空政文化部已把这划入重点作品之列。这次我到长沙，就是奔这个来的。我是个空军的新兵，无论从思想、作风到业务都得从头学起。我来后，天天跟英雄中队的飞行员们在机场上泡，白天跟班作业，晚上除了谈心交朋友之外，大部头的飞行员教科书也得啃几本，起码不能说外行话。通过这段时间的接触，我很喜欢飞行员们的性格与思想感情，也许是职业性所决定吧。他们都是那样耿直，那样满怀科学态度，那样讲"义气"。我在他们中间生活得很愉快。尽管生活是艰苦的（主要是长沙的天气太热了，名副其实地投入了"大熔炉""火热"的斗争生活之中，机场跑道的地面气温高达五十多摄氏度），但心里觉得很痛快，很有意思。

  现在，创作问题还无从谈起，因为还未熟知所描写的对象，然而，提起写飞行员的剧本就有点生畏，因为飞行员的最多动作毕竟在空中，舞台上很难反映，全世界也未有一部反映飞行员的成功的舞台剧作（也许我孤陋寡闻吧）。这个难题，我还不知如何克服，但愿萧主任能在戏剧创作的规律上给我一些开导和启发，这是我所热切期望的。

  这次我们创作组下来四个人，两个男同志负责写飞行员，两个女同志负责写一个反映飞行员家属鼓励、支持丈夫热爱飞行事业，像当年"妻子送郎上战场"般的小戏。后者好办些，前者较困难。并且，广空首长明文指定要写"英雄中队"，写得不像，就不是英雄中队，写得太像了，对立面都不好安排，人们会问那是指谁的，这些问题如何解决，希望得到您这位有丰富经验的老前辈的指教。

  您现在身体如何，想必已经恢复健康了吧。今后，望您能注意休息，多多保重，不

[①] 张廷发（1918—2010），福建沙县人。开国少将，1977—1985年任空军司令员、空军党委第一书记。

要干得太狠了。你们这些老前辈是党的宝贵财富呵。我们年轻人衷心希望你们能青健延年，多给我们一些教诲与帮助。

盼望您能在身体许可的情况下多给我来信，并热切期待能看到您写的《创作论》等经验之作。我这两三个月都蹲死在这里了，因为规定不能和飞行员同吃同住，所以住在招待所，离英雄中队只有百步之遥，每天跑也很方便。来信请写：湖南长沙、八六三四四部队招待所，我收即可。

前些天给黎白①、董晓华②去了个电话，他们让我一定向你问好，这两天他们到内蒙古去了。好了，余容后禀。谨致
敬礼！

黄计钧　八月八日

向陶萍、萌萌问好。

1978年9月2日

萧主任：

　　敬礼！

您寄到湖南来的《习艺录》③我已经如饥似渴地学习了一遍。这个集子对我们这些初学者来说很有指导意义，读后受益不浅，这是显然的，就是对整个无产阶级文艺理论宝库，也是一个宝贵的贡献。您在缠绵的疾病中，以坚强的意志和毅力，献出这初步的一册小集子，这种鲁迅般的精神，更使我为之感动！您工作甚忙，但每接我们这些小兵一信，都能给予热情的指导帮助。这次又收到您寄来的《习艺录》，真使我无比激动。作为部队一个文艺战士，我觉得这不只是我们个人的友谊，而且是对我们部队文艺工作的大力支持。我已经把您的书信都保存起来了，我想以后会用得着的。

我在湖南生活了一个多月，按领导指示，过几天将转到佛山沙堤机场④去生活一

---

①　黎白（1930—　），湖南湘潭人。1947年毕业于华北联合大学文艺学院文学系。总政治部创作室创作员，八一电影制片厂高级编剧。

②　董晓华（1930—　），河北丰润人。冀东军区文工团演员，广州军区战士话剧团主要编创人员。

③　萧殷：《习艺录》，广东人民出版社，1978年3月。

④　佛山沙堤机场位于南海狮山镇，1954年建成通航，时为军用机场，1988年开通民航业务。

段。前一段时间，出自对部队里的"风派"人物的憎恶，写了这篇《阳光下》。但由于我自己拿不准，不知这样写行不行。所以，在文字上没下很大功夫，现寄给您审阅一下，假如您觉得还有发稿的价值，那就请您转给《作品》编辑部处理吧。如果根本不行，那就算了，我只是作为一种尝试。不过，在部队，像于主任这样的人物比比皆是，至今还大有人在，不鞭挞他们一下，总觉得对"四人帮"还除恶未尽似的。

好了，我过几天到佛山，到了佛山再给您写信，请问陶萍、萌萌、葵葵好。愿您多保重，致以

敬礼！

兵：黄计钧
九月二日于长沙

1980年1月24日

萧殷老师：

数月不见，十分想念您！想必您身体安康、工作顺利吧？

自去年十月起，我被八一电影制片厂借调去搞电影剧本①，在京忙了几个月，现剧本已出来二稿，待编辑部研究后即付印送厂党委审查，趁这段空隙，我且回穗暖和几天。春节后，按俗例"过五出门"，初五之后又将回八一厂继续苦战。现在已深有体会，搞一个电影剧本可真不容易，一"触电"就是一年半载拔不出身来，部队的制片厂尤是如此。根源在于我们的领导们"责任心"太强了，仿佛不刁难一下就显得"把关者"失职似的。当然，把关严些没什么不好，但如果"凡是派"②把关那就倒霉了！

目前有这样一种趋势，"把关者"通过了的，群众不爱看；群众爱看的，"把关者"通不过。面对这样一种矛盾，我们又不知如何是好了。原想粉碎了"四人帮"，可以写点自己的真知灼见、真情实感了吧？曾几何时，越来越叫人失望了。一篇东西出来，往往要花很大的力气去"磨棱角"，去迎合"把关者"，三磨两磨，自己真情实感

---

① 黄计钧1979年10月借调解放军八一电影制片厂。所编电影文学剧本《分界线上的小镇》，1984年10月由该厂文学编辑部铅印出版。

② "四人帮"垮台后，仍有人提出"凡是毛主席做出的决策，我们都坚决维护；凡是毛主席的指示，我们都始终不渝地遵循"，此即"凡是派"。

的东西又所剩无几了。不这样，作品就成了"不准出生的人"。想要问世，想要生存，就得搞折中。良心教我要有点骨气，但谈何容易？那你就将一辈子无所作为！一个专业创作员长期出不了作品，这种精神上的痛苦也是不可言喻的呵！

恕我总是向您发泄，因为您是我可亲可敬的前辈、老师和无话不言的贴心人！

最近我想抓点时间搞搞副业——写几篇短篇。一方面为了整理素材，一方面也是练笔。本想抽空去拜候您和陶萍老师的，但深知您的工作量极大，来访的客人又多，暂不想再占您的宝贵时间了，让这封信带去我深切的问候吧！

去年，军区文化部柯原同志曾让我填了一张推荐参加作协的表格，我已填好上交了，但至今未有消息，我也不好去询问，未知情况如何。心想，既然已经搞专业创作，能加入自己的协会，当然是很好的，也许您没有精力去过问这些具体事，若方便的话，烦打听一下，看是否落空了（我是去年十二月份填的表），麻烦您！

张伯安同志至今未见出来报到。不知又有什么阻力，我已去信问他，待他来后，一起去看您和陶萍老师。

有什么事要我办的，望来信指示，我暂不去干扰您了，愿您身体健康，致以敬礼。

黄计钧　敬上　二十四日

附：黄计钧回忆萧殷

我对萧殷同志敬仰已久，真正相识是在一九七一年秋，那时我在广州军区海上文化队当创作组长。有一次钟永华同志来找我，方知萧殷同志就住在我的隔邻。我们一起去看了他，他正在落难之时，儿女都到海南岛①了，陶萍同志去了五七干校。只剩下他一个孤老头儿，独住在一间又小又潮湿的小房子里。当时我有一种冲动，一种愤愤不平的冲动，而更多的是同情……

打那以后，我每天饭后都去看他，他很热情、很健谈，从文学创作谈到社会，从艺术形象谈到做人……我仿佛进了一次大学，一次得天独厚地由名师指教的大学。这段日子，我也常常帮他料理点日常生活上的事，我们之间的感情，就是在这段艰难而不寻常的日子里建立起来的。

后来，"海队"解散，我回到原部队（一二四师）工作。别后我与萧殷同志书来信

---

① 萧殷长女陶萌萌当时下放徐闻广东省五一农场。

往，在"四人帮"横行期间，我们常常在信中极含蓄地发泄点不满情绪。有一次，我在信中引用鲁迅先生的话写道："当你觉醒后却不知道怎么办时，那是最痛苦的。"萧殷同志来信表示深有同感。

一九七八年，我调到广空文工团创作组，萧殷同志搬到了梅花村住。我一有空就去向他请教，写了东西就先请他阅读。他总是认真地读、认真地指导，从不敷衍。

一九八〇年，我从空军调回广州军区司令部为陈海涵[①]副司令撰写回忆录。有一次，我随陈副司令外出，突然接到萧殷同志的噩耗，由于在外地，身不由己，未能参加他的追悼会，殊感遗憾！

现在我被调到广州军区党史征集委员会办公室工作，主要任务是撰写传记，从一九八四年起借调军委办公厅，撰写李聚奎同志的传记文学[②]。

东山保乐路一号二楼　黄计钧（778212转64191）

[①] 陈海涵（1914—1994），福建上杭人。开国少将，广州军区副参谋长、广州军区副司令员。
[②] 黄计钧：《李聚奎将军传》，解放军出版社，1989年。

致黄梅3通（附来函1通）

黄梅（1935—2019），广东龙川人。毕业于暨南大学中文系，曾任龙川县委组织部干部、文艺办公室副主任，车田中学校长，龙川县教育局局长，后曾任珠海市万山区人大常委会副主任。

1976年4月×日①

黄梅同志：

你好！委托钟永华同志带来的家乡茶收下了。现我正在喝它，家乡茶真好，味道纯而正。谢谢！致

革命敬礼！

萧殷　一九七六年四月

1980年12月19日

黄梅同志：

回来已四十余日，但没有清闲过。来人不断，永远如此；虽想尽各种办法，但无法改变。来催稿的人，还是那样多，外省的比本省的来得更多，可是由于时间少，而且总是那样忙乱，所以坐下来写的可能性，始终是没有的。因此，现在欠下的稿债越积越多，真可谓"债台高筑"了。

---
① 原稿遗失，重忆抄原文。——黄梅注。

陶萍在《羊城晚报》发表了《神秘的泉》后，许多人都表示愿到龙川矿泉治疗所去疗养，有人读了这文章后，才知道龙川有这样珍贵的矿泉水，才知道这类矿泉水包含着这么多珍贵的矿物因素。有个侨居菲律宾的同乡曾想要龙川矿泉水的资料，但要不到；这一次有个龙川人，将发表陶萍文章的剪报寄给他了。总之，这篇小文章发表后，引起不小的反应。

我在黎咀住了二十天后，后来确实有些疗效。一年多来，我一直不思饮食，连一两食物都吃不下，这次回来后，逐步有些好转，有时甚至可以吃两两食物，这是这一年多来少见的情况，不能不算是一种"好转"情况。但我的肺气肿却仍然如故，黄志宏同志介绍我的药方，我服用了四个疗程，且严格按照时间服用的，还用最好的"川贝"，可是，毫无疗效，不知是什么缘故？加上旁边的高层建筑越来越高；阳光越来越少，声音越来越喧闹……这一个多月来，除偶尔外出之外，几乎没有晒到太阳，因为在我楼上再也不见阳光了。这是近来的情况和心情。

这两天读了《红旗》上的《做一个彻底的唯物主义者》①，感想颇多！《红旗》杂志好久没有刊载这么好、这么洋溢着马克思主义精神的文章了。五部分都值得我们好好学习，认真思考。我们面对知识分子政策的落实问题，对于第四部分不能不适当注意。这不仅是我们对群众态度的问题，也是关系到我们愿不愿激励他们的积极性与创造热情的问题。龙川向来是教育发达的地方，知识分子是有贡献的，这一点必须引起注意，不比较，我们就不知道今天落后到什么地步。没有急起直追的迫切心情，就会对一些无法容忍（毁坏校舍）的现象置若罔闻。对某些人为的不合理现象，由于不切切实实落实政策，让刘士尰②等不仅无饭吃（无工作），而且也无房子住（是逼迁所造成的），这种种现象，让社会，让年青一代看见做何感想呢？让人们通过这些现象对党的政策、党的四化建设做何感想呢？对党的作风又做何感想呢？有可能，希望你和李运粦③同志、魏龙延同志和黄儒霖同志等商量商量。困难是有的，但我们是彻底唯物论者，政策都不能不落实。我怀着热爱党、热爱家乡的心情向你们反映一些问题，如感到"逆耳"，幸乞原谅！

---

① 《做一个彻底的唯物主义者》，《红旗》1980年第24期，是胡耀邦1980年11月23日在各省、市、自治区思想政治工作座谈会上的讲话，以特约评论员名义发表。

② 刘士尰，广东龙川人，毕业于中山大学，曾任龙川县教育局长。1952年在肃反运动中被判5年劳改，1979年摘掉历史反革命分子帽子，在萧殷帮助下恢复工作。

③ 李运粦，应作徐运粦，佗城中学教导主任。

回来已一个多月了，上海，北京，武汉来约稿的还是源源不断，太原编辑的《名著欣赏》①又派了人来，武汉出版的《艺丛》②也要求支持，上海《文汇报》希望元旦能发篇散文……各种各样的要求，五花八门，都向我提出来。可是，因为身体不好，常常感到疲倦无力，无法应付；其次，因为各方的要求太多，我也没有那么大的本领来对付。只有按照自己的精力和能力给一部分刊物以少量的支持，其余的也只能让其失望而已。

在广州整天嘈嘈闹闹，神经都绷得很紧，加上做事需要高度思想集中，极容易疲劳。只要做一点事情就感到难以继续下去，因此，每天功效很低。在这点上，乡村比城市好得多了。明年，如果可能，我准备到三月份就到佗城去。

你如看到刘国光③同志，请代致意：他嘱我写的那些字（治疗所的匾额）④现在还未写，原因就如前面所说的那样，每天忙乱不堪，无静下来写字的心情与余闲，待略有可能，即写好寄奉，勿念。

陶萍问你们好！匆祝

一切顺利！

萧殷　十二月十九日

1982年4月22日

黄梅同志：

你好！自握别之后，一直没有通信，你近来好吧？忙些什么？

去年，我前后在医院住了八个月。去年四月初在人民医院住了五十多天，因有任务出国⑤，便于五月二十日飞赴北京，待一切准备就绪，于启程的前两天（五月廿六日），胸部忽然肿起一块，到医院诊断，疑为患性炎症，医生很不放心，怕途中发生意外，力劝不要出国。后经领导考虑，也认为身体要紧，同意不出国访问。于是，遂于六

---

① 应为《名作欣赏》，创刊于1980年，山西人民出版社（现山西出版集团）主办。

② 《艺丛》杂志，创刊于1981年，湖北人民出版社主办。

③ 刘国光，或为龙川县矿泉治疗所负责人，待查。

④ 萧殷1980年11月11日致函弘征称："我于十一月四日从龙川回到广州。这次在矿泉治疗所饮了二十天矿泉水，食欲略有改善。"

⑤ 指参加中国作家代表团访问朝鲜。

月初与陶萍返回广州。经休息,健康已恢复。六月下月应湖南邀请,与陶萍再赶长沙讲学。不幸,创作问题还未讲完,却又病入医院;因那里太炎热,只住了十天医院。便带病飞回广州。第二天(一九八一年七月廿二日)即进入省人民医院东病区,一直到今年一月十六日才勉强出院。今年三月中又病了一场,一直到四月中才略好转,现在才开始坐起来。

由于疾病,许多急待完成的事都拖下来了。前年冬,在黎咀矿泉治疗所[①]时,刘国光同志曾嘱我为治疗所题匾额,因当时行色匆匆无法提笔,一到广州,琐事缠身,加上去年大部分住医院,以致未能及时完成任务,甚为抱歉。现在手虽发抖,但我还是写出来了。现寄给你,请转交龙川矿泉治疗所或刘国光同志,他当时嘱多写一个"养",以备改"矿泉疗养所"使用。

如果不能用,那就扔进字纸篓中,也不必退回来!我现在仍不能正常吃饭,因长期注射抗菌素,胃口被破坏了,奈何!

请代向熟悉的同志问候,匆匆祝好!

萧殷

四月廿二日

附来函

1981年1月21日

萧主任:

来信[②]收上,获悉近况。

我自从去广州返隆后,一直忙于事务工作,加上年老的母亲病情严重,进县城治疗一月之多,确实弄得头晕眼花,未能及时给领导复信,请谅解!

你信中提及的关于刘仕尪[③]等人政策落实问题,我已与李运燊、魏龙延、黄儒林等

---

① 龙川黎咀镇以出产矿泉水闻名,1965年起自主生产霍山牌天然矿泉水。1980年年初,法国专家慕名前来取样研究,评价钠基碳酸盐含量高,堪比法国维希圣约尔矿泉水。

② 来信,指萧殷1980年12月19日来信。

③ 刘仕尪,即萧殷前函提及刘士尪。

同志商议过，准备将问题提出给县常委讨论，看来可能阻力不小，不过会想办法完成。去年底龙川县委和政府部门选了新的班子：魏龙延、叶家馨、杨志平选为副县长，李运粦仍是县委常委，黄儒林选为人大常委副主任，这事可能叶家馨同志已谈及了。佗城中学领导，确实是烂摊子，县里也会考虑另派人选。

  萧主任，你是广东的名作家，许多作者和读者却希望你多写作品，翰墨流芳，把好作品写作经验传给后代。但你也要保重身体，多点休息，增加点营养，使身体早日复康。

  陶萍同志的作品①深受群众欢迎，龙川人读起来更身临其境，赞扬不已。大家希望陶萍同志多返家乡，反映龙川的面貌，支持龙川人民的四化建设。

  你太客气了，我堂兄黄圆霖去你处时，还给我带来饼干、柑子，以后不能这样为好。

  春节来临，你要买什么东西，请告知一声。好了，余容后叙。

  请代向陶萍同志问候！祝

俪安！

学生：黄梅 元月二十一日

---

① 指陶萍写黎咀矿泉的文章《神秘的泉》，刊载于《羊城晚报》。

致黄谋远1通

黄谋远，青年作者，曾在《四川文学》《峨眉》等报纸杂志发表作品，著有短篇小说集《永不凋谢的花朵》。

1962年7月×日①

黄谋远同志：

读了你给《四川文学》编辑部的信和三篇稿子，知道你在创作上正处于探索追求的苦闷中。你希望从这几篇不能发表的稿子中找出自己创作上的"根本"毛病，以便摆脱目前的困惑，使创作能够向前跨进一步。这种严肃认真的态度，是很好的。

记得前年春天，曾在《峨眉》上读过你的小说《永不凋谢的花朵》。在这个充满战斗的生活气息的短篇中，你是那么热情地把自己的生活感受诉诸形象，刻画了像华蓉这样一个具有高度共产主义觉悟和革命乐观主义精神的革命残疾军人的英雄形象，使人读后感情激动，经久难忘。这说明了你在写这篇作品的时候，是从生活出发，深入去观察了、了解了主人公的思想感情和性格特征，并从人物的日常生活中发掘了它的意义的。可是后来写的几篇稿子，却离开了生活，陷入了概念的"框子"，一直跳不出来。为什么会这样呢？你找出了两个原因，即题材的狭窄和生活的不足。你说，由于题材的"限制"，自己觉得"心里头构思的东西，不是和过去所写的这篇大同小异，就是和那篇有点儿相像"。为了改变这种情况，你就"从题材方面去打主意"，于是继《永远在战斗岗位上》之后，又写了《老休养员的心》和《主人家》，试图从不同的题材去表现

---

① 此函原有标题《离开生活去探求提高准会落空——给黄谋远同志的一封信》。

人物。为了克服"生活不足"的毛病,你又"从生动的细节方面去打主意",写了《上门的女婿》,试图"通过一些'生活事件'去表现人物……这种希望突破'框子'的尝试,不能说不好,可惜都失败了"。至于失败的原因,你说,这几篇稿子之所以存在"主题不明"的通病,"可能是想摆脱框子、提高技巧、怕成'图解',所以专找一些细节去刻画人物,因而对作品的强烈的思想内容注意不够所致……"

看来,你虽然发现了自己创作上的一些问题,但由于对这些问题缺乏正确的认识,所以还不能很好地解决它。

为了便于说明问题,我想按照这几篇稿子写作的次序,谈一点意见。

你写《永远在战斗岗位上》的时候,原意是"想表现一个斗志永远旺盛的党支部书记,而且使之'突出'"。意图很好,但却达不到艺术的目的。你要使之"突出"的金永光和那位在他的教育下克服了下肢瘫痪的困难、再度走上工作岗位的席文,不过是两个概念的影子。在作品里,看不到什么生活气息和真实感情,细节也不动人。它之所以"在表现上、人物刻画上均未脱出《盲教师》的构思的影响",除了你所说的"不能充分去发现'这一个'和'那一个'的不同的个性"以外,主要原因恐怕不在于题材的"限制",而是由于从概念出发的缘故。如果你对生活真正是有所感、有所爱,在生活中有了新的发现,并且产生了强烈的艺术冲动,即使是处理和《盲教师》相类似的题材,也是可以别开生面,写出有内容有意义的作品来的。可是你却离开了具体的生活感受,偏到单纯从概念、从一般意义上去构思题材了。这样,自然就不会注意从侧面去选择富于特征的事件,而只会选取那些最一般、最具原则意味的事件来加以排列,这怎么能写出具体感人、生动鲜明的人物形象呢?!

至于《老休养员的心》,在题材选择上虽然脱出了《盲教师》和《永远在战斗岗位上》的"框子"(这正是你所追求的),但在表现方法上仍然未能摆脱从概念出发的毛病,为了突出主人公老洪是一个具有"雄心壮志、思想永红的老战士",你把他写成了原则的化身,不论是他想到的,或说出的,几乎都是"原则"。对于矛盾的处理,也是简单化的。如对于轻视劳动的思想问题,让老洪搬出毛泽东同志的几句话,对方就完全信服认错了。在这里,你完全忽视了人物的个性,忽视了历史、社会的复杂性。总之,你为了表现农业劳动的重要性,并且说明农民支援国家的意义,你就围绕着这种抽象的意义或问题来进行构思,而把实际生活中的复杂性抛到一边。为了表现老洪的正确,你就在他的面前罗列许多矛盾,让他面对着不正确的东西来背诵"原则条文""大道理"

和讲历史，甚至儿子死了，他也大谈"原则"，一点感情也没有。生活中是否有这样的人？我不敢断然说没有，但即使有，那也是极其个别的、奇怪的人物，而且也会有其个性特色。而在艺术上，人物如果没有真情实感，原则性如果不是通过人物个性来体现，人物的真实性就会使人怀疑。因此，尽管你集中了全篇的笔墨来描写老洪，可是这个人物还是站不起来。艺术真实的效果既不能达到，作者的意图也就落空了。

《上门的女婿》这一篇，想通过一些生活细节去表现人物的意图是很明显的。作品确是反映了一些生活现象，但却缺乏明确的目的性，从中看不出有什么意义。正如你所说的："到底主要表现什么，自己也把握不定。"这个缺陷你已经发现了，你把原因归咎于"材料不够，可是又要勉强地去凑小说，便把不足以表现主题的材料也搬上去了"。这说法有些道理，但并不完全对。依我看，主要问题并不在于材料的够不够，而是在于你没有从生活中发掘到事物的本质，没有形成独特鲜明的主题和人物，没有根据人物、情节和主题的需要，去对材料下一番选择、剪裁和组织的功夫，因此罗列在作品中的所谓细节，只是一些比较琐碎的生活现象，不可能达到刻画人物和突出主题的目的。

把这几篇稿子联系起来看，我觉得你在创作上显露了两种极其矛盾的情况：一种是为了追求表现某种抽象的"主题意义"而脱离了生活的真实（如《永远在战斗岗位上》和《老休养员的心》），一种是为了追求生活细节的描写而丢掉了作品的主题意义（如《上门的女婿》），这两种写作方法都是不对的。离开了具体的生活内容去追求主题意义，必然会流于抽象和概念化——用生活表象去图解概念。也即是你所说的："构思时选择情节不是从生活中得来的材料去表现主题，而是编造情节去适应如何图解主题。"这种概念化的作品，只会使人感到平淡、干瘪和枯燥，毫无艺术的感染力。而盲目地、孤立地追求生活细节的描写，忽视了人物的性格特征以及作品所要表达的中心思想（主题），就会陷于自然主义——为描绘现象而描绘现象。这种作品自然也是毫无意义的。上面两种情况，都是值得引起你注意的。

其实，文学反映生活的目的性，你是早已知道的。你在写作时之所以刻意追求作品的"主题意义"，不就是为了把生活内涵的意义告诉读者、教育读者么？这正是文学反映生活的目的。然而，光是知道这一点是很不够的，要想使自己的作品发挥艺术教育的作用，还必须了解文学的特点，并根据这种特点来反映生活。所谓文学的特点，也并不是什么神秘的东西，无非是要求作品寓教育于形象之中，以真实的、栩栩如生的艺术形象去感染人，去打动人的心灵。它不能像一般的政治学或伦理学那样，直接用概念或实例去教育人，而只能通过它的艺术形象的感染力，才能在读者的思想感情上或情操上产生潜移默化的教育作用。

因此，所谓文学作品的主题意义，并不是作者主观上凭空产生的抽象概念，它只能来自作者的生活实感，并渗透在作者所酝酿、哺育的形象之中。它既来自生活，又和作者的真情实感相融合，只有通过对于生活真实的反映，从艺术形象的整体——人与人之间关系的总和中才能体现出来。作者就是这样通过艺术的手段，把自己对于生活的认识和判断诉诸形象，以此去影响人们，或者是激励人们前进，或者是启发人们对丑恶的事物提高警惕，引以为戒。离开了生活的真实，离开了艺术形象的塑造。而单纯从概念出发，用一些生活表象去图解社会学或政治学的概念，那是不可能达到艺术的目的的。而你呢，为了追求那抽象的"主题意义"，却恰好陷入了这种概念化的创作方法的泥坑，这种教训是应该汲取的。

你想通过生活细节的描写来刻画人物，这也不能说不对。真实的、具体的细节描写，不但是形成富于特征的形象的重要条件，同时也是构成一个作品的基础。对于细节的选择取舍，必须服从于性格、情节和主题的需要。只有从主题中抓取典型的、富有特征的细节，并从众多细节所构成的情节中（人与人的关系中）揭示出社会生活的本质，才能发挥细节描写的作用。因此，作品中的细节之是否真实、典型，是否被描写得恰到好处，是否成为作品有机的组成部分，是不能离开作品的艺术整体的效果——它的社会意义来孤立判断的。车尔尼雪夫斯基说得好："无论一个细节——场景、性格、情节多么奥妙美丽，假若它不是为了最完全地表现作品的主题，它对作品的艺术性就是有害的。"所以，在文学创作上，如果只是单纯地追求生活细节的生动性，而忽视了作品的主题意义，忽视了作品说明生活、改造生活的目的，那在写作方法上就会流于为细节而细节的自然主义倾向，这是和现实主义的创作方法背道而驰的。

……

上面谈的这一些，不过是读了你的信、稿以后的一些零碎的感想。这些看法是否对？请你考虑。你有什么新的看法，也希望告诉我，以便共同研究。

祝你在创作上继续前进！

萧殷　一九六二年七月

致黄培亮2通

黄培亮（1930—2015），笔名庄犁，福建惠安人。1956年毕业于厦门大学中文系。时任《作品》编辑部小说组组长，曾任《作品》主编、广东省作协副主席、广东文学讲习所副所长。

1978年11月27日

培亮同志：

今晚我去看了外国文学研究所负责人冯至[①]同志，他总是听人赞美《作品》月刊，但极难看到。谈到《复婚》《最宝贵的》等小说，他说曾在《文艺报》编印的稿子看过，但不知道是《作品》刊登的作品。从谈话中知道他对这刊物留下极好的印象，但从未好好看过，他希望今后能经常读到它。

他现在住越秀宾馆二一一号房，正在主持"外国文学研究工作计划会议"[②]，希望找一份今年的《作品》（最好由一月至十一月）送给他！以后望能长期赠阅他一份。因为我们的翻译作品，以后要争取他多帮助。

他的通信处是："北京建内五号，外国文学研究所。"

我这里赠他一本《习艺录》，如郭东野同志来，烦他带给冯。刊物也可由郭带去。

萧殷　十一月廿七日晚

[①] 冯至（1905—1993），原名冯承植，河北涿州人。现代诗人、学者。曾留学德国柏林大学，北京大学教授，中国社会科学院外国文学研究所所长。

[②] 1978年11月25日至12月5日，全国外国文学研究工作规划会议在广州召开，全国70多个单位140多位代表出席会议。

1979年7月27日

培亮同志：

将这位作者来信①转你一阅，并望小说组复他一信。按来信所述，那篇作品的题材是不错的，至少是可以加工修改的。阅后请将原信退我，以便复信。

萧　七月廿七日

---

① 指徐健伟1979年7月13日致萧殷的信。

致黄起衰1通（附来函5通）

黄起衰（1929—1988），笔名湘波，湖南长沙人。历任长沙《大众报》记者、东北军区政治部文工团创作员、中共郴州地委宣传部写作组成员、湖南省作协副主席、湖南人民出版社总编辑。

1980年5月29日

起衰、弘征同志：

二十二日已将《谈写作》清样挂号寄上，谅已收到，甚念！

弘征同志廿五日来信说，他于月底可能赴北京，不知道启程没有？这星期很忙，要给几个报纸赶文章。因此弘征同志要我给《书苑》的短文，到昨晚才有时间执笔，用书简形式，较轻松，但连题目都来不及想，现寄上，由你们自由处理吧！匆匆

祝好！

萧殷　五月廿九日

附来函

1979年9月27日

萧殷同志：

　　您好！

　　国庆节到了，向您致节日的祝贺！

　　最近弘征（衡钟）同志由广州回来，向我们谈到，您有一部谈写作的书稿，打算给湖南出版，我们非常欢迎。目前，我们正在研究制订明年的出版计划。请速将此书的内容、篇幅及交稿日期告诉我们，以便及早安排。

　　我社创办了一个大型文学丛刊《芙蓉》（由康濯同志主编），年底将发第二期稿子。希望您抽空给丛刊写点东西，我们殷切地期待着您的来稿。

　　去年春上，我和王勉思同志去广州军区看稿，曾到您府上拜访，您不在家，未能见面。今后有机会去广州，一定去看您。

　　寄上最近出版的几本书（其中《文学小札》[1]是岑桑、易征、仁康同志三人合写的），请指正。

　　感谢您的支持和帮助。祝

编安！

一九七九年九月二十七日　黄起衰附笔[2]

1979年10月6日

萧殷同志：

　　您好！

　　来信收到了。《谈写作》的书，我们很欢迎，请整理编好寄给我们。

　　据说，文代会推迟到十月下旬，时间宽裕一些，有利于您进行书稿的编选工作。

　　《芙蓉》丛刊第二期的稿子，计划在年底发排。请您在百忙中赐寄新作。

　　胡代炜同志是出版局的负责人之一，分管编辑部的工作。勉思同志在编辑部分管少

---

①　《文学小札》，署名云珊著，湖南人民出版社，1979年7月，责任编辑黄起衰。

②　此函盖"湖南人民出版社文学艺术组"公章，故落款为"黄起衰附笔"。

儿组。他们向您问候。谢谢您对我们的支持。祝

编安！

黄起衷　一九七九年十月六日

1980年4月7日

萧殷同志：

　　来信收到多日。这几天传达学习五中全会①的文件，单位又在搞工资调整，接连开会，没有及时给您去信，请谅。

　　书稿按照您的意见，做了一点小的修改。肖也牧的《我们夫妇之间》，没有直接点出来，批评的语气，也变得委婉一些了。提到康濯、赵树理的那几句话，做了删节。因不影响文气的连贯，删去无妨。"文艺是阶级斗争的武器"这句话去掉了，但通篇的观点没有变动。还有一篇文章内提到"上中农的猖狂进攻"，似不妥当，将"上中农"改成"资本主义势力"。其他没有什么大的修改。对王蒙作品的评论，引用外国作家的话（或作品）都保留不变，几篇附录的作品也写在集子里了。

　　发稿推迟了几天，原定上月底，因时间紧，搞不出来，只好延至本月上旬发。清样出来后，再发一份给您审定。现在我们与工厂签了合同，他们要求不在清样上做大的改动。一字不改难以做到，尽可能做到不通行、通版。

　　广东文代会②开完了吧？一定是盛况空前。我们这里的文代会筹备很久了，最近省委批准，定于本月中旬开，出列席代表有九百多人。

　　回广州后，事情可能多起来，请注意身体，不要过累。祝

春安！

黄起衷　一九八〇年四月七日

1980年6月14日

萧殷同志：

　　您好！

---

① 指中共十一届五中全会，1980年2月在北京举行。
② 广东省第二次文代会于1980年3月24日至4月4日在广州召开，欧阳山当选主席。

《谈写作》的清样上月廿七号才寄到，我随即做了处理，退工厂付型，按规定的时间晚了几天，这也是个特殊情况。

考虑到书和丛刊（第三期）差不多会在同一时间出版，故"后记"就没有在丛刊上发了。您给《书苑》的那篇文章拟在《芙蓉》第四期刊出（大约下月底发稿）。

我社文艺编辑室的唐维安同志来广州参加当代文学讨论会，特介绍来您处探望，请洽谈。

弘征去京组稿，大约月底回来。

胡真同志随出版工作代表团去美国访问，代炜同志在家。

近来身体还好吧？您长年劳累，要注意休息。

握手！问候全家。

黄起衷　八〇年六月十四日

1982年11月25日

萧殷同志：

很久没有联系了，身体如何，十分挂念！

《谈写作》重印了一次，样书（十册）及印数稿费一并寄作协转交，请查收（听弘征说您搬了家，新住所还没有设置信箱，故寄作协）。

您的另一本评论集①，已由《文艺报》的冯牧等人编就交来。有关编辑还在做技术处理，不久就可发稿。

前不久，我去北京，因感冒并发肺气肿，打针吃药，治疗一段，有所好转，但未治愈。这个病，冬天不好受。

《芙蓉》办学习班，请了外地的一些作家来讲课。陈国凯同志也来了，昨天刚回去。

我明日去韶山学习，十二月中旬回来。匆匆，敬颂

冬安！

黄起衷　八二年十一月二十五日

向陶萍同志问好！

----

① 指《萧殷文学评论选》。

致黄升民1通（附来函3通）

黄升民（1955— ），广东佛冈人。1972年任《广州日报》记者。1977年入读北京广播学院编采专业。曾任中国传媒大学新闻传播学院副院长、广告学系主任，教授，博士生导师。著有《现代广告战略》等。

1976年12月×日①

升民同志：

《活见鬼》②已读。第一段写得很传神，景色与人物的心理活动结合得很自然，而且写得相当逼真。小说这样开头，不仅一下子把读者引入人物的处境之中，而且也给情节的展开，奠定了一个基础和开辟了一个新颖的开端。可以说，小说一开始就把读者吸引住，具有一种"引人入胜"的引力。

不过，这个贾主任在路中所遇的，到底是虚还是实？却不能给读者一个确定的回答。是鬼？还是人装的假鬼？是假鬼吗？它怎么能在她飞车前进中（特别是踏车下坡时）紧跟随她并与她说话呢？是人装的假鬼吗？它怎么把黑夜里从贾主任口袋里掏去的手绢转移到另一具尸首（第二天另一次追悼会上的死者）的手上？其实问题不在于真鬼还是假鬼，而在于所写的事是不是有一点真实感。我自然知道你是写一个假鬼，想通过这个假鬼来嘲弄这个经常说假话（靠说假话讨好上司，靠说假话入党、升官）的贾主

---

① 此函缺页，无落款。据黄升民回忆：很快，萧殷回信了，约我和仇智杰去他住的梅花村见面。那是1976年12月24日，星期五。

② 《活见鬼》，疑即下函黄升民所谓《忠魂山下》。

任,可是你把假鬼写得太神奇、太"鬼气"了,反而使人感到这个装鬼的人不可信了。

既然这样,你想嘲弄这个爱说谎话、靠说谎话捞取党证和升官的人,就一定不能达到预期的目的。

附来函

1978年3月18日

萧伯伯:

上京求学前,未能见到您,心里十分遗憾!临行前去梅花村拜访您,听陶萍同志说您生病住院了,去医院探访未遇,心里颇不安,现情况如何呢?你们这辈同志,饱经沧桑,年纪大,工作忙,望日后多多保重!

萧伯伯,这两年来,得到您热情帮助,收获颇大,尤其是您对《忠魂山下》一稿的几次修改意见,更使我学到很多东西,真正懂得文学艺术的意义所在。但是,我这个学生是不能令您满意的,您热情地帮助我反复修改《忠魂山下》一稿,我却因考大学给耽搁了,现在想起来也真遗憾,日后我努力弥补吧。前段时间,结合报纸的科技宣传,我和一位中学老师合搞了几个科学幻想小说《长生水》《魔园》《2001年唐山地震》等,给了《广东文艺》的李如仑①同志,不知您后来看到了没有,写这些东西前,我不敢告诉您,因为严肃的作品未改好,却搞了些不伦不类的东西,恐怕您会"剋"我一顿的。

我是头一次出远门求学的。这个北京广播学院在北京东郊,我学的是编采专业,这个专业是为电台、电视台培养记者和编辑的。学习任务还是挺紧的。初出远门,人地生疏,使我更加怀念广州的朋友和老师,怀念你们这些待人热情、严肃的文艺界前辈。我非常盼望日后能得到您的指导,为繁荣社会主义文艺园地献出自己一份微小的力量。

祝您:

健康!

您的学生:升民 三月十八日

回信地址:北京广播学院,新闻系,七七届编采班 黄升民。

---

① 李汝伦(1930—2010),吉林扶余人。广东作家协会文艺创作研究室副主任,杂文创作委员会副主任,《作品》副主编,编审。

1978年10月21日

萧伯伯：

您好！寄来的信和书都收到了，非常高兴。我初拿笔学写东西时，苦于无人指点，只好在暗中摸索，后来，多亏您和其他老同志的热心帮助，才使我走上了正路。今天，我在京读书，远离故乡，但您还是那样热心地关怀我，我的感激之情是难以言喻的……

记得在一九七五年，我写下了《忠魂山下》的初稿，一些朋友看了，有的说这是个失败的作品，有的则认为我走错了路，我感到十分彷徨。当初，我把初稿送给您看时，还准备硬着头皮挨一顿批评，没想到我从您那里得到了肯定和支持。您当时说过："写作要从生活出发，年轻人要有勇气正视严酷的生活，写出现实主义的作品。"这些教诲我至今没有忘怀。那篇稿弄了几遍未能使人满意，原因是缺少时间、缺乏生活。随着时间推移，愈来愈对作品反映的问题感到不满意。但是，要改好它的决心是没有动摇的，不然的话，我总感到似乎欠下一笔"债"。

我的情况很好。北京的情况也很好，吴德调走，大家拍手叫好，街上常出现揭发他的大字报。另外，对林乎加是抱有很大希望的，极盼望他早点打开首都的局面[①]。广东的情况好多了吧？前天《人民日报》发表的"一个受人欢迎的"领导干部的文章就是说习仲勋[②]吧？

萧伯伯，我从您的信和报纸报道中得知，您常常犯病，十分惦念。我虽然会写一些科学幻想小说，但却不会给活人诊病开方，只好在千里之外遥祝您身体健康。好了，不耽搁您的时间，搁笔了。

祝您健康！

学生升民　十月二十一日上午

另《作品》编辑部寄来的两本杂志已收到，请您代我向他们转达谢意。

[①] 1978年10月，吴德被免去中共北京市委第一书记职务，由林乎加接任。

[②] 习仲勋（1913—2002），陕西富平人。1978年4月任中共广东省委第二书记，12月任第一书记。

1979年2月8日

萧伯伯：

返京前未能见到您，十分遗憾！

《忠魂山下》一稿已修改完了，现托仇智杰①同志送给您，请审阅。

稿子是根据您提的意见进行修改的。由于时间较紧，修改的质量恐怕达不到您的要求。想到您在繁忙之中，又要为此花精力，心里实在不安。

此稿写于1975年底，它是最先得到您的热情肯定的。您对稿子提了详细的意见，让我把它改好，送出去……可是，我一直没有能按您的要求做。有时因别的事耽搁下来，有时则是出于懒散。今年寒假，我上您家拜访，原以为您记不起这个稿子了，可是，您见到我，第一句话就是问起它的修改情况，使我心里很内疚！我不敢偷懒了。今后若有新的修改意见，望告诉我，我一定尽力完成，不能再辜负您的期望了。

萧伯伯，上您处拜访，知道您工作很忙，身体又不大好，还常常关心我这个不大成才的学生，心里很感动。望您今后注意休息，多多保重！致礼！

学生升民　二月八日

---

① 仇智杰（1933— ），笔名翔风，广东番禺人。著有短篇集《新雨催春》等。广东作协理事、广东省文联委员、广东现代革命作家研究学会理事。

致黄廷杰12通

黄廷杰（1939— ），广东汕头人。1960年参加工作，长期从事编辑工作，努力扶植文学新人。著有《南方情话》《凡人情结》《我心依旧》等。中国作协会员，汕头市群众艺术馆馆长，《文化走廊》报主编。

1975年7月5日

廷杰同志：

信悉。感谢你的祝愿和关怀，尤其伏契克[①]那句话，引人深思，也使人清醒。你的想法是容易理解的，在这里再一次向你致谢。

关于煤油炉的事，怎么《广东文艺》编辑部的同志会知道呢？可能是仇知杰[②]同志吧？如果不很麻烦，希望你代我买一个来，四芯的或五芯都行。需款多少，望即函告，以便汇去。

近来因在匆促中审阅了一部小说原稿，引起脑血管痉挛，一边手脚发麻，服用"天麻"后稍减轻，顺告。匆匆祝

安好！

萧殷　七月五日

---

① 尤利乌斯·伏契克（1903—1943），捷克红色作家、记者，著有《绞刑架下的报告》等。

② 仇知杰，即仇智杰。

1975年7月28日

廷杰同志：

  信已接到好几天了，因为近日身体不佳，未能更早地给你写信，请原谅！

  上月初因急于在三晚上阅读一部长篇原稿，引起了脑血管痉挛，不仅右脑剧痛难忍，左上下肢也麻木了，幸好及时找到了一些"天麻"，剧痛才有所减轻，可是我的单薄的体质经这场急病折磨之后，现在更加虚弱了。目前正由一位中医治疗，估计情况会逐渐好转，请释念！

  知棉湖牌煤油炉已买到，十分感谢你！共花了多少钱，请即告诉我，以便即刻汇去。

  你近况如何？仇智杰等的招生工作顺利否？

  陶萍问候你。匆此布复，即颂

暑安！

萧殷　七月廿八日

1975年9月28日[①]

廷杰同志：

  接来信已十天了，直到今天才提笔写信，倒不是懒，而是我卧病在床。半月来，不知因什么，忽然四肢无力，头脑晕痛，经多方服药竟不见疗效。这两天服用些中药丸，病情稍有好转，今天我已能坐起来，估计再过几天，健康会渐渐恢复。年纪老了，体质已衰，因而时好时坏也是正常现象，不足为虑。自己搞文学工作已四十多年，虽谈不上什么成绩，但教训是不少的，一九七二年我打算写一部《创作论》已拟好八九十个题目，计划每篇千字上下，一篇只写一个具体的创作问题，可单独看，亦可联系起来读。总之，我打算尽可能把创作过程中常常遇到的问题都包括进去，而且尽力写得具体易懂……可是由于身体条件不行，力不从心，但我没有绝望，总希望在自己的晚年能把这点"理想"变成现实。——你看，我的头脑多么凌乱，一提笔就杂乱无章，不知扯……

---

① 此函仅存首页。

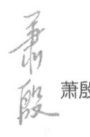

1975年12月21日

廷杰同志：

两信均收到，散文三篇亦早已阅读，原打算尽早把一点粗浅的读后感告诉你，无奈健康状况极不稳定：时好时坏，反复无常，实在令人大伤脑筋。读了你最近的来信，很觉过意不去，想即刻提笔，不料冷潮来袭，突然出现了广州少有的奇寒天气，室内冷至三四摄氏度，连拿笔都困难，一直拖到今天才给你复信，实在抱歉，请你原谅！

你的散文我接触不多，但有个印象：你写的确是一种具有散文特点的作品，而不是那种"既非小说又非杂感"的文字；尤其可喜的，我发现你在散文写作时努力用抒情的笔墨来叙事，在叙事时又力求有意有境，并力求情景交融。当然也存在着缺点，还有应当努力改进的地方，譬如在散文的立意以及如何开拓立意方面，你似乎还不大注意，还没有引起你足够的重视。

"意犹帅也"[①]，在写作之前，总得想先确定表达什么和抒发什么，也就是说，在生活感受之后，你想通过生活情景（艺术形象）来表达什么思想，抒发什么感情，这叫"立意"。当然"意"不能随意确立，而应当是集中生活斗争中的同类感受，经过反复思考与判断，又经过形象构思和精工提炼出来的。但它绝不是一个抽象的概念，而是既有思想又有形象、既有意又有境的主题思想。因而它是一篇作品的灵魂、是统帅全文的主脑，是决定全体气血的心脏。在动笔之前，有它或者没有它，是完全不同的，这不仅会影响你的运思和结构，而且直接影响你的作品主题的高低。

对于你的三篇散文，我提不出更新异的意见，现只将读后感告诉你，仅供参考：

《灯》中的不少段落，如象一些零散的闪光的珠子，可惜你没有用一根线把它们串联起来。你笔下的一些回忆、联想以及一些带哲理性的抒情等，都写得颇有深意，且耐人寻味；但是这些富有想象力的描写，却被你漫不经心地堆放在一起，变成了一堆既博杂又臃肿的东西，实在可惜！（应当承认，前半篇稍好一些，但引用古人及近人的文字，则未免牵强。）为什么会出现这种情况？你可能还未意识到，但你不妨回忆一下，当你动笔写作之初，你可能只抓住"灯火"二字去运思和结构，你虽然曾经发掘各种灯火所内涵的意义，但你却没有进一步从这些意义中提炼出来一个共同性的、带普遍意义的实质来作为中心，作为主题思想。既如此，那就难怪你把大量有关灯火的见闻、感受

[①] "意犹帅也，无帅之兵，谓之乌合。"语出王夫之《姜斋诗话》。

和联想一股脑儿倾泻出来，结果内容是够丰富的了，可是全文博杂臃肿，杂乱无章；主题不但不高，而且还很模糊。为什么？关键就在于缺了一个统帅全局的灵魂。

《赋》是一篇十多年前的旧作，它以抒发乡土感情为主旨，并以此统帅全文，所以行文时感情激越，左右逢源。从表面看，你注意了立意，似乎比《灯》稍胜一筹。但是你用来抒发这乡土感情的联想和叙事，虽则大部分是无可厚非的，可也有些地方掺杂着一些很不健康的偏见（譬如你把一般妇女换肩的动作，说成是你们家乡妇女所独有之类）和一些社会意义不大的穿插（如陈三、五娘的恋爱故事等）。这大概正是由这种狭隘的乡土感情所主宰、所孵育出来的恶果吧？其实这恰恰可以反转来证明：对乡土的爱，如果不经过阶级分析和批判，它可能把最陈旧的、与时代格格不入的意识一起夹带出来。这种情况之所以发生，是不是可以归咎于：你在考虑这篇散文的"立意"时，放松了马克思主义、毛泽东思想的指导，纯由狭隘的乡土感情所支配呢？立意既不正，不管你铺垫得怎样，也无补于作品的。因此，想在散文中抒发无产阶级革命时代的革命感情，自然就无从谈起了。

《竹》是以"竹棚"这个具有特异色彩的意象作为这篇散文的主线的。在立意上，你不满足于一般的概念，努力从生活感受中概括出一个富有感性意味的意象来做主脑，这本来是不错的；可惜你选来体现这个立意的场景描写和人物素描……却极一般，而且又极抽象。换句话说，你没有通过特殊性来表现普遍性，没有通过个别来反映一般，结果全局影影绰绰、飘飘忽忽，不仅缺乏艺术感染力，而且也损害了主题的战斗力和说服力。当然，更根本的原因是生活不足和感受不深。

在这篇散文中，我注意到一节寓意深刻的文字：

……它（指竹棚——引用者注）走了，就像它的主人——千万"老竹棚"一样的水电工程建设者，为了早日改变我国一穷二白的面貌，他们……转战青山办水电，多少回蓝图在胸进竹棚，多少回电站落成打起背包又出发，身后明珠万斛机轮转，前面战斗途程更灿烂，从一个工程走向一个工程，从一个胜利走向一个胜利……

气魄多么宏大，时代感多么强烈！要是你以这种豪情和气魄作为主脑，作为统帅全文的灵魂，由此生发开去，展开你的联想和抒情，并以劳动人民朴实的富有生活气息的语言表现出来。我想，作品定是另一个样子，它定必比这一篇的意义深刻得多，也动人得多！

从上面分析看来，要写一篇散文，立意是首要的。不仅立意要明确，而且还要紧扣时代的脉搏。当然所谓立意，不能凭空臆造，应该在三大革命实践中经过再三感受，反复思考，又经过形象构思而逐渐形成的。其次，对于开拓和体现立意的叙事和联想、场景和抒情等也不要忽视，倘选择不当，或满足于皮毛，不仅不能深刻生动地体现主题——不能使主题在富有感染力的生活意象中浮显出来，而且可能相反，会严重损害你的立意。两者恰似心灵与皮肉，是相互作用、相辅相成的，你说对吗？

写了这么一大篇，我怀疑我的意思还没有说清楚，因为我对散文一向很少研究。在这方面的知识也少得可怜，连自己也没有什么把握。上述意见，只算是读了你的散文后一点零碎感想。现在写给你，不过是想抛砖引玉罢了。说真的，我十分希望能听到你直率的意见。

另两篇散文如需要以后再寄。匆匆

祝工作顺利！

萧殷　十二月廿一日

1976年7月7日

廷杰同志：

六月寄给陶萍的信最近才转到温泉疗养院，谢谢！

我于四月初由省人民医院转来温泉疗养院疗养，一转眼已过去三个月，病况虽无好转，但也没有恶化，肺功能似乎更衰弱了，医生时刻都可看见，但他们仿佛毫无办法，每日都服中药西药，还进行电疗等理疗，可是不见疗效，我打算住到八月初就出院，因为再住下去对疾病只会更加不好。

你寄来的《解放军文艺》[①]早收到了，你的散文曾在匆促中翻阅一遍，因当时我身体情况不佳，又忙着准备来从化，所以顾不上给你写信。现在印象已经模糊了。总的印象是：我去年给你写的信，你似乎没留下什么印象，我以为刊在《解放军文艺》的散文还存在着我那封信中所指出的问题。因手边无那份刊物，无法谈得具体，请原谅！匆匆

祝你全家安好！

握手。

萧殷　七月七日于从化
温泉疗养院三疗区

---

① 《解放军文艺》月刊，解放军出版社主办，创刊于1951年6月。

1976年10月30日

廷杰同志：

　　从温泉回来不久，就收到你的来信。你和广州的许多朋友一样，怀着好心希望我不要离开疗养院，"想当然"地以为那里生活条件、理疗条件好，"盲目"地以为在那里可以使疾病稳定下来甚至好转起来。对别的病人也许不能一概而论，但是对于我来说，无论对生活或者对医病，不仅没有减轻，反而加重了。肺功能比进院时衰弱得多，肺扩量大大缩小了，我初去时可以散步两公里，后来连半公里也走不了。饮食量越来越差，不是供应不好，而是做得太糟。加上胃口不好，于是越吃越少，越来越消瘦。到了八月底，我决心回广州来，在家里即使吃青菜，也比疗养院的鱼肉有滋味。

　　回来不久，伟大的领袖毛主席与世长辞了①，我们这些长期追随他革命，常常受到他亲自教育的人，自然怀念就更深，内心就更加悲痛！那几天，我体温很高，血压也很高，只能躺在床上淌眼泪，连医生也觉得束手无策。烧了大概一星期，才慢慢减轻。我所难过是毛主席去世后谁来掌舵、中国的前途如何。

　　未料到，不到一个月揪出"四人帮"②。毛主席去世后许多人认为后患的，就是这帮坏家伙。大家都认识到他们是一批资产阶级代表人物，是搞资本主义复辟的阴谋家，他们假话说尽，坏事做绝，顺我者昌，逆我者亡，弄得大家敢怒而不敢言。现在四害已除，大快人心！据说北京同志听此喜讯后举杯痛饮，连酒都买光了，广州爆竹不断，到今天仍然不时可闻。

　　我听许多搞写作的同志表示：准备继续拿起笔来，为社会主义文艺贡献自己一份力量，尤其是那些多年沉默的同志，现在似乎青春焕发，跃跃欲试！形势大好！害人虫已消灭，国家有救了，文艺也有救了。希望振作起来，为建设社会主义文艺而奋勇前进！

　　陶萍问你好！匆匆祝

工作顺利！

　　　　　　　　　　　　　　　　　　　　　　　　萧殷　十月卅日

---

①　1976年9月9日，毛泽东逝世。

②　1976年10月6日，王洪文、张春桥、江青、姚文元被捕，被定性为反革命集团。

1976年12月22日

廷杰同志：

　　来信早已收阅，所以迟迟未复，是打算拿到《怒向刀丛觅小诗》[①]后一并作复。可是事情不似预想那样顺利。

　　接到你来信后，曾与黄新波同志商量，说有个青年喜欢他这幅木刻，希望惠赠一张可否？他一口答应，可是总不见带来。有一次我催他，他说准备套色，以后带来，时间又过两周，还不见带来。他心脏病很重，印刷木刻确实劳累，故不便老催促他，但请你不要失望，待有机会到他家时，定可要到，只是时间要稍稍拖迟罢了。

　　匆此祝好！

　　　　　　　　　　　　　　　　　　　　　　　　　萧殷　十二月廿二日

1977年4月14日

廷杰同志：

　　由于病和忙，没有写信给你，实在心疚！春节前后，我因为肺气肿感染，差点又进了医院，后因梅花村一个医生同志的积极救治，才化险为夷。从二月以来，由于各报刊的催索，曾赶写过四五篇短文，其中两篇是《创作论》的片断，另两篇是为纪念《延安文艺座谈会上的讲话》发表三十五周年而作，都是零碎杂感，没有多少学术价值。三、四、五号《广东文艺》都有我的短文，将来读后请提意见。

　　《怒向刀丛觅小诗》，新波同志去年十月就答应送，可是因为他的心脏病经常发作，不敢猛催。半月前，我与他同车到党校听重要传达，顺便问到他，他说已印好，但还未修。他说每印一张要花两小时，身体不好，印一张就显得费力。前天我又在办公室遇见他，他未等我开口就说："待我把那幅木刻着了色，就叫人送到你家里。"我只好等着，何时能送来？恐怕还得等一段时间。我前面已说过，他的心脏病经常发作，血压高到惊人的高度，常常低压就达到一百七十毫米汞柱，所以不能催。反正木刻一定可以搞到，只要再等待一些时间就是了。匆匆
祝好！

　　　　　　　　　　　　　　　　　　　　　　　　　萧殷　四月十四日

[①] 《怒向刀丛觅小诗》，黄新波木刻作品，引鲁迅诗句为题。

1977年5月27日

廷杰同志：

寄来的两本稿纸早已收到，谢谢！

近两个月来，我比较忙乱，倒不是写什么，而是乱，要开会，要接待各种各样的客人，有时还要赶着写点短文，加上每日都要处理几封信和读几页书，所以忙乱不堪，时间愈来愈少了。

谈起《怒向刀丛觅小诗》，我已经向新波同志说了无数遍，他每次都答应给，从来没有拒绝过。四月以前，他说已印起，但尚未着色；五月廿三日我在座谈会上又对他谈起这幅木刻的事，我把你的名字写给他，这一次他也答应给。当我知道他于五月廿七日搭车赴北京时，我即刻要他将木刻拿来，"免得人家老等你的木刻"，分别时，他说过两天拿到创作室。今天我去创作室开会时，知道黄新波同志已赴北京（一个多月后才回来），可是木刻却未拿来，我为了这幅木刻曾向他说过无数次，可是他总是不拿来，弄得我也不便开口了。以后，希望你直接向他索取，你可以说由我向他提出过，而且他已答应。请他直接寄给你。（信寄文德北，文艺创作室黄新波收）。

匆匆此复，并祝

工作顺利！

萧殷 五月廿七日晚

1977年6月13日

廷杰同志：

来信及《战友篇》已收阅。前日我去创作室开会，由黄新波同志的爱人交来一幅《怒向刀丛觅小诗》，是新波同志临走时留下的，他还题了款，你的名和他自己的名字都写上，很认真！也很隆重！有一张报纸2/3那样大小，而且太长，邮寄容易损坏，我考虑，暂时留在我这里，待有人去汕头时，再托人带去。或者你那里有人来，顺便托人带回去。你看如何？

《战友篇》已粗粗读了两遍，我觉得前面写得比较自然，愈到后面愈像小说。这个题材充满了矛盾和斗争，而且有始有终，矛盾中的人物也有突出的性格。这样的题材，你为什么不写成小说呢？像现在那样，风格似乎轻飘飘的，与这种沉重的斗争题材有点不合拍。过程长，接触面广，但都写得不深，我以为，与其写成散文，不如写成一篇小说。其次，关于散文风格问题，我觉得你在行文中常常插进一些诗句似的短语（例如："关山如铁，霜花染鬓""饮马延河，少年事戎行""长相忆，梦里征人军号吹""人消瘦""夜风凉，衣衫单薄适时添""更有那隔离斗室，聚八面风云"……）许多都来自旧诗词，因其风格不同，境界也迥异。故插进到散文语言中，不仅情绪不相连贯，念起来也不自然，尤其是朗诵，听众不容易听懂，偶而在散文中插入一两句诗句，是容许的；但如果普遍采用，甚至想以此来形成自己的散文风格，则值得考虑。

时间太少，不能写得更周详，请原谅！匆匆握手！

萧殷　六月十三日夜

1977年7月26日

廷杰同志：

由汕头文化局林局长带来的两瓶沙茶酱，已收到，谢谢你！

前你寄新波同志的信已照转，一天到纪会堂听报告时，我问起这事，他说你的信他已经收到。我说你打算将画配一个镜框，他表示高兴。

我近来甚少写文章，原因是琐事太多，而且近来天气又酷热，白日根本静坐不下来，晚上则又热得汗流浃背。虽然，几个刊物写信来约稿，但连执笔的机会也没有，奈何！

原定八月间开省文艺创作会议，不知是否按期召开？现尚不见动静，可能到时候只谈谈计划，这样自然用不着做什么会前的准备。匆匆祝好！
握手。

萧殷　七月廿六日

1982年1月22日

廷杰同志：

　　来信及《文化走廊》①均读。《文化走廊》办得很活泼，有趣！

　　去年有三分之二的时间在病痛中度过，最后一次是在湖南患病住医院，七月下旬回抵广州，第二天住进东病区，直至最近（一月十六日）才勉强离开医院。现住家中，但体质一天不如一天，体力与精力都差得远了。来稿来信仍很多，可是再没有精神处理了。有时偶尔应一些刊物的催索，勉强写点短文，但觉得心有余而力不足。

　　这一病之后，潮汕之行愈来愈遥远了。痰多气促，有时甚至呼吸困难，所以这里的医生和同志不同意我走较远的地方，连东江一带，也叫我不要去，何况潮汕？

　　陈谦同志常见面吗？看见时，请代问好！去年四、五月间我们同在东病区治病，他近来曾来信，感谢他一片好心，劝我安静休养，抛开一切杂务。我已接受他的建议，并衷心盼望他也静心休息！匆祝

春节愉快！陶萍向你们致候！

萧殷
一月二十二日于梅花村

---

　　①　《文化走廊》报，1979年12月20日创刊，初为双日刊，汕头市文化馆编辑。2017年更名《文化汕头》。

致黄伟宗6通（另函2通）

黄伟宗（1935— ），广东肇庆人。文艺理论家。1959年毕业于中山大学中文系，任《羊城晚报·花地》编辑，后曾任《广东文艺》及《作品》编辑。1979年起任教中山大学中文系。中国新文学学会理事，广东省珠江文化研究会会长。

1977年5月30日

伟宗同志：

每日都要看许许多多的稿件，加上来人不断，写稿读书的时间几乎全给挤掉了。

这两日才挤了点时间读了你的《论文学作品中的主要人物》一稿。初澜①的谬论在青年中流毒颇广，有些人中毒很深。因而把文学目的与反映的手段混为一谈，已不是个别现象。在写作中、在评论中，这种"混为一谈"的情况，是多种多样的。所以我非常赞成你写这类文章。你在这篇文章中所阐述的论点，我以为是完全正确的；对初澜给以反击也是很有必要的。但我同时也感到，如果你能把中毒者的诸种"混为一谈"的表现搜罗起来，抓住它的各种形态、各种特征，然后给以分析、批判，一定能批判得更具体、更有力、更有针对性，更能切中要害！

为什么我提出这个问题来呢？难道你这篇文章没有针对性吗？不是！对初澜那篇文章是针锋相对的。但对这类思想及其引申出来的错误，却不能说是批得深透的。相反，这篇文章始终只围绕着一两个概念，从各个角度去进行批判，未免给人一种空泛的感

---

① 初澜，江青、姚文元组织的文艺评论写作班子，成立于1973年，从1974年到1976年，发表一系列文章为"四人帮"文艺路线摇旗呐喊。

觉。因此，我认为从中毒者的各种表现中抓住实际加以分析批判。一定要扎实得多、具体得多，教育意义也会更大。对否？仅供参考。

萧殷　五月卅日

1978年12月19日①

伟宗同志：

在胜利宾馆抽不出半点时间②。大家开会时要参加，大家看电影或休息时，我们开党组会，日日如此，什么也不能看。你的稿子也无时间拜读，现在你亟须寄出，只好先叫萌萌带回给你，对不起！

回来也是忙忙乱乱，什么事都做不成。

萧殷　十九日

1979年1月17日

伟宗同志：

这几天，我躲在二沙头改编《谈写作》③（共二十多万字），由于上海文艺出版社一再催促，而梅花村又来人不断，不得已，只好躲到这个地方来。这里倒还清静，可是滨江风大，遇到冷空气，连写字也抖索，奈何！

那天吴宏聪④同志的盛意，我是理解的，其实我已在楼栖⑤面前答应过，同意到中大去讲讲创作问题。如果认为在名义上需要有点什么名堂，而且对学校有好处的话，那就办吧！我是不会有什么异议的。

---

① 原函落款仅有"十九日"，黄伟宗注"一九七八年二月"，据内容判断当为12月。

② 1978年12月5日至16日，广东省文学创作座谈会在广州沙面胜利宾馆召开。

③ 萧殷1979年3月11日致陈谦函中称："我悄悄躲到二沙头的体委招待所，从早到晚一连苦干了半个月，把一本《谈写作》的旧作整理出来……"

④ 吴宏聪（1918—2011），广东蕉岭人。1943年毕业于西南联大中文系并留任助教。1946年9月起任教于广州中山大学中文系，1978年至1984年任中文系主任。

⑤ 楼栖（1912—1997），原名邹冠群，广东梅县人。文学理论家。曾执教香港华南中学、达德学院。中山大学中文系教授、副主任，作协广东分会副主席。

张作斌①同志那里请你抽空去催一催！如果组织部认为"文化大革命"期间可以补，"文革"以前就不大好办，而我的问题正是一九六六年十月发生的。在我的申请报告中写得清清楚楚。难道他们看不见？他们这样拖，到底想达到什么目的？

过四天我就离开这里，匆匆。

萧殷　一月十七日

1979年3月16日

伟宗同志：

我这几天忙得不可开交，欧阳、残云②要赴京，易准、于逢昨日已出发，赴京参加《文艺报》座谈会③。我忙着为五月《作品》赶稿，又要负责筹备四届文代会④（包括代表选举、代表团发言准备），同时还要为近三十年广东文学工作做总结。我对广东不很了解，工作起来，困难就更多。

你这篇稿子，只粗粗读了一遍，主要论点大概是不会有什么问题的，但似乎写得太粗糙了，文字上也不够精练。

《作品》因周扬、默涵两同志的文章占去了两期的评论篇幅，把别的许多评论给压下了，连杂文、谈薮也被压下了。现准备将压下的稿从第五期开始发出去，五月以后，全国文代会及省文代会召开，篇幅更少。因此，你这篇文章在《作品》刊出的可能性越来越小了。希望你寄给其他刊物试试看，我正忙于赶任务，匆匆。

祝好！

萧殷　三月十六日

1980年5月10日

伟宗同志：

今天我填《作家访问资料简表》。当我填到第九项"评论资料"时，想到其他报刊

---

① 张作斌（1924—2014），曾任广东省委宣传部副部长、广东中华诗词学会常务副会长。
② 指欧阳山、陈残云。
③ 1979年3月，《文艺报》组织召开"文艺理论批评工作座谈会"。
④ 第四次文代会最初计划于1979年4月召开。

对我辅导青年作家的评论，除《广州文艺》那篇《寒凝大地发春华》之外，还有《贵阳文艺》六期发表的《作家·战士·园丁》，及一九七九年十一月十三日新华社新闻稿第三五七五期刊出的《泥土的风格——访文艺理论家萧殷》均可参考。请你问问林培瑞教授要不要这类资料？中大有无影印机？是不是能复印？

除未找到《寒凝大地发春华》之外，其他为《贵阳文艺》及新华社新闻稿我都有，如林教授需要，可借去复印。如不需要，就算了。匆匆祝好！

萧殷　五月十日

××年×月×日往函①

伟宗同志：

今日读了你的《论文艺作品中的理想人物》，这是一个很值得认真论述的问题，过去谈得不多。这十年来，"四人帮"又插手，把水搅得很浑。

附黄伟宗致陶萌萌（1983年9月18日）

萌萌：

现送上红茶菌②一瓶，供献祭于萧殷师之灵！

诚望节哀！化悲痛为力量，更好地承建父业、父志！

陶萍同志均此问候！

黄伟宗　一九八三年九月十八日

附黄伟宗致陶萍（1990年4月29日）

陶萍同志：

久违矣！不知近况怎样？时在念中。听说你已搬家，又不知是何地址？什么电话号码？多次想拜访也无法联系，所以只好托作协老干科转这封信。

---

① 此函仅存开头，疑为草稿。

② 红茶菌又名"海宝""胃宝"，用糖、茶、水加菌种经发酵后生成，据称对萎缩性胃炎、胃溃疡有疗效。

今年是萧殷师七年忌，我赶写了篇文章，现奉上请你审正。这是我七年来一直挂着的事情，内心一直不安，十分歉疚。记得有一次曾向你表述过我的心情，现在文章中写了，因为我的处境而恐有损先师的形象。此文中写的许多事情和我的看法，如你认为不当可删去，如认为要大改我可重写，总之，我定要写好这篇文章，完成多年心愿。

我已与黄培亮同志打了电话，请他争取八月号《作品》发出，他们现正在发这期稿件。他也认为要先送你看过为好。如你认为可以，不须大改的话，请直接转交给他，并请打个电话给我（816279），好吗？我仍住老地方，地址是：东风西路130号之三，201室。你和萧殷师来过。有事请吩咐我办。匆此，问候！

顺奉上拙著一册，请赐教。

黄伟宗　一九九〇年四月二十九日

致黄展人、饶芃子1通（另函1通）

黄展人，曾参加抗美援朝战争，暨南大学文学院教授。文艺理论家，主编有《文艺理论》《文艺批评学》等。

饶芃子（1935—　），广东潮州人。文学理论家。毕业于中山大学中文系，暨南大学教授。曾任暨南大学副校长、学位委员会主席。广东省作协副主席，广东省文艺批评家协会副主席，中国世界华文文学学会会长。

1980年3月15日

展人、芃子同志：

来新会之前，本来计划到暨大去讲一次文艺形势，因近时流言很多，都是有意无意地歪曲五中全会①精神的。为了防止"上当"，想尽一份力量；但无人来联系，时间也不能等了，我只好启程来新会。

始初我住在"新会中医院"，因环境不安静，不能睡眠，因此也不思饮食。至十一日医院要我搬至圭峯招待所二号楼。这里较清净，睡眠较正常，吃饭也有所增加。勿念！大约再一星期，我决定回广州去，参加省文代会②后不拟再来新会了。

到新会时曾带来许多原稿，但进中医院后，与陈国凯同志同住一室，已无桌子，也是台灯，房子又小，完全无工作条件。甚至连带来的东西也未摆出来，继续锁在提包

---

① 中共十一届五中全会，1980年2月23日在北京召开。
② 1980年3月24日至4月4日，广东省第二次文代会召开，欧阳山当选省文联主席。

内。到圭峯招待所后，才开始读些原稿及处理些来信。林华中[1]同志的《细节真实与艺术典型》已读过，作为一篇研究文章似乎太凌乱、太一般了。从学术研究来看，其意义似乎还嫌表面。华中同志对这两者的关系不能说毫无理解，而且还引用一些例证加以证明，但在思想认识上好像仍停止在凌乱的印象上，还没有提升到理论的高度。就是说在思想上还没有一个较完整的、较清楚的说明；因此，在全文中显得很凌乱、很表面，显得例证很杂乱、很一般；小题目虽很多，但讲来讲去，仍然是一般的、常见的东西；而主要的、根本的东西，却始终未讲清楚。这是我第一次读后的印象。将来，我把此文带回广州时，希望你们也读一读！如何深一步进行研究？这问题如何提法？如何以目前存在的"忽视细节真实"问题为主，作为针对性问题提出来？如何加强这问题讨论的现实意义与理论价值？请你们也考虑一下！

这里较潮湿，比广州较和暖些，但我来后，几乎百分之九十都是阴天，天气阴沉，有时似有毛毛雨，弄得老在室内生活，很不舒畅。在医院太嘈杂，在招待所则嫌冷静，有时有寂寞之感。所以本月廿日或廿一日决定回广州。

顺问德昌[2]、孟贞[3]同志等均好！祝你们
健康！

萧殷 三月十五日

附黄展人致陶萌萌（1985年1月23日）

萌萌：

《典型、批评方法及其他》[4]一书备好奉上，用后给回我，因只此一本。

信还待找。证明材料交丽萍。

麻烦您了，谢谢。

黄展人 一九八五年一月二十三日

---

[1] 林华中，即林华忠，暨南大学中文系研究生。

[2] 张德昌（1930— ），暨南大学中文系党总支书记，暨南大学党委书记，广东省高教系统关工委副主任。

[3] 叶孟贞（1921— ），暨南大学中文系（文学院）副教授。

[4] 《典型、批评方法及其他——当代文学作品论集》，广东人民出版社，1962年8月。

致季涤尘2通

季涤尘（1928—2016），江苏无锡人。1951年毕业于北京新闻学校。曾任《工人日报》国际部编辑，人民文学出版社当代文学编辑室编辑、诗歌散文组副组长，副编审。著有《太湖远眺》《师祭》《彩虹》等。

此二函录自《文学书事——作家给编辑的信》，季涤尘编，人民文学出版社2001年8月版。

1978年8月13日

涤尘同志：

《三十年散文报告文学选》编辑小组来信[1]收悉，嘱自选散文，谨奉复如下：按我的看法，拟自选《桃子又熟了》及《严寒的夜晚》两文。

《桃子又熟了》原载1957年第1期《红旗飘飘》，今年5月号《广东文艺》重新刊登，并在文字上做了一些修改。

《严寒的夜晚》原载1957年3月号（或4月号）《人民文学》。

以上两篇都于1958年收入我的小说散文集《月夜》中。上述意见供参考。匆复。
敬礼！

萧殷　八月十三日

---

① 编选《散文特写选（1949—1979）》时，曾以"散文报告文学选编辑小组"的名义致函作家。——季涤尘原注。

1979年7月22日

涤尘同志：

你好！信及《桃子又熟了》清样均收到，我匆匆校阅了一遍，只改了一些字，现奉上。

《散文特写选》①何时出版？望可能时顺便告我一下。

我近日较忙。下半年准备专事写作，为集中精力和时间，不能不摆脱《作品》主编的职务。已向领导提出来，不知能否获得批准，顺告。匆匆祝好！

握手！

萧殷　七月二十二日

---

① 《散文特写选》，人民文学出版社，1980年2月。

致康濯1通

康濯（1920—1991），原名毛季常，湖南湘阴人。1938年入延安鲁艺文学系，与萧殷相识。曾任八路军358旅随军记者、华北联合大学文工团文学组长、晋察冀边区文艺协会常委，《工人报》《时代青年》主编，1949年后任中国作协书记处书记、河北省文联副主席、湖南省文联主席等职。

此函见于孔夫子旧书网，曾参与墨笺楼名人手札拍卖会，部分内容被遮蔽。

1961年7月6日

康濯同志：

来信及两本书①均收到，谢谢你。

近来天气很热，而且是几年来少有的炎热。而我的住室本来就像火炉，逢到如此炎热的季节，我自然整日流汗不止。虽则我是岭南人，而面对这样的热天，也深感难以适应。

不过，到冬季就完全不同了，蓝天丽日，风和日丽，草照样绿，花照样开；那时候□□□□□。

我们编的□□□□□□用了。争论的中心有二：一是典型论的□□□□□□正是由于□□的典型论的粗暴的批判□□□□□□评价《金沙洲》。讨论继续深入，为了澄清一下论点，我决定发表两篇专论。正是为了这件事，我于七月一日带着理论研究

---

① 两本书，或指康濯著《太阳初升的时候》（人民文学出版社1959年版）和《新传说录》（百花文艺出版社1960年版）。

组四位同志来到顺德县"清晖园",这是一个古园,环境幽静,倒是适合集中精力写专论,初稿已写成,但还很肤浅,尚须继续加工。我于七月九日一早就要赶回广州去参加创作座谈会,党内先开,然后党外,大约共需费时一个月。七月,可能完全给会议占据了。以后希常通信,匆匆祝你健康。

握手

萧殷七月六日
于顺德清晖园

附录

安天士来函1通

安天士，笔名安同，青年作者。四川巴县百节中学教师。

1980年1月5日

萧老：

新年好！我不知道您在哪里，也不知道您的身体健康不？我只知道您一直是青年业余作者的良师益友。早在中学时期，我就受到您的教诲。最近，从报刊上得知，您老不顾年迈体衰，仍然热心指导青年作者，无疑地将赢得全国人民的尊敬。特别是像我这样的弱差生，更是多么需要像您老这样热心的老师指教呵！

我是一个中学教师，业余作者。从中学起，我就酷爱党的文艺事业。在大学期间，就更加热心诗歌创作。毕业后，又学习小戏创作。所写的诗歌在市县办的群众文艺刊物上也发表过一些；所写小戏，也在县里演出过。但由于各种条件限制，始终未能得到文艺专门家的具体指导。所以，这些年来，进步不大，迄无成功！由于我没有能够为党的文艺事业增添一朵小花，使我终日感到惴惴不安，视为半生憾事！

粉碎"四人帮"以后，无论在思想上、政治上都得到解放。在业余创作上，也觉得稍有进步。但这又算得什么呢？今年暑假，在某文化馆一些同志的提醒下，我鼓起勇气将自己的习作整理了一部分，交到《诗刊》社和几个名家手里求教，但至今也没有得到任何回音！我想，自己的水平低，诗写得不好，那些同志又忙，这倒没什么。可是，我的诗问题在哪里？怎么进一步提高？我的诗作还有发展前途吗？这些问题使我一直在心中纳闷，不知如何是好！因此，在冥思苦想中，突然想到了您老——一位热心指导青年业余作者的专门家，犹如迷路的小孩，突然看到了北极星，眼前一亮，精神为之一振，于是，我便提起笔来向您老求教，不知是否会增加您的工作负担？损害您的健康？

萧老：如能得到您的具体指导，那当然是我一生中最大的幸事之一。我要在这八十年代奋力工作，做出成绩来感谢党和人民，感谢您的关怀和培育。但若有损您的健康，那就不好了。这使我感到不安。到底如何，就请您老自己来决定吧！

附送《诗四首》和《□笔集》一卷。祝
身体健康！

安天士（笔名：安同）
一九八〇年一月五日夜
四川省、巴县、百节中学

艾青来函3通

艾青（1910—1996），原名蒋正涵，浙江金华人。诗人、画家，左翼作家，代表作有长诗《大堰河——我的保姆》等。1957年被划为右派，赴黑龙江、新疆生活劳动二十余年。1979年后任中国作家协会副主席、国际笔会中心副会长等。

1978年5月9日

萧殷同志：

你在六日写的信，我在七日就收到了，好像是在同一城市里。在收到你的信之前，蔡其矫①已来信告诉我有关你的情况，现在又看了你的亲笔信，你想我该多么高兴！

《作品》复刊②，又是一个喜讯。大家都为《广东文艺》敢于向帮派人物进攻而欢欣鼓舞。文艺界被"四人帮"糟蹋得不成样子，恢复正气不是轻而易举的。时至今日，依然有人醉心于挥舞宗派主义的棍棒呢。

你要我的稿子，我一定写。不过你要的是"精短的、富有意境的"，可把我难住了。多少年了，我是在用自己的嘴梳理受伤了的羽毛。好像拣起瓦砾重新垒起窝棚——的确像地震之后的人。当然，要是"四人帮"不垮台，像我这样的一株小草，就不会有重见天日之时了。我正在忙于整理稿子，如有合适的，一定给《作品》。看看月底之前能赶出来就好。

---

① 蔡其矫（1918—2007），福建晋江人，著名诗人。延安鲁艺学员，中国作协文学讲习所教员、教研室主任，作协福建分会专业作家、副主席。

② 《作品》杂志创刊于1955年4月。1972年1月复刊，改名《广东文艺》，1978年7月起恢复原名《作品》。

谢谢你的关怀与鼓舞。祝你和陶萍同志都沐浴在南国的温煦的阳光中!

高瑛①问候你们。

艾青
一九七八年五月九日

请代问候欧阳山同志!

1978年5月26日

萧殷同志:

收到你五月十三日的信,至今已将半个月了,到今天才给你写回信,请勿见怪。

其实我是一直在考虑给你寄什么东西,而我的稿子几乎没有一篇不需要整理——再三地推敲与修改,好像是患了神经衰弱。

现在总算决定从我在垦区的存稿中,抄出几首给你。刚好前天,中央又发出号召在全国开垦几亿亩荒地。而我在垦区是已生活了将近二十年!人生有几个二十年?

说实在的,寄给你东西,更重要的一条是请你给我提意见。只有朋友在事前提了意见,才可能少犯错误——即使小到文字的错误。

其矫②昨天还见到,他谈了一些广东文艺界的情况。陆地、芦荻③都在,见到请代问候。

听说你和陶萍身体都不好,望能注意保养——留得青山在,多看看世界的变化。给王贵忱④同志信请代转。

高瑛问候你们。

艾青
一九七八年五月二十六日

---

① 高瑛(1933—),山东龙口人。1955年调入中国作家协会,1956年与艾青结婚。1958年随艾青去东北、新疆劳动生活长达21年。1979年调回中国作家协会,任艾青秘书。

② 指蔡其矫。

③ 芦荻(1912—1994),原名陈培迪,广东南海人。著有诗集《桑野》《驰驱集》等。暨南大学中文系教授,《作品》编辑部主任,作协广州分会理事。

④ 王贵忱(1928—2022),辽宁铁岭人。古文献版本学家、古钱币学家。1978年后任广东省中山图书馆副馆长、广东省博物馆副馆长等职。

可染①不见已二十多年，据说他的画很难求，等见面时试试看。

1978年7月13日

萧殷同志：

听说你病了，也不知道是什么病，前天收到信，才知道已进了医院，遥祝你早日恢复健康！

你对我的热情关怀，的确鼓舞了我。我对投稿是不积极的。这几个月来，约稿的不少，但我只是给《作品》寄了稿子，其余的只得慢慢来了。我也决心和《作品》建立持久的友谊。

自发表那么一首《红旗》②之后，反应至今不断，读者来信也感动了我。已经有六七个省的文艺刊物来要稿子，但权威的《诗刊》《人民文学》却漠然处之。

上月中旬，美籍华裔女作家聂华苓偕美国诗人安格尔（是她的丈夫）③以及她的两个女儿回国探亲。经上级批准来探望我。据她说她是翻译我的诗的，今年八月将出版我的诗的英译本。我对她并不熟识，但香港对她的欢迎却很热闹。

去年秋天从上海方面传来要出我的选集。最近才得到人民文学出版社的通知，叫我动手编起来，争取年内能付排④。

文联不通知我原是意料中事，也不足为奇。我国人口据估计已超过十亿，即使一万人写文章也不算多，霸了茅坑不拉屎才可悲。

如今原来写白话诗的竞相学写古诗；而我既不会写，有的甚至看不懂，真的落后了。

你要我写"诗论"，我当然高兴。过去我出了一本《诗论》，"三十六拍"就出了《论诗》。而此人是我最早给他发表作品的。曾几何时，不再听见山歌了。

这些日子，我们正忙于"搬家"，并非搬到豆腐巷原址，而是叫我们"暂时过渡"

---

① 李可染（1907—1989），原名李永顺，江苏徐州人，著名画家。中国美术学院教授，中国美协副主席。王贵忱通过萧殷、艾青辗转向李可染求画，参见萧殷致王贵忱函。
② 艾青抒情短诗《红旗》，发表于1978年4月30日上海《文汇报》。
③ 保罗·安格尔（Paul Engle，1908—1991），美国人，与妻子聂华苓共同创办爱荷华大学国际写作计划。
④ 《艾青诗选》，人民文学出版社，1979年7月。

到东城史家胡同27号，里面有五间房。而现在我们是五口人挤在一间人家的房子里。

豆腐巷原址虽已批还，但里面住户却不动。你说"怪事今后可能还有"是有预见的。

其矫还在北京，据他说在本月底想到青岛去玩（和秦兆阳一同）。

多么希望你快快恢复健康，也希望陶萍健康，相依为命很重要。

高瑛问候你们。

艾青

一九七八年七月十三日

巴金来函2通

巴金（1904—2005），原名李尧棠，字芾甘，四川成都人。著名作家，著有长篇小说《家》《春》《秋》《随想录》等。1977—1983年任中国作家协会主席、中国文学艺术界联合会副主席，上海市政协副主席。1983年起任全国政协副主席。

1977年8月29日

萧殷同志：

有一天我在马路上遇见吕蒙[①]同志，他说你有信给我，果然过两天就收到了你的信。谢谢你的关心。我也是很忙，来找的人较多，社会活动也较多，白天拿笔写信写文章，总是有事情来打岔，因此也难在信里同朋友们畅谈。你要我给《广东文艺》[②]写稿，我记得于逢同志也曾交来《广东文艺》的约稿信，刊物也收到了，谢谢。我对广东朋友有感情，我也喜欢广东的风土人情，我很愿意为你们的刊物写稿。但目前实在有困难：写作时间不多，人又上了年纪，精力差，思想集中不易，这四个月一共写了四篇文章，已经感到吃力；最近又患感冒，至今未愈，恐怕要搁笔休息一个时间。总之暂时无法为《广东文艺》写稿，请原谅。广东作家多，而且对"四人帮"有抵制，队伍也不曾被打散，条件较好，听说今年还要召开创作会议，这是可喜的事。祝你们取得更大胜

---

① 吕蒙（1915—1996），中国美协上海分会副主席，上海人民出版社副社长，上海美术出版社社长。参见吕蒙致萧殷函。

② 《广东文艺》1978年7月改名《作品》，萧殷任主编。

利！我们这里要创刊《上海文艺》①，十月发刊，颇感紧张。我只是写一个短篇，其他就无能为力。

别的以后再说。祝好！

巴金　廿九日

1978年10月30日

萧殷同志：

介绍《文汇报》文艺部徐开垒②同志来看您。他来广州进行组稿、采访等工作，希望得到您的帮助。此致

敬礼！

巴金　十月三十日

---

① 巴金于1953年1月创办《文艺月报》，1959年10月改名《上海文学》，1964年1月与《收获》合并，"文革"期间停刊，1977年10月复刊，改名《上海文艺》。1979年恢复《上海文学》刊名。

② 徐开垒（1922—2012），浙江宁波人，上海《文汇报》记者、编辑，《笔会》副刊主编、文艺部副主任。1983年，萧殷提议徐撰写《巴金传》以供《当代文坛报》连载。徐开垒在《饮茶粤海忆萧殷》一文中回忆："1978年11月12日晚上，我到广州梅花村他的住所看他……人消瘦得很，与我二十年前在北京和上海国际饭店看到他的时候完全两样了；唯一不变的感觉，他仍是精神振奋，十分热情，一谈到文学创作问题，就情不自禁地滔滔不绝。"

白洛来函1通，另函1通

白洛（1946— ），原名白乐成，海南人。毕业于暨南大学中文系。历任香港《周末报》编辑、香港《文汇报》副刊部主任。香港作家联谊会发起人之一、理事。著有短篇小说集《赛马日》等。

1983年8月26日

萧殷主任：

广州匆匆一晤，回港已近月。其间，因等短篇小说集《赛马日》[①]印好，再给您去函及寄书，故直到今天才草此信，请您见谅。

我和内子一直祝愿您的身体早日康复，相信在陶萍师母的悉心照料下，您已病愈，并且早已挥动健笔了。很想您能给我们《笔汇》[②]版寄大作。

陶萍师母答应给写的有关儿童文学文章，什么时候能动笔呢？

《赛马日》收入的二十个短篇，写于一九七三到一九八二年间，要能看到您的宝贵意见的话，那是太高兴了（书另外付邮寄上）。

随信寄的几幅照片，是到医院探望您的。希望下次探望您时，能在梅花村留影。

敬愿

安康！

晚白乐成（白洛）上

八月二十六日于香港

（回信寄香港湾仔道197至199号《文汇报》副刊课白乐成收便可。）

---

① 白洛：《赛马日》，香港书画屋图书公司，1983年。
② 《笔汇》，香港《文汇报》副刊。

白洛、陈倩致陶萍（1983年9月19日）

陶萍师母：

　　七月底离开广州，九月初却接到萧主任的噩耗。乐成写的信还没寄出，萧主任已不在人间……

　　九月十号那天，我们点了三炷香，留下信的影印稿，把原信烧了，心里无限惆怅。我们发去的唁电想您已看到了，今天还是那句话：愿师母珍重！

　　乐成在《文汇报》副刊写了一篇悼念文章，现随信附去，连同8月底未寄出信之影印稿，还有在穗医院合照的相片，一并寄上。

　　愿常联络。家里地址是：香港铜锣湾加路连山道7A8楼。敬祝

康健！

白洛　陈倩敬上
一九八三年九月十九日

又：寄去的《赛马日》一书谅已收到。

白原来函1通(致萧殷、陶萍)

白原(1914—2001),原名钟逢美,广西合浦人。《人民日报》、新华通讯社记者,《诗刊》第一室主任。著有诗集《十月》、散文及报告文学集《人间的春天》等。

1978年10月5日

萧殷、陶萍同志:

在广州匆匆相会,我在九月廿八就回到北京来了。回来后,向领导谈谈情况,忙着一些琐事,几天又过去了。

报社记者部嘱我给你们写信时,请萧殷同志根据身体的情况,在可能时选取一个题材为《人民日报》写篇通讯,用本报特约记者的名义发表。因为报纸现在版面少,发表的字数受到一定的限制,特约记者和记者的稿子都希望写得尽量短一些。我们都很希望萧殷同志能作为特约记者为《人民日报》写稿子,不过还是要看萧殷同志的身体情况,如果不能到下面去,就在广州选择广州各方面生产、生活等有关题材也可以。

谢谢你们送给我的萧殷同志的论文集及《广州文艺》《作品》杂志,因为回来后还未坐定下来细细阅读。以后希望你们给我来信,对我多予帮助、指教。我们记者部的主任是商恺①同志,如以后同记者部联系,直接写信给他就行。如给我写信,寄:北京《人民日报》记者部交我。

祝你们身体健康!

敬礼!

白原 一九七八年十月五日

---

① 商恺(1922—1998),山东聊城人。中国社科院新闻研究所所长,《人民日报》记者部主任。

贝兴亚来函1通

贝兴亚，江西南昌人。1979—1982年在暨南大学就读经济学硕士研究生，随游焜炳等旁听过萧殷讲课。曾任湖南省人民政府经济研究信息中心党组书记、主任，中国区域经济学会理事，湖南省社会科学界联合会副主席，湖南省系统工程学会副理事长。

1982年12月5日

萧殷老师：

　　在广州三年仅有两次机会面谒，自己力不从心，没有精力顾及经济学之外的其他学科，失去了向您求教的好机会，想起来总感觉到很可惜。

　　这次离广州，搞得匆匆忙忙，已没有可能来向您辞行了。望你注意保重身体。支气管炎及肺源性心脏病，或以中医中药的疗效更能治本？当然前提是有好医术，好医德的中医，能较长时间负责治疗，而最好不要过多地换医生。西医西药中的抗菌素之类，对于抑制炎症急性发作有一定作用，但似终非"治本"而是治标，长期使用或也有副作用。不知您是否用过"丙种球蛋白"一类药物？这类药对于增强本身的抗御能力或有一定作用。冬春际望能注意起居，不致因偶感风寒而诱发。望能争取多食一些，少吃多餐，增强与疾病做斗争的本身的机能作用。

　　临行前想到您的健康情况，很有些焦急，以上这些，无论对错，不过是自己焦急之心的表示吧。

　　祝康复！

学生　贝兴亚
一九八二年十二月五日

　　今后您在湖南方面有什么事要办，可嘱焜炳转告我去跑一跑。又及。

碧野来函2通，另函1通

碧野（1916—2008），原名黄潮洋，广东大埔人。作家，著有长篇小说《丹凤朝阳》等。早年参加华北抗日游击队，曾任莽原出版社总编辑、华北大学文艺学院教师，中国作协湖北分会副主席。

1980年10月13日

萧殷同志：

您好！

我想，您的健康情况较以往好多了吧。最近看到您写的论文，我完全赞同。

现介绍湖北省出版社《艺丛》①的编辑汪诚②同志前来看望您，请您给予大力支持，写点文章，以光篇幅。谢谢！祝

安！

碧野　十月十三日

1980年11月9日

萧殷同志：

读到您十一月六日信，知您身体不爽，使我十分惦念。去年文代会上看到您精神还

---

① 《艺丛》杂志，1980年6月创刊，长江文艺出版社出版。
② 汪诚，《艺丛》杂志编辑，湖北人民出版社副总编、社长，著有《汪诚诗词选》等。

好，可没有想到您目前的健康情况欠佳。我知道您过去容易头晕，但总不碍事，现在食欲大减，确实应该注意。

龙川矿泉治疗有效，就一定要坚持下去，促其早日恢复健康。我记得您比我年轻，您挑的是重担，希望您在文学事业的道路上步履坚实。

您使我记忆犹新的事有三：第一，我的小说《阿婵》①发表前，得到您的关注和帮助，您曾约我到您的编辑室里改稿；第二，我们曾一同驱车去长辛店铁路工人当中去了解情况；第三，一九六一年我和李蕤②到广州开会，到文德路您的寓所探望，您是那么热情地接待了我们。年月虽久，但友谊长忆心中。

湖北出版社《艺丛》的编辑汪诚同志访您，是在武汉等着我给您写的介绍信的。当然，您身体不好，应休息疗养，不必为此事操心。

我刚刚参加省委召开的一个长会回来，目前，在为人民文学出版社编一本我自己的散文选集③。今年写了几个小中篇，总共只十几万字，还有待梳理修改。短稿极少写。

我总想回广东来，今年不行就明年春天吧。祝您
早日恢复健康！

碧野　十一月九日

碧野致广东作协唁函

广东作协分会：

惊悉萧殷同志不幸逝世，中国文坛失去一位优秀的作家，我辈失去一位良友。回想我和萧殷同志在华北大学共事，以后又在北京中国作协一起工作，我得到他的教导良多。他深思、热情、纯朴，虽分手多年，而他的音容笑貌一直鲜明地镌刻在我的心中。

我痛惜萧殷同志离开了我们！

萧殷同志光明磊落的一生，是我们做人的一面镜子。他的作品像里程碑一样树立在

---

① 碧野：《阿婵》，《人民文学》1952年10月号。
② 李蕤（1911—1998），原名赵悔深，河南荥阳人。曾任河南省文联副主席，主编《河南文艺》和《翻身文艺》，中南文联、中南作协副主席，《长江文艺》副主编，武汉市作协主席。
③ 《碧野散文选》，人民文学出版社，1982年8月。

中国新文学的前进发展的道路上。

我对萧殷同志的爱人致深切的慰问。

> 碧野　九月十七日

萧殷同志的讣告因寄旧址，辗转收到，迟延时日。又及。

蔡其矫来函3通

蔡其矫（1918—2007），福建晋江人。著名诗人。华北联合大学文学系教员，中国作家协会文学讲习所教员、教研室主任，汉口长江流域规划办公室政治部宣传部长，福建作家协会专业作家、副主席。

1978年4月21日

萧殷同志：

久未见面，时常想念。近从陈芦荻处得知你的住址，才能写这封信。

最近我要到广州会亲。有个亲密的通信人，在港当编辑，写小说，即将到内地旅行，约我在广州会面。还有三个堂弟，来广交会，两个弟弟，也将先后经广州出国。我也想乘这机会，去看一些熟人。

1958年底我来福建，一住便是二十年。徐竟辞[①]一直在人民美术出版社，去年退休了。我虽年年都到北京探亲，过往较密的只有艾青和何洛[②]。秦兆阳也在北京住了两年。严辰退在无锡，去年到北京，现在《诗刊》借用。

自1962年后，我再未发表作品，但并未中断写诗。1970年下放山城永安，至去年才回省文化局，在创作组占个名额。大家都在注视广东省文联，你们是勇敢的，工作也活跃。福建则一切都不起色。我想到广州后，找个你方便的时间，到机关拜访你。如有可能的话，在你家借住两三天，向你多多请教。

---

① 徐竟辞，蔡其矫夫人。

② 何洛（1911—1992），文艺理论家、文艺教育家。中国人民大学语言文学系主任。

我也同样给李又华①写信。

尚须在福州住一星期。月底或下月初到广州，先去住原福建省文化局副局长蔡大燮②在海珠桥南的家，再去芦荻处，然后和他一起去拜访你。

问候陶萍同志。握手！

其矫　四月二十一日

1978年6月17日

萧殷、陶萍同志：

全国文联恢复活动，除一些尚未正式公布的人事安排之外，似无重大措施。见了厂民③，他把《诗刊》不如《人民文学》的原因，归罪编辑部无旧人。也见了刘剑青，要调他到《文艺报》不接受，说那更难搞了。刘还说我寄给他的《玉华洞》看不懂！厂民说我的《木排上》感情不健康！我把《迎风集》重新整理后，托牛汉④拿到人民文学出版社诗歌组试探。

还记得我带去一个香港朋友去见你们吗？他回去写了一篇文章发表在《新晚报》上，有个别地方有误，现寄去给你们看看。

艾青、厂民都为你们的健康挂念！

我不打算在北京住得太久，也不想活动调京。我觉得写作还是在下面好。如七月南返，可能和秦兆阳结伴走几个地方。

---

① 李又华，广东省高教局局长、党组书记。
② 蔡大燮（1912—2000），福建省文联副主席，省文化局副局长，省政协常委。
③ 严辰，笔名厂民。
④ 牛汉（1922—2013），原名史承汉，山西省定襄人。现代诗人、作家，"七月"派代表诗人之一。

隐约闻到理论上有争执,乔木①、于光远②为一方,吴冷西③和熊复④为另一方。

希望你们再多注重身体。

握手!

其矫　六月十七日

1978年12月4日

萧殷同志:

很久以来就经常想提笔给你写信,但又想起你身体一直不很好,一天要接见那么多人,处理那么多信,就不敢再打扰你了。但我常常想念你,特别是知道你在暨大中文系时曾要过我,这样的好同志真不多呀!后来又读到《广州文艺》关于你病中工作与斗争情况的那篇文章⑤,更是肃然起敬。你对于"四人帮"文风那样敏锐而迅速的判断,对于我来说是最好的学习榜样。

你还记得偕我一起拜访你的那位香港青年吗?他回去后曾在左派报纸写了一篇有关你点滴情况的文章,我曾把那份剪报给你寄去。他又曾托我在北京找你的《学艺录》⑥,可是遍找书店都没有。我曾把你的地址告诉他,让他给你写信讨索。也许他不敢贸然来信,如果你手头还有,能不能送他一本?他的通信处是:香港英皇道太古谷南丰新邨第一座C-13楼。

五月离开广州前夕,我曾把《泪洒大地》和《清明》拿给韦丘看,他叫留下,说等

---

① 胡乔木(1912—1992),本名胡鼎新,江苏盐城人。时任中国社会科学院院长、中共中央副秘书长。

② 于光远(1915—2013),原名郁锺正,上海人。经济学家,时任中国社会科学院副院长兼马列主义毛泽东思想研究所所长。

③ 吴冷西(1919—2002),广东新会人。曾任新华社社长、《人民日报》总编辑。时任中共中央毛泽东主席著作编辑出版委员会办公室副主任。

④ 熊复(1915—1995),四川邻水人。时任《红旗》杂志总编辑。

⑤ 指《寒凝大地发春华》,1978年刊载于《南方日报》及《广州文艺》,作者谢望新、李孟昱。

⑥ 指《习艺录》。

待时机可发。最近天安门事件平反[①]，我一时兴奋，把《泪洒大地》抄给邵燕祥[②]看，他却又给邹荻帆[③]看，决定采用。但也担心遇特殊情况变动，并让我写信先向《作品》求取谅解，现把他的信附去。我也同时写信给欧阳翎，请他替我向诗歌组说情。

我还准备将《泪洒大地》哀悼部分尽量删削。如《清明》你们肯用，我也想把五、六节删去大半，这事编辑有权砍切。

问候陶萍同志。握手！

其矫　十二月四日

---

①　1978年11月15日，中共北京市委宣布：1976年清明节广大群众到天安门广场沉痛悼念敬爱的周总理，愤怒声讨"四人帮"，完全是革命行动。

②　邵燕祥（1933—2020），祖籍浙江萧山，生于北京。著名诗人、散文作家。1978—1993年先后任《诗刊》编辑部主任、副主编。

③　邹荻帆（1917—1995），湖北天门人，诗人、翻译家。曾任对外文化联络局办公室主任、《文艺报》编辑部主任、《诗刊》主编。

蔡天心来函2通

蔡天心（1915—1983），辽宁沈阳人。作家、评论家。1941年任延安中央研究院文艺理论研究员。东北文联秘书长，中国作协辽宁分会副主席，《东北文艺》主编。1977年调北京外文出版社，主管文艺书籍编审。

1978年11月9日

萧殷老兄：

阔别多年，不知近况何似？我和江帆[①]在"四人帮"横行霸道，篡夺了辽宁党政大权时备受摧残，一言难尽。在这批狗东西覆灭之后，于去年五月调来北京外文局工作。我在外文出版社管文艺书籍对外宣传出版工作。江帆在中国文学社任二把手。工作身体尚可。我上半天班，下半天在家改写长篇《浑河的风暴》[②]。有半天搞创作，于愿已足。近年来，广东文艺界非常活跃，我也读到你许多论创作的文章。久疏问候，都已年过六十（你可能还小些），不知何时得晤面一叙。现趁光震[③]去粤之便，奉函给你，略致问候之意。听说《广州文艺》现已恢复《作品》原称[④]，但尚未见刊物。随函附上在乡下流放时填的一首《卜算子》（可让孩子给重抄一份送上），请君转介绍给《作品》

---

① 江帆，蔡天心夫人。肄业于中央大学历史系。历任延安中央研究院文艺研究室研究员，辽宁出版社社长，中国外文局文学出版社副社长、副总编。

② 蔡天心：《浑河的风暴》，湖南人民出版社，1982年6月。

③ 王光震（1917—1984），原名王操犁，河南遂平人。延安时期曾任中央研究院文艺研究室研究员。

④ 《广东文艺》恢复《作品》旧名，并非《广州文艺》。

（因现在的编辑同志对于我等老人都不太理会之故）。如他们不发旧体诗词，就留给你做纪念吧！书不尽意，但愿明年开文代大会时看到你。盼复向我一信，告以你的近况。问

安好。

天心

一九七八年十一月九日

江帆附言问候你。

1979年4月24日

萧殷兄：

来信早收到。近两月来，因两个批示①后搞的"文艺整风"，点名围剿《大地的青春》②，为了争取公开平反事，弄得我有时非常激动、紧张。现在中央已经开过会了，辽宁已答应公开发表文章平反，总算了结一桩事。《大地的青春》只出了一部，八个月即被掐死在摇篮里。现在推倒一切诬陷不实之词，又将再版，真令我有起死回生、重见天日之感。下面三部（有两部已完初稿）亦将获得新的生机了。

江帆现在已调外文局中国文学社工作，担任领导小组第一副组长。心脏不好，但仍坚持上班，东西已经很少写了。我在外文出版社，主要管文艺书籍选题、翻译出版，半天上班，半天在家改写长篇。近来因为疲劳过度，去医院医生检查，已戴上冠心病帽子。我也感觉心脏胸部不舒适，气也不畅。医生劝我全休，可搞创作的人也许至死方休也。

光震已过京。我原拟把文艺研究室的老朋友都请到一块，团聚一番。后来有的人中间，不那么和谐，强行拉在一起，也不好。只有介民③和汪琦④加上我和江帆，在鸿宾

---

① 毛泽东两个批示：1963年12月12日关于艺术工作方面存在的问题给中共北京市委负责人彭真、刘仁的批示；1964年6月27日在中宣部《关于全国文联和各协会整风情况的报告（草案）》上的批示。

② 蔡天心：《大地的青春》第一部，春风文艺出版社，1963年12月。

③ 吴介民（1922—2008），广东增城人。延安陕北公学学员、延安中央研究院文艺研究室研究员。曾任《红旗》杂志编委、中国社科院外国文学所副所长。

④ 汪琦，曾任延安中央研究院文艺研究室研究员。刘白羽夫人。

楼饮宴一次；后来汪琦又请到她家里欢聚一晚。光震夫妇次日即离京回哈尔滨了。

你编《作品》，能否刊登点我辈的"作品"？现在都在写，有人这样概括：武斗内战、冤错假案、谈情说爱、平反昭雪——能否也登点别种类题材的作品？一种食品，总要把读者的胃口吃倒了。所以，还是以多种多样的题材为好，百花齐放嘛！我想把我的长篇《浑河的风暴》中独立的"开篇"一章，或"三章自成为一个段落"寄给你看看，能否可用，又考虑到我这是写东北题材的作品，有地方性，《作品》是否可刊用？如这许多方面都不成为问题，你可给我一信，我即可抄去看看。

我的女儿（我只有此女儿）"文化大革命"时，只念了初中一年级，以后参军四年，现在在北京缝纫机厂当工人。年28岁，已结婚，并有一男孩，不能考大学，只好跟我们学舞文弄墨了。最近在贵处《广州文艺》刊登了她的第一篇处女作《春风吹拂的时候》，她名蔡晓莱。这是下一代，还希望叔叔、伯伯前辈培养与帮助。你来北京，我们可以带她去见你。

我和江帆都未去过广东，很想去一次。机会是有的，我们都可以为了选题或了解出版社出版计划，组稿出差。今年，可能还去不成，因为我要赶改《浑河的风暴》。明年，一定要到广东去走走。可能我们未去，你就来北京开会了。多年未见，倒是应当很好叙谈一番。

望善自珍摄身体。祝
健康！

天心　一九七九年四月二十四日

江帆嘱代问候。

陈民生来函1通

陈民生,业余作者,曾参加1972年清远创作学习班。

1980年10月19日

怀念尊敬的萧伯伯:

我把蕴积在心头八年的问候都一起寄给您。我不知道自己内心那些衷愿究竟有多少,如果都打成一包寄出的话,邮局是否能够收受代邮。

伯伯:您老人家可能已经早已忘记了我,忘记您曾经见过的人——陈民生了。然而,我却从未有过对伯伯一时的淡忘。我时常在心里叨念着您的名字,思忆着您的音容。我常常回想我曾经听过您的每一句话,我甚至在自己的幻觉中"看见"您在伏枥呕心。

我现在拿起笔给伯伯写信。我不止一次地屈指数算八年了。竟然就有八年了吗?我已经有八年长的时间没有再见到您,给您写信了吗?时光是如此匆匆,岁月是这样催人,我总是感到自己对不起伯伯——这位我尽管是短短受教,但在我的人生中真正视为导师的长辈。为了这,我自己内心一直缠悬着深重的愧疚。

伯伯:我想简单把我这些年的经历告诉你。自一九七二年底在清远学习①后,一九七三年秋,我因自己的个人问题而受批判,由于我对自己的问题不能"正确对待",原本我和单位某个阴险毒辣的领导有着意见和冲突,又碰上批林批孔(周)台风,事情弄大了,他们抄了我的住房,弄走了一切笔记手稿,"搞生活作风问题搞不倒

---

① 指1972年广东清远太和洞创作学习班。

他，必须从政治上下手"。那年月要把一个人搞成现行反革命不费吹灰之力，结果，将我长久吊起来七打八斗，非人地折磨够了之后，便于一九七四年秋以"对社会主义现实不满，攻击社会主义"为罪名把我开除出革命队伍。"解甲归田"后，刻刻缠绕和压迫着我的是莫名的痛苦、屈辱、悔恨。我在抑郁、绝望的精神状态中度过了一九七五年。尽管我这个被淘汰了的人脸上被涂满了污黑的油彩，然而自己受党教育十多年，我的心还照样滚烫赤诚，一二十年的世事看在眼里，我大体能知道什么是能接受的、什么是不能接受的。那些人说我"大硬颈"了。这样我注定了还会有事。"天安门事件"后，我又特别受注意，一九七六年秋，正是举国欢庆"四人帮"垮台的时节，他们（指"四人帮"余党）竟在一个半夜里突然把我秘密逮捕了。此后的长期苦役、没日没夜的逼供信，把我搞得吐血后，没有出庭便强行以现行反革命的罪名把我判刑五年。一直到一九七八年十二月底，我才被宣布平反。出狱时我已是行路都不稳的人了。我"政治上恢复了名誉"，但并不恢复我的工作。我还是在阴影下生活着。为了医治残酷折磨而成的顽疾，为了能活下去，我不得不寻找一些自己身体不能胜任的工来做。这样，挨到如今。这样，便是八年过去了。这便是我突然中断，一直没能给伯伯捎去问候和聆听伯伯的教诲的原因。自然，八年中间，比如像一九七五年、一九七九年，我基本上是"自由"的，但我想：这个时候给伯伯去信，无异于我凭空给您带来耻辱。如果我没有争还自己做人的资格，如果自己那一小块山地里竟荒芜得连一朵小花，甚至一棵小草都没有能长出来，我怎么好意思轻轻地叫一声自己深切尊敬的导师呢？

尽管这样，我还是从伯伯那里得到了巨大有启示和鼓舞的。我一直尽自己的可能在报章上寻找您的著述，好在我也有幸读到几篇您在报章杂志上发表的文章。从监狱出来后，我终于搞到了伯伯的一本著作《习艺录》[1]，最近伯伯在《人民日报》上发表的关于培养青年作者的文章[2]，我也拜读了。

八年来，由于在清远时就觉得华发满头的伯伯身体并不太好，后从伯伯的信中也知道伯伯咳嗽很剧烈，哮喘更经常了，我总在思念：伯伯现在的身体怎样了？会好一些了吗？我只能从一些我所能得到的消息来推断。伯伯只给重要会议送去发言稿，说明伯伯身体欠安；伯伯带队去庐山、桂林等地，参加主持青年文学讲座，知道伯伯正在为工作奔忙，身体尚健。一九七八年在狱中，我看到了程贤章等为伯伯所撰《寒凝大地发春

---

[1] 萧殷：《习艺录》，广东人民出版社，1978年8月。
[2] 萧殷：《发挥文艺编辑培养新人的作用》，《人民日报》1980年8月20日。

华》①一文，在那样的处境之下而能"更多"地了解和得知伯伯，我是含着眼泪的。我心里充满了对伯伯的崇敬之情，也感到光明与信心。伯伯：你会想到吗？一个多么希望能做您的小学生的人会在那样一个境况之下看到这样一篇文章？正是由于我逐渐深刻地明白，为什么在那"寒凝大地"的日子里，正是什么"三突出"甚嚣尘上的时节，伯伯却以雄辩的声音和充满真哲语言在讲坛上大谈意境性格，伯伯在餐桌上也对某个显赫的风流人物毫不随和，而对像我们这样一些嘴黄未褪的初学者，却爱护备至、全力扶持、平易可近，不惜心血。我并不是一下子就能理会伯伯当时的讲话的，至今我也不能认为自己就已理解得很透彻了。但随着时光的流逝，随着社会进化的检验，我能够说伯伯当时的每一言语都是那么透彻，那么真知灼见，切中时弊。我自己深感到，也曾同个别友人说过：伯伯不愧是从延安时代、从延安走出来的人。

尊敬的伯伯：学习写作，这个欲望每时每刻都在困扰着我。这是我打开始懂事后就越来越强烈的夙愿啊！无情的历史，残酷的现实，八年来，我不能写，我不知道该怎么办！

难道理想注定如搞我的人那样宣言永远不可能实现，注定要被逆境弄得灰飞烟灭！我是怎么也不甘死心的。我唯一能做到的，把自己个人的一切都置之度外。通过年来的艰辛劳动（此间我也尽量挤时间看些书），我终于俭积了一小笔可做半年多生活费的钱，现在又拿起生疏了好些年的笔了。一小段时间来，我写了四个短篇。散文二：《山稔果又熟了》《上帝曾在我们中间》；小说二：《新闻人物》《一张过期的电影票》。头脑里跳动的东西很多，我同时搭了一个长篇、一个中篇、一个电影剧本的架子，但我的境况使我现在花不起时间。现在的情况是，写是写了，究竟有没有价值，自己没有信心。究竟自己应不应该写下去，我想寄个把短篇给伯伯过目，祈得赐示，不知伯伯能否在百忙中抽暇费神。

我本来就是初学，又多年荒废了，这些年偏偏又是精神思想上受尽折磨、强奸，现在写东西，我总觉得自己摆脱不了灰暗的心理，总撇不严"伤痕"。要我"歌德"，又不知从何"歌"起。这是我感到苦恼的。我还有一个感觉：我们的文艺好像是，应是一种敏感的、适应和迎合时势潮流的政治工具。它的生命力也决定于此。这样，什么时候该写什么，不该写什么，捉摸不透，而且这样的该与不该使我感到别扭。我想：如果这种还是叫文艺，文艺还是一个只能色笑承欢、谨小慎微的小媳妇，一个粉面莺声，装点

---

① 此处记忆有误。《寒凝大地发春华》作者为谢望新、李孟昱，非程贤章。

场面，追逐风头而又受人摆弄的娼妓，那就终使人厌腻，而其意义亦卑贱不堪。但好像这种风尚又似被人所默契，而且行时。我这种感觉不知对不对？

　　写了这么些，糊涂、没有条理，费伯伯的时间了。

　　同信寄去对伯母——陶萍同志的深切问候和敬意。我同样常常想念她老人家，难忘她老人家曾经对我的亲切关照和授导。在我的心目中，她是一个慈祥的母亲和明哲的师长。谨祝

萧伯伯康乐！

陈民生　十月十九日

　　因不知萧伯伯是否还住在梅花村35号二楼，故只好将信寄作协。我的地址：本省连南县三江红旗街33号。

陈念根来函1通

陈念根，业余作者。

1979年12月2日

文联主任萧殷同志：

您好。首先请让我向您自我介绍一下：我是一个棉织厂的普通工人，年龄41岁了。我读了三年书，还是断断续续的，有一年半时间是解放（新中国成立）前读的，有一年半是解放（新中国成立）后读的。解放前，我家庭生活非常艰苦，父亲是个挑街小贩，过着餐搵餐食的日子。我那一年半书是逐个月累计起来的，即有钱交学费的那个月便读，无钱交学费又停学了。那时广州市很多夜学的，穷苦的人家，就只有采取这个办法来，让儿女们识几个字。解放（新中国成立）后，再读了年半书便去资本家的工厂当童工，那时是一九五三年，我才14岁。我非常爱好读书，可是生活的现实，不容许我有这个痴心妄想！在此情况下，我只有向人借书来读，不断地请教别人，增加自己的知识。由于我出生于广州市最下等的阶层里，所接触的人们，绝大部分是劳苦大众！他们对我的求知欲望，是远远不能满足我要求的，原因是：他们也是读书不多的人。尽管如此，但他们仍算给我知识上的很大帮助。我很爱好文学，但苦无良师指点。我唯有借助于小说家们，如外国的马克·吐温、屠格涅夫、凯勒等，中国的古典文学和鲁迅，及近代的陈残云、欧阳山等老前辈，从他们身上吸取知识营养，以丰富自己的知识。

从我36岁开始，我便产生了一个幻想：想自己能写一部小说。

由于当时"四人帮"横行一时，对文艺界人士诸多限制和污蔑；几许有名望的文艺界人士，也受到莫须有的打击和迫害！何况我这个存有侥幸的幻想者，又怎会有出头之日呢？所以，我只好将自己的幻想，就由自己来把它毁灭吧！

打倒"四人帮"后，文艺得解放，这是我们有目共睹的！几多文艺界的老前辈，都恢复了名誉，和重新得到了党及人民的关怀与爱护！

他、她们，都为建设四个现代化，而贡献出自己应有的力量！这充分说明了以华国锋同志为首的党中央的英明决策！

特别是最近召开的："中国文学艺术工作者第四次代表大会上"，周扬同志所做的报告里，所提到的内容！真是给文艺工作者们的一个极大的关怀和鼓舞，当然，我同文艺界这个称号，还是相离十万八千里的，但我亦为这些文艺者们欢欣鼓舞。

在此文艺界，又开始一片欣欣向荣的时刻里，我过去的幻想又开始萌芽了。所以我在一九七七年尾，立定决心姑且一试学习写作。

当我第一次执起笔来写的时候，我又想起了别人对我的评语："你这个只读了三年书，连数理化都一窍不通的人，文学上也没有一点基础的人！想学人家写小说，简直是白日做梦，太不知自量了！"

我想起了这些话，不觉便把笔放下来，别人说的话可能是对的，自己的确是太不知天高地厚了！但后来我想起了毛主席的一句话："世上无难事，只要肯登攀！"这句话鼓起了我的勇气！我终于下决心，要像小孩子学走路一样，不管跌多少次跤，我一定要学会走路！

由于我是个业余写作爱好者，所以只能把一切家务做完后，才能执笔写作。我每晚从8点开始，一直写到10—10点半钟，约两个半钟头完成1200~1400个字。我是在一间十一平方米\容纳三父女的斗室内，开始学习写作的。我的写字台是一张约60厘米高的木马胡凳，坐在一张约10分米高的小凳上，加上夏天的闷热和蚊子的袭击，我只好把双足伸进袖套里，左手摇着扇，右手执笔，关门闭户地，孩子在她们的床上做功课，我便着手学写作。因为我没有电风扇，所以孩子们也陪着我受热。打开门来写吧！又防别人说我不知自量，无办法啊！

主任同志：请原谅，我并不是向您夸耀我的艰苦和毅力，我只能说自己有这样强烈的爱好，甚至把一切娱乐都放弃掉。

请原谅主任同志，我打搅您的时间太长了，令您听了一堆啰唆话，现在就把我的来意告诉您吧！

我学写的这部小说题材是：描写一家人的"两代"不同的遭遇。前一代在旧社会里受尽辛酸苦辣的生活，到解放（新中国成立）后才逐渐生活好转。后一代则在解放（新中国成立）后幸福地成长。

形式上是部社会、伦理、言情小说。主要反映是广州市解放（新中国成立）前，最低阶层人民的生活状况，和在新旧社会里的社会面貌变化。

书中主角人物：主角是几个人物的结合体，配角是半真实半塑造性质。

时间：是由1937—1966年，"文革"后的描写，要看我的写作是否成功，然后才能确定是否继续写下去。

习惯语言：是广州方言居多。

我本人的想法：我是一个文化水平低，而又毫无写作经验和方法的，业余写作爱好者。时至今天，我已写出了约40万字了，当然，或许有三分之一的字要砍掉的，但也耗费了我400多个晚上和60多个星期天的工作。本来一个初学写作的人，是不宜写这样的长篇小说的（估计我全篇写完有65~70万字），尤其是像我这样文化水平低的人。但当我意识到这个问题时，已写了廿多万字了，真有点后悔不及。当时想中途放弃，但自己又正在兴致方浓的时候，而自己亦确属舍不得浪费掉这一番心血。虽然我的成功希望是微乎其微的，但我还是作为一次大胆的尝试，将来不成功时，就作为我的一个意志上的锻炼吧！但我回头又想了想：假若编辑部能帮助我，把我现在已写好的40万字初稿，先行翻阅一遍，看看能否有取录的希望！设若经过一些修改还有取录希望时，我当努力工作去完成全篇。如果我真的没有取录希望，那我就不再花多十个八个月的时间，去写完后段的20多万字，既浪费了纸张墨水，也浪费了宝贵的时光！

本人的请求：基于以上的原因，所以希望主任同志您，能否协助和支持本人，先把我现写好的大部分初稿进行审阅（交有关部门），看看能否有取录的希望。或提出宝贵意见，以便本人修改其中某些不对之处，如确属无取录希望时，本人便趁早收笔改写短篇的。

由于自己文化水平低，在写作的内容里，或许有以下几个问题出现，并给予指正指正！

（1）内容不够生动；（2）情节不紧凑；（3）人物性格不明朗；（4）所举事物不符；（5）长篇累赘；（6）题材单调；（7）使用辞藻庸俗；（8）标点符号使用不当等。

闻说主任同志，是个十分关怀青年工作者的人，故今冒昧来函，请求大力协助，纵使我此次写作不成功，也请指点今后的努力方向，这是本人最大的希望了。

盼候回音。并祝身体健康，工作进步！

请求人　陈念根　十二月二日

回信：佛山市鲤鱼沙，南海棉织厂，陈念根收。

注：书名《两代人》。如蒙答允先进行翻阅，本人可按址送上呈阅。

陈业驯来函1通

陈业驯,广西人。龙川县商业局运输股股长,萧殷同学罗海清连襟。

1978年2月2日

萧殷同志:

  向你问好!并预祝你春节好!

  现有罗海清同志托付给你的腊肉壹包,是自己腌制的。据说上次因天气不好,腌后没有太阳曝晒,变了味。所以又特地再腌制一次。可是也由于近来"霜气"不大,加上没有什么经验,大约也不会很好。办理了,也总算他的一片心意了。

  他28号出席地区统战会议,约近日回县,现在学校已经放假,估计他回县后就再不回学校去了。匆匆此告。致

敬礼!

陈业驯　二月二日

陈沂、马楠来函1通

陈沂（1912—2002），原名佘立平，贵州遵义人。少将军衔。《冀鲁豫日报》社长，华东局宣传部长，解放军总政文化部首任部长，上海市委副书记兼宣传部长。

马楠，陈沂夫人，曾任哈尔滨市文化局副局长。

1979年10月11日

萧殷同志：

你好！你寄来的大作《习艺录》早已收到。当拜读。这些年我们也不知你到哪里去了，非常想念。我们在冀南平原游击战争中结成的战斗友谊，是终身难忘的。不知你何时调去广东，甚望来信详谈你这些年的情况。

我们老陈是走了廿多年坎坷不平的道路，总算活过来了，这点许多同志都为他高兴。我在头10年虽未被打倒，仍然继续担任哈尔滨市文化局副局长，但人们的眼睛也多少总是带了歧视的神色在看待的。至于"文化大革命"，那就更严重了，可以说是，所有的批斗项目都领教过了，还关进监狱达两年，同进同出。罪名是："翻案，不服。"

粉碎"四人帮"，总算彻底得到平反了。也就无所谓了。

我们在此一切都好，家已搬来，有一女作为身边子女调来。文代会老陈将去京，你到时也会去，那时再见面详谈，你的夫人小陶怎样？几个孩子望告。

我们住上海徐汇区，康平路165号。此致

敬礼！

陈沂、马楠　一九七九年十月十一日

陈玉刚来函1通

陈玉刚（1927—2000），吉林舒兰人。曾就读华北大学，在国家部委任专职翻译。天津人民出版社、百花文艺出版社编辑。参与创办中国文联出版公司，曾任文化艺术出版社社长。著有《中国翻译文学史稿》等。

1978年7月31日

萧殷同志：

您好！从长春回来，我收到您寄来的书。我一口气读完了《习艺录》，感触颇深，像这样的好文章，已十多年没读过了。"四人帮"把我们的文坛变成了沙漠。广大读者，多么希望老作家们能奋笔疾书，以填补这段空白，作为一个较长时间从事出版工作的编辑，我希望早日把您的文稿送到读者的手里。

听我社从广州回来的同志说，您最近病了。不知道近况如何？有什么需要从北京、天津购买的药品没有？请随时来示，当为尽力。

您的夫人，我们天津的同乡在写些什么？我希望能在天津为她出书，更希望她能回故乡看看。专此，即颂

健康！顺问尊夫人好！

陈玉刚
一九七八年七月卅一日

天津经历了一场斗争,解学恭①离去,林乎加②书记主持天津工作,一切都在好转,百花出版社是在斗争中恢复的,目前正大力组稿,希望得到您的支持!又及。

---

① 解学恭(1916—1993),山西隰县人,1966年任内蒙古自治区党委第一书记,1967年任天津市委第一书记,1978年被解职。

② 林乎加(1916—2018),山东长岛人。1978年6月起历任天津市委第一书记、北京市委第一书记、农业部部长、中顾委委员等职。

陈雨田来函1通

陈雨田（1912—2004），笔名颐模，广东人。20世纪40年代在香港参加人间画会。历任华南文学艺术学院、中南美专、广州美术学院教授。擅长中国画、工艺美术。

1978年2月9日

萧殷同志：

我曾到府上造访，听说你又入院医疗。本想在本周去看望你的，可是近日接到通知，要我十日去北京参观全国工艺美术展览及法国油画展览①。因此未能来看你，十分遗憾，打算回穗后再拜访。敬礼！

望多加保重。陶萍同志均候。

雨田　二月九日

---

① 全国工艺美术展览于1978年2—5月在北京中国美术馆举行，展品逾万件，盛况空前。同年3月，北京还举办了"法国十九世纪农村风景画展"。

陈云清来函1通

陈云清（？—1997），广东罗定人，毕业于中山大学中文系。曾任广东连山县委宣传部副部长。曾在《人民日报》《南方日报》等报刊发表散文作品。

1981年7月1日

萧殷同志：

您好！犹豫再三，现在提笔给您写这封信的时候，我还是诚惶诚恐的。请您原谅我在"四人帮"横行时犯过的错误。我无情无理地打击过您和韦丘同志。现在想起来还感到深深的自责和不安。我在一九七八年上半年曾经做过十多次的书面检查和口头检查，另外在大小会上也多次接受过同志们的批评帮助；从一九七八年下半年开始，有近两年的时间，我一直在农村工作和水库工地工作和劳动。即使这样，我也永远不能宽恕自己。特别是听说您的身体一直不大好的时候，我总有一种犯罪的感觉。您批评我吧，谴责我吧！

最近我写了一篇《假如你想成为一个作家——文学青年成功之路初探》，很不成熟，请您一阅，并望指教。这是"初探"，我还想做"二探""三探"，以望探索和总结文学青年成长的一些基本规律。可能力不从心。很希望能够得到您的指导和帮助。

衷心祝愿您身体好，祝愿您在文学事业上取得更大的成绩。

盼望您能回信。谨致

敬礼！

连山县委宣传部　陈云清

七月一日

程建汉致陶萍2通

程建汉,毕业于华南人民文学艺术学院和中山大学。湖南文艺出版社编辑。

1989年3月4日

陶萍同志:

您好!弘征同志将《萧殷书信集》书稿交给我处理。已通读一遍,改正了若干抄错的字,统一了书信格式,其他一切仍旧。有三个问题请考虑:

(1)书稿所收录的信件是否按年代排列?有的注明写作于何年,大多数没有说明。编纂书信集一般按年代排列。如果无法查证,只好阙如。体例必须统一。

(2)我建议在每封信下注明收信人的身份,如小说家、诗人、代表作之类,一两句话交代一下。书稿的收信人中,有的是我认识的,有的是我在广州市华南人民文学艺术学院读书时的同学(那是解放初期中共华南分局办的学校,院长是著名作家欧阳山);有的是我在中山大学读书时的同学。但是一直没有联络,我不了解他们的情况,其中还有不少更是不知何许人也。因此,我无法注明。您当了解他们的情形。因此,现在附上收信人姓名一纸,请加以注明寄来,以便编写全书目录。

(3)这回是第一次出版萧殷同志的书信集,我认为尽可能收集得齐全些。如果现在发现还有信件尚未编入(包括家书在内)请寄来。收录的书信,我不主张删节,除非有特殊原因不得不删节,使读者更全面地看到写信人的思想和个性的本来面目。特别在文学观点方面,萧殷同志是老一辈文学家,由于经历、教养、个性的差异,现在的新潮作家未必赞同,或不完全赞同,我想,不妨求同存异,采取宽容态度。

久仰萧殷同志大名，有机会处理萧殷的书信稿，我感到荣幸。萧殷同志生前兢兢业业地为新中国文学事业奋斗一生，我是感动而且佩服的，我当尽力将此书编好。

还有什么问题，请早日来信示知。现在我开始考虑如何写该书的征订单。草草。即颂
时绥！

程建汉
一九八九年三月四日

1989年3月21日

陶萍同志：

您好！上月寄上一函，请您来信示知收信人的身份、职业等，在《萧殷书信集》中注明，不见回音，不知情况如何？不知您的意见如何？

希早日示复，以便将《萧殷书信集》编好送交社领导审查。

匆匆，不一。顺祝
近佳！

程建汉　一九八九年三月二十一日

又，书稿体例必须一致。可以不注明收信人□□□□□□的介绍，也可以不注明。全书从头到尾要统一……

程垄来函2通

程垄，早年入读延安鲁迅艺术学院文学系，贺敬之入党介绍人。新华社甘肃分社社长，新疆分社社长，人称"老将军"，其妻程素为分社党支部书记。晚年在成都养老。

××年5月12日

萧殷同志：

鲁艺文学系同学李沅荻①，是你的老乡，因病在广州休息，病中常感寂寞，今把他介绍给你，做个朋友，经常谈谈心。

沅荻同志还经常写些诗词，同行间是有许多事儿可一谈的，请给他一些帮助。

我来成都一年。由于离家太久。一切都不习惯，常生病，有时连写几个字的力气都没有，这也是没有办法的事儿。我想再过一些时日，总会慢慢地好起来的吧。

你和陶萍同志在报刊发表的文章，我是看见的。朋友们这般勤奋。对我是一种鞭策，如果身体能够支持，我也想写点什么。即祝

编安！问陶萍同志和儿女们好！

程垄　五月十二日

---

① 李元荻，广东台山人，延安鲁迅艺术学院文学系第四期学员。

1982年11月4日

萧殷同志：

你那几十万字的两本书交稿没有？六十多岁，健康欠佳，几十万字，过目一遍，也会把人累病的。请多多保重！

最近，自治区文联派小儿程小荣来广州办点事情，路过成都时，我给他写有介绍信，叫他到广州时即来看望你这位老前辈。他是搞摄影工作的，是总社摄影师郑景康[①]的门生，拍的照片还可以。前天，有朋友来信说，《深圳特区报》[②]社刚成立，正在调人，需要摄影记者，朋友建议小荣去那里工作。你在广东工作多年，又是当地人，不知在深圳报社和其他宣传单位有没有熟人？如有，请帮帮忙，只要深圳报社要人，广东省委组织部或省人事局的工作，我会托人去办。

老伴程素于1979年2月去世，我又离休南来，丢下儿子一家留在遥远的新疆，总觉得不大好，如他能到深圳工作，我也就放心了。

你和陶萍同志在成都有没有需要我去办的事情？请来信。

问候陶萍同志和孩子们好！

著安！

程垫　十一月四日

[①] 郑景康（1904—1978），广东中山人，郑观应之子。著名摄影师，新华社摄影记者。

[②] 《深圳特区报》，深圳市委机关报，创刊于1982年5月24日。

程贤章来函3通

程贤章（1932—2013），广东梅县人，出生于印度尼西亚。毕业于广西大学中文专修科。曾任职于《汕头日报》《梅江报》。1979年进入广东省作家协会。广东省作协党组成员、广东文学院院长、《风流人物报》主编。

1977年7月29日

敬爱的夫子——萧主任：

最近接连在《人民文学》《广州文艺》等刊物上读到您的《创作论》，倍感亲切，读之爱不释手。一边捧读，脑际中又萦回您对我严格、恳切、深刻的教诲。我很幸运，在业余作者中，这几年我一直得到您的关怀，即使在病榻中，您仍然批阅《樟田河》原稿，为一个业余作者，为一本业余作者的习作倾注心血。每一想起这些，我心里就不安、骚乱，总觉得自己工作得太少了，写得太少了，质量又不高，庸庸碌碌、虚度光阴！

这几年，"四人帮"横行霸道，残酷迫害革命作家，特别是老一辈的革命作家。面对"四人帮"的迫害，您横眉冷对，怀着对"四人帮"的刻骨仇恨，对张春桥、江青、姚文元、毛远新等一伙反革命黑帮，做了许多抒发和控诉，教育我们不要相信"三突出"①"根本任务论"②之类的邪说，一切都要遵照毛主席《延安文艺座谈会上的讲

---

① "三突出"是"文革"期间文艺创作模式，即："在所有人物中要突出正面人物，在正面人物中要突出英雄人物，在英雄人物中要突出主要英雄人物。"

② "根本任务论"，"塑造工农兵英雄人物是社会主义文艺的根本任务"。

话》去做,无条件地、全心全意地深入"三大革命"①第一线吸取生活源泉。多次的恳谈,使我们对毛主席革命文艺路线倍感亲切,对"四人帮"的反革命修正主义路线更加痛恨和警惕。记得有一次,您鄙视骂张春桥"不是个东西"、骂毛远新②"自少顽劣赖皮",大智若愚地问:"贤章,中央文化部刘庆棠③以前是干什么的?""什么?刘庆棠他干什么的?"等等,表现了老一辈的无产阶级革命作家爱憎分明的阶级立场。

这些现在看来似乎都很平淡,但在"四人帮"横行霸道的日子里,你却冒着"杀身之祸"向"四人帮"发出控诉,我常常为有这样一位前辈和老师而自豪。现在,"四人帮"被粉碎,英明领袖华主席,又把毛主席的阳光春意拂送您的心田。但愿您永葆青春,永远年轻,跟着华主席,迈步跨向新的长征。

敬礼。问陶萍同志好。

程贤章敬上　七月二十九日

出席创作会议的事请向有关方面提一提。

1978年11月13日

国凯并转萧老:

信悉,感谢萧老,也感谢您在节骨眼上向我伸出温暖的手。无产阶级"文化大革命"以来十二年,我饱尝林彪、"四人帮"各方面的摧残蹂躏,周身创伤,血迹斑斑。如果不是党对我多年的教育,我早失去生活信念,效法一次"屈大夫"④!这几年,我咬紧牙关做人,为党的文艺事业不怕粉身碎骨,使我终于能在创作上有些微的成就。但他们绝不因此而罢休,非置你死地而后快。粉碎"四人帮"以后,万众欢腾,人民群众都扬眉吐气,我却仍在家乡没有立锥之地,凭权势欺人的虫豸,不知何时才会得到应有的惩罚。

最近,暨南大学又来要我。地委宣传部王部长、地委组织部部长、《梅江报》社党委都表示让我去暨大中文系工作,但地委一位副书记不同意,美其名曰"地区需要这类

---

① 1963年,毛泽东提出要开展"三大革命"运动,即:阶级斗争、生产斗争和科学实验。

② 毛远新(1941—　),毛泽民之子,毛泽东之侄。"文革"时期重要政治人物,曾任沈阳军区政委、辽宁省革委会副主任,"文革"后被免职。

③ 刘庆棠,芭蕾舞演员出身,《红色娘子军》中洪常青扮演者,官至文化部副部长。

④ 指效仿屈原投江。

人才"。其实，这一类"烧屁卵"①早已领教了。我一天不离开梅县，我就担心有一只无形的钢刀哪一天劈到我的头上。这绝不是言过其实，而是严酷的现实。请你们记住我这句话，保留这封信，历史将证明我这句带血带泪的话完全是朴素的肺腑之言。

暨大中文系前任主任是萧老，现任主任是秦牧同志。请萧老不要过多希望于广东作协，像救一条人命一样把我拉出火坑，帮助我去暨大工作。暨大萧老是熟悉的，秦牧同志不知他现在是否在北京？请萧老当面或去信秦牧同志向吴南生书记呼吁。我也将去信找秦牧同志。我能去暨大，保住一条老命，就是天幸，就有前途事业。

国凯、萧老，我是很少说过这样"短志"的话的，也是不得已的由衷之言。我真不理解，在华主席为首党中央领导的祖国大地上，到处阳光普照，为什么还有幽灵向我伸出可怕的魔爪？

萧老如见到秦牧同志，可把此信给他一阅。盼复，

紧紧握手。问好陶萍同志。

一九七八年十一月十三日于梅江边
程贤章敬复

国凯：此信请速转萧老，切切。

1979年1月17日

敬爱的萧殷同志：

托陈浩民带去的《樟田河》②农村版想已收到，期待您的指教。

省文学创作会议后，广东文艺界活动频繁，创作十分活跃，特别是省文联和下层各协会恢复活动以后，更加呈现欣欣向荣的景象。"文化革命"前大批图书解放、理论上对"四人帮"的讨伐和百家争鸣的开展、《广东文艺》炮打浩然③等等，使人感到百花争艳的春天已经来临。

广东历来都是挨整的，只有粉碎"四人帮"后，才能伸直腰杆，扬眉吐气在文坛上

---

① "烧屁卵"，客家方言，原意为放热屁，有假以美名之意。
② 程贤章：《樟田河》（农村版），广东人民出版社，1976年6月。
③ 《广东文艺》1977年第2期发表李冰之（于逢）《评浩然的"新道路"》一文，称浩然是"'四人帮'反革命的修正主义文艺路线的特等吹鼓手"，在国内最早批判浩然文学作品。

跃马扬鞭，打响了炮轰浩然的第一炮，真是大快人心！

梅县地属穷乡僻壤，"春风难度玉门关"，此处仍然听不到春天的消息。

最近上海人民出版社来信，他们正在选编一本《建国以来短篇小说选》，其中选进了我的《蹲点记》，他们问我有什么意见，我除了感激和高兴外，还有什么意见呢？把这消息向您报告，您也会一样高兴的。

这些年来，常常得到您的教诲，使我在创作上得到一股精神力量。遗憾的是由于工作关系，我们天各一方，不能经常得到您的指教。然而，这又有什么办法呢？

好几年来，好几个单位都曾议论过我的调动问题，但结局都比萌萌从兵团调来广州还艰难。您完全了解我在梅县地区的处境。打倒"四人帮"，文艺大解放，我很想搞他几年创作。作协恢复活动，如规划创作队伍时，请您给予支持和关照。

春节快到了，托黄莺谷[①]同志带去茶叶一斤，请笑纳。黄莺谷将于一月二十三日赴省参加专业调演，他曾去过梅花村您的住所。此告，有空盼来信指教。祝
撰安！陶萍同志一并。

程贤章敬上
一月十七日一时

[①] 黄莺谷（1944—2017），原名黄炜棠，广东梅县人。《嘉应文学》编辑，梅江区文联专职副主席。

戴长松来函1通

戴长松，业余作者。通信地址：福建省宁化县电力公司。

1981年6月24日

尊敬的萧老：

您好！

本来是不应该打扰和消耗您的精力的，但是自我读了您发表在《萌芽》第四期上的辅导广大青年们写作的文章和陈国凯同志的文章后，我的心情一直平静不下来，昼思夜想该不该写信向您求教。这虽然是个简单的问题，但我想，在全国，像我这样的青年有万千个，如果都写信给您，不仅您的时间不允许，您的精力和身体也不允许。所以，我一直不敢提笔，可是心底里却时刻翻腾着一股搅得人不得安宁的热潮。最后，也就是现在，我才横下了心，为了表白我尊敬您的心情，也为了能得到您的教诲。

我今年二十四岁，一九七五年高中毕业后到农村插队。一九七七年一月应征在北京空军部队服役。去年一月，从北京复员回乡，而后分配在县电力公司搞政工（以工代干）至今。

我生长在一个普通干部家庭。我父亲也是个文学爱好者，年轻时也常写一些诗歌。由于父亲的熏陶和父亲购买的文艺书籍的吸引，我在小学时就爱上了文学。上中学后，接触古今中外的文艺书籍较多了，我的兴趣也逐步形成。下乡后，虽然农活繁重，但我还是坚持写日记、写诗歌、写散文。当然，那只不过是小孩画画而已。参军以后，通过对各类事物的观察、了解、分析，我才真正理解到文学的价值，才坚定下终身献于文学事业的决心。从那开始，我才有计划、有目标地学写一些文艺作品了。但真正开始写小说，只是去年退伍后到现在这一年多的时间。

去年一年，我写了十篇小说（两个中篇，八个短篇），但均未发表过（除了其中两篇不曾寄出外，其他都寄出过）。《福建文艺》退稿的回信都用手笔，大多是肯定（我知道这是鼓励），意见也有提，但较少。每次回信后我都有做认真的思考。第一篇《出路》（短篇）退回后，我反复体味回信含义。回信字数不多，基本上是肯定，只是末尾说了句"但总的看来，作品的剪裁还不够"。我当时百思不解，既然如此，编辑同志为何不指导我删掉一些而退回稿子呢？我怀疑是自己没"后门"，便更加发狠地写，幻想露一手叫人瞧瞧。我这赌气的心情使写作进度大大加快，但终究未被采用。直到读了您的文章后，我才感觉到自己的无知和偏见。有什么理由怪编辑呢？没发表就说明自己写的东西还没有达到发表的水平呗！我便开始仔细找自己的"作品"的毛病了。终于发现自己的一些问题了。

我在选择好题材后，构思还未完全成熟，被什么东西激了一下便提笔写开了。除了打腹稿外，我基本上没写什么提纲之类。偶尔思路被打断，老半天也续不上去。而我又有个坏毛病，激动过自己心情的都想写。去年虽然只写了十篇，但光开了个头就甩掉的就有二十多个。在选择题材上我倒没有去赶时髦，但在写作手法上却常常想赶。比如，今年王蒙等同志写了一些"意识流"类型的作品，我就模仿人家的手法去写，而结果是每次都中途而止，东西还没着落便不甚了了。在失败以后，我总结了教训，再也不去赶什么时髦了，还是按照自己的思路、方式写。您说对吗？

这篇《兵役》（初稿名《闪光的绿叶》），是我今年写的第一个作品。构思的前因是去年底我被县征兵办调去协助征兵。其间，接触了大批适龄青年，恰好地区有一位宣传干部来了解征兵情况。由于我自己也是青年，又当过兵，他们什么话都愿意和我说，毫无顾忌。我切身感受到现在青年思想的动荡，也感到一股压力，更为我们部队担忧。于是，我开始搜集素材，仔细了解适龄青年的思想脉搏。征兵结束后，我便开始写了。但众多的人物在我眼前晃动，不知该选哪些为主要人物。经过再三取舍，终于取了三个人物，即向松、向柏和向杨。向柏是以我自己和我单位一位参加过自卫反击战一同分配在电力公司的同志相综合得的形象。向杨则是我弟弟为模特儿的。他去年参加高考差五分上线。向松是一位转业的武装干部的形象。那位地区来了解情况的同志被当作了作品中的"我"，其余人物是虚构的。

开始写时,我想按照时间地点的顺序来写,继而又想那样写更显得平淡,最后用了现在作品中的手法。

写此篇时,中间三天两头开会,进什么学习班,断断续续中止了两个多月,直到五月底才落稿。最开始写了两万余字,二稿删去两千余字,三稿剩一万六千字,最后落成现稿。

此篇成后,我看了一直不满意,我的旨意是突出向柏和向杨,但总觉不够形象。可是又改不出其他什么名堂来(传阅过一些同志,但均未提出过涉及其中要害的意见),只好暂时如此。

现在,在我斗胆写这封"信"的同时,也寄上《兵役》,以求您的批阅和教导。

尊敬的萧老,我不敢再多写了,也许我写了这么多是个错误行为,但我不能不写,我不能压抑住心里那股沸腾的岩浆,不能表露对您的尊敬……请您原谅我的冒失。

由于时间、空间,我不能亲耳聆听您的教诲,深感遗憾。但是我恳望老师收下我这个笨拙的学生,赐予教诲,将终身刻骨铭心。

《兵役》劣作,还望老师百忙之中抽一暇为我中鉴。寄上的诗也请老师一鉴。祈盼早得到老师音讯。

叩祝大安!

学生戴长松敬上
一九八一年六月二十四日于福建宁化

丁浪来函6通

丁浪(？—2021)，广东连县（今连州市）人。1956年毕业于东北人民大学中文系，先后任《北京日报》《北京晚报》副刊编辑及《人民日报》文艺部主任编辑。

1980年7月26日

萧殷老：

　　您好！

　　您老写来的文章收到了，我们已经安排，准备安排在下月内见报。天气炎热，您老身体又不好，还在百忙中给我们赶写了文章，非常感谢。

　　我们准备下月在文艺评论版开展如何加强和改善党对文艺工作的领导笔谈。有一份选题计划，请您看看。另外我们还开展关于文艺真实性问题的讨论，已开过座谈会，准备就下列问题讨论一下：

　　一、"真实性"究竟指什么？
　　二、"真实"与"生活本质"；
　　三、关于"写真实"这个口号；
　　四、生活真实和艺术真实；
　　五、真实性和政治倾向性；
　　六、真实性在美学中的地位，等等。

　　关于如何讨论，希望听到您的意见。另外，我们想约饶芃子同志写篇文章，看她对哪个问题有兴趣，我已写信给她，如她来看您老，请帮我们说说，希望她能支持我们这次讨论。

过两天我出差东北，顺告。祝您

夏安！

丁浪　七月二十六日

1980年9月7日

萧殷老师：

您好！送给我的书收到了，谢谢。我很珍惜它，一定好好学习。

上个月我参加中宣部一个调查组，出差到东北，调查了解有关加强和改善党对文艺工作领导问题，三号才回来，现工作尚未结束，还要过十天半月才能回报社。

上次您的文章发表后，反映很好。许多搞编辑工作的同志反映，说您的文章说出了他们的心里话。

您身体如何？广州还热吗？希多多保重。祝您

健康！

丁浪　九月七日

1981年4月16日

萧殷同志：

您好！

久没有给您去信，最近身体好吗？十分惦念。

今年是鲁迅诞生一百周年①，这是件大事，要隆重纪念，报纸也准备从不同的角度宣传一下鲁迅的精神。考虑到鲁迅关心、培养青年的事例很突出，功绩很大，结合今天的实际很有必要谈谈他这种可贵的精神。文艺界应该继承他这个光荣传统，因此，请你就这些方面写篇文章。文章最好七月份寄给我们，以便统一安排一下见报日期。

---

① 1981年9月25日，是鲁迅诞辰100周年纪念日。

广州已开始过夏天了吧！请多多保重。祝

康健

丁浪　四月十六日

1981年5月5日

萧殷同志：

您好！

收到您的信特别高兴。最近您出院没有？不管在医院还是在家，都希望您也多加保重，祝您早日恢复健康。

关于鲁迅培养青年的文章，七月份才要，不急，您老访朝回来再写，完全来得及。您这样忙，身体又不好还答应给我们写文章，我们是十分感激的。

最近军报批判《苦恋》①一事，不知广东文艺界有何反应？祝您

身体健康！

丁浪　五月五日

1981年7月5日

萧老：

您好！

上次给您的信谅已收到。您的文章不知写了没有？我们天天在等着，这个月上中旬能给我们写来吗？培养人才是个大问题，总希望您老能在报纸上谈谈。

广州天气炎热，请您老多保重。祝

夏安！

丁浪　七月五日

---

① 1979年9月，武汉军区作家白桦在《十月》发表电影剧本《苦恋》，后改名《太阳和人》于1980年年底完成摄制。1981年4月起，《解放军报》发表系列文章，批判《苦恋》的"资产阶级化自由化"倾向，指其"散布了一种背离社会主义祖国的情绪"。

××年10月12日

萧殷同志：

您好！

我们已回到北京，这次去广州，得到您对我们工作的大力支持，非常感谢，尤其您对青年人关怀、培养的说法谈话，对我们很有教益。

回来后，我们已将情况向领导及同志汇报了，希望您的文章能早日寄来。我们知道您很忙，而且身体又不大好，但又盼望您能在不影响健康的情况下写些文章、随笔给我们。最后祝您

身体健康！

丁浪　十月十二日

丁励松来函1通

丁励松（1927—2004），湖南桃江人。1947年就读于清华大学社会系，曾任中南局第一书记陶铸秘书、广东省人民政府副秘书长、广东省经济特区办公室主任、广东发展银行常务副董事长。

1980年10月13日

萧殷同志：

　　来信敬悉。特区人才奇缺，特别是工程技术人员。我们向中央请求支援400人，但至今无消息。您所推荐的骆世浆[①]同志，已告市委组织部发函商调。其他方面的人才，例如办报的、经济研究的，都欢迎，请您一本初衷，多加关照。

　　您的身体实在欠佳，务请注意珍重，龙川矿泉是个好地方，不妨多休息一段时间。据说那里的矿泉可造啤酒，如果真是那样，打算去深圳办厂，运水过来。

　　大作已收到，谢谢。匆此

祝健康！

励松　十月十三日

[①] 骆世浆，广东龙川人。毕业于铁岭电机中专，经萧殷介绍调入深圳工作，曾参与宝安机场电路设计施工，1988年被评为广东省劳动模范。

东瑞来函5通

东瑞（1945— ），原名黄东涛，祖籍福建金门，印尼华侨。毕业于华侨大学中文系，1972年移居香港。香港获益出版事业有限公司总编辑、华文微型小说学会会长、香港儿童文艺协会会长。

1979年4月5日

萧殷先生：

素不相识，唐突写此信，希谅！久闻先生大名；更从涂乃贤①处获悉他与先生相熟。而我与乃贤在港属知交、文友。

近奉寄一册拙作、长篇小说《出洋前后》②给先生及《作品》编辑部诸前辈指教。

为使先生对我有些了解，简略对自己自我介绍：

我原是侨居地印尼雅加达华侨，1960年返国，毕业于泉州华侨大学中文系，1972年来港。现在进步出版社任职，从事业余写作，常在大公、新晚、文汇等诸报纸杂志发表小说、散文。1976年起已出版下列单行本（小说以反映华侨生活及香港现实为主）：

短篇小说集（书名）（字数）（出版单位）

1. 《彩色的梦》（7万、上海书局）
2. 《周末良夜》（5万、中流出版社）

---

① 涂乃贤（1943—2019），笔名陶然，广东蕉岭人。中国新闻社香港分社编辑，香港作家联会副会长，《香港文学》杂志总编辑。

② 《出洋前后》，东瑞长篇小说，1978年曾在香港《大公报》文学副刊连载。

3.《少女的一吻》（10万、骆驼出版社）

长篇小说集

4.《玛依莎河畔的少女》（5万、大光出版社）

5.《天堂与梦》（10万、大光出版社）

6.《出洋前后》（18万、南粤出版社，三联附属机构）

历史事故小品

7.《南洋集锦》（4万、骆驼出版社）

排印中，今年即将出版者

8.《鲁迅故事新编浅析》（10万、中流）

9.《老舍小识》（6万、文学出版社）

10.《系在狗腿上的人》（新加坡万里）

我想，先生对黄东平[①]必不会生疏（他的代表作《七洲洋外》）。我即他堂弟。我只是初入门的文艺青年。《出洋前后》收到后，阅过，望先生不吝指正，提批评意见。如果能获《作品》选登，更为感激。盖此类题材目前太少人写了，该书出后，此地大力宣传，十分重视。我的其他拙作，如有兴趣，只要能进口，来信示知，弟定当寄去。

望能获先生百忙中回一函。俟明年我会往广州一游，想拜见先生。另，先生大作《习艺录》，运港数少，买不到，是否方便寄我一本？连同刘逸生的《唐诗小札》[②]亦送一本。拙作入口无问题的话，来信后当即奉寄指正。

盼获先生来函。地址见信封左上角[③]。祝

好！

弟黄东涛（笔名：东瑞）　一九七九年四月五日

1979年4月17日

萧殷先生：您好！

今天收到寄来的大作《习艺录》和购赠的《唐诗小札》，十分高兴。对大作一口气

---

① 黄东平（1923—　），印度尼西亚作家，祖籍福建泉州。
② 刘逸生：《唐诗小札》，广东人民出版社，1978年10月。
③ 来函信封左上角地址：大光出版社有限公司，香港背角丹拿道友福园A座一楼。

拜读了半本，颇有启发和收益。拙作《出洋前后》想必亦收到了。很盼望能听到您的批评意见。《出洋前后》的写作动机已在《后记》里写明了。这类题材较少人写，而"四人帮"过去对华侨百般污蔑、陷害。因此，我凭据比较真实的素材对他们出洋前后的情形加以"重现"。让人们明白华侨当年为什么会出洋。如果这目的能达到，我已感到很欣慰了。另有一本反映南洋华侨和侨居地人民在日本统治时代的长篇（16万字）《铁蹄人生》，在《澳门日报》连载了七个月，快刊完了，目前已和某出版社联系出版事宜。

明后天给你邮出两本拙作（短篇小说集）《彩色的梦》和《周末良夜》，望查收。

另几本《天堂与梦》《少女的一吻》等，等上述二书收到再寄给你。祝

好！

黄东涛　一九七九年四月十七日

盼来信。明年我会到广州，顺去拜访您。方便否？

1979年5月1日

萧殷兄：

四月廿日信收到了；《习艺录》及《唐诗小札》也都收到了，谢谢。大作已拜读部分，甚有收益，未知先生尚有其他什么单行本，可再赠与我学习否？

拙作中，可能数《出洋前后》宣传工作做得较好，香港文汇、大公报、百花、明报多次刊广告和评介文字。我的短篇小说集《周末良夜》《彩色的梦》《少女的一吻》会在近期陆续寄赠给您指正。我曾托涂乃贤友寄《天堂与梦》及《彩色的梦》给蔡其矫，他比较欣赏《彩》中《苦力春秋》一篇。香港因是商业社会，文艺小说的"调子"不宜太高，会失去读者，故我写的"思想性"只一般，而着重故事性。我的短篇创作如能获《作品》谬爱而转载，当然十分高兴，如达不到要求，亦不勉强。香港搞专业写作的人生活清苦（指正派作家），每天有的要写一万字，五六个专栏才能维持生活，社会没有保障，读书风气不浓。他们都很羡慕打倒"四人帮"后内地作家的写作条件。鉴于生活压力所迫，不少人是搞业余创作。我亦其中之一。由于生活十分紧张，写东西精雕细刻几乎成为不可能。有的人甚至在渡轮上、茶楼上、咖啡室里写东西，不打草稿。搞翻译的一手持原著，一手摊开原稿就翻出来了。高度物资发展社会，文艺也快变成商品了。这是很可悲及无可奈何的事。我的环境很糟，下班后，家中电视响，收音机响，朋友

多，家又近市中心闹区，往往要到晚上11时后才能静下来写东西，"赶货"时开夜车到三时、四时。第二天九时又上班去。因工作是外勤，乘在巴士上时间打小盹。因外面朋友多，加上自己也较勤奋，几年就出了八九本书。不久，《鲁迅故事新编浅析》（10万字）及评论《老舍小识》（6万字）就可出版了（现在排印中）。因身居海外，只好从海外角度去分析、评论。这两本，目前香港还没类似的，可说是第一本。后者已跟老舍夫人①和女儿舒济②写信讲过，她们要我出书后寄去一本。十分欣慰。

十分谅解您的忙。照我看（不知对否），内地亦是讲求效率的时候了，该多安排作家们有时间写东西。会少开些，事务、行政应由另人负责。否则对内地文艺发展是个大损失。另外，我提几个意见供内地主管文艺的负责人参考：

（1）海外华文的文艺创作发展很艰难，一种书只印2000本，销量有限；内地应要求海关适量给进口（指好的、较好的健康文艺作品），一方面可达到交流目的（海外不少新的流派、技巧可借鉴），一方面对海外华侨作者、有关出版社是个支持。内地的刊物作品有出口，在香港不难见到买到，而内地要看到买到港澳文学作品实在太难了。

（2）像《作品》这类杂志，不妨考虑刊些海外作品，或欢迎投稿。

（3）精简机构，提高出版印刷、装帧质量。香港有的出版社、杂志，比如《开卷》，从主编到工作人员都只是一个人。

以上只是我个人某些感触，并非针对先生或《作品》，但如能加以反映，给有关领导参考，我想是有益的。不对也望批评。

望有空来信多指正。祝

好！

弟　东瑞（黄东涛）
一九七九年五月一日夜

1979年7月20日

萧殷兄：

七月十三日信收悉。前日我刚发出一封信给您，如此看来我们的信相左了。

---

① 胡絜青（1905—2001），满族正红旗人，著名书画家。老舍夫人。
② 舒济（1933—　　），老舍长女。人民文学出版社副编审，老舍纪念馆馆长。

得知您身体欠佳，甚为惦挂。万望保重，注意休息，吃些低胆固醇食物，看来是事务繁所致。必要时应请病假和创作假，《作品》主编照我看应主要在来稿的取舍方面做出决定，具体事让其他人员去搞，不然您实在没时间。

我在与先生通信前，本不知您年纪较大了（具体贵庚多少），后来才知道了。而先生不弃我这样的年轻人（我今年34岁，是日本投降那年才出生的），愿和我交朋友，不断鼓励、支持，使我心中十分感动感激。虽然香港进步文艺界都知我，也发表过较多习作（今年二月还获得三联征文冠军，题目《书与我》，稍后会寄给您指正），但我毕竟技巧尚嫩，水平有限，仍希望您像对下辈一样不断指正、批评我。

兄在《文汇报》的文章很早就发表了①。《笔汇》是否有将报纸寄给您一份。我虽有《文汇报》，但恐丢失了。是否需要我向《笔汇》（吴羊璧②先生）要一份寄给您呢？来示。

谢谢对我大力支持鼓励，烦先生也代我向《作品》编辑部的其他同志致深切的谢意。正好上封信我在打询《苦力春秋》的转载事宜。署名就用"东瑞"（来得及改否？）因港地我都是用这个笔名发表作品的。我仍有一本短篇集《少女的一吻》，反映此地爱情的题材，有的并没太大意义，不过后面有三篇反映现实的。此书因为合适这儿读者，封面弄得比较"新潮"，不过左派书店仍可接受，《海洋文艺》③的"书讯"也介绍过。就让你们选择吧。另，有不少仍未收入集子的，发表在报刊上的短篇小说、散文、风土小品，我会在最近影印寄去供选择合适的。《海洋文艺》6、7号都有我东西。今后大致上每期会刊一篇。未知先生在港是否有专人给寄运杂志？是否需要我寄？八月号《海洋文艺》将会有我一篇七千字短篇小说《窗里窗外》，我自己是较满意的，主编吴其敏④先生也认为好。反映了香港住屋之惨，布局尚算巧妙，只是里面有一段父母行房事的含蓄描写，被早熟的小儿瞧见，约200字，恐怕内地读者不能接受？而类似的事在港是悲惨的现实呢！另有一篇已发表（将影印寄给你）的四千字《稿匠周不弱》，已

---

① 指萧殷《能纳入批判现实主义吗？》一文，载1979年7月22日香港《文汇报》。"笔汇"为其副刊。

② 吴羊璧（1929— ），原名吴筼生，广东澄海人，吴其敏之子。香港《文汇报》副刊编辑、《壹周刊》文稿编辑、《书谱》主编，又曾与友人合办《伴侣》《文艺伴侣》。

③ 《海洋文艺》，香港中华书局主办，吴其敏主编。

④ 吴其敏（1909—1999），原名吴锐心，广东澄海人。著有散文集《阗夜》等。《海洋文艺》主编，香港中国通讯社副总编辑。

刊出（《文汇报》），获一些名作家称赞，说以短小篇幅写出了香港作家的痛苦。只是怕里面很多事物内地读者未必明白，不过可以加"注"。

九月初我五万字的《老舍小识》①将上市，到时会奉寄一册供指正。

香港文界情况，等过一二日我有空时会以书信、杂谈或小说形式详写给您。《新贵》在《作品》转载，对这儿打了支强心剂"刺激"。毕竟，香港文艺刊物、书籍的发行量，并没有内地的大。香港出一本文艺小说集，一次只印2000本，而内地是动辄数十万的。未知《作品》的印量或发行量是多少？其他省市书店能买到吗？

建议先生写一本以海外文艺青年为对象的论写作技巧的东西。例子举古今中外的。（不要当前工农兵的），这样必有影响，能受到欢迎。上信说有两本大作已在印行中，印出望送弟各一册。

我的作品似已寄《出洋》《彩色》《周末》《故事新编析》，尚有几本，数日内可寄出（连影印件）。

先生需要港地的什么书刊，望来函告知，一定尽力办到。（最好是文艺而不要政治杂志，《争鸣》等五种被禁。）

暂此，望常来函指教。祝
好！

弟　东涛　一九七九年七月二十日

秦牧《黄金海岸》②可买到吗？我想要一册。

1981年4月7日

萧殷伯伯、伯母：你们好！

这次回广州，虽然只是几天，心情却是愉快的，因为我见着你们和萌萌一家。

那天上医院探望萧伯伯，本想多坐聊一会，可是萧殷伯伯正在输葡萄糖，体力、精神都显得比较疲倦，我不忍心打扰太久，就走了。因我希望萧伯伯早日恢复健康，好好休息，希望你们谅解，也希望明白我的一片心意。

本来在那天之后，又想再探萧伯伯一次的，无奈小鬼非常调皮，闹人，吵着要去

---

① 《老舍小识》，署名黄东涛著，香港世界出版社，1979年。

② 秦牧：《黄金海岸》，广东人民出版社，1978年。萧殷铅笔标注：已给秦牧去信，7月26日。

玩，加之我路不太熟，时间又匆忙，为买直通票的事也给弄得颇伤脑筋，没能再去成。因此许多事想请教伯伯的，都没能多谈。不过，今后我会较经常回去（周六周日）走走的，（七年没入内地，太生疏了）如我一人进去，就比较方便，可以多聊一会。关于我小说（短篇集）出书的事，我一定遵伯伯的意思，结果如何会把情况告知。当时考虑到伯伯身体不太好，又忙，怕麻烦了伯伯，所以先将稿子交沈仁康兄。他的意思如有希望并已决定出版，萧伯伯能写个序，或者秦牧写。我很希望能在广州出本书，让自己的作品有较多读者，听到一些批评。香港近一两年情况太差了。

  我如有再入广州，事先一定会写信告知，且无论时间多短，一定去拜访你们。你们对我很热情很好，使我感动，对我帮助鼓励也很多。

祝好！

东涛　四月七日

  萧伯伯需要什么药品？望告。

董德芳来函1通

董德芳，业余作者，毕业于保定师范学校。

1979年11月26日

萧殷同志：

您好。工作忙吧？身体好吧？这是一个未曾和你见过面的读者、你的学生写给你的信，因为你对人十分热情，经常会接到读者来信，想你不会感到奇怪和厌烦吧？

很长时间不知你调往何处工作，因而也就无法给你去信和向你求教。粉碎"四人帮"之后才在《人民文学》等报刊上读到你的作品，知你仍然健在，内心十分高兴，后来又从报上看到你在主编《作品》刊物，此刊很受读者欢迎。最近从《人民日报》上看到你参加了文代会，在指导青年和业余作者方面不遗余力，使我非常敬佩，向你致以热烈的祝贺。又获知你患有肺气肿，令人心情沉重，特向你致以亲切问候，希望早日恢复健康。

我虽然现在年近半百，须发始白，但你仍然是我的老师，我永远是你的学生。不知你是否还记得，在新中国成立初期，一个保定师范学生，用粗糙的黄色草纸，用歪歪扭扭的字写了稿件寄去，《文艺报》的编辑们都认真阅读，提出意见，给以有益指导，将稿退回，从未投之纸篓。给我帮助很大，使我写作上能够有所进步，尤其是你，还写了读后感，给了我很大的鞭策和鼓励，虽然时隔近三十年了，但现在想起来，仍然充满感激之情。

我参加工作之后，未能写出过像样作品，像一棵幼树，得到了园丁辛勤的栽培浇灌，但后来却因种种原因未能成材。实在辜负了你们的一番心血，想起来是很惭愧的，真是"少壮不努力，老大徒伤悲"啊！

  我虽然半途而废，未能走上文学创作的道路，但仍是一个业余文艺爱好者，有机会就阅读些文艺书籍报刊，有时也想写点东西，却谈何容易？一是受环境条件限制。二是练笔少、写作技巧低。三是阅读书籍少，许多中外名著、古典作品都不好买到或借到。尤其在"文革"十年中，受社会环境的影响，虚度年华的时候可真不少。四是思想禁锢不解放，心有余悸。所以很少投稿，和报刊都失掉联系。粉碎"四人帮"以后，编辑的作风有很大改进，但和五十年代编辑对业余作者的帮助和指导相比，仍有差距。希望能得到你的指教，但闻你身体不好，不忍寄作品给你，浪费你的精力和时间。只望你常写些指导性的文章好了，读后也可获益匪浅。

  另外，据说肺气肿吃些狗肉煮鸡蛋，很有效益。你一定能和疾病做顽强的斗争，望你早日康复，为文艺的春天，为培养更多的青年作者，贡献更大的力量，"满目青山夕照明"。

河北省衡水县子牙河务处　董德芳
一九七九年十一月二十六日寄于招待所

董秀玉来函1通

董秀玉（1941— ），上海人。1956年进入人民出版社工作，1979年任《读书》杂志编辑部副主任。曾任香港三联书店总经理、总编辑，三联书店总经理、总编辑。

1980年6月17日

萧老：

您好。

这次去广州拜访，能得到你的当面赐教，十分感谢。尤其是您对年轻人的热诚和关怀，更使我久久不能忘怀。希望以后能不断得到您的指教和帮助。

王蒙同志去西德访问，不日即归。他要知道您能为他的文章写评论，一定是非常高兴的。

因返京后赶着发稿，你要的资料一时还顾不上去查，发完稿我将尽快去办这件事。巴金同志的《随想录》[①]先给您寄上。匆匆，即颂

撰安！

董秀玉　六月十七日

[①] 巴金：《随想录》，1978年年底在香港《大公报》辟专栏连载，1979年12月由香港三联书店结集出版。

杜君慧来函1通

杜君慧（1904—1981），笔名卢兰，广州人。左翼作家、教育家。曾在重庆创办《职业妇女》月刊。1949年接管北平女二中，担任校长。1955年调任北京第六中学党支部书记兼校长。

1981年1月24日

萧殷、陶萍同志：

省人民医院别后，转眼两年多了，我在京两年多来和你们曾通过一两次信，自你们到新会疗养以后，就一直没有消息了。老萧身体怎样？有无从事写作？我在医院进进出出，到现在已是第五次了。看来被病魔夺去的时间很难要回来了。最近半年来我在医院检查出：多发性骨髓癌。虽然我还有不少的精神和兴趣，每天都写写读读，尽可能关心着社会上的种种变化，但也积极地准备着接受病魔的最后考验。目前如何治疗，医生仍在讨论中，我自己则以颇多的时间学习气功。

广东的情况，过去都是老萧说得详细些，现在也希望你们谈谈。有一件事，我好像问过你们。就是落实政策以后，老萧过去被降级的问题，是否已彻底解决？一直惦念着。"岁寒或有春消息，只恐梅花瘦不禁"，但愿你们健康愉快。

紧紧握手！

君慧

八一年一月廿四日

方冰来函1通

方冰（1914—1997），原名张世方，安徽淮南人。延安陕北公学学员。曾任大连市文化局局长、辽宁省作家协会副主席。著有诗歌《歌唱二小放牛郎》、诗集《战斗的乡村》《大海的心》等。

1980年9月20日

萧殷同志：

您好！

我在上车前（去丹东）接到您的信及来稿，来不及拜读，交给编辑室副主任单复① 同志了，请他们赶快写信给您。您的文章是我们求之不得的。非常感谢您的支持！尽快刊出。

初夏在广州时蒙您赠书，我正在拜读，并向学习班推荐学习。

您的身体近日如何？念念！如果您的身体好，我们定会请您来讲学的。韦丘同志正在东北参观，他是应我们之请而来的。

祝好！并问候嫂夫人！

方冰　一九八〇年九月二十日

---

① 单复（1919—　），原名林景煌，福建晋江人。《东北文艺》及《处女地》编辑、组长、编委，《鸭绿江》编辑部副主任。

高戈来函1通

高戈（1919—2010），原名黑鸿俊，回族，湖南长沙人。萧殷延安鲁艺文学系同学、《新华日报》华北版同事。曾任新华社副总编辑、中宣部办公室主任、北京电影制片厂厂长、中央新闻纪录电影制片厂厂长、文化部电影事业管理局副局长、北京市政协副主席。

1980年8月26日

萧殷同志：

克明①同志带来三月十一日你自新会的来信，已经五个多月了。克明同志几次督促我回信，都拖下来了。实在对不起。趁着今晚要去报到开全国政协会议，处理许多积压的事件，才又提起笔来。

快三十年过来，实在不容易。前几天看到你在《人民日报》发表的文章②。浩劫之后，又执笔战斗，可喜可贺。承赐大作《习艺录》，拜读之余，我也和读者一样，希望你的《创作论》早日问世。愿你早日恢复健康，不负读者的希望。在我开始接触文学时，记得茅盾同志的《创作的准备》③小册子，也是我们启蒙读物之一，至今留有印

---

① 张克明（1913—2016），广东龙川人。曾在香港参与筹建"民革"，筹办《文汇报》。民革中央常委、北京市副主委。高戈《回忆初识肖英时》一文说，张克明借回乡探亲之便，沟通了萧殷和他的信息。

② 指萧殷《发挥文艺编辑培养新人的作用》一文，《人民日报》1980年8月20日，呼吁关怀、重视，并正确、客观地评价编辑的重要作用。

③ 茅盾：《创作的准备》，1936年由上海生活书店出版发行，此后不断再版。

象。我所以提到这本小册子，就是有一个希望，希望你的论文，能深入浅出，照顾习作者。

我现在做的工作，可能克明同志已告知你一二。搁笔久矣！唯望退居第二线，做点调研，写点短文，不拘一格。不知上帝能允不？匆此即问

阖家安好。

高戈　八〇年八月二十六日

我的通信处，寄中共北京市委办公厅或东四六条六十七号均可。

关礼彬来函1通

关礼彬,生平待考。来函地址:广西全州城关绕山三队区工作组。

1977年5月21日

萧殷同志:

读来信。为您得"猫肺之功"能重新投入创作的战斗而感到欣慰和高兴!待有机会找到《人民文学》《广州文艺》和《广东文艺》等刊物时,一定认真拜读您的文章。并非妄想当个"文艺战士",仅因平时喜读文艺作品罢了。同时,现在工作性质也沾了点"写"字边,尽管写的体裁不同,但逻辑性却是一致的。所以广读还是有益无害的,您说是吗?

您刚恢复健康,恐怕还不适宜过度劳心,注意劳逸结合还是必要的。当然,任务紧,加之久病不舒,一旦恢复了战斗力,"拼命干"的心情是可以理解的。但从革命的长远利益出发,稍加注意还是完全必要的。老干部是革命的财宝,我看还是应当像爱护革命财宝一样地爱护自己的身体。有了正确的路线而无健康的身体,想干也是无能为力,或者心有余而力不足的。这一点,恐怕您比我体会更深。所以,还是请您多保重!也请陶萍同志多保重!我将如实转达您对医生的谢意,请您放心!

东焘春节后于我之前离开南宁上京开会。回来后忙着赶印毛选《五卷》①,又出差到桂林、柳州等地,大概忘记把您的信转来了。现在他又出差到梧州了,还是为了赶印

---

① 毛选《五卷》,指《毛泽东选集》第五卷。

第三批《五卷》的事，可能日内可返邕①。

我们还有三个月的战斗时间了。五、六月份却又是关键时刻，既要整党整风，又要清经济，还得搞好早稻田间管理，夺取早稻丰收，还要赶播晚稻种，为晚稻准备肥料（积肥）。我们在的"老大难"队又还有许多特殊问题要解决，还得培养好领导班子，以便留下不走的工作队。此外，我还得兼搞点材料工作，确实有点忙得不亦乐乎。

这些天住在县招待所写一份调查材料，顺便看看病。待会儿就要赶回队了。队里的事可不少，得抓紧时间办完。

暂写这几句。祝您和陶萍同志

身体健康！工作愉快！

关礼彬　五月二十一日中午

---

① 邕，广西南宁别称。

关山月来函1通

关山月（1912—2000），原名关泽霈，广东阳江人。国画家、教育家，岭南画派代表人物之一。中国美协常务理事，广东省文联副主席，广东省美协副主席。

1979年8月11日

萧殷同志：

嘱为黄医师画的纪念画，已如命写成花鸟一小幅，请查收转赠黄医生教正为感。日来天气奇热，提不起挥洒情绪，且画债积压越来越多。连自己都通不过的东西，用来塞责是不该的。可是自己认为满意的也不多，真苦恼！你和陶萍同志近来身体都好吗？望注意休息，顺叩

暑安！

关山月顿　八月十一日

郭风来函2通

郭风（1917—2010），原名郭嘉桂，福建莆田人。中国散文诗学会会长，中国作协理事，福建省作协主席，福建省文联副主席。著有散文诗集《蒲公英和虹》等。

1980年11月12日

萧殷同志：

您好。李国柱兄给我的信中，放着他赠给您的相片，现随信寄奉，请查收。

您对我国文艺事业做出很大贡献。前有同志自广东来，说您抱病工作，言下十分钦敬。我们都希望您保重身体。致
敬礼！

郭风　十一月十二日

1980年12月14日

萧殷同志：

您好。收到十日给我的回信，很高兴。国义①兄寄来的两张照片，也已收到。

我于上月十七日赴沪转镇江，参加全国大型文学期刊会议②，以后又去南京、上海、杭州等地看望一些友人，前天才回福州。

---

① 李国义，李国柱之弟。
② 全国大型文学期刊座谈会，1980年11月20日至29日在江苏省镇江市举行。

我很早就听说您带病工作,那些给我写信的同志,均以尊敬的口气谈到您。我们希望您继续疗养,例如,是否再到矿泉地区去疗养,换换环境,胃肠病也会好的。我年轻时患过胃病,以后工作环境(包括地点)换了,饮食习惯(包括食物)换了,不觉间,胃病也好了。

　　请多保重。致
敬礼!

郭风　十二月十四日

郭琼鸣来函1通

郭琼鸣（1953— ），广东南雄人。业余作者，曾在《农民日报》《南方日报》《对联》等报刊发表过对联、故事、散文等作品。

1980年3月19日

萧殷同志：

首先，恕我冒昧写信打扰您了。

在这八十年代的春天里，我深知您这个文艺老前辈的工作也是相当繁忙的，本不想打扰您，但由于涉及相关文学创作上的一些问题，故使我不得不将几次放下的笔又重新拿起，写下这封信给您了。

我是个文艺爱好者，不但喜欢看文艺书籍，也喜欢学写一点文艺作品（文艺评论、戏剧、小说等），而且都是敢于面对现实，揭露生活的阴暗面，反映人民内部矛盾。在"四人帮"横行时期，这样的作品不但根本不能发表，相反，还被称为歪曲生活。但我的看法是：作为一个文艺作者，尤其是一个初学步的年轻业余作者，不但要反映现实，而且要勇于探索和敢于创新，以致形成新的艺术风格。为此，我试写了两篇习作——短篇小说。一篇《生活的赞歌》，主要是反映一个机关单位的工作人员（党员干部），看到自己的家乡——一个大队，由于受林彪、"四人帮"极左路线的干扰破坏，生产长期上不去，大队积累搞到分文都没有，当大队干部的都不愿意当，在这样的情况下，他自荐去当大队支部书记，并且立下"军令状"，要彻底改变家乡的落后面貌。另一篇《池德开局长的处世哲学》，则描写了一个在"四人帮"横行时期，他以极左的面目出现,靠整老干部和迫害老干部,从而爬上了领导地位,在今天,则用一套资产阶级的处世哲学来打击和敲诈干部群众。当我把两篇短篇小说给有关搞文艺创作的领导同志看。他说,第一篇在搞干部变相受苦,不真实;第二篇,则是歪曲了生活,打倒了"四人帮"以后,是不会有这样的事存在的。为此,我感到有点左右为难。这样写错了吗?因此,特此写下这封信,请您这个文艺老前辈指教,像以上提的例子可不可以写,何况这两篇的素材来源于深厚的生活基础,是我耳闻目睹和亲身经历的,也可以说体验了生活的,才写下来的这件事,使我受到了这样的一点启发:一个人不管你写作水平多高,假如没有人支持你,写得再好的作品也出不了世的,那只能成为废品,扔到垃圾堆里去。

像以上我提的两篇小说的素材,这样写的可不可以写呢?有没有违反生活真实呢?作为一个作者来说,应该写自己熟悉的生活,还是不要写,而去依葫芦画瓢呢?是充分发挥自己的才干,还是受一定的束缚而荒废自己的才华呢?在这一点上,我弄不清楚,希望能够得到您这个文艺老前辈的指教,以拨疑云,并盼您的迅速回音。此致

崇高的革命敬礼!敬颂文安!

磨难 一九八〇年三月十九日

回信地址:南雄县工商行政管理局郭琼鸣收。

韩念龙来函1通

韩念龙（1910—2000），原名蔡仁元，贵州仁怀人。外交家。解放军33军政委，上海警备司令部副政委，外交部常务副部长，中顾委委员。1937年在上海与萧殷相识，并成为终身朋友。

1972年12月5日

萧殷同志：

寄给我的信和照片都早收得，谢谢您。

前些时曾几次有机会可望去广州。

满以为把晤在即，故迟迟未复，不料因事一再延宕，未能如愿，只好请您原谅。目前看来，年内赴穗的可能性不大了，但明年春天大约是有希望的，届时当去看望你们①。

我和王珍②一切如常，唯稍觉忙碌一些，无暇上琉璃厂③逛书摊了。

陶萍同志请代问好。

韩念龙　十二月五日

---

① 据萧殷女儿陶萌萌回忆，韩念龙大约在1973年春天来广州，由广东省外办负责人陪同，来梅花村看望萧殷、陶萍夫妇。

② 王珍，韩念龙夫人，曾任外交部新闻司副司长。

③ 琉璃厂，北京和平门外文化一条街，是全国著名的文物古玩和书籍集散地。

郝铭鉴来函1通

郝铭鉴（1944—2020），江苏建湖人。上海人民出版社历史编辑室编辑，上海文艺出版社理论编辑室编辑、副社长、总编辑，兼任《咬文嚼字》主编、《编辑学刊》主编等职。

1978年11月3日

萧殷同志：

我是上海文艺出版社理论室编辑。你的《谈写作》稿，请惠寄我社。你所需的《论丛》等书，已送出。这里，想跟你商量另一件事。

我社正在筹备文艺理论小丛书。这是一套普及性的读物，每种约五万字，强调科学性、知识性和生动性。选题的面较广，包括文艺基本原理、基本知识、中国古典文学、现代文学、外国文学等。具体选题拟和作者一起商定。目前已联系的有《形象和典型》《中国现代诗歌简论》《刘勰和〈文心雕龙〉》《李笠翁的戏剧理论》《果戈理》等。我们希望能得到你的支持。

一、请你承担一个选题，可以是文艺基本原理、基本知识方面的，这方面你驾轻就熟，定能胜任愉快。具体选题请你先考虑，然后我们一起议一议。

二、请你推荐一些广东的作者，只要适合搞这套丛书的，即可。

三、如何搞好这套丛书，请你提出建议。

因目前正在紧张筹备中，希望能得到你的及时的答复。

此致

敬礼！

郝铭鉴

一九七八年十一月三日

何锡洪来函1通

何锡洪，业余作者，广东茂名人。茂名文化馆及《茂名文艺》负责人。曾与熊夏武合作，改编粤剧《蛮女招亲》《寸金桥》等。

1979年3月31日

萧殷同志：

　　正如你说的，人们和你见面、写信，都是先说你身体不好，劝你好好休息，话到后来，却又总是烦你审稿、改稿。我现在也避免不了这个规律：首先向你问好！同时寄上你在茂名的讲话清样，以便于你订正。一俟收到你的订正稿，这期《茂名文艺》便可拼版开印。但我们是不定期刊物，因此你也不必急于修正清样，总之，在不妨碍你身体的前提下修正给我们，我们就万分感谢了。

　　你收到阳江给你寄去的小刀了吗？我今天也托人带信去阳江查问此事，如未收到，请来函告诉我，以便督促他们办妥。

　　再次感谢你对我和茂名的青年作者的指导。匆此致以
敬礼！顺问陶萍同志好！

何锡洪
三月卅一日

清样请寄回茂名市文化馆。

侯安全来函2通

侯安全，业余作者。来函地址：安徽省芜湖县化肥厂。

1981年4月18日①

敬爱的萧殷、陶萍老人：

你们好！

给你们写信，我很早就有这个想法，因为一直考虑你们工作一定很忙，身体欠佳，让我这样一个素无交往的爱好文学的青年工人，冒昧打扰，总觉得不大妥当。

我是一个青工，知道先生热心辅导青年文学爱好者，是读陈国凯的小说以后，从此凡能见到先生的文章都拜读，先生是陈国凯同志的良师益友，也同是我们爱好文学青年的良师益友。我常常这样想：我们早遇到这样一位老师，那有多么幸运！确实这样，在我们身边有您这样一位长者，至少要少走些弯路。先生扶植文学青年的可贵精神，一直深深感动着我。

这次写信有以下几点请求先生，请先生就自己亲身体验过的、间接了解到的情况给予指点。

一、做一个文学青年，应怎样关心政治？

因为我习作几篇小东西给当地的创作同志看，他说："没发现和反映大题材，对政治形势跟得不紧。"建议我多看报、多听广播、看文件。但我感到，现在我们国家形势变化太快，要想跟上形势，关心政治，那就只有放弃文学，搞政治理论工作。有些周

---

① 萧殷于函封批注：第一个问题，待复！5、7收。

围的同志也说：文学，是离不开政治的，你试试，离开政治文学准搞不上去，但我又听（看）孙犁[①]先生说过"文艺离政治要远一点"。于是感到困难，因为我是业余习作，时间毕竟太少，要看书，要注意生活积累，如果再一天抽出几个小时看报、听广播、翻阅文件，那写作就没时间了。因此，我这个问题一直不知怎么处理，不知怎样把这些结合起来，为此请教先生：怎样关心政治、处理好读书（文艺书）—生活—看报（广播、文件）—写作的关系。

二、"审美""戏剧性"这两个名词做何解释？

三、先生的《创作论》编辑出版没有？如果编辑出版，能不能请先生帮助购买一本？请先生帮助购买一本孙犁的《文学短论》——此书早见出版消息，却一直买不到，多次托人购买也没买到，曾几次写信给孙犁先生，却不见回音。

以上情况恳请先生指点，感谢！致
祝身体康复、生活愉快！

安徽省芜湖县化肥厂 侯安全
一九八一年四月十八日

1982年2月18日

敬爱的萧老师：

您好，问师母好！问您的助手好！

您的去年七月三十日的来信，我及时收到了，这么长的时间一直未给您回信，不知您是什么想法，而我的心却时时感到不安、焦灼。

我相信一旦您了解我的情况，就一定会原谅我的。当初收到您的信后，我正患肺结核（又咯血）。由于条件的缘故，偏偏痊愈的速度又慢，这期间，稍强一点的脑力和体力劳动都不敢驾驭了（因考虑今后的学习、工作），老师的信我揣在身上看过多遍，但一直不愿急急地就写信给您。

现在，一种力量撞击着我的心，是那样厉害，使人难受；一个声音时时在我的身旁回旋：你要写信给老师……马上就写……总不能辜负老人的真心诚意……这样，我就动

[①] 孙犁（1913—2002），原名孙振海，河北安平人。著名作家，"荷花淀派"创始人。《天津日报》副刊编辑，中国作协天津分会主席。

笔给您写信了。

"心明一层理，身添万钧力。"这话似乎有些夸张，不知别人是怎么理解的，而我在每读完一篇老师的文章后，都有了一种增添了力量的感受，而读了老师给我的信尤其是这种亲切的感受。

这究竟是为什么？是什么原因给我以这种亲切的感受呢？是文字的华美吗？是技巧的娴熟吗？不！打动我的恰恰是您的文章所具有的那种质朴的内在的美，那种和一切的泛泛的交谈阔论、故作玄虚的卖弄格格不入的真情实感，那种切切实实的给文学青年指路的献身精神。

我所以尊敬您老，这是由于我深深地懂得，处于老师这样的地位和情况，还把一个普通的青年人的信放在心上，这确是一件不容易的事呵。我曾遇到过这样一件事：几年前，刘心武、蒋子龙等一批才华横溢的青年作家红彻文坛的时候，天晓得，我不知怎么喜欢起孙犁同志的作品来了，他的小说、散文我爱看，他的短论及回忆文章我也爱看。当然对刘心武等同志我是敬慕的，但对孙犁同志也是怀着一种敬重的感情的。基于这样的心情，我没有给刘心武等同志写信，而是一连给孙犁同志去过四次信，信的内容至今还记得，并非想他恩赐几条创作秘诀，或是对他做出一些莫名其妙的捧场而捞取什么，只不过是对他的遭遇表示同情，还就关于怎样安排政治理论的学习和文艺书籍的学习问题请教于他。可是孙犁同志太使人失望了，他没有回过一次信，哪怕谈上一星半点的看法。那段时间里我曾做过种种设想：我的信他收到了吗？是他体弱多病拿不动笔？是工作忙没有时间？是从我的信中看出我纵然来叩文字的大门，以后也不会有什么成就，而耗费他的心血？是怕我盗窃他的名声而在文坛上做一出昙花一现的表演？这都是以前的事了，当然现在看来这些想法、做法都是可笑的，但在当时，确实是这样的。过去的就让它过吧，但对孙犁同志却产生了这样一个印象：他的文章是美的，但他的为人并不真心地美，文不尽如其人呵！倘若我是稍有名气的作家，他定不会这样，对铁凝同志就是一例。我不拿自己的观点强加于人，但在我这儿确有这样的事实。而每每想到这点，我就感您老的做法实在感动人。

说实在的我并非把文学看得那么轻巧，也没有非要当一个作家渴望，我只想做一个正直的人，爱好文学，这是我的志趣。我的境况是比较差的。我之所以珍视老师对我的关心，那是有一定的道理的。我是一个在新社会成长却是从苦难中走过来的人呵，每一个在困难中给我以温暖、给我以光明、给我以力量的同志，我都要刻骨铭心地牢记住，我的身世、我的经历告诉我要这样去做。

那已经是一九六〇年的往事了，当时我才12岁，大弟9岁，小弟6岁，父母都是没有一点偏念的裁缝，当那股共产的邪风刮到我们这个小镇范围来的时候，多少人家的人都死得无人开门。而我们的父母和小弟弟也没有幸免，至今他们被捺进松板棺材里的一副浮肿得眼睛都没有线的形象还历历在目，这以后我就和我的大弟孤苦伶仃流落街头，那岁月真是苦见了黄胆。树皮、草根还是好东西哟。一九六二年形势缓和了一些，但由于我们没有叔伯、姑妈、姨娘、舅舅的接济（因为我家几代都苦，祖父母结婚迟，父母都是独子），我和弟弟的苦难持续了很长一段时间。我14岁学裁缝，弟弟就跟在我后面学锁扣眼（只允许我一人顶父职），一直到我21岁当兵那会，我们的处境都是困苦的，我记得自己当兵体检的时候，带兵的看我瘦，一直不放心，检查了两次，他们说："人长得还是可以的，挑不出什么，只是太瘦了。"到底当了兵，当兵是我一生当中的一个转折点，虽然我当的是步兵，少不了吃些苦，但懂得了一些社会知识，学习了一些文化，离开了这个革命的大家庭是一点也不行的。"我怀念您呵，部队——培育我的学校！"就现在我还时时默念着。

今天我趴在这儿给您写信，就是受着一种灼热的感情而驱使的。我是一个以爱好文学的青年的身份给您老写信的，我并不企求您赐给我什么"创作秘诀"，因为我懂得，此道没有捷径，要的就只有恒劲、韧劲、磨劲；每一部作品的诞生，都是作者的心血，和惨淡经营的结果。我给您老写信，只是告诉您老：这儿有颗感激您的心，只要这颗心在闪亮，今后您老扶持、关心青年一代的佳话，就得传播。致
祝您老健康、幸福！

安徽省芜湖县化肥厂　侯安全
一九八二年二月十八日

黄居松来函1通

黄居松，读者。通信地址：广州市立新中路276号五楼506房。

××年5月13日

萧伯伯台鉴：

您好！

真是无巧不成书。今天，小菊来我家取东西，知道她在您家帮忙，这使我想起许许多多的往事……那是十七年前，我曾去信求教您关于写作的问题，得到您热情的指教，裨益不浅，深深感谢您。可惜，由于那"史无前例"的浩劫十年，使您受尽了人间的苦楚，心灵上和肉体上的摧残，我们也不敢再联系了。具体情况我向小菊谈过，以后有机会一定会去拜候您。望您多保重身体。恭祝

健康长寿！

您的学生和读者
黄居松上　五月十三日

指教处：广州市立新中路276号五楼506房

黄树森致陶萍1通

黄树森（1935— ），笔名林蓓之，湖北武汉人。毕业于中山大学中文系。历任《作品》编辑组长、编委，《当代文坛报》副主编、主编，广东省文艺评论家协会主席。"粤派批评"重要代表，著有《题材纵横谈》《手记·叩问》《黄说》《春天纪》等。

1987年4月15日

陶萍大姐：

殷师去世已四年，自当发文纪念。烈兄①文写得不错，且可策励后人。文章已发六月号。日前告诉萌萌，请她物色形象草图或照片，作题图之用。您见到她，请代为督促。

萧殷的学术思想已着人在研究（这是最紧要的）。贺朗②的那篇传记，不甚令人满意。另，现正找人回顾广东文学批评三十年大略，殷师的治学思想、活动，亦当一并渗汇进去。我辈已半百，许多记忆已趋依稀，再迟就不好办了。详情一俟理出头绪，再向您汇报。

一直穷忙，很少去探访您，很对不起。萌萌倒是经常见，看有什么事，请她转告我一声即可。即颂
健康长寿！

树森拜上　四月十五日

---

① 烈兄，指苏烈（1921—2008），笔名老烈，广州市委政策研究室副主任。
② 贺朗，本名王有钦，著有《萧殷传》。

黄准来函3通

黄准(1926—),浙江黄岩人。影视作曲家,吕蒙的妻子。毕业于延安鲁迅艺术学院戏剧系。先后任职北京电影制片厂、上海电影制片厂,曾为《青春万岁》《红色娘子军》等多部电影作曲。

1977年9月24日

萧殷、陶萍、萌萌:

我已于20日晨8点23分准点到达上海,勿念。在广州期间你们一家抱病接待,给我留下难忘的印象。

这次广东一行,收获不小,如果不是打倒了"四人帮"是不可能得到这样热情接待的。不过这一个多月,当时确实是精力旺盛,日以继夜,几乎每天只有三四小时睡眠,消耗太大,回家后就垮了,简直是精疲力尽,现已休息了三四天才稍好些。一回上海血压就高,整天昏昏沉沉,什么事情也不想干了。好在一首主题歌已经写好,所以尚能如期交差,没有耽误工作。

吕蒙已从北京回来,他是匆匆而去,匆匆而回。十七号就回到上海,因此那天很使我意外的是他和小萌①一起来接我的。

昨天收到朱逸辉②同志来信告我说雨伞和磁带已经找到,并由他带给你们了,已附

---

① 小萌,吕蒙、黄准之子。
② 朱逸辉(1925—2016),海南万宁人。海南文化局副局长,海南文联副主席,海南作协副主席,海南人民出版社副社长。

信一封请转交,并请代致谢。东西暂放你们那里,据黄笃维[1]讲他可能到上海,是否能请他带给我,如他不来,看有没有其他人来时,再带来好了。陶萍的衣料我还没精力去买,等身体稍好些,就给你去看,一定给你买到,勿念。

祝健康!

照片还未搞好,好后即寄上。

黄准　九月二十四日

1980年6月10日

萧殷、陶萍同志:你们好!

萧殷同志来信及寄来的书均已收到,非常感谢。并祝贺您书的出版。

吕蒙是4月17日到黄山,27日返沪途经南京时,突然患脑血栓(中风),幸好发现得还不算晚,经过20天抢救基本脱离危险,我们才能到上海华东医院继续治疗。现在已40多天了,现已有好转。说话还不太清楚,手、脚稍微能动一点。据医生说还须治疗一两个月,但全恢复,至少也得4~6个月。我们准备两个月左右出院,然后再找一个适当的地方去疗养一个时期。我现在工作还稍空一些,几乎白天整天都在医院照顾他。

萧殷同志身体可好?吕蒙这次也得了一些教训,深感年纪大了,不服老也不行了!萌萌、葵葵等都好吗?

全家好!

黄准　六月十日

1981年2月18日

萧殷、陶萍:你们好!

今天上海美术馆张林宝[2]同志回来谈了一些吕蒙的情况。其他似乎都还不错,只是太寂寞,需要只小半导体。我家中本来是有的,但现在无法带去,你们能否在广州代借

---

[1] 黄笃维(1918—2004),广东开平人。画家。早年入读广州市立艺专。美协广东分会副主席,《广东画报》主编,广东画院副院长。

[2] 张林宝,收藏家,曾任上海美术馆办公室主任。

一只，等我从香港回来就有了，我从香港回来，将路过广州，到从化去看他。张说萧殷将于22日和老赖一起去从化看吕蒙，那真是再好也没有了。

小萌在广州麻烦你们了，我定廿四日离沪去京集中，所以小萌只要在22日左右回沪即可。

因急于把信寄出，就不多写了。

另请转告小萌，要他在广州设法把表修修。

祝全家好！

黄准　二月十八日晨

卉春来函1通

卉春，基层文化干部、业余作者。通信地址：新疆阿克苏农垦五团。

1981年10月4日

敬爱的萧殷同志：

您好！首先祝愿您早日恢复健康！

您老9月12日的来信拜读，我既感激您的关怀，又有些难受。您老重病在身，还忙于传授创作技艺，精神之高尚，这一点不亚于大师鲁迅呵！遗憾的是，我的信到您手，倒添了您老的麻烦。病中延续几次为我写这封专信，那发抖的笔手，是一字一滴心血写成的信，将是我永存的珍品。

萧老，您给刊物写篇文字，说不定还没有这封信这样吃力，透过这信笺，每个字，给我最大鼓励呀。我不是医生，无法减轻您的病苦，路又太远，多想请假探望您的病情，我请您千万保重身体，您有家，妻子儿女对您的爱抚，组织对您的关心，您安安心休养，您应知道，您多活一年，青年文学作者就有机会受到您老的教益。万万不要再回信。致以

敬礼！

远方的小学生 卉春

八一年十月四日

江俊绪来函1通

江俊绪（1939—2021），江苏江阴人。毕业于华东师范大学教育系。文艺评论家。先后任职上海市戏剧家协会、上海辞书出版社和上海文艺出版社。曾任《艺术世界》《文化与生活》《影迷》《电影选刊》主编。

1979年10月5日

萧殷同志：

我已于九月三十日回上海。在穗时蒙您热情接待，并馈赠《习艺录》，十分感谢。

您答应为《艺术世界》[①]写稿，我们非常高兴。您对艺术问题有精辟的见解，又擅长用生动活泼的形式对广大文艺爱好者剖析艺术哲理，是很适合本刊风格的。我回社汇报后，领导要我马上给您发信，感谢您对本刊的关心和支持，并希望您能在最近一个多月内一定拨冗给我们一篇，以便在明年元月出版的新年首辑上看到您的文章。艺术欣赏或艺术随笔都可以，题目、内容、形式均请您根据本刊性质酌定。

请向陶萍同志问好。同样欢迎她给本刊撰稿。顺颂

撰安！

江俊绪　十月五日

---

① 《艺术世界》月刊，创刊于1979年1月，上海文艺出版社主办。

江晓天来函1通

江晓天(1926—2008),安徽定远人,曾参与筹建中国青年出版社、作家出版社,曾任中国文联书记处书记兼理论研究室主任。著有《文林察辨》《青年思想修养漫话》等。

1977年8月12日

萧殷同志:

  我们离开广州,到广西跑了廿多天,月底才回到北京。因为我们这个组回来最晚,所以汇报的准备工作、整理材料,很紧张。未及时去信,请见谅!

  你的事,一回来我就与冯、丁[①]谈了。汇报时作为落实政策问题的一例,又谈了,准备在材料中写一笔。全国工资有许多种,文艺级、科技级、翻译级等等。全国都未动。就是为了解决政治待遇,套级,也应以一与八的比例套,而且工资不应减少。此事处理,我个人认为是不合理,你还是据理向省委提出。欧阳的房租事,你们也汇报了。

  广东创作室、编辑部的同志,多年来坚持认真开展青年作者的辅导工作,抵制帮论,培养人才,已见成效。郁茹同志说,近三期的稿子,主要是靠青年作者。我曾向李门、黄宁婴、郁茹同志提过,希望他们把一九七二年以来办青年业余作者学习班的情况、经验、成绩,整个书面材料。之后,又对文化局的同志说了,我们要这份材料。从顺德县回来后,临走前,向他们要了一次,未取到。因为我们这次去,是文化局接待的,开座谈会,要材料,都经过局里。所以,不好直接向创作室催要。培养青年作者,

---

① 冯、丁,指冯牧、丁宁。

尤其是文学方面，是个大问题，应引起各方面重视。我们想在内刊上介绍一下广东培养青年作者的情况，希望把这份材料寄给我们。请你转告一下李、黄、郁诸同志，并代为问候他们。

你的《创作论》写多少了？这是件极有现实意义的工作，不仅广大业余创作者急需，广大文艺爱好者也需要。

邓副主席召开了五天的教育座谈会，做了长篇重要讲话①。国务院各部已开始传达，你很快也会听到的。信上无法说清楚，内容丰富，难以择要。文化，上面尚无指示。教育大会也要明年了，文化大会更得推延了。

有新情况，当随时写信告诉你，请放心。

冯牧，丁宁②问候你。问候陶萍同志。

握手！

晓天　八月十二日

---

① 1977年8月，全国科学和教育工作座谈会在北京饭店召开，邓小平主持，会议做出恢复高考的决定。

② 丁宁（1924—2015），山东文登人。《南京文艺》副主编、南京文联创作室主任，中国作协秘书室主任，创作研究室研究员。文化部政策理论研究室主任，中国文联理论研究室主任。

蒋策超来函1通

蒋策超，业余作者。1963年海南第一届文学创作讲习班学员，时任海南黎族苗族自治州委宣传部科长。

1978年9月10日

萧殷同志：

你好。

最近读了报告文学《寒凝大地发春华》[①]，深为你的革命的精神所感动，文章写得好，首先是你的革命精神好，有其人才有其文。

我是青年作者，记得1963年我在海南第一届文学创作讲习班学习时，你曾身临教示，并跟我们一起留影，这留影我一直珍藏至今。现在一边读着前文，一边望着你慈祥的面孔，你那谆谆教示仍响在耳边。

我曾与几位青年作者合出过一本集子，叫《青年诗选》。但后来因"四人帮"对文学艺术摧残，用种种枷锁束缚文艺战士的手足，我也因之停笔十多年。华主席英明果断，带领全党粉碎了"四人帮"，带来了文艺的春天，我又开始学步了。

你是我们青年作者的良师益友，你把自己的全部心血倾注在我们青年作者的身上，固特去信对你问候和支持。

对你的每篇文章，我都是如饥似渴敬读，给我启发至深。望你早日完成《创作论》，也望不忘写上笔：论叙事诗的人物塑造。

[①] 《寒凝大地发春华》，《南方日报》1978年9月3日。

现给你寄上一篇劣作:《重逢》,望你能在百忙中抽出点滴时间一阅,并来信指点,如确无时间就转《作品》帮其斧正。

渴望着你来信教示,哪怕是片言数语也是珍宝啊!

我现在州委宣传部当科长,有机会来州请面教。我去广州机会不少,但未知你的住处,固无法拜访,甚为抱歉。

致崇高的革命敬礼。

蒋策超　七八年九月十日

(通信处:海南黎族苗族自治州委宣传部)

蒋荣贵来函1通

蒋荣贵，业余作者，通信地址：上海市杨浦区敦化路上海锅炉厂重工车间。

1980年8月6日

《作品》编辑部、编辑同志：

您好！

萧殷同志的身体欠佳，这在去年我好像从什么报刊上获悉过，后来，我翻开《人民文学》杂志，得知萧老是《人民文学》的编委，据此推测，萧老身体复原了，现又惊悉萧老生病住院，心里不禁发出同情、惋惜的感叹。

路遥无奈矣！若在沪，定要打听院址，赶去探望，尽管我们素不相识。

今写短信，能转告的话，请代为转告，愿萧老的身体早日恢复健康，愿萧老的《创作论》尽快与读者见面。此致

敬礼！

上海锅炉厂重工车间　蒋荣贵　一九八〇年八月六日

柯蓝来函1通

柯蓝（1920—2006），原名唐一正，湖南长沙人。曾在延安陕北公学、鲁艺学习，陕甘宁边区《群众报》记者、主编。华东作协秘书长，湖南省文化局副局长。著有《柯蓝文集》等。

1979年5月20日

萧殷同志：

您好，身体健康如何？

我在湖南得到平反后，于今年9月，由中组部调到北京工作，暂时安排在全国文联搞一点研究工作，并写自己的长篇。您以前关怀过的《浏河十八弯》[①]改写后已交人民文学出版社发稿。在此要一再感谢您对它的鼓励和帮助。有暇请不时赐教。

紧握！

柯蓝　五月二十日

通信处：北京工人体育场4085号。

---

① 柯蓝：《浏河十八弯》，人民文学出版社，1980年1月。